铁血川军团系列

四川王和他的天下

关河五十州 ★ 作品

中国出版集团 现代出版社

目录

　　各地袍哥争相拥入成都，"不逾刻而遍城中"，全城百姓为求自保，也都以参加袍哥为荣。袍哥提倡复古，称要恢复汉朝衣冠，但由于年代隔得过于久远，谁也不知道什么才算是标准的汉朝服饰，只能从戏曲中照搬。一时间，成都城里满眼都是奇装异服，有头扎"英雄髻"的，有腰佩宝剑的，有足蹬花靴的，还有的干脆就直接披上舞台戏服招摇过市。

　　蔡锷发起护国运动，是捏住了袁世凯想当皇帝的软肋。说到底，在中国这块土地上，你尽可以做伪君子，把大总统的权限扩到比皇帝都大，但要想当真小人，在众目睽睽之下登临帝位，那后果就很严重了。

　　如果对"川省自治"不予理会，熊克武、刘湘和这些川军将领又不绝不会买账，刘存厚被弄得一头汗。他发现，政敌们原来既没当他是孙悟空，也没当他是弼马温，就当他是一白老鼠，正张着个笼子，等着他往里面钻呢！

刘湘渴望东山再起，但他也同样知道忍耐和蛰伏的重要性。古往今来，忍耐和蛰伏是几乎所有枭雄的必备素质，比方说刘备，他的一生其实大部分时间都在给别人做小弟。有人统计，包括吕布、曹操、袁绍在内，刘备的东家前后计有七个之多。难道刘备真的甘心奉这些人为老大？非也，只不过时机未到耳。

面对杨森的步步进逼，刘湘急忙派人前去议和，但杨森置之不理。议和不成，刘湘只好采取打进去拉出来的策略，利用速成系的关系，转而策动杨森的部下和分化其内部。这一手相当有效，当杨森邀请众将讨论下一步作战方案时，一些事先被买通的速成系将领便开始找机会为刘湘说话。

刘湘在结结实实地暗算了杨森一把后，便以当家人自居，给范绍增等人封官加爵，鼓动他们拿着"天子令"尽快兴师万县。杨森先丢了官，再遭"四部"围攻，自然是又气又急，这时刘湘还不忘在对方伤口上撒盐，撺掇当年的"内鬼"王缵绪出面，发通电劝杨森下野。

三块區的故事，活脱脱就是对现实中三人明争暗斗的隐喻。在辈分上，刘湘得喊刘文辉幺爸，实际他的年龄比刘文辉还大好几岁。刘文辉在川军中出道较晚，起初名气也不大，但刘湘很快就发现他这位小叔父非同一般，竟是一条随时可以飞腾直上的卧龙。

向刘湘喊救命，邓锡侯不是没有想过，但荣威大战已过去将近半年，二刘当时所定的互助条款恐怕早已失效。再者，二刘不管怎么说，毕竟是叔侄关系，常言说得好，打断骨头还连着筋呢。邓锡侯还获悉，刘湘正奉蒋介石之命，准备兴师与入川的红军作战，这种时候，人家会顾得上他这个小泥鳅吗？

虽然"门户开放"在刘军内部已得到共识，但四川舆论对此却并不苟同。长达多年的滇黔军"侵川"历史，使川人对任何外省势力的渗入都分外敏感，就算是蒋介石的"中央"也不例外。蒋介石邀请刘湘面谈，刘湘还没动身出发，就受到了多方责难。

此时刘湘与蒋介石的矛盾已日趋尖锐，他比其他任何时候都更害怕蒋军入川，但处于绝境之中，也只能向蒋介石紧急呼救，请其派兵增援。蒋介石倒是巴不得以增援为借口派兵入川，问题是他此前根据中央红军北上的路线，已将兵力调往陕西。那时候的部队都靠两条腿行军，蒋军也不例外，并不是打声招呼马上就能赶过来的。

参考文献 //379

第一章／乱世梟雄

在刘湘显山露水之前，熊克武已经成名很久，川军的历史，也正要从这个人开始讲起。

熊克武名字中的"武"字，无意中透露出的是一个古老民族无比焦躁的情绪：它曾经以文明著称，但在弱肉强食的残酷现实下，也不得不走上以武自强的道路。

《辛丑条约》签订后，中国民间出现了一幅著名漫画，画上豺狼虎豹全都扑了过来，偌大的东方国度眼看将被撕扯到四分五裂。此时就连最保守的人都意识到，不改变不行了，于是变革大潮汹涌而至，很快就将包括熊克武在内的无数年轻人卷入其中。

熊家曾经寄望于熊克武的是子承父业，做一个老老实实本本分分的中医，但熊克武显然已经有了自己的想法。在他看来，医人不如医国，谈文不如论武，只有投笔从戎，用外国先进的军事技术来武装自己，才能抵御入侵。

方向已经定位，年轻人需要的是一个东渡日本学习军事的机会。

说起来，中日两国其实最早都是以欧美为师，只是两个学生在成绩上的差距越来越大，到了甲午战争，曾经不显眼的日本竟然后来居上，一举反超了曾经很辉煌的中国。伤你最深的人也许就是那个最有本事的人，中国人非常想知道的是，这个东瀛小国究竟有着什么样的成功秘诀。为了寻找答案，日本从此正式替代欧美，成为中国海外取经的第一标杆。

留学日本有公费和自费两种方式。公费当然是好，可问题是设有门槛，非得在国内就是优等生不可，熊克武达不到这个标准，所以留给他的只有自费。可是自费又需要很多钱，如果以此画线，经济状况一般的熊家就只好干瞪眼了，幸亏熊克武的叔父经商有道，每年都能赚取数百两银子，足够供给侄子学费。

在叔父的支持下，1903 年冬天，熊克武启程赴日。人生的樯帆已经扬起，实现"师夷长技以制夷"的美好理想也似乎指日可待，但令人始料不及的是，它的轨迹却在中途发生了变化。

醍醐灌顶

熊克武要学的是武，但按照清政府规定，只有公费生才能被保送进入日本官办军校，也就是广为人知的振武学校。熊克武的运气还不错，当他来到日本时，已经有了新的选择，那就是就读于日本私立军校东斌学堂。

当时在国内尚无立足之地的革命党正在日本积极活动，经过革命党人的宣传和动员，革命思潮在留日学生中迅速得以蔓延。某日，熊克武听到了一个令他激动不已的消息：革命党领袖孙中山来到了东京。

太好了！熊克武到处打听，找到了孙中山的临时住所。

1905 年 7 月 25 日，这是熊克武永远难忘的一天。这一天，他见到了自己的偶像。孙中山一见面就问他："熊君在此学什么？"

得知熊克武在学习军事，孙中山又问："为什么要学习军事，你认为学来有什么用？"

答："当然是为了富国强兵。"

令熊克武感到意外的是，孙中山断然加以否定："熊君错了！"接着，这位未来的国父侃侃而谈："当前国势如此微弱，并非仅仅因为军事不如列强，不如的地方很多，那么根子到底出在哪里呢？就在于清廷腐败！"

孙中山循循善诱地对熊克武说，这样一个无能的政府不可能真正使用和善待人才，退一步讲，就算是他们肯用，也来不及了——等大家好不容易学成回国，国家已经亡了。

对熊克武而言，孙中山的话绝非空洞缥缈的大道理，而是触目可及的事实，仅仅从先前清政府对待他们这些自费生的态度来看，一腔热血换来的极可能是报国无门。

曾经的踌躇满志，变成了眼前的一片茫然，我们的前途到底在哪里？

孙中山把答案告诉了熊克武，那实际上是革命党的基本纲领——"驱逐鞑虏，恢复中华，创立民国，平均地权"。

有一种独特的体验，叫作醍醐灌顶。就在这一刻，它属于熊克武。此后的一切均顺理成章。1905 年 8 月 19 日，熊克武加入了同盟会。履行完宣誓仪式，孙中山把他带到隔壁："祝贺你，自今天起，你就不是清人了。"

加入同盟会的川籍留日学生共有数十人。熊克武参与了同盟会总部的机要工作，在他所要掌握的联络暗号中，被清晰地打上了民族革命的印记——

问：你是哪里人？答：汉人！

问：持何物？答：中国物！

问：做何事？答：天下事！

革命党人口诛笔伐的"腐败清廷"可不是木头，东京的热闹景象让他们倍感惶恐和吃惊，他们急忙动用外交牌，请求作为东道主的日本人加以管束。

此时日俄战争刚刚结束，日本要拓展自己在东三省的利益，自然不能置中方的要求于不顾。1905 年 11 月，日本文部省颁布新规则，规定中国留学生不管是进入公立还是私立学校，一律必须由驻日公使出具担保。

留给自费生学习军事的唯一一条出路也被堵死了。新规则毫不意外地引起了强烈反弹，在同盟会的领导下，东京的中国留学生举行罢课抗议，一部分人决定直接罢课回国，其中最有名的就是鉴湖女侠秋瑾，熊克武也名列其中。

袍哥

留学生回国后，有的兴办学堂，比如秋瑾，有的组织武装，比如熊克武，但最终目标都是为了发动起义。

同盟会总部经过分析认为，长江流域是军事上的必争之地，四川又位居长江上游，因此必须第一个拿下来。

革命党人多数由白面书生演化而来。要发动起义，他们首先想到的是必须寻找同盟者，后者得天不怕地不怕，敢造反能造反。恰好巴蜀盆地最不缺的就是此类好汉，这就是哥老会，当地称为袍哥。

清末的江湖组织并不是只知道收取保护费，或者为了一己私怨打打杀杀，人家除了吃饱饭外，还有政治上的理想追求，比如袍哥就是如此。袍哥创立于明末清初，其宗旨是"反清复明"，两百多年过去了，甚至连他们自己对辫子旗装之类都已习以为常，却从未放弃当初的誓愿。

革命党要"驱逐鞑虏"，袍哥要"反清复明"，大家在这一点上结成了同志。在熊克武回国之前，袍哥中的舵把子佘英已受到革命党的格外关注。

舵把子相当于江湖大哥。佘英高大魁梧，义气盖云，在会党中拥有极大号召力。更为难得的是，他忧国忧民，倾心于《革命军》和《警世钟》，并在群众中广为宣讲。据说当他在市井演讲时，"听者如堵"，围观民众没有不被他打动的。

经川籍同盟会员相邀，佘英赴日本拜谒孙中山，随后加入了同盟会。熊克武在确定起义地点时，考虑泸州是佘英的家乡，袍哥力量又很强，遂将泸州定为四川的首义之地。

想要攻打泸州，光靠本地袍哥还不够，须从外地增调会党，但这样无疑会带来一个问题。试想一下，一座小城，一下子轰隆隆地涌进来这么多不速之客，官府的神经再迟钝，也免不了被触动。

佘英是泸州当地人，他想到了办法。泸州有端午节赛龙舟的风俗，节日期间，到处人山人海，周围赶来看热闹的外地人很多，几千人插进城来不算什么，不会引起官府的特别注意。

办法不错，缺点是时间太紧，端午节转眼就要到了，武器和人员来不及准备。顺着日历再往后面翻，大家都把视线聚焦在一个新的时间点上。

1907 年 11 月 14 日，农历十月初九。当天是慈禧太后的寿辰，和其他地方一样，泸州官府要跟在后面拍马屁，忙前忙后，粉饰太平。假如在这一天发动，准保能打对方一个措手不及。

众人一致决定，利用端午节陆续向泸州城调集人马，最终在 11 月 14 日这一天举行起义。

尽管事前已经反复推敲，但计划总是赶不上变化。首先是武器准备方面出现意外，熊克武等人在手工制造炸弹时不小心引发爆炸，不仅伤了自己人，还惊动了官府。其次，党人们来得太晚，当他们齐聚泸州时，龙舟赛已经结束，又没有其他赶集一类的活动，所以尽管众人的身份都改换成了客商，可是仍不免惹人猜疑。

起义的保密工作做得也不尽如人意。相关消息在袍哥内部不胫而走，而且已经传到了社会上。有人在外面说："佘大哥（佘英）的星宿出现了，他不久就要做皇帝，我们的日子就好了。"

泸州知州杨兆龙是泸州地区的最高军政长官，爆炸案虽然并非发生在他的辖区内，但仍给他敲响了警钟。接着，底下差役报告，说泸州城内外突然出现了许多陌生人，把大大小小的客栈旅店都挤得满满的。加上越来越多的民间传言，杨兆龙意识到，这可能就是暴风雨即将到来的前兆，他为此如坐针毡。

苦思之后，杨兆龙向佘英发出邀请，请他入衙议事。

在从江湖大哥转变成为革命党人起，佘英便已将生死置之度外，他认为接近杨兆龙，可以在起义前刺探官府情报，甚而争取杨兆龙，因此没怎么犹豫就决定赴约。

等待他的是一个陷阱。官衙里面内藏杀机，持刀拿枪的堂勇奉命埋伏在帐后，随时准备冲至堂前。

如果佘英被随从前呼后拥，又或者入衙后东张西望，左顾右盼，杨兆龙早就下令捉拿了，可惜都不是，只见佘英单人独骑，神态自若，与他原先的想象和预测大相径庭。

在和佘英客套几句后，杨兆龙找了个借口溜进内室，让幕僚们提供意见。这些幕僚各抒己见，有的说不做亏心事不怕鬼敲门，佘英既然敢单刀赴会，又如此镇定从容，说明他心里没鬼，民间传言或许只是谣言。还有人心有余悸地说，佘英是袍哥中的龙头大爷，能量惊人，就连官衙的差役堂勇也多半是他徒弟。万一传言不实，草率拘捕，闹出乱子可怎么向上面交代？

杨兆龙被说得忐忑起来，一时难以决断，而他的犹豫不决，恰好为佘英提供了脱身之机。

症结找到了

幕僚们没有说错，很多堂勇实际就是隐藏身份的袍哥。见知州久不露面，其中一人给佘英悄悄咬耳朵，当然用的都是暗语："大爷，水涨了！"

水涨了，就是事泄了。等杨兆龙拿定主意，下决心要将佘英扣下时，佘英已经在堂勇们的掩护下跑得无影无踪了。

在明知事泄的情况下，熊克武被迫做出临时调整，将起义时间予以提前。孰料杨兆龙的行动更快，官府宣布全城戒严，关闭城门后对客店进行大肆搜查。城内外的起义军彼此隔绝，难以形成呼应，在泸州发动起义失去了可能。

虽然第一枪哑了火，但熊克武并没有放弃起义计划，他转而启动后备方案，组织革命党人分路奔赴成都。

成都是四川省会，当然比泸州更为显要，一旦起义成功，影响也更大，而从情报上看，11月14日那天晚上，四川总督及以下文武大吏都要聚集"会府"。

会府又称万寿宫，里面设有皇帝的九龙万岁牌，不过官员们此番去会府并不是要向傀儡皇帝问好，而是为了给掌握朝廷实权的太后祝寿。这样就更没人敢缺席了，要想将成都的大小官员一网打尽，这是最好的时机。

按照计划，泸州起义的主力以袍哥为主，成都起义的主力则是新军。从甲午战败到签订《辛丑条约》，中国传统陆军之无能无力已成为尽人皆知的事实，"习洋枪，学西法"的新式陆军（简称新军）应运而生。根据清廷的安排，每个省都分到了编练新军的指标，四川因为是大省，被安排要编三镇（镇相当于师）新军，当时已经编好的是第十七镇。

清廷编练新军的部分初衷，与派遣学生留日也差不多，是为了巩固其统治。可是对革命党来说，比之于守旧的绿营八旗，这些洋化的新军更容易进行渗透。最后的结果是，他们中的一部分人反过来成了同盟会的秘密武装力量。

在成都军界，从作为新军预备队的弁目队，再到正规新军，都隐蔽着革命党人。除此之外，赶来增援的袍哥也不在少数，仅泸州就将调去三千人，早已集结于成都的会众更多达五六千人。

熊克武信心十足，但让他没有想到的是，泸州一幕竟然再次在成都上演：官方改变了祝寿地点，然后是全城戒严，断绝交通，搜捕党人。

代理四川总督赵尔丰的手段比泸州知州杨兆龙更为老辣凶狠。新军和弁目队里的内线全部暴露，不是当场牺牲就是遭到通缉，熊克武、佘英等人还被列入了重点通缉的首要人犯名单。

泸州、成都起义相继失败后，熊克武又在叙府（今宜宾市）策动起义，然而这次同样没能摆脱失败的怪圈，而且仍是被官府抢到先手，随之使整个行动胎死腹中。

一锹下去就想掘个井，当然是显得过于心急了，可是连着三锹下去，连个泉眼的痕迹也没见着，无疑又让人郁闷到死。在接下来的时间里，熊克武和他的同志们就像久无收获的渔夫一样，被迫把渔网翻出来，一段段地查找，竭力想找出究竟是哪里出现了窟窿。

从三次起义的策划阶段来看，无论是早先放弃的端午赛龙舟还是后来的慈禧太后寿辰，时机都把握得不错，且由革命党人主导，在这方面并无明显漏洞。需要检讨的是实施阶段，在这个阶段，革命党人已退居幕后，站在前台的是袍哥和新军的地下人员。

熊克武猛一击掌，症结找到了！

同盟会在新军里只发展了很少一部分中下级官兵，他们在军营里犹如沧海一粟，作用微乎其微。袍哥倒是人数众多，可惜鱼龙混杂，很多人还是改不了帮会习气，结果落得成事不足败事有余。

导致起义失败的基本脉络终于可以勾勒出来了。新军指挥权仍掌握在当地官府手中，在袍哥走漏消息后，他们可以动用新军提前进行镇压。作为一支新式军队，新军配备有德国毛瑟枪，会党用大刀长矛与其较量，就像在用纸棺材糊人，根本难以占到上风，只有把伤疤完全揭开，脓血才能流得干干净净。分析到这里，熊克武等人变得豁然开朗，看来靠天靠地靠别人都不行，还是得靠自己。

起义失败的教训提醒大家，武器非常关键，也就是说手里一定得有枪杆子，这样才能建立起一支可靠而又强大的同志军。

拼命三郎

1908 年 2 月，熊克武专程潜回东京，通过同盟会总部，从日本民间购买到了枪弹。当他押运枪弹，秘密返回国内时，忽然注意到，人们所戴瓜皮帽上的红顶大多被摘掉了，有的虽然还在，但也染了颜色。上前一打听，原来跟慈禧太后有关——祝寿不能挽救寿命，老毒物和光绪皇帝都死了。

国内正在举办国丧。在此期间，代表喜庆的红色成了禁忌物，别说瓜皮帽上的红顶，就连市场上的红萝卜都不准卖了。熊克武意识到这是一个可遇不可求的大好契机，于是立刻展开了精心筹划。

之前发动起义，主要集中在包括省会成都在内的川西南，当地官府已是戒备森严，再要插进去比较困难。熊克武把视线转向了地理位置相反的川东北，这里有一个地方叫广安，警戒方面相对疏松，而且州署旁边只有一个保安营。

1909 年 3 月 1 日，同盟会在广安待机行动。与以往任何一次起义都不同，这次将以革命党人自己组建的同志军为主力，并由熊克武亲自指挥，以攻打广安州署。

同志军人数不足，因运输和寄藏的困难，从日本运来的武器也以子弹为多，配备的长短枪很少。熊克武采取的方案是兵分两路，除同志军外，另由佘英召集会党，从保安营夺取枪械。

当天，熊克武派人去和佘英联络，传回的消息却让他大吃一惊：佘英在城外的茶馆里遭到了会众的包围！

四川袍哥各有势力范围，广安当地的会党并非佘英的旧属，他们参加起义是要领取酬劳的，可是直到要起事的这一天，仍没见到钱的影子，众人不干了。

这不是普通营生，舍了一身剐，要把皇帝打，弟兄们挣的是卖命钱，你迟迟不给，算搞的什么名堂？

此时的熊克武有着双重身份，他既是四川同盟会负责人之一，同时又出于实际需要，由佘英介绍，加入了袍哥并成为舵把子。得知佘英陷入困境，熊克武急忙赶去城外，对情绪激动的会众进行劝说："钱要给，事情也要办，等钱运到了，必然一个子儿不少地补发给大家。"

这边刚帮佘英解了围，眼看着天就黑下来，起义时间到了。广安城里，衙门和保安营的官吏大多已经回家，士兵们也不甘寂寞，有的上茶馆，有的去酒肆，要出击的话，实在是过了这个村就没了这个店。

熊克武飞奔回城，进行统筹指挥。人数不多的同志军化装成警察，一路押着"犯人"混进了衙门，随后短枪齐发，将门卫撂倒在地。州署外府本来就没多少值班堂勇，见到如此场面，全都被吓傻了，短时间内便逃散一空。

同志军很快就占领了外府，剩下的任务，是继续往里府搜索进攻，直到活捉知州为止，但一种异样的感觉突然向熊克武迎面袭来。

按照计划，佘英率会党要同时向保安营实施突袭。州署附近就是保安营，也就是说，现在保安营方向也应该是枪弹声齐鸣了，可是那里却一片寂静，寂静到可怕。

熊克武预感到，袍哥一路肯定是出了什么问题。假如这一路行动失败，未受牵制的保安营必然不会置州署于不顾，他们会包围上来，与里府尚存的堂勇对起义军形成内外夹攻。

熊克武果断改变了活捉知州的计划，转而指挥人马向保安营发动进攻。保安营的营房和州署一样空虚，在熊克武率部冲进去后，大部分房间都显得空空荡荡，仅几个房间有少数士兵留守，见起义军杀入，他们吓得躲到墙角瑟瑟发抖。

熊克武一边控制住保安营通往外界的要道，一边派人联络佘英，让他带会党赶快来保安营搬取枪械。谁知左等右盼，佘英始终没有露面，相反，州署内却咚咚咚地敲响堂鼓，发出了调集援兵的信号。

城内外的官军正不断赶来，继续坐等下去的结局只有一个，就是完蛋。熊克武只得下令撤退，大队在前，他带着两个人拖后掩护。

他们刚刚才跑出保安营大门，就从州署方向就追来了一群堂勇。因为开枪怕暴露目标，熊克武收起手枪，拔出马刀，上去就是一阵乱砍。

早年的革命党人都是砍头只当风吹帽的好汉，堂勇们完全不一样，上班是为了养家糊口，所以都指望着别人上去挡刀锋，做替死鬼。可是一家人做饭，谁天生是上灶的？你不肯卖力，我不肯卖力，结果是全都畏畏缩缩，熊克武等人趁势突出了重围。

夜色深沉，厮杀之中又无法保持联络，在熊克武突出重围后，才发现自己落了单，其余人早就冲出了城。他向城门口跑去，两个官军正要关上城门，熊克武二话不说，先一刀砍翻一个士兵，另外一个士兵吓得一愣神，还没反应过来，熊克武已经远去无踪。

广安起义虽没有能够取得成功，但这是革命党人第一次与官军面对面较量，尤其熊克武表现出色，不仅判断和处置果敢，而且在与敌人近身搏斗时也毫不畏惧，犹如一个拼命三郎。

断蛇坡

在四川境内连续组织和发动四次武装起义，熊克武要想不引人注意都难，一旦外出，总少不了被盯梢。不过他每次都能成功地将盯梢者统统甩掉，负责跟踪监视的警察和密探都觉得奇怪，怎么跟来跟去就跟丢了，难道这个嫌犯飞上天了不成？

熊克武不会飞，但他行走的速度很快，据说可以一天走二三百里，中间不歇气，不喝水，不吃饭，人称"铁脚板"。盯梢者只要弯下腰来喘口气、喝口水什么的，一抬头，人就不知到哪里去了。

要练出铁脚板的功夫，必须具备足够的意志和毅力。在过去的两年多时间里，这个年轻的革命党人不断地经历失败，但从未想到过放弃，几个月后，他终于找到了新的目标：乐山（时称嘉定府）。

乐山位于川西南，跟成都、泸州、宜宾接近，乍一看，好像不是一个适合再次发动起义的地点，但这只是死的一面，还有活的一面——乐山官军正奉命围剿凉山地区的彝人武装，后方空虚。

如果要再次出拳，无论如何得砸出点声响来了。广安吃亏，就吃亏在从日本购买的枪支不敷使用，同志军规模难以扩大，所以不得不继续依赖难负重任的袍哥。为了寻枪，熊克武绞尽脑汁。根据情报，成都督署将向凉山前线解送大批枪支弹药，其中仅步枪就有一千支。熊克武于是便在沿途设伏，可是不知道是不是走漏了消息，预期中的押运官军并未出现。

一计不成，再生一计。乐山官军被大量调出后，需要地方团练维持治安，成都督署特地向团练局下发了枪支，而同盟会在团练局正好也有内应。

在广安起义中，熊克武采用的是双管齐下，即一路夺枪，一路攻署，起义之所以失败，就是因为没能夺到枪，导致攻署亦功败垂成。这次他决定改换思路，先夺枪，再攻署。

1910年1月22日，乐山起义打响，当天早上起义军首先谋袭团练局。团练局教练是同盟会会员，在他的指令下，团丁们将枪支往操场上一架，都坐进教室听课去了。起义军埋伏在操场之外，团丁们一走就来了个照单全收。这样一共夺得步枪一百余支，加上原有武器，足够武装出数百人。

在距离乐山仅十几里路的新场，起义军会合一处。每一次起义开头通常都要出点状况，唯有这次异常顺利，熊克武很是激动，他又抡起自己的铁脚板，马不停蹄地前去泸州组织其他援军。

假如起义军能够即刻顺流而下，直趋乐山，必然能打官军一个冷不防。可是大家都太兴奋了，也缺乏经验，起义军光在新场吃饭就耗去了整整一两个时辰。在此期间，乐山知府已经得到通报，并做出防备。等起义军往乐山进发时，他们才发现，不仅城头枪炮林立，就连城外都布满了岗哨。

在辄生意外和变故的情况下，众人都慌乱起来，不知如何是好。熊克武不在，佘英临时负责指挥，决定率部回撤。

第二天，乐山官军便追了上来，起义军就地迎战，双方各不相让，战斗激烈。本来若光是阻击追兵，起义军尚能应付，然而背面又开来一支官军，这使他们立刻陷入了腹背受敌的窘境。

见形势不利，起义军只得且战且退，没想到中途再度遇官军。三支官军一拥而上，前后左右全是敌人。熬到天黑，起义军才得到分散突围的机会，但就在突围过程中，作为指挥者的佘英与大部队失散了。

佘英正身患虐疾，幸好他从小练武，考中过武秀才，凭着一身拳脚功夫，终于杀出一条血路，一口气跑到了川滇边境的豆沙关。

豆沙关是古代由蜀入滇的第一险关，从这里一步跨过去，便可以到达云南。不幸的是，在镇上的一座茶馆里，佘英的行踪被密探侦察到了，随后茶馆便遭到官军包围，已是插翅难飞。

茶馆所在地区另有一个名称，名唤断蛇坡。"蛇"与"佘"正好同音，断蛇等于断"佘"，身处绝境之中，连这位横跨革命党与会党两界的英雄也感到了一种命中注定的无奈和悲哀：他曾那么执着地放飞理想，如今风筝还在天上，只是手中的线已经断了。

佘英被捕后由官军押回宜宾，一起被捕的还有另外一名革命党人。在审讯对质时，佘英故意指着他说："此人不过是我家装水烟的雇工，把他抓来有什么用呢？"

佘英想要解救自己的同志，然而对方大声争辩说："佘大爷，我是跟你干革命的，你怎么说是装水烟的？我活着和你在一起，死也要和你在一起！"

佘英等革命党人从容走上了刑场。就义前，佘英手书绝命诗："牡丹初放却先残，未捣黄龙心不甘。"负责审讯的官员面面相觑，难以理解站在他们面前的究竟是 些什么人。

革命总要冒险

随着乐山起义的失败，熊克武在泸州组织到的援军已起不到任何作用，他所能做的，只有冒险探监和安抚烈属。在四川同盟会所发动的所有起义中，乐山之役是最壮烈的一次，包括佘英在内，死难者达两百多人，四川革命党的损失极其惨重。

要想在四川境内继续组织起义，至少在短期内是不可能了。熊克武向同盟会总部建议另择一处要地，集中全国革命党人的力量，发动一次大规模武装起义，以便毕其功于一役。

自成立之日起，同盟会所组织的中小规模起义已不算少，仅孙中山亲自领导的就达九次之多，类似四川这样由各省自行策动的起义更是不下数十次，可惜无一成功，反而损兵折将，元气大伤。

只有经历血和泪的事实，才会有血和泪的体验。大家都对这样的零打碎敲式的起义失去了耐心，熊克武的建议，几乎是同盟会内的一致共鸣。1910年秋天，同盟会各地代表在马来西亚的槟榔屿举行集会，确定在广州发动起义，目标是"集各省革命党之精英，与彼虏为最后之一搏"。

广州起义的总指挥为同盟会的另一位领袖级人物黄兴。黄兴在海内外"选锋"，即挑选骨干组成先锋队。加入先锋队的知名四川籍革命党人中，除熊克武外，还有炸弹专家喻培伦。

枪弹须从国外高价购买，而且运输贮藏非常困难，与之相比，炸弹具有明显优势，因此同盟会从创立初期开始，就非常看好这一武器。熊克武在东京时，曾被总部派去学习炸弹制造，不过当时采用的是银制法，也就是用腐蚀性液体煮化银圆，然后制成炸弹。

用银圆制炸弹，开支不小，同时制造过程又异常危险，喻培伦经过研制，尝试用独创的"喻氏法"来替代银制法，从而发明出了一种符合实战需要的安全炸弹。

潜伏广州期间，喻培伦在熊克武的协助下，仅仅用了半个月时间，就制造出了三百多颗不同分量的炸弹。与此同时，他们还对广州官军的布防情况进行了近距离侦察，发现其中最薄弱的环节是水师炮台。

熊克武以游览为名登上水师炮台，一看，把守炮台的旗兵根本就不干正事，他们竟然向游客兜售茶叶甚至聚赌抽头。在组织起义方面，熊克武已积累了一定的经验，此情此景让他眼前一亮：炮台的防守力量几乎可以用不堪一击来形容，到时如果能先夺取炮台，用彼炮转攻彼兵，则必然能起到事半功倍的效果。

只是事情的进展并不如想象中顺利。1911 年 4 月 8 日，黄兴在香港召集会议，确定了起义发动日期，但由于广州将军孚琦当天被刺杀身亡，所有既定步骤都被打乱了。

所谓擒贼先擒王，在起义筹备阶段，同盟会确实曾计划刺杀广州要员，但孚琦并不在暗杀名单中。广州城当时一共有三个清廷大吏，孚琦是三人最昏庸无能的，被同盟会盯住的人其实是水师提督李准，他才称得上是革命党的心腹之患。

孰料同盟会首轮派出的刺客临时怯懦，迟迟不动手，中途不得不换人。换人之后，倒是行刺成功了，可是阴差阳错，让孚琦做了李准的替死鬼。

没打着真正的蛇，却提前把它给惊动了，广州官府明显加强了戒备。起义军原拟于 4 月 13 日举行起义，这样只能延期至 4 月 26 日。

1911 年 4 月 23 日，黄兴从香港潜入广州，在两广总督衙门附近设立指挥部，起义进入了倒计时。由于官府已听到风声，两广总督张鸣岐将一个巡防营调到城外驻扎，用于随时对城内进行策应，水师提督李准也急调水师回城。可是同盟会从日本和越南运来的枪械仍未到达，一些领导人因此主张继续延期。考虑再三，黄兴点头同意，除留下部分基干人员外，将其余起义人员全部撤回香港。

那时的革命党人犹如水浒传中的英雄好汉，个个热血沸腾，视死如归。得知起义一拖再拖，眼看着已有夭折的危险，喻培伦当即去找黄兴，对他说："不能延期！"

喻培伦认为，此次广州起义耗费巨大，且全系海外华侨资助，一旦起义真的流产，前功尽弃事小，失信于华侨事大——人家捐了这么多钱，你就算是丢块砖瓦也得给个下落不是。

见黄兴尚有些犹豫不决，喻培伦进而提出了一个更尖锐的现实问题："听说近期广州官府将严查户口，我们费尽心力制造的炸弹和运进城的其他武器都可能被搜出，到时难道束手就擒？革命总要冒险，何况还有成功的希望。就算败了，还可以用牺牲来作宣传，起到振奋人心的作用。"

喻培伦最后斩钉截铁地说，就算大家都不干，只剩他一人，也一定要冲进督署衙门，找张鸣岐拼个你死我活。

黄兴听后十分感奋，当即拍案，定于 4 月 27 日准时发动起义。他随后致电香港，要求起义军总部重新派人前来广州。

我一个人比你们几个都强

1911 年 4 月 27 日晨，熊克武奉命接应，可是一直等到下午四点，从香港出发的客船已经到了，人还一个都看不见。

同盟会组织松散的缺陷在这一刻暴露无遗，黄兴让起义军总部派人，那边却还想再拖一天，所以一个人都没派过来。更有甚者，原在广州的一部分基干人员也招呼都不打一声，就自顾自地搭船去了香港。

留在广州的基干人员一共只有一百二十人，若要如期发动起义，诸如分路攻击水师炮台之类的行动就不可能实施了，只能箭发一处，主攻督署。

在进行攻打督署的准备时，认识喻培伦的人都反对他参与进来，说："你是炸弹专家，留下来的话更有用处，不必前去冒险。"

喻培伦连连摇头："让别人去牺牲，我的人格何在？再说我是为了革命才研制炸弹，现在做出了炸弹，让大家拿着炸弹去冒险，我倒不去，那怎么行？"

大家还是劝他留下来，说反正起义军里又不少你一个。喻培伦依然不改其志："别小看我，我一个人比你们几个都强！"

27 日下午五点，在两广总督的衙门前，来了一顶四人抬轿。轿夫向门卫递上名片，上面写着是驻广州的法国总领事。门卫没看出任何异样，抬抬手就放行了。

其实从"总领事"到四个抬轿的"轿夫"，都是革命党人改扮的，为首者便是熊克武。按照计划，法国总领事来访，张鸣岐必定要出来迎接，到时熊克武就可以用炸弹实施刺杀行动。

张鸣岐如今不仅是两广总督，还代理了孚琦的广州将军。广州将军一般都由满人担任，由汉人代理该职以前没有先例，可是张鸣岐并不为此感到高兴，反而忧心忡忡，时刻担心步孚琦的后尘。

正因为天天悬着一颗心，张鸣岐已如惊弓之鸟，在警卫方面极其谨慎小心。熊克武等人虽骗过了门卫，但在直入衙门二堂时还是被警卫瞧出了破绽。督署内立刻发生混战，熊克武掷出炸弹，炸翻了警卫，但等他冲入三堂寻找张鸣岐时，却遍寻无人。后来得知，张鸣岐早就已经逃走了，匆忙之下，他甚至连家属都未能顾及。

在督署门外，黄兴已将起义军分成两路，他自带一路守在督署前门外，喻培伦率另一路埋伏于督署后门外。众人事先约定，一听到熊克武的炸弹声响，两路人马即一前一后冲入督署接应。

听到里面炸弹声响，前门敢死队在黄兴的率领下，一手持短枪，一手拿大刀，口袋里装满炸弹，吹着号角就冲了进去。后门敢死队亦闻声而起，喻培伦说自己一个能顶几个，并非虚言，其掷弹技术的熟练和准确性无人能及，只两颗炸弹甩过去，就在院墙上炸开了洞口，队员们沿着洞口一拥而入。

直到起义军全部冲进督署，大家才知道熊克武的刺杀行动没能成功。就在这时，闻讯赶来的李准率水师发起反击，起义军赶紧组织抵抗。

喻培伦在作战中可谓神勇无比。广州城内的房顶上有可通行的走道，他独自在上面蹿来蹿去，只要敌人一冲过来，就猛投炸弹，直炸得官军再也不敢轻易靠近。

相持到半夜，起义军寡不敌众，决定分散撤退，从此，熊克武再也没有见到过喻培伦。

敌人穷追不舍，熊克武身边的同志越来越少，最后只剩下了四川籍同乡、他在东斌学堂的同学但懋辛。两人想要出城，但城门已关，唯一的办法是翻越城墙。

熊克武沿着墙脚摸索，可是往上看去，墙头到处都有旗兵站岗，哪里上得去。好不容易，摸到一处长满茅草的缓坡，熊克武率先爬了上去，没想到坡上也有两名敌哨兵，要不是下滑得快，他差一点就被刺刀给捅了窟窿。

熊克武从坡上滑下后，敌哨兵不敢下坡搜查，只是不断地朝下面放枪。熊克武和但懋辛躲在死角，一动也不敢动。此时天空飘起了细雨，两人都很清楚，在天亮之前，他们能从广州城逃出去的概率已经越来越低了。

离藏身之处不远的地方有一口池塘，但懋辛说："算了，要不我们投水自杀吧，一了百了。"如同佘英到了断蛇坡，熊克武也颇有走投无路之感，两人一起跳入池塘，可是一跳下去，发现水才到脚背，敢情想死都死不成。

由于但懋辛有伤在身，天快亮时，熊克武负责独自出去寻路，两人又失散了。失散之后，熊克武的处境十分危险，他不是本地人，连广东话都不会说，随时可能遭到逮捕。

借股票

广州民间纷纷传说，革命党是一群很奇怪的人。他们原本都是有家有室的读书人，却甘冒株连九族的危险造反，更令人惊异的是，历朝历代的造反者，不是想当皇帝，就是为了追求升官发财，唯独他们竟然不是奔着这个去的。从自己朴素的人生哲学中，老百姓得出结论，这些人干的一定是好事，自然也都是一些好人。

广州居民不仅没有向官府告密，相反还向潜逃中的革命者伸出了援手。正是在他们的收留和掩护下，熊克武最终脱离了险境。不过其他人就没有这么幸运了，四川籍党人中，喻培伦、但懋辛先后被俘，除但懋辛幸免于难外，喻培伦等均被处决，后被集体葬于广州城外的黄花岗，史称"黄花岗七十二烈士"。

因国际社会对广州起义的内幕尚不知情，两广总督张鸣岐特地将"造反土匪"们的经历和照片打印成册，分送各国驻广州领事馆。各国领事一看履历，喻培伦等人不是富家子弟，就是留日学生，"中国正在发生革命"的传闻由此得到证实。

在广州牺牲的年轻人没有一个是所谓的土匪，他们全是怀抱救国救民理想的社会精英和热血青年。伴随着他们匆匆离去的脚步声，古老帝国的风铃在不断摇晃，向人们传递着一种难以抑制的悲伤。

广州起义又失败了，但这是最后一次失败，不到半年，武昌起义便宣告成功，1911 年 10 月，革命党人将武汉三镇全部予以控制。

这只是多米诺骨牌的第一张。在此之后，关内十八省中，共有十四省先后响应，这些省大多成立了民军，并以所在省份的简称为号，如湖北民军称鄂军，江苏民军称苏军，浙江民军称浙军。

只是在有关于民军的一长串名单里，唯独没有川军的影子，真是起了个大早，赶了个晚集。不过一切都还来得及，武昌起义前，熊克武正在陕西，准备在当地策动起义。得知武昌起义爆发，他马上赶到武昌，与黄兴等人商讨作战方略。及至清军进逼武昌，他又奉命前往上海，催促江浙联军进攻南京，以起到间接援助武昌的作用。

其时川籍革命党人都已云集上海，得知熊克武的来意，大家都有些急不可耐："南京也不知道什么时候才能攻下，就算攻下了，离北京还远得很。不如我们四川人自己撸起袖子干，组织军队兴师北伐！"

熊克武觉得这是个办法，于是点头同意，尔后众人趁热打铁，一致推举他站出来牵头组建蜀军。

涉及组建军队，最让人头疼的不是兵员，而是军饷，同盟会总部给了十万元，但远远不够，于是有人建议向川汉铁路公司借款。

川汉铁路公司是四川保路运动的主角，这是一家民营铁路公司，正是因为清廷试图将其收归国有，才直接诱发和助推了武昌起义。川汉铁路公司的股东们买了一些股票，如今多数已成了没什么用的垃圾股，只有一种英国人发行的"兰格志"股票尚算值钱，可以用它做抵押来买东西。

"兰格志"股票被保存在两名四川商董手里，他们正好都住在上海，向川汉铁路公司借款，其实就是说向这两名商董借股票。熊克武听后，认为也只好如此。

可是借股票说的容易，做起来却并非易事。熊克武多方动员，好说歹说，两名商董始终不肯出借。

"兰格志"股票成了上海滩的唐僧肉，谁知道了都想上来咬一口。在武昌起义中，原清军将领黎元洪被革命党人推举为湖北都督，他的卫队长姓黄，在武昌之役中受了伤，被送到上海就医。这位黄某是四川人，晓得"兰格志"股票的好处，伤一好，就跑去找二位商董"借"股票。

当然得到的也是一番托词。黄某眨巴眨巴眼睛，唰地从腰间掏出一把手枪："敢情你们还不知道我是谁吧，看看我姓什么，我就是黄兴大元帅的兄弟！你们长了七个头八个胆，敢跟我作对？"

武昌起义后，黄兴被南方各省推为副元帅，代行大元帅职权，在当时无人不知，无人不晓。两位商董被吓得脸色发白，只得同意就出借股票一事开会表决。

开会那天，黄某带着一班兵来到会场。表决结果尚未出台，他就不由分说地将主持会议的商董关进黑房子，然后大踏步扬长而去。

其他人见势不妙，便一齐到沪军府告状。沪军都督收下状纸后，随手便塞给来人一排新兵。告状者都是手无缚鸡之力的文人，给他兵都不知道怎么带，连开步走的口令也不会喊，于是来求助熊克武，请他看在同为川人的面子上，无论如何帮帮忙。

熊克武答应了他们的请求，派参谋王子骞前去协助。

蜀军

王子骞赶到现场时，黄某留下的一班人正三三两两地坐在地上侃大山。王子骞大声宣布："奉都督府命令，将两位商董交给我，你们各自回营。"

王子骞时任沪军先锋军总司令部一等参谋，他是老牌的川籍革命党人，武昌起义后有随沪军作战的经历，自然气势逼人，再加上带来的人较多，黄某的看守士兵连命令都不敢查看，当即就乖乖地将扣押的商董交了出来。

经过几番如同过山车般的折腾，惜财如命的商人们开始觉悟了。这是什么世道？乱世啊，饶你十八分精细，大兵们要吓你关你，甚至杀你，都是轻而易举的事。股票肯定是保不住，与横蛮无礼的黄某相比，熊克武的态度和做法已经是春风拂面，反正都要交出去，不给他给谁呢？

　　熊克武终于如愿拿到了股票。黄某虽然看着眼热，但沪军府既然有令，他也就只能自认晦气了。

　　上海多的是外国军火商，一圈比较下来，熊克武决定从日商手里购买武器，这主要是因为日本离得近，运输方便，订好合同可以第一时间拿到货。

　　熊克武派王子骞做代表去洽谈合同。早在广州起义时，王子骞就曾护送军火至香港，对于军械的品种和质量鉴别都不陌生，而且他的日语非常纯熟，能够与日商直接对话，这样可以绕过中间商，节省费用和开支。

　　双方本来谈得不错，说好以"兰格志"股票作抵押品，一年后以现金收回，连利息都不用付。可是就在行将谈妥，快要签字时，日商忽然改了主意。

　　蜀军据说要实施北伐，当然是居无定所，将来一年期满，找不到人怎么办？须知讨债往往比借钱还难，这就叫作"借米下得锅，讨米下不得锅"。日商因此提出，光股票抵押还不行，必须找一个地方长官做双重担保。

　　熊克武觉得日商的额外要求很过分，但既是有求于人，就不能不委曲求全。

　　江浙官员中，江苏都督是四川人，但他和黎元洪一样，也是转正过来的"同志"，与熊克武并不熟悉。好在王子骞人际交往能力出众，通过攀附乡情，总算把江苏都督拉过来做了担保人。

　　有了担保人，日商很快就用轮船将军火一次性运到南京，至此，蜀军的组建已是水到渠成。1912年1月，南京临时政府成立，熊克武被任命为蜀军总司令，军衔为左将军，相当于中将。

　　蜀军的各级军官均为军校的川籍学生，征招的士兵也都是清一色的四川人，其中很多还是原川汉铁路上的失业工人。蜀军虽不能代表川军的全部，却是所有川军里面第一个以省为号的军队，以后便被称为新川军。

　　与新川军相对的，是老川军。四川原拟编三镇新军，由于辛亥革命的爆发，三镇最终只编了一镇，也即第十七镇，由第十七镇新军改编而成的部队为老川军，他们与蜀军共同构成了最早的川军体系。

　　如同熊克武与新川军的关系一样，提到老川军，绝不能忽略了尹昌衡。尹昌衡个子很高，绰号"尹长子"，且他的智商也几乎能跟身高相匹敌，小时候就被人称为神童，一张嘴能言善辩。据说他父亲曾经因事被衙役拘走，他一个人跑进衙门替父申辩，升堂的县太爷当场被驳得哑口无言，不得不将其父放回。那一年，他才十一岁。

如此聪慧，读书当然没有问题。十七岁时，尹昌衡考入了成都的四川武备学堂。这是四川本地创办的第一所军事学校，学校采用的是日本陆军士官学校体制，并聘用日本人担任教习。

在武备学堂，尹昌衡是绝对的尖子生。他与熊克武同一年赴日本求学，但熊克武是自费生，他是公费保送生，而且是武备学堂的首期保送生。

尹昌衡毕业于士官学校步兵科第六期。当时中国国内的科举制度已经废除，像他这样的洋秀才和洋举人，那真是金光熠熠、炙手可热。他在学成回国后，即被分配至广西担任了督练公所编译科长。督练公所又称督练处，乃训练新军的机构，待遇非常不错。当地达官显贵也都争相结交，或收其为学生，或与之结为亲家。

民国女作家张爱玲说过，出名要趁早，否则快乐也来得不那么痛快了。这句话完全可以引用到尹昌衡身上，他已经快乐得有些忘乎所以，不知天高地厚了。

谁是将才

某天，尹昌衡喝到酩酊大醉，一个人骑着马就冲进了巡抚衙门。门卫上前拦阻，他还举起鞭子抽打人家。其时的广西巡抚就是张鸣岐，他闻声出来后，不免要对尹昌衡斥责两句，不料尹昌衡连巡抚大人的面子都不给，反而出言不逊。

张鸣岐虽因镇压广州起义而名声不佳，但他实际上是个很有政绩的官员，尤其在执政广西时多有建树，颇受清末名吏岑春煊的器重和赏识。见一个乳臭未干的年轻后辈竟如此猖狂无礼，张鸣岐不由得大动肝火，若不是旁人说情劝阻，当即就要以"面辱大吏"予以治罪了。

张鸣岐原本很看重尹昌衡，然而尹昌衡的言行使他不得不对之加以冷淡。也许他的出发点是好的，无非希望年轻人能变得更成熟老练一些，但尹昌衡认为自己受到了忽视怠慢，很快就向张鸣岐递交了一封辞职信。

在尹昌衡离职前，张鸣岐专门设宴为他饯行，席间郑重告诫："不傲、不狂、不嗜饮，则为长城。"尹昌衡依旧充满自信地回答："亦文、亦武、亦仁明，终必大用。"

尹昌衡回到四川，当了本省的督练公所编译科长，成为四川总督赵尔巽的属下。赵尔巽是四川新军的创始者，四川新军系由其一手编练而成。赵尔巽不是四川人，他带来的高级军官，从统制到协统，也大多是外省籍，新军中的川籍军人对此甚为不满。

别人不满，放在心里，尹昌衡不满，就一定要说出来。

第十七镇新军编练已毕，赵尔巽在庆祝仪式上举起酒杯："新军成立，当为川人庆，为川人贺。"军官们见状全都跟着起立举杯，只有尹昌衡纹丝不动。

赵尔巽觉得奇怪，就问他为什么不举杯。尹昌衡说："刚才大帅说的话，卑职还有两句不懂，正在琢磨，所以忘了举杯。"

尹昌衡如此一讲，赵尔巽就没法抽梯子走路了，只好继续问他究竟是哪两句不懂。尹昌衡立即高声作答："大帅所说为川人庆，为川人贺，卑职认为应该是为川人悲，为川人吊！"

众目睽睽之下，赵尔巽很不高兴，但仍忍着性子道："这话怎么说？"尹昌衡侃侃而谈："十七镇的枪炮，都是日本人不用的废物，而统兵的人，又无真才实学，真是械不可用，将不知兵。兵如同火，练不好兵，难免自焚。如此看来，大帅所练之兵，只足自焚，所以我说要为川人悲，为川人吊。"

赵尔巽听了不禁一愣："那依你之见，当如何练兵？"

尹昌衡慨然答道："择将！"

"谁是将才？"

尹昌衡先举了一个老资格川籍军官的名字，然后胸脯一挺："还有在下我！"

经过询问，赵尔巽才知尹昌衡是士官学校毕业的。可是难道士官生就能这么不知轻重吗？赵尔巽随手朝在座的军官们一指："他们不都是士官生吗，学的课程完全一样，哪一点不比你强？"

既然已经强出头，就不能轻易缩回去，尹昌衡拿出了他的善辩本领："大帅以此论人，卑职以为大谬不然。宋朝时候，李纲以学士做宰相，秦桧也以学士做宰相，两人却一忠一奸，这又怎么说呢？"

赵尔巽一时反应不及，找不到合适的话来予以回应，竟然当场就被问得张口结舌。眼见总督大人快要下不了台了，旁边的人赶紧插科打诨，以尹昌衡酒喝多了为由，将他拉走了事。

庆祝盛典不欢而散，但尹昌衡一炮而红，因"胆气粗豪，敢于说话"，在川籍军官中赢得了尊重和支持。赵尔巽深谋远虑，他认为尹昌衡固然狂妄冒失，然亦不失才气，而且从平衡军官间的省籍关系出发，也确实值得重用提拔一下。

当年秋天，四川新军分成南北两军进行演练。赵尔巽特地指定尹昌衡为中央裁判官，希望借此考察他的军事才能，同时提升其在军中的地位。

南北两军的指挥官都是外省籍协统，偏偏在这次演习中又都大失水准。演习总结时，尹昌衡毫不客气地把两人大骂一通，说他们简直是饭桶："指挥凌乱不堪，毫无战术常识……"

此时尹昌衡的正式职务不过是一个小小的编译科长，但因为他已被指定为中央裁判官，所以两个协统都不能反驳，只能低着头挨骂。围观的川籍军官感到扬眉吐气，朝尹昌衡直竖大拇指，至此，尹昌衡凭借胆大敢言的形象，一跃成为川籍军官的意见领袖。

十日都督

赵尔巽不久转调他处，四川总督一职由其弟弟赵尔丰接任。一场保路运动，让赵尔丰身败名裂，被迫将权力交出，保路运动领袖蒲殿俊出任了成都军政府（正式名称为大汉四川军政府）都督。

此时聚集成都一地的军队众多，从保路同志军到新军、由绿营改编而成的巡防军，大家都如同鲁迅在《阿Q正传》中所描述的那样，成了"白盔白甲的革命党"，手上也都有了"板刀、钢鞭、炸弹、洋炮、三尖两刃刀、钩镰枪"，自然是谁都不服谁。偏偏蒲殿俊又是个书生政客，论从政经验，远不如下台的旧官僚赵尔丰。为了稳定军心，他决定把军队召集到一起，进行点名发饷。有人劝他说，这种时候，就算把军队互相隔离起来，都尚恐不及，你还要来个集中，倘若"一夫发难"，势必波及全部，到时将不可收拾。蒲殿俊却不以为然："我给军队发饷，对他们好，难道他们还会恩将仇报？"

当天，蒲殿俊宣布要给每个士兵发三个月的恩饷，台下果然是欢呼声一片。可是在欢呼之后，紧随而来的却是铺天盖地的谩骂，原因是副都督朱庆澜又补充了一句实话："现在财政吃紧，这笔恩饷要等以后补发。"

格龟儿子的，原来是诳我们玩呢！有人高喊一声："打起发！"打起发，就是兵变的意思。这一喊不要紧，众人全都回过味来，等什么恩饷，还不如我们自己出去抢一把来得既快又爽。

发现士兵中出现哗变的迹象，蒲殿俊当即易服逃离，满打满算，他的都督一共才做了十二天，川人戏称其为"十日都督"。

其实蒲殿俊走还是不走，对局势而言，都已毫无意义。各支军队犹如蝗虫一般拥上街头，见室就闯，见人就抢，他们在抢掠时还很有默契，碰到跟自己不是一个系统的军队时，都会打招呼："不照不照。"意为各干各的，互不妨碍。

成都处于完全失控的状态，大火连烧三日不熄，藩库、盐库、银行被洗劫一空，白花花的银子整箱整箱地被搬走，民间财产损失更是难以计数，史称"成都兵变"。

在兵变中，很多叛兵大发横财，不少人因此娶了老婆，民间称之为"起发太太"，一首新出笼的民谣紧跟于后："不照不照两不照，明年生过大老少。"

实际上，成都兵变与川籍军官的煽风点火也有一定关系。直到蒲殿俊担任都督，新军军权仍一直掌握在外省军官手中，川籍军官闹了几次，尹昌衡才得以升任军政部长，但其他人依旧看不到升官的希望，川籍军官对此很是不满。据说在兵变发生之前，他们曾给在藩库站岗的卫兵送去指示："如果街上有什么风吹草动，你们立即打开藩库抢银子。"

兵变犹如在田野里放火，火一点燃，就连唯恐天下不乱的川籍军官自己都控制不住。眼看蒲殿俊跑了，外省军官又争相开溜，川籍军官个个面无人色，都唯恐祸及自身。

点名发饷大会还在继续，因为没有人宣布散会，所以整个主席台上，只剩下了军政部长尹昌衡一人。马夫要拉他离开，才走几步，就中流弹而失足倒地，倒下的时候还在喊："尹部长，快躲开，危险……"与此同时，尹昌衡的坐骑因受到惊吓，自行挣脱缰绳，冲进了校阅场。

尹昌衡被激怒了，他大吼一声："大丈夫死何所惧！"然后飞身上马，从城外调来新军，并指挥新军将兵变镇压了下去。

尹昌衡成了挽救成都乃至四川危局的最大功臣。事后讨论新都督人选，有人说："匹夫可以为天子，难道尹昌衡不可以当都督？"此言一出，赢得在座军官一致赞同，尹昌衡遂出任新一任都督，掌握了成都政府的军政大权。

尹昌衡时年不过二十七岁，这个小伙子凭着"亦文、亦武、亦仁明"和一往无前的态度，终于在最短时间内就得到了"大用"。当年尹昌衡与张鸣岐的对话，分明代表着两种不同的奋斗环境及其价值观。张鸣岐说的是治世，尹昌衡讲的是乱世，在乱世之中，"不傲、不狂、不嗜饮"，反而不能成为"长城"，只有抢着板砖呼啸而过，才能引来热闹和加冕，这就叫乱世枭雄！

轮到尹昌衡当家了。尹昌衡一张嘴能瞒神吓鬼，可等他真正坐进都督府，才发现都督很不好做。

在经历兵变后，成都的藩库、盐库、银行早已空空如也，工商业也元气大伤。城里原有一座卖旧衣服的估衣铺，由几十家陕西商人合开，掌柜吓得跑回了陕西老家，铺子里仅剩一两个徒弟看守，以后用了一年时间才慢慢恢复正常营业。

一方面，商业凋零使得成都政府难以收到钱税，成了一个穷棒子政府，只能依靠大量发行军用票来维持运作。另一方面，政府虽然穷了，来蹭饭的人却不见少。兵变发生后，附近各县的保路同志军都打着平乱的旗号，先后聚集成都，而且来了就不走，明睡到夜，夜睡到明，除了食宿外，各种各样的要求提了一大堆。

面对困境，尹昌衡左思右想，终于想出了一个主意。

袍哥政府

保路同志军以袍哥为主，其头领也大多是袍哥里的舵把子。尹昌衡依样画瓢，自己也建立了一个袍哥组织，名为"大汉公"，他自封为"大汉公"的舵把子。

"大汉公"的牌子被正大光明地挂在都督府大门口。从此以后，尹昌衡便挨个到各个"码头"去拜客，跟同志军的头领们称兄道弟，把酒言欢，这样不仅省去了招待费，还拉近了彼此关系。

看到都督如此"亲民"，袍哥们自然喜不自胜，大家见了面，都不叫尹都督了，而是直称"尹大哥"，表示绝对拥护。尹昌衡每到一处地方，袍哥都要给他披一道红，以至尹昌衡天天都是"绛绡缠身"。回去后，他把红绸往床上一扔，接着又兴致勃勃出去拜客。也就是说，尹昌衡成天不做别的事，就是穿梭似的走亲戚，至于都督府的公事，他根本就没时间去理会。

成都的官员们上行下效，也都挂出招牌，成立本部门的"堂口"。尹昌衡是"大汉公"，他的军政部称为"大陆公"，有人甚至鼓动参谋长也挂一牌，曰"大参公"。

各地袍哥争相拥入成都，"不逾刻而遍城中"，全城百姓为求自保，也都以参加袍哥为荣。袍哥提倡复古，称要恢复汉朝衣冠，但由于年代隔得过于久远，谁也不知道什么才算是标准的汉朝服饰，只能从戏曲中照搬。一时间，成都城里满眼都是奇装异服，有头扎"英雄髻"的，有腰佩宝剑的，有足蹬花靴的，还有的干脆就直接披上舞台戏服招摇过市。

尹昌衡此举在令人瞠目结舌的同时，也给别人留下了话柄。云南都督蔡锷给他发来电报，直截了当地说，你的所谓"大汉四川军政府"，其实不过是袍哥政府！

四川早已宣布独立，但一省之内却有两个政府，除了成都的"大汉四川军政府"，还有重庆的"蜀军政府"。成都政府内多为立宪党人及新军军官，重庆政府则以革命党人占多数，两个政府暗中互有敌意，宣布反正的第十七镇新军及其他军队，也都依驻地不同而各为其主。

蔡锷一打一拉，在贬低成都政府的同时，对重庆政府加以肯定，并且表示，愿意派滇军帮助重庆政府"讨伐"成都政府。

蔡锷的话是说得好听，可不管是成都政府，还是重庆政府，当时都到了畏滇如虎的程度。

在此之前，滇黔两省早就以援川为名，派兵入据川境。黔军还好，因为贵州内部本身也发生了动乱，中途已经折回，最难打发的就是云南的滇军。在获知滇军入境的消息后，重庆政府专门派人跟滇军拟订合约，答应付给兵饷，但要求不得自由行动和干涉当地民政。可是滇军根本就不把合约当回事，而且所过之处，居然是见到川军就打，不管你是同志军还是新军、巡防军，都一样对待，然后他们自己任免官员。

四川人认为，滇军所谓援川不过是黄鼠狼给鸡拜年，实为侵川。尤其让成都政府不能容忍的是，滇军还占领川南的自贡盐场，对盐场的盐税大肆截取。

自贡的盐税是成都政府的一个重要财政来源，滇军抢去盐税，无异于要了成都政府的半条命。尹昌衡忍无可忍，遂将军队开到自贡，摆出了不惜与滇军火并的姿态。正是在这种背景下，蔡锷才对四川的两个政府采取了一拉一打、分而治之的对策。

俗话说得好，一山难容二虎。成都政府建立后，尹昌衡曾打算出兵重庆，实行"武力统一"，而重庆方面也有过邀请滇军入川"协助统一"的心思。滇军的现身，让两个政府都意识到，它们其实根本不是"虎"，只是两条朝不保夕的小鱼罢了。

在现代经济学中，有个著名术语叫作"鲇鱼效应"，说的是当凶猛的鲇鱼进入，反而会激活小鱼们在逆境中的生存能力，假如一一对应，滇军毫无疑问就是那条骄悍的鲇鱼。

蔡锷主政云南，正是历史上滇军军容最盛的时期。力量对比摆在那里，川军同室相煎的结果必然是唇亡齿寒，被鲇鱼给逐一吃掉，当然如果他们要跟滇军来硬的，也只会输到一干二净。最好的办法，是能够将滇军这尊神平平安安送走。无奈众生好度人难度，滇军收着盐税，日子正过得滋润，岂肯轻易退出。

正好这时传闻北洋官军将兵犯潼关，对西南方面来说，那是一条更大的鲇鱼。重庆政府便出面劝说滇军联合北伐，实际是想一箭双雕，将其从境内支走，为此他们答应全额负担滇军北伐的经费，并且预先支付三十万元。

五百元股东

面对北洋军队的威胁，南京临时政府也在酝酿北伐，陆军总长黄兴就此向熊克武问计。熊克武认为，各省民军的数量虽然不少，但军官大多刚刚由清军转正而来，立场不稳，观望态度也很明显，时时都想着脚踏两只船。如若贸然北伐，打了胜仗还好，一旦战事不顺，谁也不能保证他们不会再次倒戈。

熊克武的设想是，把新成立的蜀军调到四川，将四川打造成北伐的战略基地，这样万一形势不利，北伐军也可以有一个进可攻、退可守的落脚之处。除此之外，他的另一个用意是将蜀军扎根于重庆政府，给四川党人撑腰。

黄兴对熊克武的意见表示赞同。临时政府随后下达命令，让熊克武率蜀军先行赴川。

部队要出发，熊克武派王子骞去包一艘客轮，这回找的还是日本轮船公司。本来说好运费一万元，先交一半，签合同时，日商却神神秘秘地对王子骞说："一万元那是实价。你是经手人，需要多少回扣，尽可以加进去，然后写在合同里。"末了，他还添了一句，"贵国人向来如此，已成行规。"

运费还有回扣，日商不说，王子骞都不知道。他很严肃地告诉对方："这些都是清朝官场上下舞弊的恶习，你把我们革命党人看成和他们一样的人，实在太轻视中国党人的人格了。对我来说，可算无理之至。"

日商愣了一下，赶紧赔笑道歉，站起身来，恭恭敬敬地行了一个九十度的鞠躬礼。

所有细节都谈完了，快要签字时，王子骞突然对日商说："好，你现在可以拿回扣出来了。"

日商丈二和尚摸不着头脑："我刚才不是问过你了吗，是你自己不要回扣，怎么现在又要起来了？"

王子骞回答："刚才你说的是陋规外快，所以我不要。我要的是生意场上的优惠，我想你既然预留了给经手人的折扣，自然还有还价余地，这些钱必须给我。"

碰到如此精明的中国小伙子，日商无言以对，只好多掏了五百元出来。

王子骞没有将这些钱收入个人腰包，回去后即登记入账，并将开好的收据返还日商。因为这件事，王子骞在蜀军中被笑称为"五百元股东"。

熊克武、王子骞这些革命党人，当初的奋斗目标就是要推翻"腐败清廷"，所以他们才会对陋规恨之入骨，但现实生活中的难题，往往却并不像"五百元股东"那么简单。

1912年2月23日，熊克武率蜀军乘船返川。到达宜昌后，必须更换四川的自营客轮，但因为江水还没涨上来，客轮暂时无法东驶，大家只好在宜昌坐等。

除了每天出操训练外，也没有别的事可做，一个外号"毛牛"的营长闲得发慌，便找到熊克武，说他要去四川铁路公司驻宜昌办事处查账。

没有四川铁路公司，就没有四川保路运动，没有四川保路运动，湖北的武昌起义也就无法取得成功，再说开去，缺了四川铁路公司的"兰格志"股票，蜀军都无法开张。可是要查它的账，却绝非易事，这家公司的账目简直就是一团乱麻，即便集合会计专家，穷数年之力，都不一定理得清楚。

毛牛营长毕业于保定军校，军事知识没得说，但经济学方面完全是门外汉，且不论查账必备的会计统计知识，他连通常的算盘珠子都不会拨。可是熊克武却没法拒绝，因为毛牛说得慷慨激昂："我们此次回川，附带有查办贪污责任。四川铁路公司内部腐败混乱，乃人所共知的事。若不查一下，并将结果公布于众，难对川人及保路运动中的牺牲者交代。"

熊克武点点头："那你就去查吧。"

毛牛兴奋得一跃而起，当即以蜀军司令部的名义与宜昌办事处负责人李某取得了联系。查账这一天，他雄赳赳气昂昂地一个人踱进了办事处的办公室，出乎他的意料，亲自出来接待的李某毫无慌张神色，举手投足间皆彬彬有礼，从容不迫。

一番寒暄之后，李某把毛牛带进了一所大房间。毛牛一走进去就吃了一惊，只见房间里的卷宗账簿堆积如山，在室内正中央放着一张大餐桌，上面铺有白布单，周围还摆列着好些座位，每张座位前从算盘到毛笔、铅笔、钢笔，应有尽有，显然人家早已有备。

李某一面递烟泡茶，一面上前赔笑："所有账目都在这里，你尽管查。有疑问随时提出，我立刻可以解答。"

毛牛的一个脑袋变成了两个大，但既然来了，总得装模作样查一下。抱着一丝侥幸心理，他随手抽出两本账簿，信手翻了翻。

不翻还好，一翻，把他的汗都给翻出来了。别说核对账簿上的数字了，里面的许多名词术语，他甚至这辈子都没见过。

真是隔行如隔山，别说查，毛牛连个装点门面的问题都提不出来。再耽搁下去，恐怕是走不出这个盘丝洞了，他急中生智，忙对李某说："今天不是正式查，只是见个面，接个头而已。我还有事，改天再来。"说完之后，赶紧脚底抹油，溜之大吉。

过了些天，见客轮久候不至，熊克武决定转乘木船溯江西上，查账一事也就不了了之了。

骨灰级人物

要查四川铁路公司的账，实在还轮不到蜀军，那应该是保路运动发起者的事，可是现在早已没人理这个茬儿了，大家想的都是如何尽快将滇军从四川境内支走。

重庆政府本想用联合北伐的方式达到目的，没想到才过几天，黄兴就从南京发来电文，告以清帝退位，南北统一，用不着再北伐了。

北伐中止，按理重庆政府就不用再掏费用，可是滇军来了个不依不饶。他们将军营往重庆一扎，坚持不拿钱就不走人，而且事先说好的三十万元也一个子儿不能少。

成都的尹昌衡听说后非常气愤，便向重庆派去军队，想帮着重庆政府逼滇军离境，双方差一点打起来。

滇军的军营扎在重庆，一打起仗来，甭管输赢，最后总是重庆倒霉。无奈之下，重庆政府只好自认晦气，筹集三十万巨款付给滇军，并说了一箩筐的好话，滇军这才撤出重庆。

吃过这么多苦头之后，成都和重庆都感到有合并的必要，否则只会继续遭受外省欺凌。四川就此得以统一，按照协议，合并后的军政府设在成都，尹昌衡出任都督。

兄弟齐心，其利断金，统一了的四川就不那么好欺负了。协议一出，滇军也不再像原来那么骄横，不久便乖乖地撤回了云南。

鉴于先前的"袍哥政府"受人以柄，尹昌衡改弦更张，下令取缔袍哥，成都两百多个袍哥招牌全部被没收，劈掉做了柴火。当然这只是在公开场合，暗地里袍哥还是照旧可以活动。

重庆也仍得以继续保留重镇地位。尹昌衡专门在重庆设立了镇抚府，并任命了一个骨灰级人物为镇抚府总长，此人名叫胡景伊。

说胡景伊是骨灰级，是因为他在军界的资历实在是老到不能再老了——胡景伊和蔡锷是士官学校第三期同学，同时他也是毕业于士官学校的第一批四川学生，在他被官派保送日本留学的时候，武备学堂还没成立呢！

等胡景伊毕业回国时，才有了武备学堂，他旋即被分到学堂做了教师。当时尹昌衡已经被保送出国，实际上并没有听过他一天课，但按照传统规矩，二人仍有师生的名分。

不光是书本上的学问，胡景伊在现实的人际关系学中也堪称尹昌衡的老师。他正是张鸣岐所称道的"不傲、不狂、不嗜饮"的典型，为人非常有城府，与尹昌衡的狂放不羁大相径庭。

在世道没有大乱之前，胡景伊这样的人不能不受到上级青睐，所以他早早就得以向"长城"靠拢，当尹昌衡因不得志而大发牢骚，怪话连篇时，胡景伊已经调任新军协统。

胡景伊在东京留学时，曾加入过同盟会的前身兴中会。可是当革命党人去广西找他，准备建立地下据点时，他却突然变了脸，喝道："你们赶快给我滚，要是不走，我把你们交出去！"说这话时，胡景伊一半是怕惹祸上身，一半则纯粹是出于嫌贫爱富的本能，他根本不认为这些朝不保夕的"乱党"日后会有什么出息。

仅仅几年之后，国内形势就发生了惊人的转变，世道开始乱了。眼前的局面，就连老谋深算的张鸣岐、赵尔巽、赵尔丰都无所适从，不知道怎么办才好，更不用说胡景伊了。

武昌起义爆发后，广西新军密谋响应，有人推举胡景伊为都督，一如湖北新军拥立黎元洪。如果这种好事放在尹昌衡身上，他可能早就答应了，胡景伊不行，他是稳妥持重的"长城"，不是冒冒失失的"板砖"，起码得先看清楚风向再说吧。

可是机会不等人，这么一犹豫，别人当了都督，反过来要对他下手了，慌得他赶紧弃职逃到了上海。

有时候，人生其实就差那么一步，要不然胡景伊可不就是广西的黎元洪了？胡景伊后悔莫及，一个劲儿地埋怨自己胆子太小：活一百岁难道杀肉吃？该出手时得出手啊！

只不过一夜之间，以前根本瞧不上的"乱党"突然变得奇货可居，看来自己真是瞎了眼，赶快着手补救吧。

开场秀

上海是自由港，也是革命党人聚居之地。胡景伊的弟弟已经加入了同盟会，经他引见，胡景伊结识了熊克武。

胡景伊既有士官生的学历，又当新军协统的履历，在军事学识方面自然有一套，因此一开始熊克武对他很是尊重，在筹组蜀军的过程中，也经常向其请教，两人私交甚好。

胡景伊本想凭此挤进蜀军领导层，但广西那段变脸经历，让大多数革命党人看穿了他的为人。据说孙中山只要一提胡景伊的名字就会切齿痛恨，在沪党人对他也都非常厌恶。

私交再好也得服从公义。熊克武从此便有意疏远胡景伊，说到蜀军时语多敷衍。胡景伊察觉党人难以相容，只好灰溜溜地离开上海，去了四川。

也算巧，当时重庆政府正不知如何才能打发滇军，而胡景伊因为与滇军将领有旧，便想聘他为顾问，以便与滇军进行谈判。胡景伊是个热衷富贵不甘寂寞的人，尤其落魄之时，再小的官帽也是官帽，于是马上接了过来。

谈判结束，尹昌衡正待回重庆复命，却接到了尹昌衡的电召。

此时的尹昌衡正处于焦头烂额之中，急切地要找一个"诸葛军师"来辅助自己。胡景伊不仅是他的老师，在广西时还曾是他的上级，"学识优长，经验宏深"，各方面都合格。

得知有这么好的去处在等着他，胡景伊连招呼都不给重庆方面打一个，就直接去了成都。

重庆、成都政府虽已合并，但尹昌衡对重庆并不放心，因为那里的革命党人最为集中，即便统一之后，仍能形成分庭抗礼之势，他任命胡景伊为重庆镇抚府总长，就是想利用这个老狐狸来镇住当地的革命党。

胡景伊初到上海时，本想与革命党套近乎、拉关系，却遭到群起而攻之，等于阿Q要革命，洋先生却不准他革命，以至"他所有的抱负、志向、希望、前程"都被一笔勾销掉了。有了这一过节，胡景伊就像阿Q一样，开始对革命党人因爱生恨。

拿着尹昌衡颁下的委任状，胡景伊星夜兼程赶到重庆，随他一起到任的，还有一个机关枪营。重庆党人虽多，但手上没有武装，只能唯命是众，胡景伊由此扬扬得意，不可一世。有人对他说，某某党人乃海内奇杰，才堪大用，他哼了一声："什么奇杰，不过是能耍几个炸弹而已！"

最让胡景伊感到痛恨的，莫过于在上海"羞辱"过他的熊克武，偏偏他又听到消息，熊克武即将率蜀军开赴重庆，这对他来说无疑是个很大的威胁。

胡景伊需要找一个打手来对付蜀军，阻其入川。他找到的打手外号人称"刘罗汉"，是原驻于重庆万县的巡防军管带，辖有巡防军千余人，后经人游说才宣布反正。

刘罗汉是见风使舵者的典型，名义上他与革命党人虽已是同志，其实骨子里还是敌人。他在万县贪横不法，残杀党人，与胡景伊倒是实实足足的"同志"。

胡景伊向刘罗汉发去密函，让其对蜀军发起暗袭，但墙有缝，壁有耳，重庆本是党人据点，熊克武提前掌握了这一情报。1912年4月10日拂晓，他先发制敌，指挥蜀军在万县向巡防军发起进攻。

无论是兵员素质还是武器质量，蜀军均非巡防军可比，尤其在近现代战争中，以炮的威慑力为最大，而巡防军的炮还是旧式的劈山炮，这玩意儿就是在半个世纪前的湘军时代都算落后了，哪里是新式山炮的对手。不到半天工夫，巡防军就被打得落花流水，刘罗汉本人也遭到处决。

蜀军的开场秀令胡景伊大为震恐。当熊克武乘轮船由万县抵达重庆时，甫至城下，他就得到党人捎来的情报，说胡景伊已在城头安放大炮，针对的就是蜀军。

半几，胡景伊果然派使登船，要求蜀军不得入城，只能驻扎于江北县城。如此苛刻待遇，在其他人看来，分明就是要寻衅打架的意思，但熊克武很清楚，尹昌衡对胡景伊如此倚重信任，一旦打起来，就不是胡熊二人的矛盾，而将扩大为新老川军之间的战争。

熊克武下令部队开入江北，同时禁止士兵进入重庆，官佐要去重庆探视亲友，也必须一律换穿便衣，以免产生不必要的冲突。

尽管熊克武采取了克制的态度，但胡景伊做贼心虚，依旧害怕熊克武因刘罗汉的事对他进行报复。经他向尹昌衡提议，重庆镇抚府被正式撤销，他也借机离开重庆，跑回了成都。

在胡景伊走后，蜀军得以移驻重庆，这个革命党人的据点总算被保存了下来。

第二章／隆中対

1912 年夏，袁世凯以临时大总统的名义宣布实施军制改革，原清军的官制名称统统被更改。按照规定，尹昌衡也对川军进行了统一改编，共编成五个师，其中一到四师为老川军，第五师为蜀军（新川军）。

胡景伊被尹昌衡任命为军团长，名义上可节制所有川军。在整编仪式上，尹昌衡特地向全体军官宣布："胡先生是我们四川军界的泰斗，在座诸位，哪一个不是胡先生教育过的？所以大家今后一定要按照军团长的命令行事。"

尹昌衡的这番话倒也不是空穴来风。除熊克武外的另外四个师的师长，都是武备学堂学生，师长以下的旅团营长更是多数出自武备学堂。也就是说，武备生几乎控制了川军的各级领导权，由此形成了川军中的第一个派系：武备系。

尹昌衡同意取消重庆镇抚府，将胡景伊召回重庆，一方面是要借胡景伊加强他对武备系的控制，另一方面也是为了与胡景伊商量一件大事。

英雄情结

自近代以来，英国多次派兵侵藏。达赖喇嘛起初曾选择进京，欲请中央政府帮助他抵御英军，但在他由印度回藏后，又被英方笼络，转而亲英。在达赖的影响下，川边巴塘、理塘一带的土司发动暴乱，杀害了北京派去的驻藏帮办大臣。

中央政府立即派兵前往镇压暴乱，奉旨出征的就是赵尔丰，他不仅平定了暴乱，而且还在当地成功地实施了"改土归流"政策，即废除土司制度，重新设立行政机构。

赵尔丰能做到封疆大吏，西征是其最大功绩。接任乃兄的川督一职后，他仍在川边忙碌，直到保路运动爆发，他在成都被赶下台，成了一个平头百姓。

成都兵变后，整个省城损失异常惨重，甫任都督的尹昌衡得给方方面面一个交代，可是因为投鼠忌器，他又不敢追惩乱兵，想来想去便只有杀赵尔丰，同时借此立威这一个办法了。

赵尔丰的哥哥赵尔巽对尹昌衡有知遇之恩，然而尹昌衡最终还是将赵尔丰抓了起来，指称他是兵变的幕后元凶，予以斩首示众。

在出征川边的军事行动中，赵尔丰以文官而指挥若定，有擅战之名，乃至"藏人畏恨"，可是当时代的大潮汹涌而至，亦只能遭受灭顶厄运，甚至比普通人更狼狈——尹昌衡杀他时，几乎跟杀一只豚犬没有任何分别。

不过赵尔丰曾经坐过的那个位置也决定了，谁坐上去，都得接受同样的使命，如今尹昌衡遇到的情况更为严重。就在1912年6月，原本逃往印度躲避战乱的达赖，在英军的护送下又回到了拉萨，"亲英反汉"的势头卷土重来，并且愈演愈烈。

赵尔丰被杀前后，不仅"改土归流"中途夭折，驻藏军队也已大部内调，在防守上极其虚弱。叛乱后的藏军一路东进，不仅将驻藏川军予以分割包围，而且已经打到了巴塘、理塘，川边形势岌岌可危。

尹昌衡决心率大军出关西征。他很信任胡景伊，之所以把胡景伊召至成都，就是要再听听他的意见。

当着胡景伊的面，尹昌衡首先提到了赵尔丰："此君经营川边六年，花了那么多的人力、物力、财力，才取得那么一点成绩，要是我去的话，收获当不止十此。"

还是那种"尹氏风格"，目中无人，睥睨一切，但大敌当前，却也颇有一番英雄气概。

胡景伊对此极表赞同。他对尹昌衡说："以你诛杀赵屠户（赵尔丰以出手狠辣著称，川人称其为赵屠户）的声威，叛乱的藏兵听了，定然是丧胆溃窜，荡平不成问题。"

尹昌衡闻言很是高兴，随即便向北京政府正式请缨西征。1912年6月14日，北京政府复电同意，尹昌衡被任命为西征军总司令。

都督离境，本来留守责任要交给副都督张培爵，但尹昌衡对张培爵不放心，怕他乘机夺权。想来想去，还是胡景伊更可靠，于是就在出发之前，任命胡景伊为护理都督（即代理都督）。

尹昌衡这边刚刚出兵，那边叛军就得到了消息。正如胡景伊所言，藏兵素来畏惧赵尔丰，而这个"尹长子"竟然能诛"赵屠户"于成都，自然是比赵尔丰又要可怕许多倍，心理上便未战先怯。尹昌衡西征时一共带了八个团的川军，至多万余人，且是分路攻击，叛军却传说他率兵十余万，结果畏之如虎，自个把自个给吓得够呛。

西征川军日行百余里，势如破竹，犹如秋风扫落叶一般，不到三个月，便收复了巴塘、理塘，原先被围困着的驻藏川军也一一得救。

尹昌衡控制住川边后，本拟一鼓作气，率军直趋拉萨，以彻底驱赶英人势力和影响，但这时北京政府发来电文，下令他停止进军。

西征军攻势之神速凌厉，大大出乎达赖意料，也惊动了对西藏久有觊觎之心的英国。英国政府对袁世凯提出严重抗议，声称如果西征军继续前进，他们将拒绝承认北京政府的合法性，不仅如此，还会"助藏独立"。

袁世凯深知尹昌衡个性，接连来电十余道，要求他绝对不得越界半步。尹昌衡出征，怀抱的是一种英雄情结。他曾经说过，如果他生在汉朝，"烈不敢让关壮缪（关羽）"，生在宋朝，"忠不敢让岳武穆（岳飞）"。

可是关羽、岳飞碰到的尴尬，也同样发生在了尹昌衡身上。归根结底，他如今已是国民政府将领，再不是清末民初那个天不怕地不怕的毛头小伙，可以说造反就造反。袁世凯发来的这些电文犹如十二道金牌，足以捆住他的手脚。

另外，兵马出征，离不开充足粮草，当年赵尔丰在前面打仗，朝廷派赵尔巽出任川督，就是为了从后方提供有力支援。袁世凯不光发金牌，还断粮饷，西征军要继续前进，只能落入粮械两绝的困境。

尹昌衡只得停下征尘，着力经略川边。在赵尔丰"改土归流"的基础上，他再进一步，用整整两年时间，将川边建成了辖三十二县的特区，为后来的西康（即川滇边区）建省打下了基础。

因西征之功，尹昌衡被另授以川边经略使（川边都督）一职，军衔晋为上将。这个年轻的川军将领从未改变自己的个性，照样傲，照样狂，可对于四川百姓来说，他毫无疑问就是一道坚不可摧的长城。

咬人的狗不露齿

尹昌衡在川边忙得不亦乐乎，有一天，他忽然得知，成都老家早已起了变化，有人鸠占鹊巢，惦记起了他的交椅。更加令人惊异的是，这个可恶的斑鸠不是他悉心提防过的副都督张培爵，而恰恰就是他格外倚重和信任的胡景伊。

事实证明，胡景伊城府之深，远非性格粗豪的尹昌衡所能及。他平时处处奉迎尹昌衡，出现在尹昌衡眼里的形象，也宛然一个干练持重的"老忠臣"，但其实他内心里一时一刻都没有断过"彼可取而代之"的念头。

得知尹昌衡有意亲自西征，胡景伊马上秘密约见各报社记者，要他们尽量鼓吹西征，以此通过舆论把尹昌衡架上西征的马车，让其即便后悔也找不到退路。

和尚一离开庙便不灵了，这就叫调虎离山。在送尹昌衡出征时，胡景伊表现得完全和白帝城被托孤的孔明一样，他信誓旦旦地告诉尹昌衡："你只管打仗，后方有我护理着，尽管放一百个心。等你功成回师，都督一职还是原物奉还。"

话犹在耳，胡景伊却已经挖起了少主人的墙脚。

尹昌衡有胆量有威望，也有能力，仿佛刘备，而不是刘备的儿子阿斗，要挖他的墙脚，非得找个强有力的后台不可。这个后台，便是北京的袁世凯。胡景伊与袁世凯并没有渊源，要拉关系，就必须重新设法。为此，他专门向北京派去驻京代表，每月仅活动经费就超过一万元，终于与袁世凯身边的亲信陈宦拉上了线，并通过这条门路，成功地投身于袁氏门下。

有了北京的眼线，胡景伊很快就掌握了袁世凯的好恶。其时同盟会与其他几个小党已合并组成国民党，意欲通过议会道路来实现政治理想，而袁世凯最不喜欢的就是国民党。

对以前的革命党人，袁世凯还只是鄙视，认为不过是一群披着现代外衣的梁山盗贼，等到国民党成立，这种鄙视又转变成了厌恶和害怕，因为国民党显见得已对他的宝座形成了威胁。

获知袁氏的这个秘密，胡景伊几有豁然开朗之感。尹昌衡走后，成都实行军民分治，胡景伊代理军权，张培爵掌民政权。为了把民政权也抓在自己手里，胡景伊告诉袁世凯，张培爵是国民党员。袁世凯马上来了份电报，将张培爵调到北京，其民政长一职也由胡景伊一手兼理。

在独揽四川军政大权后，胡景伊又加紧拉拢各师师长，以孤立尹昌衡。尹昌衡不是聋子瞎子，虽然身在川边，但也会有人向他报告成都方面的情况，他一听就急了。

以为胡景伊是老诸葛，原来他却是司马懿，托孤的结果，是连孩子都要让这老小子给拐跑了。尹昌衡赶快从川边赶回成都，要找胡景伊索回都督方印。

听说尹昌衡回来了，胡景伊先是躲进城外的寺庙里拒不露面。在舆论的压力下，实在藏不住，才不得不出来与尹昌衡谈了一下，表示愿意奉还川政，不过他说要电呈袁世凯批准才行。

之后胡景伊倒没有食言，三次去电北京，请求让尹昌衡复任都督。

尹昌衡以为这下总可以官复原职了，因为所谓批准，向来只是走个过场而已。孰料事情的发展大大出乎他的意料。袁世凯回电，不是批准，而是申斥，对尹昌衡的申斥，说你不好好地在川边待着，跑成都来干什么。

素来咬人的狗不露齿，若比玩阴的，尹昌衡哪里是胡景伊的对手。就在胡景伊答应归还川政的同时，他给他的驻京代表发去一份密电，无中生有地说尹昌衡是国民党员，"如果回任，对大总统是不利的"。

驻京代表通过关系，将这份密电交给陈宧，陈宧再转呈袁世凯，袁世凯一听尹昌衡竟然是国民党员，马上决定弃尹保胡。

袁世凯的电令一到，北京政府的态度昭然若揭，众人马上面临着一个如何站队的问题。除了一部分国民党员仍坚持"迎尹倒胡"外，其余大部分人都跑到了胡景伊一边，就连原来拥护尹昌衡的几个师长也见风使舵，转入胡景伊阵营。

尹昌衡眼见大势已去，只好返回川边。袁世凯随后便正式任命胡景伊为四川都督，尹昌衡为川边经略使。

醉翁之意不在酒

北京政府几乎等同于降职的任命，对尹昌衡造成了很大打击。他尚未得志时就有轻狂的一面，常称"酒不丧行，色不害德"，悲愤交加下，便开始假酒色宴乐以自遣。

民国小报对八卦新闻的态度是一个都不放过。于是各大报纸上都出现了尹昌衡赴藏，"日征蛮女有姿者充下陈"的花边新闻。有些无聊文人更是添油加醋，连篇累牍地考证，说什么西藏"蛮女"久负艳名，所谓"小蛮"就是由此而来，难怪尹都督会乐不思蜀，把川边这个"藤峡棘穴之所"都当成温柔乡了。

还有人则装作道貌岸然的样子，指责尹昌衡是只听新人笑，哪管旧人哭，连家里的老婆孩子都不管了，你还是人吗？

外行看热闹，内行看门道，当这些八卦小报被放到袁世凯桌上时，他得到的却是不一样的感受。

尹昌衡若果真沉湎酒色也就罢了，然而很明显不是这样。袁世凯本身是个强人，他也知道强人有多么难以驾驭：尹昌衡如此了得，一旦生出反意，可太难办了。

袁世凯的隐密心思，就连报界都瞧出了端倪，一家四川报纸这样报道："袁大总统每提及尹昌衡，总是紧张，提到胡景伊，他就放心了。"

为了让自己和胡景伊都从此不紧张，袁世凯把尹昌衡从川边骗到北京，不久就将他逮捕入狱，一度还要问成死罪。幸运的是，尹昌衡已位居上将，按照规定，审判上将必须由上将组成的军法庭进行会审。参加会审的上将们并不都肯听任袁世凯的摆布，因此彼此意见不一，拖了半年多之后，才给尹昌衡定了一些罪名，杀赵尔丰即为其中之一。

尹昌衡被判刑九年，这个曾有功于国家社稷的年轻人从此失去了自由。又过了几年，袁世凯病死，尹昌衡被予以特赦，得以提前释放出狱，他那时也才三十出点头的年纪，却选择了归隐闲居。

尹昌衡的前半生叱咤风云，后半生留下的几乎全是一篇篇诗文。在这些诗文中，已不再有狂傲不羁的影子，而多为对战乱年代"极目生愁云"似的嗟叹。只有一篇与军事有关，这就是《西征记略》，终其一生，西征川边，始终是最让尹昌衡自豪的一部分。

胡景伊阴谋得逞后，对跟他唱对台戏的国民党当然不会给以好脸色。尹昌衡一回川边，成都国民党党部即遭到封闭，国民党党籍的省议员也都被迫逃往重庆，依庇蜀军避难。

对四川国民党而言，蜀军就是他们唯一的保护伞，胡景伊则视蜀军为心腹之患，加上要紧跟袁世凯，排斥和打击蜀军更成了他的不贰之选。

名义上，胡景伊是四川都督，熊克武是师长，为其下属，胡景伊也就有足够机会来为难熊克武。五个师里面，别的师的公文可以不看，唯有蜀军的必看，而且得亲阅。不知道的，还以为胡景伊特别看重或关心蜀军，其实他是要从中找碴儿。蜀军上报的文件，不论对错与否，他都要批一个"驳斥"。

胡景伊的"另眼相看"，连都督府的秘书都瞧不下去了，私下里说，在川军的五个师里面，以第五师（蜀军）为最守纪律，凡事都遵督令而行，真的搞不懂都督为什么要如此对待他们。

熊克武自己当然很清楚，他知道胡景伊是醉翁之意不在酒，意在像重庆时那样激怒蜀军。如果被激怒，那就是中了招，上了当，所以熊克武仍以表面恭顺的态度来沉静应对，尽量不跟胡景伊发生直接冲突，但随着事态的发展，息事宁人的做法渐渐也行不通了。

1913年3月20日，国民党代理事长宋教仁在上海被刺，标志着北京政府与国民党之间已由暗斗走向明争。几个月后，国民党放弃了政治解决途径，转而组织讨袁军，发起"二次革命"。

战场形势很快朝着不利于国民党的方向发展。仅仅一个月不到，东南数省的讨袁军就相继败北，其中坚持时间最长的为二十七天，最短的仅仅十四天。

这就意味着蜀军一旦揭竿而起，只能独立作战，而仅在川省，他们就须以一敌四。审时度势，熊克武感到不能轻动，有人却要他动。胡景伊不断放出风声，称将对蜀军进行编遣或分割。

其实胡景伊要编遣蜀军岂是那么容易的事，换句话说，如果容易，他还不早就干了。说一千道一万，这个时候老狐狸要制造此类信息，无非还是要施他的"引蛇出洞"之计而已。

就算熊克武沉得住气，他的部属也沉不住气了。蜀军自师长以下的军官全是清一色的党人，而且多半是保定军校生，血气方刚，他们秘密集会，主张武力反抗，甚至有激进派提出，如果熊克武不赞成，就将他关起来，但对外仍打出熊克武的旗号，以为号召。

确实到了没有退路，只能背水一战的时候了，熊克武对众人说："我隐忍不动，是为了待机而起，以保存蜀军这支力量。现在既然大家宁为玉碎，我也决心一拼。"

这是什么革命

1913 年 8 月 4 日，熊克武在重庆发表通电，以蜀军为主组织讨袁军，混编成四个支队九千人，这就是"癸丑讨袁"。

讨袁是旗号，也是最终目标，当前之敌是胡景伊，所以讨袁必先讨胡。胡景伊的据点在成都，要攻下成都，又必须首先拿下泸州才会没有后顾之忧。

熊克武的九千人不算多，因为他实际上要独自对抗六省军队，光胡景伊能调度的川军就超过讨袁军不止一倍。关键还是这些人马该如何用法，有人向熊克武献计，说兵宜合不宜分，应采取突贯攻击战术，舍外省于不顾，集中全力于中路，一面牵制泸州，一面绕道直袭成都。

献计之人是熊克武在日本东斌军校的同学但懋辛，时任讨袁军副参谋长。

但懋辛曾与熊克武一道参加广州起义，还不幸被捕，他的名字虽侥幸未列入"黄花岗七十二烈士"名录，却也是九死一生。其所献计策的精妙之处，在于可出敌不意，就像广州起义中攻击两广督署那样，设若当时能成功捉住张鸣岐，最后的结果或许就大为不同了。

然而讨袁军采取的是民主合议制，平时指挥决策多采用圆桌形式，甭管什么作战方案，都要放到桌面上来商量，商量来商量去，众人都觉得但懋辛的计策过于冒险。

若就稳妥而言，"合"当然不如"分"。最终熊克武采取的战术，是用三个支队防御来自南北两路的外省军队，撑起支架后，由剩下来的第一支队向泸州发起进攻。

战役开始后，北路率先吃紧，熊克武先派王子骞指挥，接着又亲临督师，才使北路的棚架没有垮下来，这时众人都庆幸采取了"分"，要不然就得被别人追着屁股打了。

还是得看中路，成败皆决定于此。闻知"蛇已出洞"，胡景伊迅速将周骏的第一师调到了泸州。周骏师是十七镇的底子，在老川军中实力最为强悍，熊克武投入泸州战场的讨袁军第一支队，也同样集中了新川军之精华。两强相遇，使得中路战事至为激烈。

武器的优劣与否，是对战场风向进行评估的一个基本标准。熊克武向日商购买的军火，除步枪为俄式步枪，稍显落后外，机关枪和山炮均为日本最新式武器。老川军的武器虽然也全是清一色的日本造，但已显得过于老旧。尹昌衡当初评论新军"械不可用"，乃至于"十七镇的枪炮，都是日本人不用的废物"，固然有言过其实之嫌，不过它们相比于蜀军的"最新式日本造"，确实已经相形见绌。

蜀军不仅武器精良齐整，而且军官多为刚走出军校大门的年轻人，没有小圈子，也没有人摆老资格，同事战友之间，相处犹如手足，尽管也时有争吵，但吵过就算，谁也不会心存芥蒂。激战中，第一支队前仆后继，多名营长阵亡，有的军官右手被子弹贯穿，手枪掉落于地，便用左手拾枪，继续大呼前进。

在蜀军的舍命攻击下，周骏师作战失利，被迫退入泸州城中，继而遭到四面包围。

中路战事异常顺利，攻下泸州指日可待，然而就在这紧要关头，袁军开始发力了。在袁世凯的统一调度下，滇黔军自南，陕甘军自北，鄂军自东，五省军队如乌云压顶一般向重庆大营扑来，直接威胁讨袁军后路。

熊克武大惊失色，急召中路部队回师援救，但还没等第一支队赶回，重庆就已经失陷。至此，熊克武的军事布局被完全打乱。各支队被袁军分割包困，处于前进不得、后退不能的窘境，"分"竟然演变成了被对方分而歼之。

蜀军近乎全军覆没，这支国民党在四川的唯一武装悲剧性地退出了历史舞台。但懋辛之计的价值，终于得到了证明，可惜是在失败中得到了证明——行军与理政的最大不同，在于前者并不需要过分民主和稳妥，它的取胜之道，有时就潜藏于偏执和冒险之中。

袁世凯和胡景伊挟得胜之势进行大肆报复。袁世凯除将熊克武等人作为"首逆"外，还别出心裁地列出一封全国通缉的名单，其中有四川党人一百零八人，寓意就是梁山的一百零八个天罡地煞。在此基础上，胡景伊继续扩充迫害者名单，仅在重庆一城，被抄没的人家就多达十八家，遭到杀害的党人难以计数，甚至有的川中富户只因没有主动阿附胡景伊，也被诬陷为党人，弄得家破人亡。

有一位矿工出身的老党人，系由佘英直接向孙中山介绍加入同盟会，曾多次发起反清起义，但就是这么一位好汉，却被胡景伊以"土匪"之名处以死刑。这位老党人在行刑前仰天大笑，说："我不死于满奴之手，而死于辛亥革命告成之后，这是什么革命？！"

熊克武等人被迫再次亡命海外。辛亥革命所谓的胜利成了一场虚幻和梦境，到头来，他们才发现，原来自己从来没有胜利过，只不过是螳螂捕蝉，黄雀在后。

削藩风暴

三人同台，如果说尹昌衡是枭雄，熊克武是英雄，胡景伊就是奸雄。现在，枭雄被逮，英雄被逐，舞台之上，只有奸雄最吃得开，由不得胡景伊不得意。

以老狐狸看来，全天下人都已在他的算计之下，但是他错了，一直以来，有一个人比他更会算计，这个人叫袁世凯。

辛亥革命后，袁世凯虽当了临时大总统，但他的势力仅止于北方数省，全国大多数省份特别是南方各省仍处于实际的独立地位，大小事务皆由本省的都督们做主。

二次革命来得正好，袁世凯一棍扫过去，不仅把国民党的武装力量清理了个干净，而且还震慑住了一些不听话的都督，成功地加强了自己的权威。

袁世凯并没有就此止步，1914 年 6 月 30 日，已正式成为大总统的他，下令裁撤各省都督，从而掀起了一股猛烈的削藩风暴。

胡景伊在官场混了很多年，自然知道来者不善，开始惴惴不安起来，但袁世凯很快给他吃了一个定心丸，当年 7 月，胡景伊被任命为成武将军督理四川军务。

胡景伊松了口气。是将军还是都督，其实都无妨，后面的"督理四川军务"最重要，这意味着他还是四川的土皇帝。

站队，就是要站得既早又好，看来袁大总统是完全把我当自己人了，搞政治嘛，就得眼神贼点才行。胡景伊沾沾自喜，他完全想不到会风云突变。

1915 年 2 月，驻京代表处传出消息，袁世凯将派参谋次长陈宧到四川，名目是"会办四川军务"。让胡景伊感到不安的是，陈宧不是一个人来"会办"，跟在他后面的还有北洋军三个旅。

什么"会办"，分明就打四川的主意来了，一句话，还是要"削藩"！

在此之前，胡景伊都是通过陈宧来与袁世凯拉关系，以至陈宧对胡景伊的情况已摸得很透，而且陈宧虽不是四川人，但他担任过四川武备学堂的会办（相当于副校长），无论是在四川的根基，还是在武备系中的影响力，都绝不输于胡景伊。

胡景伊这才着急起来，他让驻京代表"孝敬"陈宧七十万巨款，想请陈宧不要来四川。

他糊涂，驻京代表可不糊涂，袁世凯和陈宧志在图川，别说七十万，七百万也打发不了。驻京代表预感到胡景伊已日暮途穷，便不声不响地卷裹着巨款，脚底抹油溜掉了。陈宧到达成都后，和胡景伊面对面一谈，胡景伊才知道被人做了手脚，但也只好自认晦气。

6月22日，陈宧果然承袭了胡景伊的成武将军，袁世凯另授胡景伊为毅武将军，调其入京觐见。胡景伊的新官衔根本就是可有可无的虚职，等于被一脚踢开了。

奸雄也要讲级别，袁世凯之奸术远在胡景伊之上，几个虚虚实实、兜兜转转的组合拳下来，便完成了他所谓的"图川大计"。

袁世凯派陈宧督川，最终目的是给他复辟帝制鸣锣开道，但就在这一主一仆把如意算盘拨得哗啦啦乱响的时候，一股他们看不见的洪流正在悄然涌动。

12月25日，蔡锷在昆明起兵，声讨"民国叛徒"袁世凯，从而揭开了护国运动的序幕。

蔡锷是梁启超的学生，他和他的老师一样，都是立宪派。不过在护国运动之前，如果去掉政治立场这一元素，他在西南的形象，倒好像是一个加强版的尹昌衡。

尹昌衡只是在四川的一亩三分地里蹦跶，蔡锷却是在整个西南称王，并且大搞跨区域兼并，兼并的理由冠冕堂皇，足以让对方感觉是活吞了一把苍蝇——滇军侵黔的旗号是"援黔"，侵川的旗号是"援川"。

川黔民众直呼滇军为"滇寇"，一群不讲理的云南强盗罢了，真正是害死了人还要看出殡。

蔡锷用从川黔夺来的几乎相当于保护费、赎城费一样的巨款，如同滚雪球一样地不断进行扩军，使得滇军数量持续膨胀。云南本是一个偏处一隅，落后贫瘠的省份，然而这时的军事力量已执西南之牛耳，周围省份没有一个不怕它的。

可是正所谓强中更有强中手，你在地方上再厉害，上头还有一个更厉害的袁世凯。蔡锷没能逃过削藩风暴，袁世凯就像对付尹昌衡一样，将其召至北京，并且削掉了他的权力。

同样是处于逆境，尹昌衡的狂傲个性让他吃尽苦头，蔡锷比他机灵多了，进京后该服软就服软，即便袁世凯举行的复辟帝制活动，他也一步不落地跟着参加。

在逐渐消除老袁的戒心后，蔡锷潜回云南，发起了护国运动。

英雄

蔡锷发起护国运动，是捏住了袁世凯想当皇帝的软肋。说到底，在中国这块土地上，你尽可以做伪君子，把大总统的权限扩到比皇帝都大，但要想当真小人，在众目睽睽之下登临帝位，那后果就很严重了。

其实袁世凯当皇帝，真不见得比做总统舒服，要知道，他的大总统可是终身总统，就算自己下来，还可以指定儿子接班。更何况，此皇帝并非彼皇帝，袁世凯"登基"之前，连宫女太监甚至跪拜这一套都让他给废除了。冒冒失失"登基"的结果，只会让他成为众矢之的，真不知道这老头儿究竟图什么。袁世凯曾自比曹操，应该说，前半段差不离，可到后半段，他也就只配给人家提鞋了。

尽管如此，在护国运动之初，袁世凯并没有把蔡锷当一回事。道理很简单，过去国民党搞二次革命，尚能够组织起南方数省的民军相抗，论整体实力，要远远高于滇军，可还不是在短时间内就被北洋军给干翻啦？滇军不足为虑，姓蔡的小子一定要现眼，就让他现眼去吧。

事实上，蔡锷面临的困难，比袁世凯预计的还要糟。被"削藩"后，他已不是名正言顺的云南都督，云南都督换成了唐继尧。唐继尧曾是蔡锷手下的一名管带，慑于蔡锷的威望，不能不加入反袁行列，但始终对蔡锷盯着防着，怕对方趁机把军权全部揽过去，抢了自己尚未坐热的宝座。滇军有足足两万多人，唐继尧肯交到蔡锷手上的，才不过两千一百多人，而且全是"二等以下的兵，二等以下的军械"。

袁世凯方面，且不论即将开来的北洋军主力，就算是陈宦的部队，数量上也非滇军可比，不客气地说，蔡锷如今的境遇尚不及癸丑讨袁时的熊克武，难怪老袁要对之不屑一顾了。

可是这次的蔡锷超出了枭雄的框范，他将成为英雄，而英雄所要做的事，本非常人所能及，也是袁世凯这样的奸雄所算计不到的。

袁世凯曾经走过许多好棋，其中之一，就是于不动声色中走马换将，让陈宦督川。袁氏身边亲信众多，尤其在他成为当红炸子鸡的时候，更是门庭若市，但你要让他拣一个最信得过的，毫无疑问就是陈宦。蔡锷也被袁世凯赏识过，但是老袁说，蔡锷固然是不错，但是不如陈宦。

并不是陈宦在军政才能上要强过蔡锷，此君的真正厉害之处其实是拍马奉迎和见风使舵的功力，在这方面，他完全可以称得上是个小袁世凯。很多好事之人爱拿陈宦和蔡锷比较，甚至有人还穿凿附会地评论说，蔡锷之所以要组织救国军，就是要让袁世凯知道他和陈宦之间，谁才是真正的贤者。

蔡锷不是尹昌衡，他绝不会这么意气用事，但是现实赛场偏偏还是把他们两人关到了同一个笼子里——陈宦在四川，实际上等于控制着整个西南，他是蔡锷起事后难以绕开的障碍，如果不清除陈宦这个拦路虎，滇军别说讨袁，很有可能连西南都走不出去。

陈宦入川后，对川军进行了缩编，但川军仍有两师二旅，此外还有他带来的北洋军三个旅，兵力大大超过滇军，双方若是要真刀实枪地开练，陈宦一方无疑更占优势。可要是置换一个战场，情形就完全不一样了。这个战场在现实中找寻不到，它存在于每个人心里。

对陈宦来说，趋利避害是基本的人生法则，以至每一步都要计算好，自己在这件事上能不能得利，有没有好处。这样的人很少会去冒险，他们的心理也绝不像外表看起来那么强悍。

蔡锷瞅准了陈宧身上的薄弱之处，他要打的是一场心理战。入滇的第一天，他就给陈宧发去密电，断言袁世凯必然失败，要陈宧站到反袁阵营这边来。

接到电文后，陈宧笑了：蔡锷，你就使着劲吹吧，北洋军有多威猛，你的滇军有多薄弱，简直是不自量力，以卵击石啊！

陈宧复电蔡锷，大义凛然，严词责备，俨然是袁世凯身边死不改悔的忠臣一个。在复电的同时，他调兵遣将，将驻泸州的川军刘存厚第四师派去前线堵截滇军。

可就在这时候，陈宧突然发现情况不对劲了，不管他怎么催促，刘存厚就是迟迟不动弹。

脚踏两只船

蔡锷的攻心战可不只针对陈宧一个人，川军将领个个点名，刘存厚当然也在其中。

陈宧督川，倚仗着有三个旅的北洋军撑腰，对川军编制大删大砍，四个师被缩掉近三分之一。对留下来的两师二旅，他也没有一点客气，尽量安插亲信，刘存厚的旅长就是陈宧带来的北洋军官。

完成整编后，陈宧又在四川组织"清乡"。"清乡"时，他让川军在前面卖命，"以川军杀川人"，北洋军则懒洋洋地跟在后面督阵。都是打仗，川军损失了，不补缺额，剩余枪械一律缴库，而北洋军稍受损失就能立即得到补充。

"清乡"尚未结束，第四师就被分割成了两半，并时时面临着被陈宧继续派人予以渗透的危险。刘存厚对此又恨又怕，每天都做着遭陈宧暗算的噩梦。蔡锷的密电一到，他就开始合计起来，因此一直在泸州赖着不走。

作为腹黑高手，陈宧时时都在揣度别人的心思，刘存厚在打什么主算，他早已猜透了几分。为了把刘存厚驱至前线，陈宧再次去电进行催促，同时派周骏的第一师去泸州换防。

刘存厚见拖不下去，这才不情不愿地率部开往前线，但一到前线就投入了反袁阵营。军官们在前线秘密宣誓时，还有人生怕陈宧会对他们尚留在成都的家属不利，旁边马上就有人安慰道："不用怕，陈宧是个有心计的人，不会鲁莽从事。"

大家都把陈宧看得透透的。你别看他拥护帝制时的口号喊得比谁都响，但这家伙其实一直在做着脚踏两只船的准备。陈宧的幕僚分为两派，一派拥护帝制，一派拥护共和，他就像操纵木偶的提线艺人一样，看哪边形势对自己有利，就跟哪一派咬耳朵。

蔡锷的第一份密电到达时，陈宧只给帝制派看，所拟复电用的也是与帝制派商定后的语气。待到刘存厚反袁，他又撇下帝制派，拿着他与蔡锷的往来电报，急急忙忙去找共和派商量。

共和派主张联合蔡锷，并阻止袁世凯随后派来的北洋军入川。按道理，陈宧既然是老袁的"忠臣"，就应该怒目而视，否决共和派的提议，可他并没有这么做，只是反反复复地说，要已在川的三个北洋旅反袁是不可能的。

既称小袁，陈宧的猜忌心之重几乎与老袁不相上下。眼前的一堆筹码只要少了一个，他就要犯嘀咕，因为一个刘存厚，陈宧给其他所有川军将领都打上了相同的问号。

川军肯定是信不过了，但仗着手里还有三个北洋旅，陈宧依旧抱有侥幸心理。他把三个旅长召来谈话，希望对方能够为自己保驾。最早赶来相见的旅长是云南人，他一来就对着陈宧发牢骚，说他的祖宗坟墓都在云南，实在不想跟滇军作战。

说者无心，听者有意，陈宧这下连嫡系部队也不放心了。事头似乎也验证了他的这一判断，按照袁世凯的部署，在川的北洋旅被集中至宜宾与滇军作战，结果作战时打得乱七八糟，后方炮兵的炮弹尽往前线自家部队里面扔，弄到最后各部皆不战而退。

陈宧收到战败消息，马上判断是战场指挥问题，而担任宜宾一线总指挥的刘一清恰是共和派的重要成员。对陈宧来说，这意味着整个指挥层都靠不住了。

前线电报发来时已经是凌晨四点，陈宧哪里还睡得着觉，他急唤邓汉祥来见。

邓汉祥也属于共和派，跟刘一清是一条线上的人。刘一清临上前线时，曾偷偷地告诉他，说我到前线后自有办法，你不要有什么顾虑，无论什么情况，陈宦是绝不会杀我们两个人的。尽管如此，当得知陈宦这个时候召见他时，邓汉祥仍是有些心惊肉跳，但又不得不硬着头皮前来见面。

陈宦正绕室彷徨，见到邓汉祥犹如看到救星，说："宜宾一线吃了败仗，我看刘总指挥是有计划有预谋的，我们还是下决心干吧，要不然就晚了。"

对陈宦"干"的含义，邓汉祥当然清楚，就是要联蔡反袁。可陈宦是什么人，一个如假包换的小袁世凯，常常是上面扔馅饼，下面设陷阱，跟他打交道，非得多长一百个心眼儿才行。

会不会是故意在套我的话，让我把刘一清给供出来，然后将我俩一网打尽？想到这里，邓汉祥赶紧表示反对："不行不行，不能这么干。"

陈宦越说要干，邓汉祥就越说干不得。争来争去，把陈宦给弄急了，知道邓汉祥还是不相信他，于是当下就提起笔，唰唰地写了一份电稿。

这是一份写给刘存厚的电稿，上面写着："宜宾方面，刘一清已有部署，请你速联系蔡锷，以便共策将来。"

明明是陈宦亲自拟的稿，可是末尾署名却是邓汉祥。这回轮到邓汉祥急了，连说不可。

陈宦信誓旦旦："我们这种关系，你还不放心吗？"

邓汉祥不放心，一点都不放心。知道你老人家想反水，可把我名字写上去算怎么回事，万一出了差错，那我不就惨啦？

都是精明人，就得用精明人的办法相互沟通。陈宦见邓汉祥神色犹疑，便说："这份电稿是我亲自拟的，都是我的笔迹。你发出电报后，可以把原稿存起来。"

听完陈宦的这番表白，邓汉祥心里的一块石头才算落了地，也才相信陈宦不是故意在设圈套诓他。

智和勇

陈宧为了自保，开始暗中同蔡锷互通声气。经过双方约定，宜宾一线公开打起了假仗，双方军队都是坐地打冲锋，喊杀声震天响，但就是看不到他们往前冲。

蔡锷原本在四川战场上要两线作战，兵力捉襟见肘，根本就不够用。宜宾方面的战局松弛下来后，他立即将滇军主力抽出，全部使用于泸州。泸州之敌才是蔡锷所必须面对的真正强敌，这里已聚集了袁世凯从北方派来的北洋军三个师，领衔者为曹锟。

此时贵州已宣布独立，继刘存厚的川军之后，黔军也加入了护国军作战序列。只是黔军力量微弱，刘存厚师由于在"清乡"时已被陈宧分割，仅有一个旅能参加起义，川滇黔军全部加起来，不过才五六千人，仅为北洋军的一个零头。

最令蔡锷头疼的尚不是人少，而是缺乏后援。滇军从云南出发时，只领了两个多月的军饷，就这还是蔡锷的参谋长罗佩金把祖产拿出来作为抵押，从银行贷来的。为了解决军饷不足的困难，蔡锷拉下脸，求爹爹告奶奶，滇黔两省才又合凑了十七万元送来，可是对于消耗巨大的战场而言，同样是杯水车薪，顷刻便会告罄。

云南本属落后贫瘠省份，全省收入每年不过两三百万，辛亥革命之前经济上都得靠四川接济，不过自云南独立以后，仅截留中央税款就不是一个小数字，加上其他筹款，已足够前线军饷需求。问题是它们都被坐镇云南的唐继尧给扣住了，用作扩充自己的实力，多一个子儿都不愿拨出来。

唐继尧口惠而实不至，不肯向前线提供军费，蔡锷必须自己想办法，但他生平不好货财，虽统军多年，却没有什么积蓄，想做到毁家纾难都不可能。无奈之下，他只好以个人名义向四川当地绅商筹借，用以继续维持军队开支，结果到护国运动结束时，已经负债两百万元。即便这样，蔡锷在四川鏖战一年，也只能给官兵发放伙食津贴，根本不敢提及任何战功奖励。

比军饷短缺更要命的，是弹药的匮乏。云南方面的子弹老是运不上来，没有子弹，枪支不过就是根中看不中用的烧火棍，为此，护国军甚至不得不将鞭炮放进铁桶里燃放，用冒充枪声的方式来迷惑北洋军。

由于受到唐继尧的掣肘，护国军很快就陷入了极端困苦的境地，乃至"全军惶惑"，士气受到不小打击。蔡锷在泸州战场上诚然指挥出色，多次以弱胜强，但再巧的巧妇也难煮出无米的好粥，1916年3月7日，他被迫下达退却命令，指挥护国军转攻为守，缩短战线。

这是蔡锷非常苦恼的一段时间。全军撤退后，他"形容清瘦，颇有劳悴之色"，日子难过啊！

可是护国运动终究将成为蔡锷一生事业的顶点。在这场别人看来难以打赢的战争中，他把自己的智和勇都发挥到了极致。

军饷困难，蔡锷就通过刘存厚与陈宧联系，商请陈宧暗中接济。陈宧虽说一直在与蔡锷暗通款曲，但实际仍在骑墙，他每时每刻都紧盯着战场的变化，以决定下一步要把赌注投在哪一方。

护国军虽然暂时撤退，但在撤退前，北洋军的伤亡要比他们大得多，而且直到护国军撤退两天后，曹锟仍不敢发起追击。也就是说，蔡锷的撤退不过是一种战略性的主动撤退，并非通常意义上的溃败，他们随时可以再次发起新的攻势。陈宧是个中行家，当然看得出来，所以他不仅不能得罪蔡锷，还得讨好对方，不然人家若是真成了赢家，凭什么要给你好脸色看？

若是蔡锷这时候就提出来让陈宧宣布独立，风险太大，依陈宧的性格，是绝不肯如此做的。蔡锷很清楚这一点，所以他只向陈宧要钱。对陈宧来说，给钱的方式神不知鬼不觉，是一种最为保险的讨好方式，没有理由拒绝。

护国军从陈宧手里拿到了军饷，未几，云南方面也运来了子弹。虽然对战场而言，它们仍只是杯水车薪，但已足够维持一段时间。

战争赢家

1916年3月15日，广西宣布独立。广西独立当然与四川战场的相持不下有关，蔡锷从中看到了获胜的希望。

战争归根结底打的是后勤。护国军的后勤补给糟糕透顶，在这种情况下，他们就算能击败曹锟，也无法席卷中国，直捣北京。蔡锷唯一的胜算，就是像武昌起义时那样，争取与北洋军继续相持下去，这样一来，那些犹豫观望的省份将会被迫做出决择，加入反袁护国阵营。

有鉴于此，蔡锷决定利用刚刚到手的这点军饷和弹药，最后再发起一次总攻，为的不是彻底击败对手，而是要击垮他们的信心。总攻发动之前，蔡锷宣布"能战者奖，怯战者惩"，并当场将两名失职军官予以正法，使得三军大为震撼。

3月17日，蔡锷下令全线反攻。此次总攻的声势远大过实际战果，最后既未能重创北洋军，也没能攻入泸州城，但蔡锷的目的达到了。第二天，以江苏将军冯国璋为首的"长江五督"（即长江流域的五个北洋都督）便联名向袁世凯发出密电，要求取消帝制。长江五督拥兵十多万人，北洋军近一半兵力都在其中，他们态度的变化，完全打乱了袁世凯的阵脚。

实际上，北洋内部的矛盾，早在袁世凯发动削藩风暴时就已埋藏下来，但最终爆发，却要归功于四川战场上护国军的不俗表现。

如今的局面，几乎就是武昌起义时的翻版，当时袁世凯如何要挟清廷，现在他的部下也如何要挟他。3月22日，袁世凯下令撤销帝制，并要求与护国军进行停战谈判。

老袁不是一般的强人，轻易从不会服软，他能服软，说明他所受到的内外压力之大，已超出常人想象。

其实就算袁世凯不主动停战，蔡锷也得收兵，因为他的弹药粮草已经再次耗尽。区别在于，袁世凯先叫停，成了输家，而蔡锷则成了赢家。

老袁精明一世，但输也就输在他的过于精明上。他只知道陈宦不像过去那么卖力了，不知道这个"忠臣"已同蔡锷搭上了钩。由于一直被蒙在鼓里，到了双方谈判的重要阶段，他居然仍授命陈宦为己方谈判代表。

作为战争赢家，在停战谈判过程中，蔡锷继续保持着咄咄逼人的气势，他除继续要求袁世凯退位、撤销帝制以及交出总统职位外，还倒逼陈宧，让他早点站出来宣布四川独立。

陈宧仍在犹豫，但这种犹豫，已不是不知道赌注应该加在哪一边，而是他觉得安全没有保障，生怕一旦公开背叛袁世凯，会遭到报复。

这种危险时期，如果没有得力部队护驾，人头随时可能落地。曾归陈宧辖制的川军，除已投奔蔡锷者外，其余只要陈宧宣布独立，一准会举戈相向。在陈宧看来，只有带到四川的三个北洋旅可以指望了。

这三个旅，一个远在川东，剩下的两个如今都服从于一位旅长的指挥。陈宧之所以犹豫不决，也就是要看他的态度，此人名叫冯玉祥。

冯玉祥是陈宧的老部下，早在陈宧任统制时，冯玉祥还是他手下的一个队官。陈宧入川前，打听到冯玉祥已在陕军中升任团长，便特地向袁世凯保荐其为旅长，并带到了四川。打那以后，陈宧便将冯玉祥视为自己绝对的嫡系，所辖部队里面，都优先补充他的枪械，冯玉祥旅也由此被扩充成了混成旅。

陈宧和袁世凯一样，都好猜忌，但并不是说他们谁都不信，只是能让他们信的人比较少而已。至少，陈宧是信得过冯玉祥的。如今冯玉祥几乎就是陈宧在苦海中的指路明灯，宣布独立与否，冯玉祥说可以就可以，说不可以就不可以。

在军事会议上，冯玉祥主张独立最为坚决。这让陈宧放下了心，认为自己宣布独立后，就算袁世凯要报复，只要有冯玉祥护卫左右，也没什么可怕的。

1916 年 5 月 22 日，陈宧在成都宣布四川独立。这一消息像一颗重磅炸弹，直接击穿了袁世凯那早已脆弱不堪的心理防线。

袁世凯忧愤成疾，随即发布命令，将陈宧撤职查办，其遗缺由川军第一师师长周骏继任。

尽管早已是穷途末路，但老袁的出手仍保持着他一贯的狠辣。他没有动用曹锟的北洋军主力，是因为他知道，仅凭四川将军这根肉骨头，就足以驱使周骏拼着命去争抢了。

你这是什么用意

接到袁世凯甩过来的乌纱帽，周骏果然呼地就跳了出去，用不着任何人去催他逼他。一路上，他连口号都想好了，叫作"川人治川"——我周骏是四川本地人，你陈宦是外地人，我当然比你更有资格做四川的一把手。

周骏打蔡锷没有积极性，打成都，积极性比谁都高。第一师自东而西，浩浩荡荡，犹如一条长蛇，把大路都给塞满了，在其身后，是曹锟奉袁世凯之命，专门拨出的军备车辆，同样是源源不断，络绎不绝。

这阵势吓坏了陈宦，急忙让冯玉祥组织防御。他万万没有想到，冯玉祥给予他的答复："我要走了。"

熊克武的蜀军在时，蜀军是川军中的王牌，蜀军被灭，周骏师就成了第一，其实力胜过刘存厚师。与周骏对决，冯玉祥并无胜算，更何况，就算打败了川军，后面还有曹锟的北洋军主力在虎视眈眈，所以他只能率部撤回陕西。

假如冯玉祥一走，陈宦能用于防守成都的部队，就只剩下了一个卫队团，无论如何挡不住周骏。共和派的刘一清、邓汉祥是"联蔡反袁"的倡导者，商量之后，二人便代表陈宦，一起去求见冯玉祥，恳求他能再作考虑。可是不管他们如何声泪俱下，冯玉祥都不为所动，只是强调："四川人排外难斗，我若与周骏作战，遍地皆是敌人，将防不胜防。"

听冯玉祥的意思，似乎是担心四川民众不支持他，刘、邓急忙说："四川人反对袁世凯，可以说完全一致。周骏奉袁之命来犯成都，乃是全川公敌，川人绝不会帮助他们。"

冯玉祥缓和了口气，问："你们说这话有什么根据？"

为了能够让冯玉祥坚定信心，刘、邓建议召集一个扩大会议，请冯玉祥倾听一下民众呼声。冯玉祥听后，点头表示同意。

刘、邓从成都各界民众中召集三百名代表，聚会于成都皇城（皇城实为清代科举贡院，此时为军政府驻地），冯玉祥果然也应诺出席了会议。

开会发言时，一众代表都表示，周骏助袁西犯，乃是川人的奇耻大辱，请冯旅长一定要积极布防，"灭此朝食"。

冯玉祥显然是被打动了。他厉声说："我起初不知道你们的意思是这样，所以要回北方，现在清楚了。我冯玉祥虽粗知大义，也明白保卫地方乃军人的责任，即便肝脑涂地，亦在所不惜。"

众人闻言大受鼓舞，正要鼓掌，冯玉祥却又来了一句："不过……一般士兵知识有限，如何才能激励他们，尚望各位先生多多指示。"

锣鼓听声，听话听音，代表们马上领会了冯玉祥的意思。有人马上问道："请教冯旅长，究竟需要多少数目？"

冯玉祥笑道："各位先生都很高明，这个不用我说了吧。韩信将兵，多多益善，我怎么好说数目呢。"

会场上沉默了一会儿，随即有人慨然允诺："只要冯旅长去打周骏，你们的粮饷，陈宧将军负担不起，我们四川人负担，马上就去发动凑集。"

冯玉祥见状，神情十分激动，他高声说道："周骏要是打得过来，把我冯玉祥的鼻子割了！"

此言一出，会场上掌声雷动，莫不称快。当晚，成都各界便购买了猪牛羊肉、面粉、大米等物资，全部送交冯部，此外，又赠现款二十多万元。

众人以为，这下事情应该妥妥的了，但是其实冯玉祥并没有真正改变撤出四川的念头。部队行军和迁移他地，需要粮草军饷补给，这批物资现款正好填补了空缺，所以冯玉祥照旧传令部队向城门开去，准备离开成都。

陈宧怒不可遏，决定最后再找冯玉祥谈一次。负责从中牵线的刘一清、邓汉祥认为自己被冯玉祥要了，更是对冯恨之入骨，他们瞒着陈宧，特地在其卧室周围安排了伏兵。

冯玉祥应召而来，但他不是一个人来的，身边还跟着一个营的卫兵以及几十人的手枪队，显然已有所戒备。刘一清、邓汉祥互使一个眼色，提出陈宧要在卧室召见，而卫兵和手枪队不便紧紧跟随。

冯玉祥想想也对，就在刘、邓的陪同下，走进了陈宧的卧室。见冯玉祥进门，陈宧一拍桌子："冯玉祥，我从前清到现在，始终是扶持你的。开军事会议，你主张独立，可独立后你又要带兵走，你这是什么用意？"

对于匆匆宣布独立，陈宧如今可谓追悔莫及，他恨恨地对冯玉祥说："我告诉你，我七十四岁的老母，现在就住在皇城，我一家人情愿死在这里，我是不走的……"

未等陈宧说完，冯玉祥便伏地痛哭："我冯玉祥并无别意，是恐怕打不过那个周骏，请陈将军千万不要误会。"

我们做渔翁不好吗

就在陈宧、冯玉祥谈话之际，刘一清、邓汉祥借故把陈宧喊出来，把预设伏兵的事告诉了他。刘、邓的想法是在卧室门口将冯玉祥杀掉，再由陈宧自兼该旅的旅长。

不料陈宧听后大发脾气，说你们如此搞法，会将冯旅逼上梁山，导致叛变，"如果你们要杀冯玉祥，我就先杀你们"。刘、邓面面相觑，只得作罢。

在陈宧的卧室里，冯玉祥虽没见到刀光剑影，但陈、刘、邓三个人进进出出的神情，已被他猜到了大半。回去后，他就向陈宧发出通牒，限其二十四小时内离开成都，否则就开炮轰击皇城。

一场失败了的鸿门宴，使项羽成了"竖子不足与谋"的典型，可是古往今来，究竟又有多少人比他更聪明呢？1916 年 6 月 25 日，陈宧被迫逃出成都，从此远离了政治舞台的中央。

冯玉祥紧接着也率部撤离了四川。离川时，冯旅搂草打兔子，把成都军火库给清了个空。为了便于行军，官兵们把大部分行李都扔掉了，每人都至少携带步枪子弹五百发或炮弹两颗，冯玉祥自己也背了两颗炮弹，后来觉得负担实在太重，找川甘边区的土匪帮忙，才把枪弹运到汉中。

6 月 27 日，周骏进入成都，随即迫不及待地给自己加了四川将军的冕。然而这被证明不过是一场空欢喜，二十多天前，袁世凯已经病死，袁世凯一死，他的委任状也就失去了任何效力。

陈宧在宣布四川独立前，做了两手准备，一是依靠冯玉祥，二就是向蔡锷求援。蔡锷同意援川，但直到陈宧离开，滇军也未开入成都。

在出兵进川方面，滇军内部本有分歧。唐继尧在发给滇军将领的密电中，提出在护国战争胜利之后，四川军政大权不论属于何人，滇军都必须留在四川，而不能撤回云南。如此做的原因之一，便是军费开支庞大。唐继尧既不肯削减滇军的一兵一卒，便一心想着蹭四川人的油，拿川资来养他的滇军。甚至于在停战谈判期间，唐继尧就急不可耐地计划出兵成都，只是在蔡锷的劝阻下才暂缓行动。

唐继尧属于鼠肚鸡肠，做不了大事的人，该他出牌的时候死不肯出，那心眼儿小到只有三寸大，不该他出的时候瞎出，全然不管这样做是否师出有名，以及会不会带来恶劣的政治影响。

蔡锷与唐继尧的区别，在于他大局观较强，而且知道如何把握事件处理的时机与火候。以陈宧向他求援为例，如果不答应，陈宧自然就下不了决心独立，但要是在第一时间就派兵前去，帮助陈宧把周骏赶走，那么陈宧就有希望在四川站稳脚跟，而滇军很可能依旧被排斥在外。

蔡锷的参谋长罗佩金说了句实话："我们做渔翁不好吗？"鹬蚌相争，渔翁得利，滇军的算盘，就是要借周骏之力来逐走陈宧，等陈宧走后，滇军再来打周骏。

周骏一入成都，滇军马上就打了过来，周骏岂是蔡锷的对手，所部节节败退。袁世凯倒台之后，周骏的"四川将军"已然是名不正言不顺，见势不妙，他赶紧给蔡锷发去一份电报，称自己是接受了袁世凯的"乱命"，现在马上就把位子给腾出来。

从成都败退撤出时，周骏手下仅剩得几千人马，用"仓皇"两个字都不能形容他的凄惨之状。更可怜的是，沿途地方对他的态度，犹如看到过街老鼠。虽然还不至于人人喊打，但起码没人敢予以收留，都唯恐引火烧身。

想想周骏也真够倒霉。他的人生几乎就跟赌博一样，开始赢了一大堆筹码，可还没来得及开心一下，转眼之间就又输到了血本无归。后来有人对周骏说，你带着这几千残兵，能往哪里去？哪一个省又会容得下你？难道这些四川子弟都跟着你饿死不成？不如把部队留下来，独自进京去找个活路吧。

周骏想想有理，就把残兵交予地方，自己在百余名手枪兵的掩护下出川进京。进京后，他果然混到了一个跟胡景伊一样的闲职将军头衔，虽然是聊以度日，但也总算没有窝窝囊囊地死在乱军之中。

1916 年 7 月 29 日，蔡锷进入成都，此时他已被新一届北京政府正式任命为四川督军兼省长。

对四川人来说，湖南籍的蔡锷能够做他们的一把手，委实是件好事。所谓到哪座山头唱哪支山歌，蔡锷督滇，要全力维护云南及滇军，如今督川，自然只会向着四川，而以蔡锷护国英雄的威望和军政才能，又有谁敢来四川捋老虎须？

从蔡锷生前留下的善后方案来看，他确实也有以四川为中心，再联络滇黔，形成西南三省通力合作局面的构想。自辛亥革命之后，四川这个天府之国终于有望得到稳定与安宁了。可是天不遂人愿，因为劳累过度，蔡锷喉疾加剧，病情越来越重。8 月 8 日，他在去电北京请假后，离成都东下，远赴日本就医。

临行前，四川军民对之依依不舍，蔡锷亦感慨良多，他动情地说："我查阅了四川的档案，年赋税达数千万元，以前真不知道四川会如此富庶，此地确实是西南重心，实大有可为。"

蔡锷还说，他原来想到中央去，现在也不想去了，自己虽然多年奔波，也没有搞出什么名堂，假如能早来四川，一定可以多做出点事情，可惜现在又病疾严重，不得不走了。

蔡锷寄语川中父老，说等他治愈后，将早日回川理政，然而仅仅三个月后，他就因医治无效而病死于日本。

蹭四川的油

蔡锷出国之前，推荐了两个人分别代理四川军政，其中一人是他的参谋长罗佩金。

罗佩金毕业于士官学校第六期。他是一个非常有眼光的人，当年蔡锷在广西屡不得志，就是罗佩金慧眼识英才，想方设法将蔡锷调到了云南，并甘居其下，从而促成了一位栋梁之材的脱颖而出。在罗佩金识拔过的人才中，甚至还包括当时尚为小字辈的朱德。

除了眼力好之外，罗佩金也很有谋略。他在滇军中向有"智囊"之称，云南起义时，真正能控制滇军和发挥主导作用的，不是蔡锷，而是罗佩金。

在护国运动的策划阶段，蔡锷曾让罗佩金帮他制订作战方案。罗佩金拟订的方案是"先实后虚"，即让护国军以剿匪为名，向四川发起进攻，在拿下重点城市后，再宣布云南独立。

蔡锷出于种种考虑，最后将方案改成了"先虚后实"，既先宣布云南独立，再起兵相向。应该说，两种方案各有优缺点，蔡锷讲的是政治，罗佩金着眼的是军事，若仅从军事角度而言，罗佩金之计实有奇兵效果。

滇军准备誓师出征，却苦于军费无着，又是罗佩金一咬牙，将祖上几代人积攒的家产都拿出来抵押，才贷来了首批军饷。护国运动结束后论功行赏，蔡锷排第一，罗佩金仅位居其下，他也因此被誉为"护国中坚"。

因为蔡锷的推荐和本身在护国运动中的功绩，罗佩金继蔡锷之位，担任了四川督军。可是履任新职之后，他的立场却还站在云南那一边，不仅思维模式和唐继尧如出一辙，而且就好像是唐继尧的参谋长，唐要他做什么，他就做什么。

唐继尧需要罗佩金做的，无非还是蹭四川的油，来养云南的兵。在护国运动前期，唐继尧不肯多投入兵卒，后期已经进入停战谈判，他却大举增兵，导致护国之役结束时，滇军已先后入川达十二个营，除损失掉两个营外，仍剩下十个营。

不打仗了，滇军理应大部撤回云南，可是实际上一个都没走。之后罗佩金又从云南大批招兵，加上原先的十个营，编足了两个师的驻川滇军。这些从云南招来的新兵都是徒手兵，是空着两手跑到四川来的。罗佩金一声令下，把四川兵工厂半年所生产的枪支全部取出来，用以武装新兵。滇军的装备原本很差，多为杂色枪，罗佩金便干脆把驻川滇军老兵的武器也全部换成了川造的新式步枪。

四川兵工厂是当时西南唯一的兵工厂，据说其规模仅次于汉阳兵工厂，生产设备均系进口，能仿造德式步枪，而且拥有日产五十支步枪的生产能力。自罗佩金督川后，这家兵工厂便俨然成了滇军的定点军火库。

罗佩金就职后，在成都设立了卫戍司令部，每天派滇军巡查队在成都的各条街上巡查。巡查队架子十足，知道的是巡街，不知道的，还以为是清末官员出巡：排在第一列的只有一个士兵，该士兵双手捧令箭，令箭一尺多长，箭头用油布包着，呈箭头形，油布上写着朱红大字"令"；在持令箭的士兵身后，跟着两个手持短军棍的士兵；再往后面，才是一队排成两行的士兵，这些士兵人人荷枪实弹，杀气腾腾。

事实上，滇军巡查队可比清末官员出巡凶多了。从成都警察到川军，见到令箭一律都要行最高军礼。巡查队员瞅站岗的警察不顺眼，便以敬礼不标准为由，拖下来给以一军棍，有时还要报以老拳，弄得值班警察都不敢上街执行任务，见到巡查队就远远跑掉。川军官兵也不敢惹巡查队，他们上街时一般多换便衣，如果是穿着军装，便坚决不去滇军控制范围，以求彼此相安无事。

警察和军人都是如此，川民境遇可想而知。当巡查队耀武扬威开过时，街道上的小商小贩及行人个个避之唯恐不及，碰上动作稍慢，让道让得迟的，都得结结实实挨上一顿打骂。

我看会起变化的

现实生活永远不会如人们设想的那么富有逻辑，它就像俄罗斯方块，稍不留神，就会把许多人的人生放错位置。罗佩金天生是做军师、摇鹅毛扇的料，而并不是一个统帅之才，当这样的人被放错位置时，也就意味着悲剧离他不远了。

在罗佩金的影响下，驻川滇军官兵变得越来越狂妄骄横，甚至一般的滇军士兵也在街上仗势欺人，吃饭买东西不给钱乃是家常便饭，有时警察看不惯，要上去制止，也会遭到暴打。

滇黔两军的服饰跟川军不同。滇黔军的军帽边沿一圈都是红色，而川军一律灰色，四川人因此形象地称滇黔军为"红边边"，称川军为"灰边边"。想当初，蔡锷率滇军入城时，成都曾经万人空巷，人们扶老携幼，争相赶来领略其风采。那时的滇军因护国运动之功，也一改从前的"滇寇"形象，成为一支被川人感谢和崇敬的英雄部队。可是没想到时间不长，他们就露出了自己的狐狸尾巴，"红边边"再也不受欢迎了。

罗佩金丝毫没有意识到身边所潜伏的危机，在"护国中坚"的荣誉已渐渐褪色的情况下，他仍以为自己拥有对各军生杀予夺的绝对权威。

1917年3月，罗佩金召集各军将领在成都开会，会议的中心内容是落实北京政府的编遣决议，对在川军队进行缩编。此时的驻川军队，川军是五个师，滇军是两个师。按照北京政府给出的办法，川军要缩为三师一旅，滇军要缩为一师一旅。

虽然都是缩编，但滇军加上附属的特种兵，仍合两师之数，实际没多大损失，川军挨刀却是一点价都没得还，而且川军番号还是"暂编"，一个"暂"字，就意味着前途未卜，编制可以随时被撤。在待遇方面，两军也相差很大，滇军被列为"国军"，享有和中央政府直辖军队一样的待遇，川军被列为地方军，仅就军饷一项，就要比滇军少三分之一。

这个办法显然对川军十分不公，毕竟在四川的地盘上，川军是主军，滇军是客军，但罗佩金原本就存有私心，老是想着要"强滇弱川"，这样的裁军办法对他来说，正是求之不得。

成都会议之前，为了敷衍川军，罗佩金曾假意向北京政府报告，请求保留川军五个师的编制，北京自然是不同意。得到北京的支持，罗佩金便有恃无恐地在会上对编遣决议进行强制推行。

见川军各师师长都叫苦连天，罗佩金脸色一沉："总之，川军加起来不能超过三师一旅。实在不行，就砍掉特种兵，只保留纯步兵。"

　　当罗佩金说出这番话的时候，他没留意到，墙角处有一个人正在嘿嘿冷笑。

　　护国战争结束时，最为失望和气愤的，莫过于刘存厚。刘存厚曾在云南新军中任管带，为蔡锷和罗佩金的部下，也参加了云南起义。不过当时蔡、罗对他并不重用，导致刘存厚混得很不得意，没多久就回了四川。

　　在护国战争中，尽管刘存厚很卖力气，但蔡锷对他的态度依然如故，一度还以作战不力为名，要密谋兼并他的部队，后来虽未实行，却被刘存厚发现了，从此便开始有意识地保持与滇军的距离。

　　刘存厚认为自己绝对有资格督川，他最早发动阵前起义，之后负责联络陈宦，并参与了对曹锟的作战。及至周骏逃离成都，又是他第一个率部入城，在蔡锷到来之前，负责代理军政事务和维持地方秩序。

　　古史中有"先入关中者王之"的说法，刘存厚隐隐然已有了这种期盼，当然他也知道论威望、资历和能力，自己绝不可能与蔡锷比较，所以如果蔡锷有意，他愿意让贤。当蔡锷抵达成都时，刘存厚曾带着众人到市口迎接，那时他对此确实并无多少抵触情绪。

　　刘存厚可以在蔡锷面前低头，但罗佩金就另当别论了。蔡锷赴日就医前，保荐罗佩金为四川督军、戴戡为四川省长，里面竟然没他刘存厚什么事。刘存厚仅仅得到了一个川军第一军军长的虚衔，所能统领的也仍然只是原先自己的那个师。

　　敢情工蚁一样折腾半天，都是为你们这些外地人忙活的？刘存厚甚为气愤，他断定，这是滇军方面对他一贯轻视和疏慢的结果，自己要想出人头地，滇军就是拦路虎、绊脚石。

　　蔡锷在，肯定是斗不过蔡锷，可是对罗佩金，我难道就没有斗过他的希望和可能？看出了刘存厚的心思，一个部下趁机进言："军长，你以为四川这个僵局就无法打开吗？我看会起变化的。"

　　刘存厚见他话中有话，忙追问有何破局之法。此人道："依在下看来，你军事上没有问题，现在身边缺的就是一位才智卓越、长袖善舞的谋略之士，所以政治上常处劣势。若能有高士相助，何愁大事不成？"

刘存厚一拍大腿："你说的是啊，可我究竟到哪里去找这样的高士呢？"

"所谓远在天边，近在眼前，我正有一人要推荐给你。"对方答道。

茅塞顿开

刘存厚的部下要向刘存厚推荐的高士，名叫吴莲炬，任职于贵州，他与刘存厚还有过一面之缘。刘存厚喜出望外，当即让这位部下帮助联系，并预先汇去旅费，请吴莲炬务必入川相助。

吴莲炬应邀秘密到达成都，见面后，两人连谈了三天。当刘存厚问吴莲炬，有什么办法可以制约罗佩金时，吴莲炬笑道："罗佩金早已身处险境，只不过他自己还糊里糊涂罢了。"

吴莲炬的这番话甚合刘存厚的胃口，可是话不能光拣痛快的说，除了"是什么"，刘存厚还非常想知道"为什么"。

治蜀不力，民心向背，诸如此类，都可算成是罗佩金的"险境"，但说句老实话，在现实生活中，它们都只是附加条件，或者说是事后给失败者定罪时的点缀，刘存厚要听的可不是这些，吴莲炬并非纸上谈兵的书生，所以他要说的也不是这些。

吴莲炬要说的，首先是京城的政治内幕。袁世凯死后，北京政府由两个人执掌政权，也就是总理段祺瑞和继任总统黎元洪。段祺瑞个性倔强，一贯主张以武力平定南方。黎元洪成名于武昌起义，是由革命党人扶持起来的，所以他对南方革命党多有掩护。两个人名为搭档，实为对手。

力量对比上，段祺瑞人称"段合肥"，乃北洋元老，掌握实权。黎元洪人称"黎菩萨"，没有力量，不过是泥菩萨一个。吴莲炬对刘存厚说："这就是大势所向，你今后一定要看准大势，跟着段祺瑞，以北洋军人为友，才能稳操胜券。"

讲了远的，再讲近的，吴莲炬提到了尹昌衡这个过往的川中著名人物。尹昌衡有平定西藏叛军、经略川边之功，可他后来为什么还会遭人暗算，以致滚鞍落马？吴莲炬分析说："无他，全在拥兵取忌故也。罗佩金督川后，将驻川滇军一下子扩充到两个师，这是在重蹈尹昌衡的复辙！"

听到此处，刘存厚几乎有茅塞顿开之感。高人啊，你怎么会把世事看得如此透彻呢？

"罗佩金是国民党员，论派系阵营，属南方革命党人。"吴莲炬继续往下说，"据我推断，罗佩金督川，黎元洪或许会偏袒此君，却绝非段祺瑞所喜。你只需以政略指导战略，如此如此，伺机行动，将来发展当不可限量。"

吴莲炬的"如此如此"，包括了外拥中央、内固实力等多条谋略，几乎就相当于三国时诸葛亮提供给刘备的"隆中对"。

刘存厚不是刘玄德，可他也有像皇叔那样称雄巴蜀的念头，当下听得兴奋不已，用手抚着吴莲炬的肩膀连声说："老兄高论，实获我心。"

在吴莲炬的"隆中对"中，"外拥中央"最重要也最关键。刘存厚的前上司胡景伊如今正居于京城，刘存厚始终和他保持着联系。胡景伊身挂闲职，仍能蒙过去的老部下这么看得起，自然对刘存厚抱有好感，他也一直在尽力替刘存厚说话，可惜人微言轻，始终起不到什么明显效果。

不过刘存厚在北京并非只有胡景伊这一个人脉，他还有重要棋子没有使用。刘存厚计划派一个人，以驻京代表的名义前去北京，从而把这枚棋子运作起来。

吴莲炬闻言，立即毛遂自荐，请缨前往。刘存厚大喜，特聘吴莲炬为军部高等顾问，每月赠舆马费千元，并拨付活动费两万元。

吴莲炬在成都停留了五天，五天后即行北上。刘存厚也真跟刘备待诸葛亮那样，恭恭敬敬地送到郊外，然后才握手告别（如果说古今有什么区别，大概也就只有将鞠躬改成握手了）。

吴莲炬到京城后，首先拿着刘存厚的亲笔信，登门拜访了靳云鹏。这个靳云鹏就是刘存厚所说的重要棋子，时为段祺瑞手下四大金刚之一。

多面外交

刘存厚与靳云鹏颇有渊源。清末时，靳云鹏在云贵总督衙门任军事幕僚长。

蔡锷、罗佩金等人为了谋划起义，便派刘存厚打入靳府进行刺探。

靳云鹏并不嫌刘存厚身份低微，常常主动与之商讨时局。在靳云鹏看来，朝廷重用皇室亲贵，而这些亲贵又都昏庸无知，因此清政权迟早是保不住的。靳云鹏不反对革命，但他对孙中山怀有成见，认为孙中山空喊革命，不过是一场空，以后的政权不管是搞君主制还是民主制，终究得由掌握军权的人说了算。

刘存厚并非熊克武那样的革命党人，他参加起义，说穿了无非是不甘寂寞，想趁机干出一番事业而已。靳云鹏看出了他的心思，对他说："你是一个纯粹的军人，听我的话，抓住军队，将来自有出人头地的一天。"

其时靳云鹏的地位之高，连云贵总督都要谦让三分，他的推心置腹和赏识器重，差点把刘存厚感动得眼泪鼻涕都流出来，伯乐啊！刘存厚一直认为蔡锷和罗佩金瞧不起自己，现在感到靳云鹏识才用人的眼光远在蔡锷之上，就觉得跟着他干才有奔头。

负有特殊使命的刘存厚反而被靳云鹏说动，成了靳云鹏的人。只是造化弄人，时隔不久，靳云鹏自己先被"枪杆子理论"给推翻了——蔡锷、罗佩金发动云南起义，占领了总督署，靳云鹏化装逃往北方，刘存厚依靠靳云鹏在云南谋求发展的希望也随之泡汤。

在此之后，虽然天隔一方，但刘存厚并未与靳云鹏中断联系，眼瞅着这时候就派上了用场。

从靳云鹏到段祺瑞，就其内心来说，对蔡锷、罗佩金等人都没有好感，理由也跟袁世凯对革命党人的看法类似，认为此辈皆靠造反起家，不过是水泊梁山里强盗一般的人物，难登大雅之堂。靳云鹏当年就是被蔡、罗从云南赶出来的，自然更是怀恨在心，看完刘存厚的信后，马上决定拉他一把。

在靳云鹏的引见下，吴莲炬拜谒了段祺瑞。得知来意，段祺瑞很干脆地对吴莲炬说："翼青（靳云鹏字翼青）负西南事务专责，又是你们刘军长（刘存厚）的老上司，你们可以随时交换意见，必要时再直接找我。"

除了拜谒段祺瑞外，吴莲炬又马不停蹄，在京城中不停奔走，大到段祺瑞的四大金刚，中到胡景伊等在京官员，小到一般的川籍共和党议员，他无不接洽。

　　与此同时，刘存厚则在四川对"内固实力"进行逐一落实。按照吴莲炬所嘱，他创办了一份名为四川新闻的报纸，作为自己的喉舌，还拨出一笔专用经费，让人给京津沪渝的大报按月送去津贴，一般情况下，报馆要么拒收津贴，收了对刘存厚就只会说好话不会说坏话。

　　多方宣传很重要，延揽"贤豪"更不可少。刘存厚从四川朝野招揽了一大批人，分别聘为顾问或参议，且每月给以高薪。这些人或者给刘存厚出谋划策，或者帮他在四川议会中进行鼓吹。

　　无论是在演义还是史实之中，刘备都是一个极有心计的人。在这方面，刘存厚颇有相似之处，他的处世哲学是多面外交，常挂在嘴边的一句话，叫作"一个龙门子养不活一个讨口子"。这是四川话，"讨口子"是指叫花子，意思大致是说，即便是叫花子，也不能只朝着一家富户要饭，得逛千家门，吃千家饭。

　　与此相应，他另有一句妙语，谓之"下棋要多走闲着"，也就是必须广结人脉。当时四川的党派中，除了国民党外，还有共和党和进步党。刘存厚本身属于共和党，所招揽的政客也以共和党这个圈子为主，但他并不拒绝进步党的加入。

　　在四川进步党人中，以张澜的风头为最劲。因为盛传罗佩金与刘存厚有隙，张澜特地从川北赶到成都，表面上是调停罗刘矛盾，实际也是为了预测一下风向，看看罗佩金对他的态度。

　　张澜在川中是一个忽视不得的人物，可是他偏偏就被罗佩金给忽视了，而且是严重忽视。罗佩金的言谈举止都骄横不可一世，他以为张澜不过一普通政客，对其不屑一顾，根本没有一丝一毫礼贤下士的意思。

　　此处不留爷，自有留爷处，张澜在罗佩金处碰了壁，便转身去找刘存厚。刘存厚与罗佩金全然不同，他不仅将张澜奉为上宾，还当面许诺，在驱逐滇黔客军后，除他自掌军政外，会将民政一职委于张澜。

　　自古良禽择木而栖，良臣择主而侍，张澜于是决定帮助刘存厚击败罗佩金。

第三章／

恶的诅咒

《三国演义》里讲到，蜀中名士张松原本想把西川地图献给曹操，但孟德公不待见他，刘备倒是把张松当个人物，于是张松便转而把地图献给了刘备。

张澜向刘存厚"献出的地图"足够丰厚。由于他在进步党中讲话极有分量，使得进步党与共和党得以联手，同时张澜与川军第三师师长钟体道私谊极好，而第三师实际是进步党所依恃的武装力量，这也在无形中提高了刘存厚在川军中的地位和号召力。

不但如此，张澜还告诉刘存厚，他会给居于京城的进步党领袖梁启超、蒲殿俊等人发电报，争取他们也支持刘存厚。

梁启超是手无缚鸡之力的文弱书生，蒲殿俊乃丧失权柄的空头政客，可谁又敢小觑他们的能量？袁世凯就没把梁启超当回事，结果一个护国运动弄到身败名裂。

笔杆子和嘴皮子，有时候一点不比枪杆子逊色。刘存厚深知其中的分量，所以马上用密电方式将这一情况告知了吴莲炬。

收到刘存厚的密电，吴莲炬又去拜见梁启超、蒲殿俊等人，把京城能打、可打的交道几乎全部运转起来。

换了山头换山歌

段祺瑞对罗佩金越来越苛刻，罗佩金发往北京的请示报告不是遭到冷遇，就是被劈头盖脸一顿驳斥。比如罗佩金想以护国有功的名义，再把一批滇军将领给提拔上来，段祺瑞就来了个置之不理，其态度仿佛是过去的胡景伊之与熊克武。

正如吴莲炬在"隆中对"里所言，黎元洪在朝中与段祺瑞素不相能，他对罗佩金这样南方党人出身的督军也向来比较维护。只是黎菩萨终究不是段合肥的对手，在外援上，罗佩金始终处于劣势。

罗佩金并不知道这都是刘存厚私下活动的结果，他只清楚一点，那就是刘存厚对他不服，为此他上书北京政府，要求将刘存厚调京，以滇军将领接替。按照过去的惯例，督军要下面哪个军官走人，一定是有难言之隐，中央政府为了巩固地方，基本都会照准。

可是在罗佩金打了多次报告之后，段祺瑞不仅不予支持，还在电文上批了一句话："所请调拨撤换者，实不止刘存厚一人。"我看你想换的下属不止刘存厚一个，我劝你不要一不顺心就换人，就算换了刘存厚，你这个督军就做得好了？

若是罗佩金知晓吴莲炬奔走京城的细节，也许会不寒而栗：段祺瑞明知刘存厚有取罗自代之心，在罗佩金已危机四伏的情形下，仍要抛出一份偏向性很强的裁军方案，毫无疑问是有把他放在火上烤的意味。

罗佩金一心想着要借北京的方案，来达到削弱川军实力的目的，哪里会把事情想到这么深。在裁军会议上，他坚持将川军缩编为三师一旅，同时执意要取消川军的特种兵。

川军现存的五个师里，只有刘存厚师配有特种兵，对刘存厚来说，罗佩金的矛头几乎就是直冲着他来的。刘存厚要推倒罗佩金，等的就是这样一个理由，如今罗佩金自己提供了理由，倘若再不动手，岂不是傻？

吴莲炬在他的"隆中对"里，曾告诉刘存厚，团结川军很重要。刘存厚通过张澜的关系，已跟第三师师长钟体道达到了称兄道弟的程度，接下来，就看其他三个师的态度了。

除刘存厚自辖的第二师以及钟体道师外，其余三个师里，刘存厚最无把握的是第四师。该师师长陈泽霈虽为川人，但他在云南给罗佩金当过参谋长，当初罗佩金任命陈泽霈做川军师长，无疑也是想用这种掺沙子的办法对川军进行控制。

裁军会议结束的当晚，刘存厚在府里设宴，邀请川军各师师长或代表入席。

宴桌之上，刘存厚开宗明义道："罗督（罗佩金）如此改编军队，实在太不公平。滇黔军可以编为国军，川军却全部沦为地方军，这是什么道理？我请大家联名致电中央，反对这一办法。"

众人纷纷附和，让刘存厚意想不到的是，陈泽霈的响应居然最为热烈。

还是那句话，换了山头换山歌，陈泽霈的自我定位要比罗佩金准确得多，他认为自己既然已经是川军将领，就势必要向着川军说话，我指挥的第四师凭什么只能做地方军，而且还是"暂编"？

刘存厚话音刚落，陈泽霈已经抢过纸笔，草拟出电稿，并请各师师长共同签字。一圈转下来，五个师只有一个师不肯署名，这个师是驻重庆的熊克武第五师。

早在蔡锷举护国旗帜，从云南出兵入川时，作为国民党代表，熊克武、但懋辛等人即随军参赞，但当时只能从事一些宣传联络工作。直到护国军从泸州战场撤退，战局陷于僵持，熊克武抓住机会向蔡锷提议，这才获准以蜀军流落于民间的残部为基础，组建出新的第五师。

熊克武没有亲自出席编遣会议和赴宴，所派代表但懋辛表示："我是熊师长派来参加会议的代表，会外的事，我无权过问，所以不能在电稿上签字。"

但懋辛言之凿凿，刘存厚却心中有数：你纵然无权直接决定，不还可以请示嘛，无非发个电报而已。不能者，实不肯为也！

于是第二天，刘存厚再约但懋辛单独谈话，这回但懋辛不再支支吾吾，而是直接予以了回绝。

兔死狐悲

第五师跟从前的蜀军（即老第五师）一样，属于纯粹的党人武装，跟北洋原本就尿不到一个壶里，对是不是"国军"并不在乎。这个师名为一师，实际只有一旅，怎么缩编也缩不到他们，况且没有蔡锷、罗佩金的提携，第五师又怎么建立得起来？更不用说，罗佩金也是党人，党人如何可以为难党人，跟着刘存厚这些老川军去瞎折腾？

刘存厚见难以争取，便对但懋辛直言相告："这样吧，请你转告熊师长，将来发生冲突，他只要保持中立，不要跟滇黔军合在一起打我就可以了。"

熊克武既不愿与罗佩金反目，也没有力量得罪刘存厚。对他来说，中立的提议没有什么不好，反正远在重庆，睁一只眼闭一只眼，看你们打架好了。

尽管熊克武不愿介入是非，但为壮大声势，刘存厚仍然把他的名字列入电稿，发往北京。这封五师长联名电，立刻使罗佩金陷入了极度被动和尴尬的境地——川军将领还罢，那个滇籍的陈泽霈，别人都以为是他罗佩金最大的嫡系，没想到关键时候竟然"背主求荣"，成了自己最大的敌人。

更让罗佩金感到困窘不安的是北京政府的回应，从京城传来消息，段祺瑞认为罗佩金督川不力，扬言要将他换下来，另派他人来四川做督军。对于段祺瑞的这一态度，罗佩金感到愤懑不已：五师长之所以会发联名电，追根溯源，还不是因为我执行了你的编遣命令，现在却将所有责任和过错都一股脑儿推到了我的身上！

这时正好广东督军请假入京，罗佩金便也打了个请假报告。广东督军请假是真有公事，罗佩金哪有什么公事，他不过是要借此撒撒娇，显示一下自己的地位而已。

之前罗佩金发往北京政府的电报，要么不予批复，要么迟迟没有回音，这次却出乎异常的明了和快捷，段祺瑞当天复电：准假！

无公事而请假，不过是请辞的另一种好听说法。从四川省长到周围各省的督军均被蒙在鼓里，以为是罗督军自己负气要走，大家碍于情面，都纷纷跑来劝解。同样不知就里的唐继尧还专门给罗佩金发来电报，责备他不能这样一甩袖子就跑：你跑了，留在四川的滇军不是连口粮都没着落了吗？

罗佩金有苦难言，只得告知实情。唐继尧这才知道，不是罗佩金自己想走，是北京政府希望他走，于是连忙予以补救，亲自去电北京，强调四川裁军刚有点儿眉目，不能这时候让罗佩金请假。

以唐继尧在西南的分量，加上黎元洪也力挺罗佩金，段祺瑞这才收回成命。

暂时脱离危机的罗佩金一头冷汗，犹如从悬崖边上被人硬拽了回来。

不能往上撒娇，但我还可以朝下使劲。罗佩金看准了，变着法一心要跟他捣乱的一共有两个人，一是已经沦为"叛徒"的陈泽霈，另一个就是刘存厚。

身为滇军"智囊"，罗佩金虽无过人的深谋远略，却并不缺乏出色的战术构思。就像当初制订入川方案一样，他决定发动奇袭，打身边的对手一个措手不及。

1917 年 4 月 13 日，罗佩金突然召见陈泽霈，陈泽霈稀里糊涂就去了，结果黄鹤一去不复返，被罗佩金给生生扣了下来。

第一拳打得甚是漂亮，然而第二拳落了空。罗佩金几次约见刘存厚，刘存厚都托故不来。实际上，自领衔发表五师长电后，刘存厚一直都很小心，其戒备程度之深，犹如刘备之防曹操，罗泽南每次在督署召集将领会议，刘存厚都只派代表与会，怕的就是遭到暗算。

对于罗佩金而言，网只要是已经撒了出去，能捞到一个也是好的。1917 年 4 月 14 日晚，他正式下达命令，宣布撤去陈泽霈师长一职。

陈泽霈被瓮中捉鳖，顿时让刘存厚有了兔死狐悲之感。他原先只想以五师长联名电这样的方式，给罗佩金来个下马威，将其逼走。罗佩金一走，以他在川军中已实际获得的老大位置，川督自然非其莫属。

刘存厚没有想到罗佩金的反击会如此犀利。至此，他变得惶惶不可终日，连家里都不敢待，抱着铺盖卷就去了师部，而且晚上睡觉还要换好几个房间。

密电

靳云鹏让吴莲炬转来一封密电，刘存厚看完后更是大惊失色。密电中透露，罗佩金准备一不做二不休，将第四师予以彻底遣散，以此杀鸡给猴看，吓唬住其他川军，同时他还计划将对付陈泽霈的模式原样复制到刘存厚身上，第一步就是用滇军将领来取代刘存厚。

后面这个设想，罗佩金曾多次上报北京，只是都没有通得过。这次他话里有话地说刘存厚"怯懦兵弱"，而他对刘存厚"非不能强制，实不忍也"，意思是刘部没有什么了不得，如果北京政府仍然采取不作为的态度，他就要自行解决了。

慑于罗佩金的压力，段祺瑞破天荒地对其要求全部予以满足，但也留下了玄机，即一边下令撤掉刘存厚的师长一职，一边扣住新师长的任命不发。在密电中，靳云鹏明白地告诉刘存厚：撤你的职务，并非出自段祺瑞本意，你要好自为之！

刘存厚就此得到了一个很明确的信息，那就是段祺瑞其实是站在他这一边的，但他如果迟疑不决，使得罗佩金继续采取主动，北京方面可就有点儿罩不住了。

北京政府的让步，无疑令罗佩金大受鼓舞，他开始加紧筹备第四师的遣散事宜。1917 年 4 月 15 日，第四师驻城部队奉命集中于督署广场，说是要聆听督军训话。部队到达广场后，士兵架枪，军官入营房休息。

让众人始料不及的是，到场的督军罗佩金并没有训话，而只是意味深长地点了下头。说时迟，那时快，早已埋伏在四周的滇军冲了出来，将第四师的所有枪弹予以收缴，然后扣留军官，驱逐士兵。

被驱逐的川军士兵连上下军服也被剥去，此时气温还很低，这些人赤着膊，身上仅剩一条内裤，在寒风中冻得瑟瑟发抖。刘存厚一直在观察着动静，看到第四师被强行遣散，他立即派人走上街头，把饥寒交迫的士兵们领去吃饭。

街上安静了。罗佩金对此没有理会，或许他还认为自己不仅节约了衣料，还省去了饭钱，但是当天下午，第四师的士兵又重新出现在街头。再次现身时，士兵们真正实现了一无所有：早上还套一裤衩，如今连这劳什子都不用了，就是赤条条一好汉。

不过他们加了点别的，每人头上身上都裹了黄白纸钱。这是民间规矩，老百姓有沉冤要向官府告状，官府不受理，就背着纸钱找菩萨诉苦。

除了黄白纸钱，士兵们大多手持短刀利刃，少数赤手空拳的则沿街向屠户借杀猪刀，或者朝居民要菜刀。显然，刘存厚的一顿饭不仅填饱了他们的肚子，还壮了大家的胆气。

滇军一个不防备，被游行士兵冲进了防区。见势不对，滇军急忙开枪。游行士兵虽然手中只有刀，但在后面为他们保驾的其余川军却都有枪，马上也予以还击，双方乒乒乓乓地打了起来。罗佩金和刘存厚闻报，均向各自防守区域派出大量警戒部队，警戒部队一面断绝交通，一面修筑防御工事，战争一触即发。

由于滇军平时骄狂惯了，成都人对这支客军的印象极差，因此在爆发冲突时，附近居民都站在川军一边，嚷嚷着要打"红边边"。滇军遭到袭击，已经又惊又怒，一瞧，川人助川军，你们原来是一窝的，更是气炸胸膛，遂对无辜行人展开了血腥报复。

尚在街上游走的百姓首当其冲地被视为可疑分子或"川军侦探"，押上城头，一长矛一个，叉鱼一样挑落于城下。川籍警察也因此遭到株连，有个警察在城外巡逻，滇军喊他过去，这警察还直解释："我是警察……"滇军说："我认得你是警察。"不由分说，拉进城里，一刺刀就给捅掉了。

事后经红十字会确认，仅在滇军防区，被刺杀的川民就达一千多人。对这些情况，罗佩金当然负有责任，在这一刻，他不像是一个以救国救民为己任的老同盟会员，倒好似一个为了争权夺利可以随时草菅人命的封建军头。人们也同样有理由对罗佩金等人当年发动起义的初衷进行质疑，造反者会比被造反者，比那些被他们赶下台的旧官僚更纯洁吗？

口号再美丽，终究不过是口号，用不着沧海桑田，用不着海枯石烂，大多数曾经信誓旦旦发过的誓言，已经没有人愿意去兑现了。这是一个关于恶的诅咒，随着时间的推移，它还会应验在更多的人身上。

一国三公

滇军的凶残暴虐，迅速招致了当地民众的反弹。成都各界人士组成请愿团，向刘存厚进行申诉，请其出面讨伐滇军，以挽救川民。

多数情形下，手无寸铁的老百姓总是既可怜又可悲。他们不知道，刘存厚等着的就是这个机会，他师出有名了，谓之"吊民伐罪"。

被遣散的第四师驻城部队在绵阳等地尚有余部，滇军也将他们的武器予以收缴并押回省城。刘存厚发动突袭，又将武器全部夺了过去，这个近似于挑衅的行动，再次激怒了罗佩金。

1917 年 4 月 18 日晚，川滇警戒线上枪声大作，辛亥革命后成都的第一次巷战"刘罗之战"开始了。谁也不见得是好人，但又都想自己做好人，别人做坏人，开战之初，罗佩金就向北京政府发去电报，报告"刘存厚叛变"，以便能够名正言顺地"讨伐"刘存厚。

刘存厚当然不是那么好"讨伐"的。川军官兵久受滇军歧视和欺压，人人痛恨罗佩金，久欲同滇军一拼，那些被遣散士兵在上阵后更是可以用不顾性命来形容。滇军本欲一鼓作气，攻下刘存厚的师部，不料反而被打得节节败退，以至于只能据皇城以守。

巷战进行到第二天晚上，滇军在将皇城周围的民房商铺全部洒上汽油后加以焚烧，说是要扫清视界，同时防止川军利用民房伏击，这在西南叫作"亮城"。

罗佩金果然是个战场上的智囊、政治上的白痴，这么一"亮城"，使得成都百姓对其更加痛恨。相比之下，在争取民心方面，刘存厚倒真有做现代刘备的潜质，都这样了，他还唯恐罗佩金和滇军的形象不够凶恶，专门让数百川军戴上红边军帽，扮成滇军帮着四处放火。

成都店铺很多是由陕西商人开的。尹昌衡时期的成都兵变发生后，陕西人都吓得逃回了老家，直到一年后才返回成都。有一家当铺开在川军防区内，几个川军曾经趁乱破门而入，要求把他们的步枪当掉，每支索取十元大洋。

这哪里是当，赫然是赤裸裸的敲诈。陕籍掌柜倒也挺有胆量，当面婉言谢绝："武器是禁物，我们怕犯法，不能收。"敲诈不成，几个大兵恼羞成怒，但披着这身川军服又不敢乱来，走之前撂下狠话："你太不识相了，总有一天让你认得老子。"

刘存厚要嫁祸于人的举动，正中乱兵们的下怀。第二天，几个川军便戴上"红边边"，手提煤油桶，挟着破棉絮，冲进当铺纵火，当铺及库房被焚之一炬，损失立刻从几十元上升至十几万元。

才打了两天，就要退守皇城，还得"亮城"，这一点罗佩金事前完全没有想到，包括他想不到省长戴戡会袖手旁观。

戴戡是贵州人，早在游学日本时便与梁启超、蔡锷等人有密切交往。护国运动发起后，贵州宣布独立并派戴戡入川助战。和唐继尧一样，贵州督军也舍不得调派主力，只拨给戴戡一个混成旅。

黔军兵既不多，武器还差，刚入川时，士兵手握刀矛的都有，直到开进成都后，他们才全部换上了川造兵器。这样的部队，几乎就是过来跑龙套的，遇到装备精良的北洋部队等于抓瞎，戴戡在四川打了几个月，不但毫无进展，连防区都差点丢掉。

护国战争结束后，黔军厚着脸皮也没撤，反正大家都参加了护国战争，没有功劳，尚有苦劳，吃吃喝喝、粮饷军火可以全由四川人买单。

出国前的蔡锷将四川的军政大权一分为二，戴戡被任命为四川省长兼会办军务（相当于副督军）。若论护国之功，刘存厚等人绝对在戴戡之上，戴戡能担此重任，很大程度上不能不说靠的是关系与交情。岂止刘存厚对此不服，就连罗佩金也认为戴戡无功受禄，分掉了自己在川的一半权力，因此很瞧不上他，两个川省最高首脑可以说从一开始就貌合神离，各怀异志。

当时的成都，一共住着罗佩金、戴戡、刘存厚这三个强人，其中罗佩金属国民党，戴戡属进步党，刘存厚属共和党，他们的部下也相应加入了所属党派，加上滇黔川三支军队各有防区，几成鼎足之势，川人便形象地称之为"一国三公"。

"一国三公"里面，戴戡算是最乏善可陈的，一方面，他没有罗佩金的胆量，上任途中都不敢出来接见官员，另一方面，又缺乏刘存厚那样合纵连横的手段和城府。在还未来省城时，戴戡每天派代表拜访刘存厚，双方已经熟络起来，可是等他正式履职，觉得自己成了刘存厚的上级，便不拿刘存厚当回事了，他的代表也再不踏进刘存厚的师部大门半步。

这叫什么，这叫眼皮子浅！刘存厚受到漠视，也就不会主动与之配合，罗佩金大部分时间里则对他不理不睬，导致戴戡在这种"一国三公"的环境中很难应付裕如，更不容易做出事业。渐渐地，他就流露出心灰气短的情绪，私下与别人闲谈提及蔡锷逸事时，更是常常感伤不已。

他其实不是强人，他只有在强人的羽翼下才能生存，没有蔡锷，戴戡真是很难在成都混下去。就在戴戡几乎已经打算辞职不干的时候，刘罗矛盾的激化，使他忽然拥有了扭转自己命运的可能。

鹬蚌相争

刘罗交恶，戴戡作为第三方的态度就显得分外重要起来。他实际可以也有能力进行调处，只要抱着不偏不倚的中立态度，这样的话，战争至少在短时间内打不起来。最初戴戡也的确想这么做，但是他手下的一位将领说："为什么我们要去劝架，太笨了。"

按照这名将领的分析，川滇两军的实力不相上下，刘罗一旦互殴，只会演变成鹬蚌相争、谁也打不倒谁的格局，"他们要打，让他们打好了，最好都打到头破血流，我们只需作壁上观，到时坐收渔翁之利"。

戴戡一想很对，于是不仅不再劝解，还暗地里煽风点火，对两边进行怂恿挑唆。

巷战开始之前，刘罗都以为戴戡是站在自己一方的，特别是罗佩金，他估摸着滇黔均系客军，外地人自然要帮着外地人，况且没有他这个督军放话，黔军怎么可能扔下刀矛，换上全新装备？就算作为报答，黔军也不至于胳膊肘儿往外拐吧。

驻于成都的滇军并不多，罗佩金敢对川军动武，就在于他对滇黔两军联手非常有把握。现在仗打起来了，戴戡倒确实没有胳膊肘儿往外拐，可问题是也没有往里拐——他宣称中立，拿张小板凳坐到一边，看你们打！

刘罗之战前，北京的段祺瑞确实倾向于刘存厚，但战争刚起，就死了这么多平民，祸闯得太大，要"立刘倒罗"就比较困难了，最好的处置办法，只能是各打二十大板，一个也不立为太子。1917 年 4 月 20 日，北京政府传来电令，给罗佩金和刘存厚各加了一个"闲职将军"的头衔，要求两人停止战争，立即去北京。

刘罗既然双双出局，督军位置就空了出来，段祺瑞得考虑新的人选，这时梁启超和其他在京的进步党议员展开游说，他们推荐的人选是戴戡。

虽然通过张澜的介绍，刘存厚已得以结识梁启超，可结识与交情并不是一码事，何况梁启超之所以力挺戴戡，还有政治上的另一层用意，即使四川从此成为进步党的基地。

发现彩球抛到了自己身上，戴戡不由得喜出望外。渔翁既然已经得利，就可以让一对鹬蚌住嘴了，1917 年 4 月 21 日，他把北京电令告知刘罗，要求双方执行电令。

可是刘罗谁都没有主动停火。罗佩金自然是不肯善罢甘休，他以一省督军，相当于封疆大吏的高位，屈就"闲职将军"，很明显是降了职，而刘存厚由师长授将军，则是升了，凭什么？

刘存厚呢，已知争督军无望，但既然人财两空，他也就硬争一口气，坚持滇军不撤出成都，就决不收手。

能够解决战争的终究还是战争。刘存厚运来三门大炮，对皇城进行轰击。罗佩金的"亮城"在大失民心的同时，军事上其实也没有占到多少便宜，所谓扫清视界，倒像是专门为川军的大炮所准备的。

罗佩金和他的参谋长正在皇城内商讨对策，川军的第一炮就击中了他们的会议室，当场炸断了三根柱子。罗佩金急忙转到另一间会议室，不料炮弹像长了眼睛一样，又追了过来。

民初时期的大炮从性能到炮手的技术，都做不到如此精准，之所以能够做到指哪儿打哪儿，只是因为这两间会议室比一般房屋都高，目标突出而已，换句话说，多少有些瞎猫碰上死耗子的意味。只是罗佩金不会这么想，川军的炮击把他的脸都吓白了。

这时候罗佩金唯有寄望于其他滇军的增援，以便在解皇城之围的同时，对川军进行内外夹击。刘存厚早就防到了此招，成都巷战的同时，他已派钟体道师兵分两路，不分昼夜地进行强行军，以便对北上滇军进行阻击。

最终，外围滇军没有一人能进入成都。罗佩金孤立无援，信心完全崩溃，1917 年 4 月 24 日，他含泪把督军大印送至省长署，然后率滇军撤出了成都，川军也未追击，这场经历了七个昼夜的巷战方才宣告结束。

戴戡一人而兼三印，集督军、省长、会办于一身，真正是踏破铁鞋无觅处，得来全不费工夫。来得太容易的成功，往往会令人产生莫名其妙的错觉，一度无精打采的戴戡变得飘飘然了，他将黔军全部调入城内，接管了滇军的原有防区，摆出了一副就要当家做主的派头。

很多有识之士都为戴戡感到担忧，包括在川的进步党。事实上，罗佩金和刘存厚都没有真正接受北京政府的电令，两人都不愿意去北京赋闲，与此同时，罗佩金的滇军仍在四川，只不过驻于成都城外而已，刘存厚的川军也拒不撤出成都，仍然守着老防区一动不动。

张澜虽助刘存厚，但他毕竟是进步党人，为戴戡着想，便亲自来成都晋见戴戡，劝他让出一个会办的头衔给刘存厚："你不是有三颗印吗？四川军政大权在握，又何必如此吝惜？"

对于张澜的建议，戴戡拒不接受，因为三颗印，他一颗都舍不得腾出来让给别人！

赢家通吃

一场武戏下来，刘存厚累到大汗淋漓，结果好事竟然全都跑到了别人头上，对他而言，犹如是参加护国之役的重放，真正是晦气到了极点，愤愤然之余，只能寻找新的出路。

段祺瑞弃刘用戴，很大程度上也是没有办法的办法，属于权宜之计，他通过吴莲炬告诉刘存厚："川事未了，幸勿退缩，中央当作最后处理。"

还没等段祺瑞再作决定，北京政局风云突变，段祺瑞和黎元洪的权力争斗达到白热化程度，段祺瑞一气之下，弃职跑到天津去了。紧接着，安徽督军张勋以调停为名，率领辫子兵入京，但入京之后马上逼迫黎元洪解散国会。

政局的一连串变化，足以让人眼花缭乱，以致连吴莲炬这样的智谋之士都不知道到底应该站在哪一边了。不过有一点他是清楚的，即下台后的段祺瑞不管身处何方，仍然是说话管用的铁腕人物，其态度非常重要，于是吴莲炬急忙赶到天津，拜谒并请示于段祺瑞。

段祺瑞自己就是让黎元洪和国会给气跑的，张勋解散国会，无异于在政敌背后开了一枪。段祺瑞自然很是高兴，他对吴莲炬说："你怕什么？快去北京找张勋吧，顺便带去我的慰问之意。"

吴莲炬摸清门道，返京后立即求见张勋，替刘存厚表示效忠之意。

你要效忠，还不是想效就能效，得人家看得上才行。张勋开门见山地问吴莲炬，刘存厚有多少实力。吴莲炬的反应相当迅速："刘部有两师一旅，为川军重心，吃得开，绝无问题。"张勋放心了，1917年7月1日，他在北京策动复辟，同时委任刘存厚为四川巡抚。

从前玩儿命似的也没能搏到一官半职，现在一个电令过来，就梦想成真，成了堂堂封疆大吏，把个刘存厚给乐的，恨不得把委任状大声念出来让全世界都知道。可是紧接着传来的一个密电，却又让他张不开嘴了。

密电是吴莲炬发来的，他特地叮嘱刘存厚，说暂时还不能对张勋的任命表示态度，因为时局尚在变化，目前看不清风向。

知道吴莲炬信息灵通，刘存厚只好依言暂时隐忍不发。

京城的最新任命也让戴戡着实吃了一惊，张勋复辟后，各省均以巡抚为一把手，但其他省都是以督军为巡抚，唯有四川另择了人选。

这一边，刘存厚已被任命为巡抚，那一边，戴戡的督军还没被取消，等于一省之内出现了两个一字并肩王。四川的政治氛围立刻变得波云诡谲，原本就不对付的川黔两军也都行动起来，双方各守防区，遍布岗哨，气氛显得格外紧张。

是赞成复辟，还是赞成共和？是当督军，还是做巡抚？刘存厚无所谓，戴戡其实也无所谓。这就跟过去的护国运动一样，关键还是看谁才是最后的赢家，按照赢家通吃的原理，究竟复辟好还是共和好，并不取决于它们本身，而只取决于赢的意见。

在答案揭晓，或者说赢家亮相之前，大家都在猜谜语，无论刘存厚还是戴戡，都不敢随意表态，他们只能继续观察北京的动静。

1917 年 7 月 2 日，梁启超自天津给戴戡发来急电，告知段祺瑞已到马厂誓师，准备号召北洋军队讨伐张勋和维护共和，曾经被段所认可的张勋转眼之间已成了"逆"。

看完急电，戴戡长长地松了口气，没什么好说的了，段祺瑞必是赢家，张勋必是输家，他立即下令戒严，通电讨逆。与此同时，他又给刘存厚打了个电话："我决定明天就住进皇城，旧督院已腾空出来给先生了，请赶快搬过来做巡抚吧。"

"刘先生"这时也接到吴莲炬的密电，了解到了北京政局的变化，接到戴戡的电话，他赶紧说："巡抚之职，我得辞谢，我决不能做，你不要跟我开玩笑了。"

戴戡："你来做你的巡抚，我照做我的督军就是，何必辞谢！"刘存厚这才弄清楚，戴戡不过是在讥讽他，不由得恨得直握拳头。

刘罗之战已经让川滇军队两败俱伤，刘存厚短期内并不想再与黔军开战，所以不得不忍气吞声。倒是戴戡得理不饶人，他抓住刘存厚"附逆"的罪状不放，并视之为一举解决刘存厚的绝佳机会。

当然，要解决刘存厚绝不是一件举而易举的事。刘存厚拥有一师一旅，不仅总兵力达到一万三千人，而且部队含特种兵编制，步、骑、炮、工、辎等五大兵种齐全。戴戡带来成都的黔军仅有一个混成旅，计六七千人，仅数量而言，就只有对方的一半，双方若是发生直接冲突，谁更有优势，这笔账戴戡还是会算的。

为了弥补军队实力的不足，戴戡想到了要滇黔联手，他派人与罗佩金联络，约定一旦川黔开火，滇军即星夜赶来援助。罗佩金答应了他的请求，这让戴戡变得气壮如牛，有恃无恐。

你们慢慢玩

1917 年 7 月 4 日，戴戡在督署召开军事会议，命令刘存厚出席。刘存厚自已不敢去，只托病派了个代表。会上，戴戡把桌子一拍，责问代表，刘存厚为什么还不取消"伪职"。代表赶紧分辩说，对于张勋任命的"四川巡抚"，刘存厚根本就没接受，何谈取消。

戴戡就是要找碴儿，哪肯轻易放过，他说刘存厚态度不明朗，不能让人放心。代表当即表示，回去后就发通电"讨逆"。

第二天，刘存厚拟好了声讨张勋和反对复辟的电稿，不料戴戡事先已经封锁电报局，电稿发不出去！

就在刘存厚气急败坏的时候，戴戡打来电话，质问为什么还不通电表态。刘存厚没好气地回了一句："要我表态，你应该先撤去电报局的检查人员。"

戴戡扔下电话，传令发起进攻。当天下午，黔军便向川军防区攻了过来，"刘戴之战"也即第二次成都巷战爆发了。

刘存厚的部队虽然总量很大，但驻守成都的只有两个营，没有黔军多，因此一开始，黔军来势汹汹，好像一口就能将对手给吞掉。7月6日，川军渐呈不支之状，黔军沿路连抢带烧，十分得意。

这是一个堪与滇军媲美的弱智举动。肆无忌惮的焚掠让成都居民愤恨不已，认为黔军比滇军更坏，因此全都自动站到了川军一边。打巷战，必须对街道路径熟悉，居民往往大声叫着为川军指路，使得他们可以从被烧毁的断垣残壁中自由穿越，而黔军只知道守街口，猛一回头，才发现川军竟然已经抄到自己后面去了。

黔军招架不住了，纷纷撤往老皇城。刘存厚看出戴戡据皇城以守是早有计划，不用说，必定是在等待滇军来援，如果滇军一到，里应外合，川军就危险了，因此他必须在滇军到来之前，将黔军消灭于皇城之内。

把罗佩金从皇城吓跑，靠的就是大炮。刘存厚依葫芦画瓢，把炮兵阵地置于城墙之上，朝皇城内猛轰。可是几十发炮弹打进皇城，却没有一发落在黔军阵地上，皇城区域很大，黔军既然毫发无伤，也就不把川军的大炮当回事了。

刘存厚瞧着这个来气。城墙离皇城太远，他干脆下令把大炮搬到皇城下，直接对准皇城的城门进行射击。

　　川军的火炮是抛射炮，不是平射炮。刘存厚不懂，他拿炮当枪使，以为瞄准什么就能击中什么，结果炮弹根本就没朝城门去，而是呈弧线状落进了皇城以内。

　　原来以前能打中会议室纯属巧合！眼见炮击无效，刘存厚转而组织敢死队攻城，并规定凡攻进皇城的士兵，每人赏大洋五十。悬赏令一下，图利的就来了，敢死队很快就凑足了两百人，他们在前面用长梯登城，后面则继之以大队步兵。

　　黔军既不怕炮，也不惧人。川军敢死队架梯子时，他们不声不响，再往上爬，也不理会，一直等到敢死队员在城垛缺口露出脑袋，才一梭镖刺过去，对方立刻应声被刺落城下。

　　敢死队员在皇城下已经死伤了足有一半人，刘存厚也没了法子，只得绕城修筑工事，将皇城紧紧困住。

　　刘戴之战打响后，刘存厚最担心的就是滇军来援，因此已提前拨出了一部分打援部队，戴戡也满心期望罗佩金来救他，可是几天过去了，滇军连个影子也没出现。

　　罗佩金不是不救，是不想早早地来救。说起渔翁得利最早的发起者，还得数人家罗佩金，但谁都没想到戴戡后来者居上，在刘罗之战中狠狠地摆了他一道。向来是有仇不报非君子，何况利益场上没有谁能真正称得上是君子，罗佩金回过头来也要摆戴戡一道，一方面是出口气，另一方面是要抢过"最佳渔翁"的荣誉席位：油才刚刚放进锅，还没热起来呢，你们慢慢玩！

　　黔军守皇城，并没有守个一年半载的准备，滇军迟迟不予增援，粮食就成了问题。戴戡又是个没决断的人，究竟是固守还是突围，老是拿不定主意，导致军心也渐渐涣散起来。

　　戴戡跟罗佩金约好，黔军最多坚守五天。五天过去，仍然杳无音信，他实在忍不住了，这才下决心强行突围。然而晚了，刘存厚已经将皇城封得严严实实，黔军根本突不出去。

　　历来的破城之法无非那几样，继炮击、敢死队之后，刘存厚又想到了用地雷爆破。这其实是当年太平军的发明，只要照方子抓药就行。川军从民间征用了一口柏木棺材，将火药放进去，外面加上铁箍，然后挖一隧道，直通皇城的城墙底下，为的就是把火药棺材放进去。

当地雷爆炸时，声音惊天动地，皇城城墙被炸开了三丈多长的豁口。爆炸停止，敢死队立刻顺着豁口冲了进去。黔军也很机警，他们其实早已发现地雷，预先就埋伏在豁口周围，当先的敢死队员刚冲进去就被刺倒在地，随后豁口也被再度阻断。

三国大战

地雷攻城虽未成功，但它所制造出来的声光电效果，却对戴戡及其所部造成了极大的心理压力。次日，黔军在皇城城头上插起白旗，同时用绳子放下两名使者，要求川军允许他们从成都撤退。

刘存厚认为戴戡确实已经到了山穷水尽的境地，遂表示同意，但没想到这是黔军使的一诈。黔军先头部队到达城门后，并没有出城，而是直接冲上城墙，欲控制城头。城头作为制高点，在战争中至关重要，川军自然也得以死相争。短兵相接处，双方都来不及开枪，只能用长矛和刺刀进行拼杀。

经过这么多天的围困，黔军已经又饥又疲，偏偏这种肉搏战还是力气活，渐渐地就支撑不住了，加上川军援兵越来越多，终于又被迫退回皇城。

整整十二天过去了，滇军还是没有露面，戴戡终于彻底死掉了坚守待援的心。他通过当地的知名人士做担保，向刘存厚交出三颗大印，再次请求撤出成都。

刘存厚同意了——不过是使诈，川军对撤退的黔军进行半路伏击，黔军全军覆没，戴戡在走投无路的情况下举枪自尽。

诈术跟权术一样，属于潘多拉魔盒里面的灾难，魔盒一旦打开，就会让不加节制者后悔莫及，因为你会用，别人也会用，谁都会使诈，到头来伤的还是你自个。

喜欢摆龙门阵（侃大山）的川人，给戴戡这个外乡客送来了一副挽联，上联是"一生惯作秦庭哭"，下联是"死后方知蜀道难"。两句联语都跟滇军有关，滇军"侵黔"，实系戴戡所为，是他在云南"哭秦庭"的结果，可以说没有滇军扶持，戴戡无法得势，然而他死于"蜀道"，亦是为滇军所坑，真是成也萧何败也萧何。

刘戴之战结束，北京局势也已尘埃落定。段祺瑞驱走张勋，以再造共和的英雄身份复出政坛，其风光直追当年的蔡锷。所谓一人得道，鸡犬升天，半个月后，刘存厚的师部如愿以偿地挂上了"四川督军署"的横匾。

罗佩金本来要选最佳时机出手，就像护国战争时对待陈宦那样，可惜渔翁尚未得利，鹬蚌相争已经有了结果，好好的一口锅眼看着给烧到了焦煳。罗佩金夺不到川督之位，不过就是唐继尧的一个普通下属，唐继尧对他极不满意，索性将其召回了云南。

在成都巷战这一轮全武行中，滇黔都相继吃了亏。吃了亏就得找补，唐继尧增派大批滇军入川，贵州督军为了替戴戡报仇，也调拨黔军主力入川，滇黔两军合计达到四万多人。与此同时，参与混战的川军也从先前的两个师上升到了三个师。

恩怨情仇的主角，已由三个男人变成了三群男人，这意味着"三国大战"的杀人游戏进入了升级阶段。川滇黔轮番鏖战，战争从成都延伸到四川全境，规模一次比一次大，兵力一次比一次多，时间一次比一次长，场面也一次比一次残酷激烈。

眼见大火已经快蔓延到无法控制的程度，北京政府急忙派大员率北洋军前往查办调处，然而面对混乱的战局，即便中央大员亦束手无策，只能看着各方继续打来打去。

在"三国大战"中，川军起初占有上风，但在滇军奇袭重庆后，战局变得对滇黔军有利起来。滇黔军知道段祺瑞站在刘存厚一方，因此把北洋军和川军放在一起打，唐继尧甚至编了个谎，说是段祺瑞要把驻川滇军全部解散，然后押解到西伯利亚做苦工。

给他这么一忽悠，滇军打北洋军比打川军还凶，南下的北洋军不过两个营，哪里经得起如此狠揍，只得狼狈退出川境——说是南下查办，到头来却让别人给"办"了。

川军各师大部分都参与了"三国大战"，但有一个师始终冷眼旁观，这就是熊克武的第五师。和云南贵州人打架，同为四川人竟漠然视之，似乎难以理喻，但熊克武自有他的一套逻辑：以段祺瑞为首的北京政府与南方的国民党素来对立，刘存厚等老川军既以段祺瑞为靠山，就与国民党是敌人，依照敌人的敌人是朋友的原理，老川军就是敌，滇黔军才是友。

概而言之，熊克武虽是四川人，但他更是一个国民党人，从他的角度和立场出发，党派利益远比乡情更为重要。在"三国大战"打得如火如荼之际，有人希望第五师加入川军作战阵营，熊克武毫不客气地一口回绝："第五师还戴着护国军军帽，跟滇黔军一样是'红边边'，护国军不能打护国军，'红边边'也不能打'红边边'。"

熊克武不光是坐而望之，他实际还暗中拨出了一部分兵力协助滇黔军作战，到北洋军退出川境时，更是沿路袭击，果然不愧为"川军中的'红边边'"。

这当然也是渔翁观景的一种，而且得到的利同样不少。

西霸王

在"三国大战"的末尾，四川重又变成了双头政府，一头是成都，一头是重庆，成都由新督军刘存厚掌握，重庆则是熊克武和滇黔军的据点。

试想一下，假如不傍着滇黔军，光凭第五师，熊克武哪有实力和刘存厚形成分庭抗礼之势？一山容不得二虎，熊克武和刘存厚迟早还要一搏，不过依照规矩，在搏之前，一定还要找一顶帽子来戴。这顶帽子叫作护法运动，护法运动最初的动因是为了反对张勋复辟，维护南京约法和国会，但张勋在台上屁股还没坐热，就被段祺瑞一脚从舞台上给踢了下去，于是反张勋又变成了反段祺瑞。

在护法运动的大旗下，滇黔军和重庆川军组成靖国联军，熊克武任四川联军总司令，率领三军"讨伐"刘存厚。"讨伐"的理由不管怎样都能成立：要反张勋，刘存厚就是张勋曾任命的四川巡抚；要反段祺瑞，刘存厚正是段祺瑞所加封的四川督军。

靖国军出兵后仅一个多月就已逼近成都，刘存厚发现情况不妙，急忙发出宣言，要与西南各省一致"护法"，无奈熊克武和滇黔联军并没有要引他为"同志"的意思——"护法"犹如"革命"，在鲁迅先生的《阿Q正传》中，阿Q想要革命，还得洋先生和赵白眼他们允许才行哩！

1918年6月，熊克武将刘存厚驱出四川，自辛亥革命以来，四川国民党第一次完全掌握了全省军政大权。

熊克武的这个机会应该说是唐继尧给的，他的四川联军总司令即为唐继尧所授，唐继尧自己是三省联军总司令，四川总司令得服从三省总司令，换句话说，唐现在已经把自己看成是熊的老板，那个扶他上战马的人了。

很多时候，口号都犹如华丽丽的糖纸，包裹在里面的，其实不过是人的各种野心和欲望。比如说唐某，从辛亥革命，再到护国护法，可以说无役不与，拣好事都有他的份儿，但革命来革命去，正义来正义去，落到实处，却还是想把四川这块肥肉放到他个人的餐桌上去。

唐继尧的这种野心，名为"大云南主义"，也就是把川滇黔都置于他唐继尧的统制之下，以此成为独霸三省的"西霸王"。在唐继尧的如意算盘中，罗佩金曾是"大云南主义"的马前卒，相应策略为"以滇人制川人"，但罗佩金被刘存厚逐出成都，说明罗佩金已失去利用价值，"以滇人制川人"也失败了。之后唐继尧便想到了"以川人制川人"，而熊克武正是这一计划中的理想棋子。

唐继尧授命熊克武为四川联军总司令，本应事先向以孙中山为首的广州军政府推荐，由军政府委任，可他直接绕了过去，为的就是要让熊克武知道：你以后是我的人了！

按照这个定义，熊克武的成功自然就是唐继尧的成功。在熊克武驱走刘存厚后，唐继尧理所当然地认为，四川已唾手可得。1918年9月16日，当唐继尧到重庆主持召开联军会议时，其仪仗之盛，已活脱脱是一个西霸王的规模。

走在前面的是骑兵。骑兵所乘之马均经过精心挑选，青、枣红、黄、白各成一对，毫不混杂，士兵们身背马枪，腰挎战刀，足穿皮靴，头戴钢盔，要多神气有多神气。

紧接着是唐继尧的禁卫军，号称佽飞军，以古代一个叫佽飞的勇士命名。佽飞军的装扮不中不洋：头戴钢盔，肩上扛着的却是吕布那样的方天画戟。

还没到头呢，接下来尚有掌旗官，扛一面杏黄大旗，上绣一个斗大的"唐"字，与传统评书中经常描述的画面简直毫无二致。

跟着"唐"字大旗的，是一顶八抬大轿。不过唐继尧并不在轿里，他在轿后，骑一匹黄骠马，胸前挂满各种勋章，这就叫威武。

……

路上负责迎接的四川文武官员无不啧舌，以为古时王侯亦不过如此。

这算什么，唐继尧在重庆已建好了行宫，特地邀请众人去吃西餐，顺便开开眼。走进行宫，官员们犹如刘老老进了大观园，看得眼睛都发直了，里面的奢侈豪华真是难以形容啊！

西霸王的排场，震动了整个山城，重庆报纸记载："五步一岗，十步一哨，出警入跸，俨若帝天。"

唐继尧是老牌的同盟会员，革命党人，可这又怎么样呢？倒是港版的电影《鹿鼎记》很形象，剧中陈近南要动员韦小宝潜伏皇宫，告诉他："反清复明只不过是个口号，跟阿弥托佛其实是一样的。"那为什么还要造反呢，因为"清朝一直欺压我们汉人，抢走我们的银两和女人，所以我们要反清。"韦小宝绝顶聪明，马上明白了，原来复明不复明根本就是"脱了裤子放屁"，要紧的还是"抢回无数的银两跟女人"。

也许唐继尧刚开始并不是这么想，他在念叨"驱逐鞑虏，恢复中华"时很可能非常真诚，但在"驱逐鞑虏"之后，他的行为举止又的的确确只是围绕"银两跟女人"在打转。

同样曾经"侵川"，蔡锷要的是名，唐继尧除了图名，更看重利——更大的排场，更多的"银两跟女人"。

当他一脚迈进重庆时，距离这些只是一步之遥。

以党人制党人

唐继尧为重庆会议专门准备了一个计划，即"川滇黔三省同盟计划"。同盟计划中最核心，同时对熊克武来说也是最要命的，就是四川兵工厂和税收的归属，唐继尧要将其划归联军总部所有。

唐继尧以为熊克武的官是他封的，他说什么就应该是什么，但熊克武拒绝签字。熊克武是强人，不是傀儡，他岂能不明白个中利害关系：联军总部谁当家？还不是唐继尧。唐继尧这么一划，就等于四川的枪和四川的钱，全部流入了他唐继尧的腰包。

唐继尧在利用熊克武，熊克武其实也在利用唐继尧，即利用唐继尧的滇军，驱走刘存厚。现在刘存厚已经滚蛋，四川军政大权在握，凭什么还要听你摆布，签如此不平等的"条约"？

会议开了一周，毫无结果，唐继尧大为扫兴，返回云南后就开始从"扶熊"走向"倒熊"：你既然不愿做我"图川"的滑滑梯，偏要做绊脚石，那我就必须除掉你！

以前是"以川人制川人"，现在国民党掌控四川，唐继尧采取的是"以党人制党人"。第一个被唐继尧拿来当牌打的党人，不是别人，正是大名鼎鼎的孙中山。

孙中山与熊克武之间其实久已不睦，而他们的矛盾，实际起自孙中山和黄兴的矛盾。孙黄有隙，是二次革命后的事。二次革命失败后，孙中山把失败原因归结于大家都不听他的，于是在东京组织中华革命党，并要求党员在入党志愿书上按手印，以示效忠，但此举遭到了黄兴等部分老资格党人的拒绝。

"按手印事件"加剧了党人内部的分裂，黄兴等人离开东京，前往南洋，这些人后来被称为"南洋派"，留在东京的党人则被称为"东京派"。熊克武原先属于东京派，他自己也在志愿书上按过手印，但后来因与川籍党人在经济问题上发生争吵，一气之下便离开东京投奔黄兴，从而加入了南洋派。

熊孙之间自此开始产生隔阂，熊克武再度回川后，两人即很少有书信往来，熊克武基本不向孙中山报告川省情况，一切都是由他自己判断自己做主。孙中山起初任命四川督军时，提名的也不是熊克武，只是最初被提名者自觉资历尚浅，自动退出了。熊克武知道此事后，气得连督军都不肯就任，仍然当他的四川联军总司令。

赢家通吃的法则在任何时候、任何地点都适用。假如熊克武在"三国大战"中失败了，自然另当别论，但是他赢了。孙中山由于事先没有把筹码放在熊克武身上，事后就尝到了苦头——他委任杨庶堪为四川省长，熊克武却自行发出通电，宣布由他本人兼摄军民两政，同时派但懋辛代理省长。

杨庶堪手里拿着孙中山的委任状，四川方面却早已名花有主，弄得这位先生只好滞留上海，直接将近半年之后才得以在成都就职。

杨庶堪早年执教于四川高等学堂，其人学贯中西，是革命党人中少见的博学之士，向来深受孙中山器重。由杨庶堪来负责治理四川民政，应该说是上上之选，他本人也很愿意协助熊克武在四川做出一番事业。可是落花有意，流水无情，熊克武此刻早已视之为孙中山在四川的代理，或者说难听点，是孙中山在他身边安的钉子。有钉子，就得拔掉它，熊克武自此处处对杨庶堪进行掣肘。

杨庶堪要办民政，当然离不开钱，恰恰熊克武就在这方面掐脖子，以致闹出了"熊杨争款，几于用兵"这样的荒唐事。在一筹莫展的情况下，杨庶堪按照孙中山的指示，保举廖仲恺为四川财政厅长、蒋介石为警务长，欲以这两人作为自己的左膀右臂。熊克武毫不客气，立即利用四川省议会来加以反对。廖蒋都是明白人，中途听到消息，知道自己不受欢迎，就马上折回了广东。

都是同志，可是有时候同志之间的仇恨，还胜过敌人。熊克武此举，不仅让孙中山难堪，而且也令杨庶堪备受打击。杨庶堪为缓和双方矛盾，无奈之下，只得借老父生病为由请假。

孰料熊克武仍没有一点要收手的意思，在杨庶堪假满复职后，他又以督军的名义，接收了本来应由省长指挥的全川警备队。

原形毕露

1920 年 2 月，熊克武通电就任四川督军，此时距离孙中山的任命已过去将近一年。在这封通电中，熊克武竟称北京政府的首脑为总统、总理。其时南北已完全对立，北京政府接到通电后，自然对南方党人极尽嘲弄之能事。

除了利用孙中山与熊克武的矛盾，对熊克武进行牵制和打压外，唐继尧甩出的第二张牌是"实业团"。

四川国民党人一直有两大派别，或者说两座山头。一派叫作"九人团"，这一派为熊克武为首，包括但懋辛等人在内，都是日本军校的留学生，前后共有九人。另外一派叫作"实业团"，由四川学界的师生组成，辛亥革命后，其中一部分人从政，另外一部分人投笔从戎，成为所谓的"长衫军人"。

简单说来，九人团偏重军事，实业团关注民政。实业团名称的来源，就在于他们认为辛亥革命胜利后，应将革命活动转向经济活动，因此实业团不像九人团那样动辄喊打喊杀，具体观点上也颇多分歧。

熊克武及其九人团与实业团之间向来不对付。熊克武在重新编组部队时，对长衫军人所率的民军多持歧视态度，民军在护法战争中所损失的枪弹也得不到补充，这使得实业团与熊克武的距离越来越远，直到遵从孙中山指示，"拥杨反熊"（拥护杨庶堪，反对熊克武）。

3 月，孙中山在给唐继尧的电文中，毫不隐讳地拿出了自己的"弃熊计划"，实业团的反戈一击正是计划的重要组成部分。实业团要"拥杨反熊"，但缺乏足够力量，正好唐继尧需要借用川军力量，双方便结成了"倒熊同盟"。

一旦拥有扳倒熊克武的把握和实力后，唐继尧便开始对熊克武步步进逼。唐继尧的代表到成都与熊克武见面，在欢迎会上公开扬言，说云南人说爱国是壳子话（即吹牛），所以滇军将领之间也不免有意见，但是打起仗来，丝毫意见没有。这些话摆明就是说给熊克武听的。

黔军历来有好处就上。"倒熊同盟"自然也少不了他们的参与，其代表直接朝川人喊话："川事自然要由川军来解决，滇黔不打算过问。可要是川军解决不了，滇黔当然不能坐视。"

山雨欲来，熊克武感受到了威胁，他一面紧急扩充军队，一面对老川军进行极力争取。

在此之前，熊克武也曾坐看滇黔军与川军打得不亦乐乎，但此一时彼一时，这时他号召川军的立场就不能是党人立场，而应是川人立场，即"川人不打川人"。与此同时，他还加强舆论宣传，通过四川当地报刊媒体，痛骂唐继尧是在"以日本式的野心侵略川省"。

彼时九一八事变尚未爆发，但日本侵华的野心已透过"二十一条"等初露端倪，国人深以为耻。熊克武把唐继尧比作西南的日本，自然是为了引起川人的同仇敌忾。

做了这么多铺垫后，一部分老川军终于加入了熊克武的阵营，但与倒熊同盟军相比，实力上仍大大逊色，连舆论和民心也无法完全抵销这一差距。1920年5月，唐继尧指挥盟军向熊克武发起进攻，熊克武双拳难敌四手，被迫退出成都。

盟军紧追不舍，只因天气酷热，很多官兵染上疾病，才停止追击，给熊克武留下了一条生路。

两年前，有一个人也像熊克武一样被追杀，他们的经历相似，结局相似，连逃亡的路径都相似，此人就是刘存厚。被熊克武赶出四川后，刘存厚逃到了陕南。这个可怜虫虽经数年寒窗苦读，成绩仍是一塌糊涂，到这个时候，他开始原形毕露了。

在刘罗之战、刘戴之战等历次战役中，钟体道都是刘存厚最可靠和最得力的同盟伙伴，当熊克武进驻成都时，曾劝其归顺，但遭到了钟体道的严辞拒绝。钟体道随刘存厚一路逃到陕南，风餐露宿，患难与共，这样的朋友铁不铁，可交不可交？

够铁，可交，但问题是刘存厚已经用不着他了，反而两人同为师长，钟体道对刘存厚而言还有威胁。

刘存厚名不副实，他的内心其实一点没有存下"厚道"这两个字，他先克扣军饷，接着又挖墙脚，再之后甚至动用了鸿门宴，连逼带吓，直至把钟体道赶走了事。

找到了共同的敌人

陕南至此只剩下了一个刘存厚，他成了"汉中王"，可汉中王不是川中王，当地实在太穷了，没有一点油水可捞。

刘存厚的两个师是北京政府认可的"国军"，饷械皆由北京拨付，应付军队的正常开销勉强够用，但刘存厚还想着有朝一日能东山再起，所以他对官兵的军饷只肯发七成，另外三成生生都给扣掉做了经费。官兵拿不全工资，便自找门路，开烟馆的开烟馆，设赌场的设赌场，刘存厚自己也卷起袖子，逼当地人种植鸦片，以便按亩收捐，搞得当地乌烟瘴气，民怨沸腾。

陕西督军对刘存厚下达逐客令，陕西方面七次致电北京政府，要求让刘存厚立即滚蛋，并且声称，如果北京拿不出办法，陕军会自行解决。陕西人为此还给刘存厚拟了一副对联："早去一天天有眼，再来此地地无皮。"

陕军进逼，陕人唾骂，陕地又如此贫瘠，刘存厚也早就不想待在陕南了，可问题是北京政府一圈问过来，没有哪个地方肯收容他。

四川自然是对他关紧大门。问甘肃，甘肃人急得差点跳起来，唯恐北京政府把这个灾星强塞过去。再跟湖北商量，湖北那边把脑袋摇得像个拨浪鼓：怎么都行，但千万别把这货给送过来。

刘存厚不再是人见人羡的皇叔，甚至连编草鞋的都不如，他就是一送不出去的瘟神！

人生真是没有奔头啊，就在刘存厚深感绝望的时候，他看到了熊克武。熊克武就在川陕边境的阆中，与刘存厚所处的陕南靠得很近。陕南够穷了，阆中还要穷，以致熊克武不得不伸手向刘存厚乞援。

面对熊克武的落魄，刘存厚完全没有复仇式的快感，他仿佛从镜子里看到了自己：两年前，他们是不共戴天的仇人，两年后，他们同是天涯沦落人，一样混得很惨，一样走投无路。

是谁，究竟是谁，把我们搞成了这种人不像人、鬼不像鬼的样子？当然是杀千刀的滇黔军。

找到了共同的敌人，熊刘决定联手发起反攻，将滇黔军逐出四川。1920年8月，刘存厚沿西路向成都，熊克武沿东路向重庆，分道率部进川。

此时的驻川滇军正处于实力上的顶峰阶段。自蔡锷督滇，滇军便名将辈出，如今罗佩金已经过时，顾品珍、赵又新才是其中的佼佼者。顾品珍以智将著称，在成都巷战后的"三国大战"中，滇军起初处于劣势，正是他策划对重庆发动奇袭，才得以扭转乾坤，驱走刘存厚。赵又新则是蔡锷帐下的第一猛将，护国之役之所以能够赢定，大反攻起到了关键作用，而赵又新所部正是那次大反攻的主力。

顾品珍有个人主见，不是什么都听唐继尧的，相比之下，赵又新对唐继尧比较忠心，唐继尧让他到东绝不去西，但是两人又有着一个共同特点，即都想赖在四川。

没办法，天府之国实在太富足了，躺在这个温柔乡里，谁都不想回家。顾赵在四川大修生祠，完全把自己当成了本乡本土人氏，顾品珍的生祠叫作"顾公祠"，生祠落成的当天，他就把自己的"禄位牌"给供入了祠内。

熊克武、刘存厚的目标是要将滇黔军赶出四川，顾品珍、赵又新自然不能接受，就算唐继尧不下指令，他们也得"毅然决然以图孤注一掷"。

除了拥有名将压阵，滇军的士气也极为旺盛。西南各军，向以滇军作战最为顽强，他们一方面与其主将一样，视四川为乐土，另一方面由于入川以来常胜不败，便逐渐生出了一股傲气。

滇军自以为是，跟在他们后面的黔军同样嚣张得不行。在滇黔军的控制之下，四川人几乎变成了下等人的代名词。一个四川记者悲哀地写道，从前说起西南，总是川滇黔，后来变成了滇川黔，如今应称滇黔川。

正是这一现状，令四川政局率先发生了变化。实业团引狼入室的初衷，其实与当初熊克武借滇黔军之力驱走刘存厚一样，都是为了达成目的不得已而为之。熊克武既败，他们就要站出来主张四川的权益，可是唐继尧哪里会予以理睬。实业团在大为丧气之余，也就自然而然地生起了驱逐滇黔军的念头。

实业团的转舵，代表了四川中上层社会的舆论走向。曾参与驱熊的川军将领举办茶话会，邀请本地士绅参加，士绅代表当场就说："我们希望各军能把川土收回，甚至于带兵直捣昆明、贵阳，叫他们还我们的银钱！"语毕，在座士绅掌声雷动。

老川军其实也早存驱滇之心。驻川的滇黔军高高在上，对川军士兵十分藐视，几乎把他们当成了"伪军"，川军士兵因此不仅不愿戴联军总部要求统一佩戴的红边帽，而且对"红边边"极度仇视。

当兵的倒霉，当官的亦跟着受冷遇。凡参加过成都巷战及"三国大战"的川军部队，都被联军总部另眼相看，导致师不能升军，旅不能升师。旅长升不成师长，他的团长自然就升不成旅长。旅长回去做团长的工作，团长一听大怒："旅长为人淡泊，很好，不过你不能要求我们这些部下都有这样的境界。弟兄们出生入死，为的是什么？还不是为了升官！"

以死报我四川

川军从军官到士兵，都有了造反的心。熊刘"驱滇同盟"的旗帜一打出来，便赢得了人心，川军各部纷纷加入。不过这是一个很松散的同盟，有的部队一家就拥有两家的番号，即刘存厚给一个，熊克武也给一个，当然他们既不受刘存厚指挥，也不归熊克武调遣，都是各打各的。

这样的同盟军，在军事上的缺点显而易见，那就是打仗时各自为战，导致步调不齐，无法把五个手指攥成拳头。顾赵都是战场上的老手，对此看得真真切切，他们最初也都没有把川军的集体反攻当一回事。

顾赵没有想到的，是镜子还有另外一面。这一面，不是缺点，是优点，在"为桑梓而战"口号的激励下，川军各部争先恐后，"驱滇同盟"的雪球越滚越大。

1920 年 10 月，各路川军得以会师成都，仅集中于成都的，就达到五十三个营，约合十三个旅。顾赵这才急了，他们有了一种站在堤岸上看钱塘潮的感觉。

到底是打惯了硬仗的老将，两人随即将滇军主力集中于成都附近的龙泉山。此地有一处天险，名为张飞营，相传当年刘备坐镇成都时，张飞即屯兵于此。张飞营四周都是岩石，仅有一条小路可以上山，山顶地势平坦，可以建立防守阵地，绝对是一处易守难攻的兵家要地。

顾赵计划在张飞营与川军决一死战。这是他们窥破了"驱滇同盟军"的第二个致命弱点：得胜时自然是人人争先，恨不得满地拾军功章，然而一旦遭遇挫败，往后撤退时同样是你推我挤，乃至互不相救。

顾赵认定，川军看似气盛，不过那是在没吃苦头之前，只要凭借张飞营之险，击溃其得力的一部，其余部队将会顷刻瓦解。这就像是一只气球，吹得再圆再鼓，一针扎上去也就解决了所有问题。

龙泉山之战被滇军视为关键性一役，自然是全力以赴。经九昼夜血战，滇军死伤枕籍，下级军官基本打光了，中级军官也损失不少，但他们坚持到了顾赵所谓的"最后五分钟"。

九天九夜，川军中攻得最猛的部队相继折戟。在"最后五分钟"内，川军果然开始溃退，并再度被滇军逼回成都。退入城内后，各部队颓丧已极，完全陷于纷乱之中，连担任前敌总指挥的刘湘也唉声叹气，拿不出一点办法。

假如没有成都，可以想见，川军早已士气瓦解，有的要畏战逃跑，有的要保存实力，但正是因为有这座城市在，本土乡情又突然激发起了川军的斗志。

熊克武和刘存厚在"驱滇宣言"中声称，此次出兵，"纯为义动，非为利争"，但从他们自己到下面的官兵，心里其实都明镜似的——哪有这么高尚，讲穿了，保卫桑梓的"义"不能说一点没有，但归根结底还是为了"利"，不然凭什么出生入死，谁的命不是命？

直至面临山穷水尽，在最危难的时候得到成都庇佑，他们才真切地感受到了那种能将他们凝聚在一起的力量。一位成都士绅来给川军打气，他先讲了一番川军若守不住成都，四川将有亡省之痛的道理，然后振臂高呼："我们成都人誓与滇军不共戴天！"

听他讲完，带队司令官当场痛哭："吾川存亡，在此一举，本司令抱最后决心，非人亡弹尽，决不舍弃成都。"场下官兵尽受感染，无不齐声高呼："以死报我四川！"

在护省爱乡之情的感召下，川军鼓足勇气，誓死保卫成都，滇军屡攻不克。顾品珍、赵又新对此大感意外，他们的处境也渐渐变得尴尬起来，一方面是攻城战可能旷日持久，不知道哪一天才能攻下成都，另一方面成都以外的川军已从侧后袭来，此时滇军尽抽主力于龙泉山前线，后路十分空虚，受到的威胁之大不言而喻。

顾赵决定改变作战计划，撤出龙泉山和张飞营，以便收缩战线，整军再战。滇军历经半个月的苦战，一天都没有好好地休整过，早已疲惫不堪，结果一退就无法收拾，部队很快就由有秩序的撤退演变成了毫无秩序的溃退。

发现滇军溃退，川军立即发力猛追。他们在城内以逸待劳，吃饱了饭，养足了精神，在这场追逐赛中占尽优势。滇军实在太困太乏了，沿途落伍官兵络绎不绝，而且通常倒在地上就呼呼地睡了过去，川军不用作战，就俘获到了大把大把的滇军。

客走主留

古语"两手劈开生死路"，现在留给川军的是生，留给滇军的是死。顾赵的整兵再战成为最大失策，当川军追到泸州时，滇军已然陈尸遍地，有的甚至是人马俱毙，死人俯卧在死马之上，其状甚惨。赵又新在泸州被击毙，尸体被抬回其军部时，门口一对红纱灯笼还亮着。

川军收复泸州后，标志着西战场已以川胜滇败告终。接下来，川军又继续分道穷追，进入以重庆为中心的东战场。后来的共和国两大元帅当时各为其主，刘伯承在川军任团长，为熊克武的部下，朱德在滇军任旅长，为赵又新的部下，民间盛传两位开国元帅在东战场展开拼杀，川军打败了滇军，朱德随滇军逃回了云南。

实际上，自溃败于泸州起，滇军就已失去了再战的能力和意志。顾品珍在从龙泉山撤出时，下属向他进言，说我们进行的这都是不义之战，也不知道究竟要打到哪一天才能止，不如返回老家，关起门把云南治理好，踏踏实实地过点日子。

顾品珍听后微笑不语，这是因为他仍以为自己握有胜算，根本没有想到会一溃如斯。在这次战役末期，顾品珍虽未像赵又新一样死于阵前，却染上了重病，导致卧床不起，憔悴不堪。

其实，比他们更可怜也更可悲的是战死于荒野的滇军士兵。这些云南子弟曾跟着蔡锷参加过云南起义和护国战争，可是自己宝贵的生命以及热血换来的所有荣誉，就这样因为上层某几个人的私利而扫地以净。

我们进行的确实是不义之战，我们要回家！滇军已全无斗志，唯一肯在东战场与川军继续角力的只剩下黔军。可黔军向来都是跟着滇军混，滇军退缩，黔军一对一根本就打不过川军。很快，滇黔军残部就都退往贵州，而且自此再无力量入川。

四川曾经是一块人人可以食用的大饼，除了滇黔军，入川占领地盘的还有豫鄂两军。随着滇黔军共同"侵川"的历史结束，四川将豫鄂军也一并赶出了省，同时还收回了原先由滇军占有的自流井盐款。

客走主留，不过问题是大厅里的主人已不止一个。刘存厚和熊克武都是督军，区别只在于一个由北方政府任命，一个由南方政府任命。刚刚起兵驱滇时，他们曾相约在胜负未决之前，均不使用督军名义，但是随着胜利渐露曙光，两人就开始争着封官许愿，并都竭力标榜自己才是正宗督军。

按照事先商量好的入驻区域，刘存厚驻成都，熊克武驻重庆，各挂各的牌子，刘存厚的官署叫"四川督军公署"，熊克武官署一个字都不差地用上了同一名称，如此一来，两个"正宗"就势必要打起架来。

与刘存厚打架，熊克武明显吃亏。北方政府虽然也内讧不断，却比南方政府还稳定一些，相比之下，南方更乱——广州军政府没撑持多久，就被支持孙中山的粤军给推翻了。孙中山虽然即将上台，但也只是可能，因为下一届军政府组成还不知道是什么时候。

熊克武感到非常彷徨。事实上，在告别驱满时代后，像熊克武这样无所适从的革命党人不在少数。初任四川督军时，熊克武在就职通电中称北京政府的首脑为总统、总理，其实也并非无意之失，而是一种暗示和试探，只可惜段祺瑞不领这个情，他只认刘存厚，不认熊克武。

此后，熊克武又悄悄地派代表去北京找北洋政府的总统徐世昌，徐世昌倒有意接纳他，不幸的是徐世昌在北京政府的处境没比前几任好多少，他们都得听段祺瑞支配，自己完全做不了主，熊克武想重投门庭的希望再次落空。

南方军政府的倒台，给熊克武带来的是双重打击，他真正到了无枝可栖的境地。

那段时间，各种糟糕的事每天都在熊克武周围接连发生，让他不再相信好运能够到来，"川省自治"的提议也由此浮出了水面：南北双方，我谁都不靠了，至于你们承认不承认我，也毫无关系，反正我又不靠你们活着。

这当然是一种无奈的选择。在刘存厚看来，熊克武已经成了没人要的弃儿，只不过埋着头不想让外界看见而已。自治？村长还能封自己做国王呢，真会瞎掰！

刘存厚快乐得像一只上蹿下跳的猴子，要说靠山，还是我的靠山硬吧。当然了，得意归得意，他表面上还得装腔作势一番："唉，我事情多，忙不过来，要不请川边镇守使来帮帮忙？"

川边镇守使指的是熊克武，那是以前北京政府封给熊克武的官职，只不过熊克武嫌小，从来没受领过。刘存厚以正宗自居，他从来不称熊克武为督军，仅呼"使"。

在熊克武不知情的情况下，刘存厚给北京政府发去密电，要将熊克武提升为省长，他认为这样就算招抚了熊克武：你落魄了，我还拉你一把，这是什么魄力，什么情怀？

这时的北京政府总理为靳云鹏，当然拥有实权的还是"太上总理"段祺瑞。靳云鹏心思缜密，他知道熊克武自视甚高，怕反而因此惹怒熊克武，所以一时决断不下。刘存厚倒还挺上心，又让吴莲炬在靳云鹏面前扯了个谎，说这件事已征得熊克武部下的同意，同时熊克武本人也正巴不得呢——已经混得那么惨了，咱们偶尔给他一个笑脸，都可能乐得屁颠屁颠，更别说高升为省长了。

靳云鹏信以为真，于是很正经地发布明令，任命熊克武为四川省长。

太上老君的金钢琢

刘存厚以为骗住了熊克武，没想到熊克武接到明令后，脸腾地就红了，而且是那种羞愤到极点的红。

什么狗屁省长，这是在侮辱我的人格！熊克武把不开眼的北京政府称为"非法政府"，相应任命电在他看来，更是"滑稽太甚"：简直太可笑了，你们发布这样的电令前，为什么不仔细瞧瞧我熊某究竟是何等样人？

给熊克武这么一堵，刘存厚颇有一种搬起石头砸了自个脚的感觉：你姓熊的好不解风情啊，换别人能活两辈子的事，到你大概一辈子就完了，我推荐你当省长是提拔你，有人削尖脑袋想当，我还不让呢！

这话说的也是。当初无论罗佩金还是戴戡，若有一个这么关照他刘存厚，最后也就不至于弄到要撕破脸大打出手的地步了。可问题是价码这东西其实每天都在更换牌价，今天跟明天是完全不一样的。假使刘存厚肯设身处地想一想，现在如果再让他当个省长或者会办什么的，他会愿意吗？放在熊克武身上，是一个道理。

这样的道理还可以继续推导到其他人身上。比如，刘存厚将刘湘提升为重庆护军使，然而刘湘认为，以他在驱滇之役中所取得的军功，完全应该当省长，到头来竟然还只是个"使"，有什么意思？

刘存厚兴冲冲地封官授勋，以为是在种一盆盆养眼的鲜花，没料到点燃的是一盆盆越燃越旺的火苗。熊克武带头发出通电，对刘存厚表示反对。在通电中，他再次祭出了"川省自治"法宝，为了带头实践，同时表明不贪慕官位，熊克武干脆以辞职的方式，把头上的四川督军帽子也给摘掉了（当然是自己辞职，自己批准，因为广州军政府早就不存在了）。

继熊克武后，为响应他的主张，由刘湘领衔，川军将领发出了联名通电，都嚷嚷着要搞"川省自治"。在这封通电中，但懋辛这样的熊氏嫡系自然是一个不少地加以署名，让刘存厚感到特别吃惊的是，里面竟然还有他的部将，等于是在搞窝里反了。

大家限刘存厚于五天内做出答复。可见刘存厚在他们眼中根本就没有什么督军的威风，众人皆可以嗤之以鼻：当个屁大的官，你就当自己是孙悟空了，你就是一弼马温！

刘存厚蔫了，先前的美好感觉顿时荡然无存。熊克武所祭出的"川省自治"四字更是犹如太上老君的金钢琢，足以将他砸到头晕目眩，脑子里就没什么完整的画面，全是零零碎碎的东西。

"川省自治"向来是北方政府所忌讳的话题，如果刘存厚轻易接受"川省自治"，必然会遭到北方政府的反对。刘存厚很清楚，他的靠山就是北方政府，只有依靠北方政府，他才能挟天子以令诸侯，也才能控制全川。假如脱离北方，在实力如此薄弱的情况下，必将陷于孤亡境地，被立马灭掉都有可能。

可是如果对"川省自治"不予理会，熊克武、刘湘和这些川军将领又绝不会买账，刘存厚被弄得一头汗。他发现，政敌们原来既没当他是孙悟空，也没当他是弼马温，就当他是一白老鼠，正张着个笼子，等着他往里面钻呢！

能钻吗？当然不能，可是不钻的话，打你就没商量了。无奈之下，刘存厚只得施出拖延战术，他一边说"川省自治"没有错，一边又说，川省刚刚"驱滇"，还有一大堆善后工作需处理，必须等处理完后才能实施自治。

熊克武名为下野退居幕后，其实正是这场戏的总导演，他一直握着大棒紧盯着。一看，想要花招？做梦吧你！

熊克武直截了当地给刘存厚发去电报："川局安危，在兄一言决之。"不过一句话的事，吞吞吐吐，扭扭捏捏干吗？

这是最后的通牒。刘存厚急了，他也顾不得北方政府的感受，慌不迭地就成立了"四川省自治筹备处"，并拉来名流做处长，表示自治已经开始。

管你开始不开始，就跟护法时代一样，熊克武手里的大棒是注定要砸下去的。1921 年 2 月 18 日，熊克武与但懋辛、刘湘等人联名发出通电，给刘存厚罗列了十宗罪，其中之一赫然就是"阻挠川省自治"，全不顾人家那里的自治已经开张了。

第四章 ╱ 皇叔幽灵

自治时代的川军分成三大集团，分别是第一军、第二军、第三军。其中第一军由但懋辛负责，实际由熊克武遥控指挥，第二军是刘湘所部，第三军原为刘存厚所掌握，可是刘存厚一个不留神，被熊克武和刘湘找到机会渗入进去，结果第三军竟然临时"变节"，对其反戈相向。

急切之下，刘存厚便想以其人之道还治其人之身，转而把刘湘的第二军拉到自己一边。不料刘湘眼观六路，耳听八方，在提前识破刘存厚的套路之后，将被其暗中收买的对象给扣留了起来。

仗还没怎么打，胜负已各有归属。三个军合起来打一个刘存厚，刘存厚纵有三头六臂也对付不了，而实际上他还是个残疾人——自陕南回川后，刘存厚虽然也招抚收编了一些人马，但这些部队多为草头班子，拿的枪还是土造毛瑟，根本打不了硬仗。

1921 年 3 月 22 日，刘存厚自动下野，离开成都。

见好就收

说来说去，大家还是得比膀子，膀子一比完，就什么都出来了。熊克武膀子粗，他的下野就是假的，刘存厚膀子细，他的下野则是如假包换。

刘存厚要去的地方还是陕南。半年前是怎么离开的，半年后又只能怎么回去，对这条逃亡奔命之路，他早已是驾轻就熟。自然，陕西人不会给他什么好脸色，嘲讽和唾弃都是少不了的，刘存厚也唯有厚着脸皮默然受之，因为他实在无家可归了。川人遂送刘存厚一个浑号"刘厚脸"。

赶走了刘存厚，熊克武松了口气。由于将北方政府的乌纱帽弃之一旁以及

"驱刘"，他跟北方政府之间已经彻底弄掰了，新的南方政府又没成立，在这种情况下，将不南不北的"川省自治"进行到底，就成了他唯一的选择。

一个省自治，太孤单，很容易成为众矢之的，如果能找个邻省一起搞，别的不说，起码可以用来壮胆，这就叫"联省自治"。四川的邻省里面，滇黔是世仇，暂时没办法考虑。湖北督军王占元出自北洋，理所当然不肯脱离北方政府，熊克武游说半天也没效果，于是便转向了湖南督军赵恒惕。

赵恒惕是老同盟会员，参加过辛亥革命和二次革命，与熊克武是党内同志，同时他本人也有自治的想法，两人在这方面可谓一拍即合。

四川、湖南要实施联省自治，插在中间的湖北却与之唱反调，自然让熊赵对湖督王占元很是不满。正好湖北人也不喜欢这位王督军，他们成立了自治军，并派代表到湖南向赵恒惕求援，欲借邻省之兵，用里应外合的方式将王占元驱逐出去。熊赵对此可谓求之不得：早就看姓王的不顺眼了，如今还有人上门来请，那就别客气，咱们合起来揍他丫的！

1921年8月，熊赵各出五个混成旅，合力打响了"援鄂之战"。由于长江水涨，影响了交通通信，熊克武从湖南发出的密电，迟了五六天才到达重庆，加之出现了一些其他因素，致使川军出兵晚于湘军。等到他们紧赶慢赶，进入鄂西门户宜昌时，又受到另一股力量的干扰，以至于始终无法与湘军合兵一处。

这股力量，来自长江军舰上的洋人。援鄂之战一起，他们为了监控战场状况，保护可供他们使用的沿岸码头，晚上便用军舰上的照明灯指向陆地，并向阵地上空发射照明弹。川军作战，擅长于"摸螺丝"也就是夜袭，给这么一干扰，想袭也袭不成了。与此同时，川军士兵从来没有见过照明灯、照明弹，以为是什么高级武器，被吓得惊恐万状，混乱不堪，闹出了一系列笑话。

国人见国人，谁都不怕谁，但大家无一例外都不敢对洋人轻举妄动。日英美等国领事便乘势出面，要求川军休战一段时间，用以协商和平解决的办法，川军前进不得，只好依言而行。

虽然未能与川军会合，但率先动手的湘军在战场上仍然压倒了鄂军，其先头部队距离武昌仅百余里。王占元惊慌失措，赶紧学着刘存厚，发出通电，称要"顺应自治潮流",然后逃出了武昌。

这时的北方政府由吴佩孚掌握实权。王占元一逃，吴佩孚立即另立督军，并亲自赶到武汉，对湘军发起反击。吴佩孚是用兵高手，赵恒惕哪是他的对手，很快就被逼回了长沙。

吴佩孚胜利在望，但他通过英国人出面，提出与赵恒惕谈和。赵恒惕怕就怕北洋军乘胜追击，让他连长沙老巢都待不下去，见吴佩孚主动伸出橄榄枝，马上便爽快地在和约上签了字。

吴佩孚之所以肯放湘军一马，当然不是因为心慈手软，而是为了回过身来对付川军。在他的指挥下，所部迅速赶到宜昌，与川军展开争夺战。双方互不相让，战况之激烈达到了援鄂之战的顶峰。

宜昌争夺战打了十天，其间川军几进几出宜昌街头，危急关头，吴佩孚把身边卫队都派上去厮杀，终于击退了川军。

无论湘军还是川军，被证明都不是处于鼎盛时期的吴佩孚的对手。吴佩孚本可乘胜追击，但这时候他又像对付湘军那样，选择了见好就收。

什么叫牛人？只能够单挑不叫牛人，牛人就是有本事跟一群人挑！吴佩孚在北方还面临着张作霖的叫阵，在他与川军开打之际，张作霖的奉军已集中于锦州一带，行将大举入关，所以吴佩孚在击败川军后，才会再一次主动谈和，而且他提出的条件非常优厚，允许川盐运销湖北且盐税两省平分。

在前线指挥援鄂之战的是刘湘。对他来说，这样的结果是连做梦都想不到的，现在你就是给他一百个理由，他也不肯与吴佩孚为敌了。在征得熊克武、但懋辛等人的同意后，他马上在和约上签了字。

在此之前，湖北自治军一直通过保定同学等关系，与川军将领套近乎。谁知川军突然一声招呼不打，全都哗啦哗啦地退入了四川，这下子他们少不得要大发牢骚："什么同学，什么援鄂，都是靠不住的，还是自己靠自己吧。"

如今的川军真的已顾不上"援鄂"了。他们即将关起门来，通过实力的较量，来决定传说中巴蜀之王的归属，而领衔这场劲爆大戏的两大男主角，一个是熊克武，另一个正是刘湘。

因笑惹祸

先得从头至尾好好说说刘湘。

刘家如果划阶级成分，算得上地主，他父亲是贩谷子的，且家有余田。可旧时代的小地主也很可怜，就经济条件而言，仅能供刘湘上学而已，甚至晚上刘湘要读书，家里连油灯都舍不得让他点。

偏偏刘湘还很用功，常常趁父母睡着了，一个人从床上爬起来，偷偷地点灯夜读。刘父发现后，很是生气：你老子白天累死累活挣点钱容易吗？敢情一晚上全让你给烧光了！

油灯被父亲拿走了。没有灯，刘湘就溜出门，到月光下去读。他母亲很是担心，晚上等儿子上床后，便干脆把房门也给锁上了。刘湘无计可施，只好躲在床板上背诵白天读过的书。

对于这样一个爱学习已近疯魔的孩子，谁不喜欢？刘家父母偏不喜欢。这倒并非因为刘湘不是他们亲生的，而是觉得刘湘读书没什么效果——他的在校成绩虽然不能说差，但也绝对没到拔尖的程度。

想来想去想不出个缘故，刘母便找算命先生算命。算命先生靠算命吃饭，自然要胡诌一通，一会儿说刘湘犯了"夜马星"（一种小孩子可能触及的禁忌），一会儿说孔圣人不高兴，恐怕他老人家故意捉弄一下你儿子也说不准。

算命先生提供的解决办法是画一道符，用布包着给刘湘戴在胸口。刘母如法施行，以后刘湘一到晚上果然就消停了，虽然他的在校成绩依旧还是老样子。

刘湘长大后才对母亲说出了真相，原来他知道母亲为自己算命的事，晚上背诵书本的习惯也并未改变，但为了不被母亲追究，便选择了故意不背出声的默诵方式。

聊到这里的时候，母子都不由得笑了起来。

刘湘读书如此用功，为什么成绩还不能拔尖？他自己从未对此进行解释，但从他日后的作为来分析，刘湘读的书很可能并不是学校课本，而只是《三国演义》《水浒》之类的课外读物，他的所谓挑灯夜读、月下读书、床上背书之类，也很有可能只是为了"读野书"方便，专门拿来蒙老爹老娘的。

当岁月流逝，少年时再荒唐的往事，都早已成为茶余饭后的谈资。或许连刘湘自己都不知道，他日后成功的秘密，其实就蕴藏在这样看似微小的生活细节之中。

到刘湘读书的时候，私塾已经变成了学校，但除了到西洋留学的青年外，大多数从教者所熟悉和掌握的，还是孔孟的一套，同时又因为科举中途被废除，导致孔孟之学亦是夹生饭，其间闹出的笑话层出不穷。

某日，县衙门督学来到刘湘所在的小学视察。视察时，他发表了一通演讲，论证孔子比周朝皇帝大一辈，这种结论本来就已经十分荒谬，而他的论证方式则更为滑稽可笑：周朝皇帝自称周天子，孔子被称为孔夫子，"夫"比"天"高出一个头，所以孔夫子比周天子老。

大家都被眼前这位不学无术的学界官僚给逗乐了，台下包括刘湘在内的几个小学生忍不住笑出声来。督学大怒，立即当着全体师生的面，责令这几个因笑惹祸的学生跪到讲台上来。

跪不光是膝盖弯着就行，每人脑袋上还得顶一张板凳。板凳的重量尚在其次，主要是上面搁了满满一碗水，谁要是把水洒掉一点，就得劈头盖脸地吃一顿"竹板饭"。如果不想被竹板打，就得看各人头上的功夫了，不知道的人，还以为是戏班的武生在练功呢！

被处罚以后，刘湘等人气不过，商量着一定要以牙还牙。刘湘因为个子高，胆子大，便被众人公推为报复行动的领头人。正好县里来了戏班唱戏，他们发现督学每天都要喝得醉醺醺地去看戏，于是便决定趁此机会下手。

这天晚上，督学果然又去看戏了。戏散了场，他摇头晃脑，哼着小调打道回府。在他必经的一个巷口拐角处，突然黑影一闪，一瓢不明物体泼到了他身上。

督学受惊之下，闻到的全是臭味，原来不明物体竟然是大粪。"啊呸呸。"督学又羞又怒，抬眼望去，几个孩子正急急忙忙地往学校方向逃去。

谁跟自己有这么大仇？自然是前两天跪讲台的几个小屁孩。督学追赶不及，朝着他们的背影愤愤地喊道："你们跑吧，跑得过三十，跑不过初一！"

这句话，参与整蛊的几位都听到了，也知道事情已经露馅。

怎么办？刘湘是领头的，他把胸脯一拍："不怕，追究起来我担着，哪怕是坐牢。"

商量了一会儿，有人出了个主意，说刘湘要不你就去报考弁目学堂吧，这样督学就抓不到你了，也不敢去抓。

就好像《三国演义》中常见的桥段，某人犯了事，闯了祸，只能跑路。众人当下你凑一点我凑一点，帮刘湘攒足路费，助他踏上了一个新的人生之路。

有你飞黄腾达的一天

等督学在家休息了两天，要来学校找碴儿的时候，校方便把所有责任都推到了刘湘身上。问刘湘在哪里，回答说已经离校考入了弁目学堂。

弁目学堂不属教育系统，属军队系统，督学哪里敢惹，只得捏捏鼻子，自认晦气。

弁目学堂的全称是四川陆军速成学堂，也称速成学堂。清末编练新军需要培养大量下级军官，由此便促成了速成学堂等一大批军校的设立。军校时代的刘湘，怎么看都没有要发达的迹象。他性格内敛，深沉而不露锋芒，成绩也不过中等水平，甚至他都不怎么爱外出活动，自然难以引得外界瞩目。

刘湘唯一的乐趣似乎就是睡觉。此君平时的标准形象是，拖两行清水鼻涕，眯缝着眼睛，一副浑浑噩噩的样子，而且仿佛要么不倒下睡觉，一倒下去就会长眠不醒，同学们都戏称他为"刘瞎子"。

没有人瞧得起刘湘，他也几乎没有朋友。毕业后，刘湘被分到了周骏的第一师。第一师是第十七镇新军的基干部队，军官们眼光都很高，刘湘在军校被人看扁，到了军营还是一样。

军营之外，却有一个人分外看好刘湘。这是个编织篾篓的匠人，姓王，乃一字不识的文盲。王篾匠的业余爱好是相人算命，他算命不收钱，但据说算得比瞎子还准。除此之外，不管寒暑，他每个月都要抽出几天夜观天象，以便"预测天下大事"。

见到刘湘这个貌不惊人的小军官，王篾匠眼睛一亮，直呼刘湘前程远大，不可等闲视之："好好努力吧，有你飞黄腾达的一天！"

王篾匠是不是在瞎掰，只有他自己心里最清楚，但他做出的这个预测确实应验了。刘湘从排长开始，先后升为连长、营长、团长、旅长、师长。如果说排连两个阶段，尚算是一步一个脚印的话，从营长开始，就有些让人眼花缭乱了：每打一次仗，他的官就升一级，"遇缺即补"，最后连老上司周骏都倒掉了，仍挡不住他火箭式的蹿升。

刘湘的官运为什么会这么好？

首先得承认一点，在战乱时期，军人不能打仗是很难升职的，刘湘符合能打仗这个标准。清末民初那个时代，说你能打仗，主要不是说你有多高明的技战术，而是只要够胆，敢闭着眼睛往上冲就有资格入行了。川人称刘湘为刘莽子，莽子在四川话中是猛的意思——你别看他平时眯缝着个眼，老实得不能再老实，但在某个僻静的拐角处，敢向你泼大粪的，正是这小子。

事实上，确实有很多次，刘湘所在的部队本已陷入危局，都愣是靠刘湘死战才得以反败为胜。比如，他在担任旅长的时候，曾攻某一阵地不下，不得已退回司令部。正好上司在大发雷霆，副官报告说刘旅长到，上司大喝一声："难道刘旅长就杀不得吗？"刘湘闻言转身就跑，不是逃跑，而是到前线亲自督师反攻，结果一鼓而克。

军队里面，猛人莽汉很多，刘湘超出他们之处，在于会动脑子。尤其在一些难度极高的攻坚战中，要是没点绝活，光知道拿血肉去挡子弹，有多少莽子也得完蛋。

当时国内已逐渐开始流行自来得手枪。说到自来得，有人可能不知道它是何方神圣，但如果改个说法，叫它驳壳枪、盒子炮、二十响、快慢机、大肚匣子……大家也许就会有如见老友的感觉了。

没错，从民初一直到抗日战争，驳壳枪从来都是中国军人向往的标配武器。这种手枪可以连发，一梭子过去，其火力甚至可与轻机枪相媲美，在近战中威力很是惊人。刘湘由此钻研出了一种看家战术，他精心训练了一支手枪队，每当遇到紧急关头时，便把手枪队压上去，往往能收到奇效。

估计是小时候看演义看多了，刘湘把手枪队比作岳飞的钩镰枪，他就靠"钩镰枪"来破敌人的"拐子马"。

速成系

刘湘战功赫赫，难得的是，他并不骄矜自负。还在他当团长时，本来按其战功和资历可提前晋升为旅长，但上司把这个机会给了另外一个人，刘湘的部下对此多不服气。

刘湘读过古书，也了解一些掌故，他对身边的人说："清末有个叫杨遇春的名将，功劳不小，他就不和同僚争功，以此避免了灾祸。我刘湘难比先贤，不过也可以加以效仿。"在他的劝说下，众人释然，事情这才平息下去。

甚至，刘湘在军校中的木讷表现，也成为他得以平步青云的原因之一。清末时，从新军军营到速成学堂等各类军校，都少不了革命党人活动的身影。刘湘的同学皆蠢蠢欲动，有人已经与革命党人有了接触，唯有刘湘从来都不关心这些东西。除了上课训练之外，他就一个爱好，即喜欢唱军歌，因此之故，每次班上做游戏，刘湘都被推举为领唱。

直到四川爆发保路运动，新军与保路同志军交战，已经入伍的刘湘也奉命参战。回到军营后，他还糊里糊涂地问别人："你知道为什么要打仗吗？"

刘湘平时给人的印象，就是一个两耳不闻窗外事的职业军人，既不朝"南"（南方党人），也不向"北"（北方政府）。开始大家都觉得他傻，后来才发现他最聪明。那些有明显政治倾向的同学，或许可以得用于一时，但很快就会被抛弃于一旁，因为政局变化实在太快了，一会儿党人摇旗呐喊，一会儿北洋上台执政，正是城头变幻大王旗，一般人哪里搞得清楚和反应得过来。

癸丑讨袁时期，胡景伊征调周骏的第一师与熊克武作战，有两个营长临时投向蜀军。胡景伊一查，这两个营长均系速成生，这下好，他对几乎所有速成生都产生了怀疑和排斥。

轮到刘湘了。胡景伊翻开档案一看：刘湘，速成生，自军校开始，就无倾向革命的嫌疑，且生活简朴，不嫖、不赌、不抽鸦片，作战非常勇敢，屡立战功。

简直是一个一尘不染的白天鹅啊，到哪里能找到这么好的军官，请问？胡景伊当场拍板要予以重用，从此刘湘的仕途变得更加坦荡。

没发达之前的刘湘，类似于正埋着头编草鞋卖草鞋的刘备。你要说那个时候刘备就知道自己今后能三分天下有其一，多少有些扯。同样，当夜观天象，算命不要钱的王篾匠预言刘湘今后将飞黄腾达的时候，刘湘自己想象中的飞黄腾达，顶到天也不过是做个将军。

旅长的相应军衔是少将，不就是已经将军了吗？人生的最高目标都实现了，还图个啥？在很长一段时间里，刘湘看上去都本本分分，没有什么太大野心，平日里他只知道服从上级，厚待下级，政治上不南不北，战场上竭尽所能。

刘湘的变化，是从当上师长开始的。当上师长，一方面意味着他拥有了过去周骏所拥有的权力，成为老川军精华力量的合法继承者。另一方面，刘湘生活俭朴，自奉微薄，守着一个老妻便能过一辈子，不像很多川军将领还要讨三妻四妾。在有机会到达一个特定的位置之后，他若再没有远大一点的志向和目标，这人还图啥？

刘湘询问一位高士："四川包括南方的局面老是搞不大，弄不出像北洋那样像点样子的政府，是不是南方军人不如北方军人的缘故？"

这位高士曾游历北京，与保定军校校长、军事理论家蒋百里交流过类似话题。蒋百里说，南方军人大多出自正规军校，素质和潜力都要比行伍大老粗出身的北方军人强，之所以不如北方军人，局面搞不大，是由于这些军校生还不够团结的缘故，如果能够团结，"善于交朋友"，未来一定会超过北方军人。

高士将蒋百里的话转述给刘湘，刘湘听后很受启发。实际上，在此之前，他已经先知先觉地在广交"朋友"，而所谓的"朋友"主要都是他在速成学堂的同学。这些同学陆陆续续地聚集到刘湘周围，他们都想靠刘湘升官，也因此形成了自武备系之后，川中最大的军事派系——速成系。

武备系早期的核心人物是尹昌衡和胡景伊，后期是刘存厚，但武备系的结构相对较为松散，凝聚力和向心力也不是很强。相比之下，速成系的联系更为紧密，一干人等皆视刘湘马首是瞻，并期待着能够依靠刘湘攀龙附凤，封官晋爵。

那个气贯长虹、矢志天下的皇叔幽灵终于又再次出现在了人们的视野之中。

要对人家仁义嘛

最早想做现代刘备的是刘存厚，可惜他名为存厚，却实在不够厚道。比如说对待投靠他的人，用得着时当你是兄弟，用不着时就当你是草鞋，抓起来随手就扔。

就凭刘存厚落魄陕南时把钟体道逼走的一幕，以后谁还敢再跟着这样的老大？难怪此君折腾来折腾去，终究还是只能抱着一个"刘厚脸"的臭名声，回到他最不愿意待的地方去。

知道真正的刘玄德是怎么论兄弟的吗？"妻子如衣服，兄弟如手足，衣服破，尚可缝，手足断，安可续？"甭管这话听起来有多么虚伪，起码他把兄弟当回事，要不然关二爷、张翼德这样目空一切的神人，又怎么肯死心踏地地跟着他混？

刘湘比貌似精明实则愚陋的刘存厚强了不知多少段位。这么说吧，他有尹昌衡式的善战，有胡景伊式的心计，有熊克武式的俭朴，有刘存厚式的实力（自然是指其鼎盛时期），却唯独没有这些人的缺点，他再不兴，还有谁能兴？

算命这东西，所谓真假，其实大半都取决于当事人自己的心境和揣测。王篾匠的预言似乎变得越来越清晰了，如果说刘湘眼前有一座山峰的话，这座山峰的海拔正在不断增加：师长之后是军长，军长之后是总司令，总司令之后是统一四川，统一四川之后是问鼎中原。

这不正是一千多年前刘备走过的道路吗？现在刘湘要重走一遍。至于走得通走不通，你没走过，怎么知道？

速成生都是刘湘的同学，相当于兄弟。以速成系为基干，他又先后办起了军官教育团、军官研究班、教导总队、学员队等机构，这些机构培养出来的军官跟刘湘就是完完全全的师生关系了，相当于小弟。

左有兄弟，右有小弟，后面还跟着老川军的精锐，刘湘一步步地为自己未来争夺天下聚积力量，他的声望和实力也一天比一天看涨。早在熊克武、刘存厚联手驱滇之前，刘湘所部就已经发展成为川中除滇黔军外最大的实力派，大有"与楚则楚兴，与汉则汉胜"之势。也就是说，各派势力，从熊刘到"倒熊同盟"，没一个敢小觑刘湘，都得争相拉拢。

在研判各方势力后，刘湘定下了"拥熊送客"，即拥护熊克武，驱走滇黔军的策略，而恰在此时，"倒熊同盟"也派使上门了。得知来使登门，刘湘的部下和幕僚商议认为，既然已决定拥熊，自然与倒熊一方势不两立，为此不如将使者扣留起来，然后再与"倒熊同盟"把话挑明。

决议已定，众人便去找刘湘拿主意。刘湘听后直摇头："不可不可，我们怎么能搞阴谋诡计呢？要对人家仁义嘛。"

仁义厚道是《三国演义》里刘备的标志性特征。《三国演义》里的几个大人物，要论起家资本，刘备只能排在倒数。比之于身后有大家族作为支撑的曹操和孙权，他几乎是一无所有。那么，他究竟靠什么赢天下？

不是靠他动不动拿出来唬人的皇叔身份（谁知道真的假的），更不是靠编草鞋卖草鞋的手艺，就是靠一个字"厚"。在刘备的奋斗生涯中，他每时每刻都不会忘记要"厚"，刘湘也是，他不仅没有扣留来使，还非常客气地款待了对方。

"厚"不是傻，必要时候，一些政治技巧是少不了的，否则安能立足乃至与人争夺天下？这就是有人抨击刘备"假仁义、装厚道"的由来，刘湘同样对此有所继承，他甚至和来使商讨了进攻熊克武的办法，但这丝毫不妨碍他继续和熊克武联络，并成为驱滇之役的前敌总指挥。

驱滇之役对刘湘而言，非常关键，也是他平生投出的第一个大赌注。如果赌赢了，自然会青云直上，但如果输了，那就是血本无归，连四川都待不下去，只能跟熊克武、刘存厚他们一样往边角旮旯里逃。在战事遇到挫折，也就是龙泉山大败时，刘湘也跟他的榜样刘备一样，眼泪直流，并表露出了要离开部队出川流亡的意思。

部下幕僚们都恳请刘湘不要走："虽然暂时败了一阵，但切勿灰心。一切事在人为，我们还有部队，再努力一下，尚大有可为。"刘湘惶恐焦灼，除了确实已到危难关头外，很大程度上也是要看看这些部下幕僚是不是还肯跟着他卖力。一看大家都挺得住，他自己也就释然了。

玄德的眼泪从来都不会白流，抹干眼泪后的刘湘更是马上露出了沙场枭雄的本色。他先是以退为进，使川军在成都城内得到整合，接着在滇军后撤，组织防线拦截时，又亲赴前线指挥，下令将所有山炮集中于一点进行猛烈轰击。滇军防线被炸开了一个致命缺口，沿着这一缺口，川军蜂拥而入，滇军由此一溃千里。

在驱滇之役中，刘湘功立第一，熊克武、刘存厚都得往后排。刘存厚尚自我感觉良好，傻乎乎的什么都不知道，熊克武却早已掂出了刘湘的分量，战争尚在进行时，他就通过但懋辛致意刘湘，说想让位于他。刘湘回答："等打完了仗再说吧。"

熊克武说要让位于刘湘，只不过是为了加大自己的砝码，以便对付刘存厚而已，讲穿了，那是一句连他自己都不信的谎话。驱滇之役后，熊克武和刘湘之间尚隔着一个刘存厚，等到两人合力将刘存厚推倒，一山不容二虎的矛盾就变得尖锐起来。

以退为进

熊克武的第一军由原蜀军和新老第五师发展而成，相当于原来新川军的延续，而刘湘的第二军则是老川军的代表，新老川军整日里互相猜忌，明争暗斗。

江湖有江湖的规矩，不到最后一刻，大家都不会闹到操刀互砍的程度，而只会按照各自拥有的筹码来讨价还价。眼看第一军从实力上要压倒第二军，熊克武便授意各军，公推刘湘为四川总司令兼省长。

经过这么多年的升沉荣辱，熊克武早已从一个热血的革命党人转变成冷血的政坛高手，他的一招一式都暗藏玄机。眼前这一招从政治策略上讲，叫作"以退为进"。

　　按照各自军队实际控制的地域，成都归第一军所有，重庆归第二军所有，和蜀军时代正好是一个互换。熊克武虽然名义上早已辞去督军，却能够通过第一军控制成都，而刘湘就算是做了四川总司令兼省长，其势力范围也无法超越重庆。

　　刘湘履任省长，必须到省会所在地的成都就职才符合规定，熊克武也来电邀请刘湘前去赴任。成都是熊克武的势力范围，究竟去还是不去，刘湘拿不定主意，便召集一班幕僚进行商议。大家都觉得去成都就任不是个好主意，有人说，重庆如今是老川军的事业基地，如果去成都的话，就会远离基地，受人控制。还有人则直截了当地说："别看熊克武表面下野了，但你如果和他同住成都，他一定会倚老卖老，什么都得干涉。到时你不听？老川军远在重庆，到时只会叫天天不应，唤地地不灵。"

　　听了幕僚们的意见，刘湘倒吸一口凉气，连连点头："熊克武太厉害了，我搞不过他。依诸君之见，我不去成都了，就在重庆上任。"

　　这样的省长，有跟没有几乎是一个样。重庆周围还有一些防地在第一军手里，刘湘的部下提出，应该让第一军把重庆的防地全部交出来，否则宁可不当省长，谁爱当谁当去！

　　刘湘找但懋辛交涉，熊克武没法拒绝，最后总算勉强把重庆的防地交了出来，刘湘这才在重庆就任省长。

　　幕僚们说得没错，刘湘去了成都会无所作为，可是留在重庆被证明同样无所作为。凡是刘湘任命的县长，都只能在他的第二军防区活动，其他防区根本甭想插足。

　　刘湘有一次委任一位姓张的人为川西道尹（相当于副省长）。张某带着委任状，兴致勃勃地去成都上任，可是怎么也找不到前任。找不到前任，张某就没法顺利履任，因为双方需要交接印信。

　　张某只好在政务厅里坐等前任，然而左等不来，右等不来，对方始终没有露面。一打听，原来前任得到消息，早就以出巡为名，跑到别的地方躲起来了。

张某知道自己不受欢迎，无奈之下只得拂袖走人，临走之前他写了一封通电登在成都报纸上，说："这位官员（指前任）在职务行将交卸之时，还要出巡，像这样办事认真、不辞劳苦的人，你们见过吗？反正我没见过。川中既有如此难得之干员，应请刘湘省长收回成命，明令慰留。"知道内幕的都知道是怎么一回事，因此通电一出，皆引为笑柄。

除了成都和重庆实际分立为两大军政中心外，熊克武还以军实督办（负责管理武器和粮饷的官职）的名义，控制着成都兵工厂和自贡盐税收入。

当一个名不副实的省长倒也算了，最让刘湘放不下的就是成都兵工厂，这可关系着他以后能否争夺天下啊！刘湘派了一个旅常驻成都，专门看着成都兵工厂。工厂日夜加班加点，枪弹一下生产线，马上往重庆押运。成都方面如何肯让，一着急，竟然不惜动用武力阻止起运。双方火药味十足，眼看着扔根火柴就能爆起来，刘湘不得不下令将部队从成都原样撤回。

由于和刘湘的关系太过紧张，以策动联省自治为根本的熊克武才更倾向于发动援鄂战争，他认为这样既便于川军向外扩展，对四川内部的矛盾也能起到一个缓冲作用。

熊克武要援鄂，光靠他的第一军不行，还得借助于刘湘的力量。刘湘则认为，以后可以同他争四川的，也就一个熊克武，如果熊克武在湖北立住脚并且回过头来再打他，那岂不是亏大了？因此，刘湘在同意出兵的同时，又额外提出一个条件，即必须由他兼任援鄂总司令。

刘湘的这个条件着实难住了熊克武，他迟迟缩缩，很晚才答应下来。川军在援鄂战争中之所以出兵较晚，这也是其中的一个重要原因。

援鄂战争发动前，谁都没办法准确预估输赢。赢了的话，自然是皆大欢喜，偏偏又输了，虽然通过议和弄到了一条川盐运销湖北的条款，可是与当初的目标相比，毕竟还只是小头。这下参战双方可有得互相埋怨了，第一军怪第二军无能，第二军骂第一军软蛋，本来就脆弱不堪的伙伴信赖关系荡然无存。部队撤退时，原来计划好的路线也不走了，大家都情愿走人迹罕至、鸟不生蛋的地方，为的就是怕遭到对方暗算。

就熊克武来说，这种谨慎非常必要，因为刘湘真的想暗算他。

姜还是老的辣

吴佩孚不会长久留在南方，他临走时，任命孙传芳为长江上游总司令，常驻宜昌。刘湘派代表与孙传芳协商，双方签订了一份联防密约，大意为，如果孙传芳受攻击，刘湘就拔刀相助，反过来也一样，假使刘湘在川中被围攻，孙传芳亦不能坐视不顾。

第二军实力雄厚，兵强马壮，谁吃饱饭没事做，会去主动招惹刘湘？说来说去，他还是想先打别人的主意，而且矛头其实就是冲着第一军去的。

没办法，本来说要矛盾外移，结果不但没移成，矛盾还扩大了，不打何待？为了能够稳操胜券，刘湘的谋士献计，让他以四川总司令的身份下令，将第一军的一个主力混成旅以援陕的名义调到川省以外，以便分散其兵力。

刘湘依计而行，抽走了第一军的一个主力旅，但这也让熊克武从中察觉到了刘湘的真实意图。此时刘湘与孙传芳秘密联络，并可能结成同盟的消息已经传到了熊克武的耳朵里，于是成都方面所面临的形势立刻变得严峻起来。

第一军在实力上本就不及第二军，再抽去一个主力旅，加上孙传芳的掺和，若是打起仗来，还有多少胜算？这事若是放到一般人身上，或许双腿就得发软，但是熊克武气定神闲：你有张良计，我有过墙梯，刘湘，我得让你知道一下，什么叫姜还是老的辣！

早在熊克武第一次赶走刘存厚，担任四川督军时，由于驻川的滇黔军带头把持防区，控制税收，导致熊克武一直收不到什么钱，可这么多军队又都需要发饷，怎么办？熊克武的办法是制定防区制，就地划饷，即你的军队驻扎在哪里，就从哪里的税收里面切出军饷部分，然后照划给你。

起初是就地划饷，渐渐地演变为就地筹饷，各路川军从此各有各的地盘，俨然成为大小诸侯，熊克武和刘湘只是这些诸侯里面最大的两支而已。

熊克武以前当家时，对割据一方的中小诸侯们非常头疼，现在不当家了，倒一下子对他们产生了特别的兴趣——这不正是用来对付刘湘的棋子吗？

在公开场合，熊克武本人照例都不出面，出面的是但懋辛。但懋辛一面质问刘湘，为什么要派兵援陕，究竟有何根据，一面密告各诸侯，说刘湘志在消灭第一军。

如果诸侯们对此无关痛痒的话，但懋辛会接着告诉他们：连第一军这么大的店面都要被迫关张，你们觉得你们那小店面还生存得下去吗？

就是后面这句话，让大伙都坐不住了，传言中姓刘的要统一四川，是不是真的啊？诸侯们纷纷给刘湘发电质疑，刘湘应接不暇，狼狈不堪。

知道所有这一切，都是熊克武和但懋辛暗中捣的鬼，解铃还须系铃人，刘湘只得邀请但懋辛来重庆一叙。他本以为但懋辛可能会找这个借口那个理由，赖着不肯来，就算来，也得摆足架子，给他难堪。没想到但懋辛欣然而至，并且说的全都是替他着想的体己话。

但懋辛对刘湘说：“你不要听你身边那些狗头军师的话，以为把我的第一军灭掉，就可以一了百了。你得知道，你可是一省之长，倘若无缘无故出手打第一军，唇亡齿寒，各军必然人人自危，都要同情那被打之人，这样一来你是吃不消的。”

刘湘已经吃不消了。他原先确实只想到第一军是他统一四川的最大障碍，没想到背后障碍还有这么多。事到如今，他也只好赔着笑脸，央求但懋辛去安抚诸侯。

但懋辛的神情却变得更为严肃起来：“不管你信不信得过我，有一句实话，我一定得讲出来，这些诸侯全是四川的祸害啊！”

此语让刘湘猛吃一惊，什么意思？

但懋辛很认真地问刘湘：“川省为什么一直不得安定？”不等刘湘回答，他便自问自答，“没有别的原因，唯一原因，只在兵多，就是大大小小诸侯太多了。这些家伙有防区就有军费，有军费就不断扩军，扩了军就不把省政府放在眼里，如此川省怎么可能会安定呢？”

刘湘听得瞠目结舌。对但懋辛的这番表白，他不仅认同，而且坚信这就是熊克武和但懋辛的真实想法。

刘湘着急要消灭第一军，那是真把熊克武当对手的，而且是唯一能跟他竞争的对手。这就仿佛曹操在煮酒论英雄时，对刘备说的话："今天下英雄，唯使君与操耳。"在刘湘看来，如果一定要有一个人出来统一四川，那么这个人不是他刘湘，就是熊克武，自然他能想到的，熊克武也会想到，他所认为的障碍，熊克武也会认为是障碍。

刘湘对着但懋辛拊掌叫好："你说得太对了，可是有什么办法保证川省安定呢？"这话的意思是你有什么办法，可以把那些烦人的诸侯摆平呢？

但懋辛说了两个字，听完之后，刘湘的眉头紧锁了起来。

秘密约定

这两个字是"裁军"！

仅仅两个字，操作难度却大到没边。当年罗佩金垮台，直接原因即来自裁军，那时候的川军，不过才五个师。如今总计有十个师、九个混成旅、一个川边军、一个边防军，编制差不多是原来的四到五倍，怎么裁法？

但懋辛倒是成竹在胸："难度是不小。无论一军、二军，假使要单独搞定的话，都犹如登天。不过如果我们能够诚意合作，则并非难事。"

刘湘竖起耳朵细听，原来但懋辛的方案是，由一军、二军带头做榜样，先从本部裁，再督促各军裁。但懋辛说："到时候，诸侯们谁敢抗拒不遵？如果抗拒不遵，正好给我们借口，联起手来进行修理，所谓杀鸡给猴看，裁军不难推行。"

听说第一刀先要切在自己的肉上，刘湘不免有些犹豫。但懋辛看出了他的心思："别说你肉疼，我也肉疼啊。可是退一步想想，你不裁军，用武力统一的话，军队数量只会越打越多，更加不能解决问题。"

两人议论越久，刘湘越觉得但懋辛言之有理，尤其他最后总结的一句话更能拨动其心弦："如果你我合作，相信统一后川省必能自强，到时如形势需可，我们还可以问鼎中原哩！"

统一四川、问鼎中原，那不都是他刘湘的终极理想吗？当然了，要是真的有问鼎中原的那一天，熊克武、但懋辛可能早就被他灭掉了，不过在此之前，为了解决各个防区犹如蚁群一般的诸侯，的确须以大局为重，实行强强联手才行。

说干就干，刘湘马上坐下来和但懋辛商量裁军的具体办法。办法议定之后，两人又相约绝对保密，谁都不许向外走漏一点风声。

刘但二人在密室进行商议。等到刘湘走出密室，外面等候的部下幕僚都争相围拢过来，这些人众口一词，均主张将但懋辛就地扣留于重庆，尔后乘第一军群龙无首之际，立即出兵发动袭击，如此定可一举消灭第一军。

刘湘哪里肯答应。但懋辛直到离开重庆，身上一根毫毛也没掉，刘湘的部下幕僚们则顿足捶胸，以为失去了一个擒贼先擒王的大好机会。

你们遗憾这个，叹息那个，是不知道内幕啊，刘湘暗暗觉得好笑。在他和但懋辛的秘密约定中，裁军的第一个步骤是一、二军各裁一旅，为诸侯们带头，而且但懋辛的姿态很高，主动提出先裁第一军的独立旅，人家这样诚恳，我又向来是仁义之君，怎好去行不义之事？

按照既定程序，刘湘先发布命令，将但懋辛答应裁掉的独立旅调往指定地点，然后他就一心等着但懋辛自己率兵去执行缴械任务。

独立旅收到命令，开过去了，然而但懋辛本人迟迟无所动作。刘湘还以为是但懋辛忘记了，又专门发了个电报过去，催他快点启动。不料但懋辛仍然含含糊糊，支支吾吾，似乎完全忘记了有密约这回事，始终迁延不进。

刘湘更纳闷了，发电报去问他为什么还不动身。但懋辛回电了，在电文中，他竟然把责任都推到刘湘身上，说是刘湘故意泄露密约在先，想把预定裁掉的那个独立旅给并到第二军里面去。他愤愤地说："看来你还是蓄意要解决第一军，恕我不能奉陪，不能再跟着你玩下去了。"

刘湘莫名其妙。自从但懋辛走后，他基本上是守口如瓶，连身边的幕僚谋士都被蒙在鼓里，怎么可能泄露出去？

就在刘湘丈二和尚摸不着头脑的时候，但懋辛突然又做了一件让他猝不及防且倍感震惊的事：两人在密室会谈的内容，被但懋辛详详细细地通报给了各个诸侯！

注意，是详详细细，而不是原原本本，因为但懋辛对谈话内容进行了重新整理。经过整理，刘湘成了裁军计划的倡议者和主导者，但懋辛成了完全被动的一方，而且是第一个受害者。

但懋辛连物证都有，就是刘湘的调令和他们的来往电报——要没这回事，你突然调动第一军的独立旅干什么？又为什么要一个劲地催我但懋辛起身？

但懋辛的这份通报，算是把诸侯们的心头之火给完全点燃了，以前还是疑神疑鬼，原来真有其事。

诸侯们一个接一个给刘湘发电报，那意思，你要想裁军，先问问我们的拳头答不答应。

忍耐和蛰伏

瞪着雪花似飞来的电报，刘湘傻了眼。

就算单挑第一军，能不能稳赢，他都没有百分百的把握，若是旁边再添上这么多乱拳，情形就更不妙了。要知道，诸侯们块头小归小，却都是一些经常不要脸，偶尔不要命的家伙。

什么时候不要命？就是觉得你要拿走他们的命根子，也就是地盘的时候。

对着密室会谈的"整理版"，刘湘百口莫辩，他这才发现自己上了熊克武和但懋辛的当，被领到阴沟里去了。

什么诚意合作，什么共同裁军，原来都是骗人的幌子。熊克武确实厉害，他使的这招分明就是三十六计中的"上屋抽梯"之计：先把你骗上房顶，再将梯子一抽，四顾茫茫，你就等着跳楼自杀吧！

刘湘欲哭无泪，直觉屁股下面坐的已不是交椅，而分明是一座火炉。

1922 年 5 月 14 日，刘湘通电辞职。真把人逼到了这一步，但懋辛等人又假惺惺地来电挽留，刘湘则做一脸绝决状，来了几句"樵山钓水，遂我初衷"这样的话，坚不复职。

与熊克武一样，刘湘的辞职下野，也不过是以退为进之术，他安排了幕前代理，自己隐身幕后进行操纵。在他下野后，第二军的一支部队因欠饷露出了不安情绪，刘湘以在野身份前去安抚，士兵问他为什么要辞职，刘湘故意说："因为你们不愿打仗，所以我要辞职。"

士兵们想了想说："是上头克扣军饷，不是我们不愿打仗，如果不克扣军饷，我们是愿意打仗的。"刘湘马上回应道："你们的军饷，一定会按时发放。只要你们愿意打仗，我随时都可以复职。"

刘湘渴望东山再起，但他也同样知道忍耐和蛰伏的重要性。古往今来，忍耐和蛰伏是几乎所有枭雄的必备素质，比方说刘备，他的一生其实大部分时间都在给别人做小弟。有人统计，包括吕布、曹操、袁绍在内，刘备的东家前后计有七个之多。难道刘备真的甘心奉这些人为老大？非也，只不过时机未到耳。

大丈夫能屈能伸，不过伸之前，无论如何先得屈一下。刘湘多次告诫他的部下们："我为什么被逼辞职，就因为现在如果刀兵相见的话，没有胜算。"

那么什么时候才能握有胜算呢？刘湘分析说，必须依靠北洋军的充分援助，而在与北洋联合方面，他虽然已与孙传芳达成联防密约，但仅凭这一纸密约，事情还不靠谱。总之，现在第二军能做的，就是加紧准备，而不是贸然与第一军开战。

刘湘唠唠叨叨，有一个人却始终听不进去。此人就是刘湘设置的幕前代理，名叫杨森。

杨森祖籍湖南衡阳，是清末湖广填四川时的移民，世代以耕读习武为本。杨森因是家中长子，父母对其期望很高，父亲给杨森立下的规矩是，必须习文，不许习武，以免影响功课。

可是杨氏家族本有习武传统，杨森的叔伯兄弟中习武者众多，甚至杨森的父亲就考中过武秀才，能百步穿杨。杨森在读书余暇便瞒着父亲，偷偷摸摸地跟着练，到了端午节，家族组织骑射比赛，杨森像传说中突然习得真技的大侠霍元甲一样，冷不丁地大显身手，并勇摘第一。

杨父这才知道儿子偷练武术的经过，当着面狠批一顿，但是嘴上骂着，脸上却微露笑容，因为他知道，不管习文还是练武，都是要出人头地，而随着世乱迹象已显，文武兼备显然要胜过单纯习文。

在杨森的青少年时期，八股虽废，科举未停，于是他小小年纪就跑去报名应考，文武举都报了名，但结果均名落孙山——文举不合格，是新试题没练熟；武举不合格，不是技艺不精，是考官嫌他身材矮小。

杨森十分沮丧，师友如此安慰他："假使你考中了文武俩秀才，只能取一个，那你怎么选？倒不如一个都考不中了。"

杨森听了唯有哭笑不得。

面有反骨

杨森不是不聪慧，《古文观止》《八家诗选》等书都能背上八页之多，堪称同龄中的翘楚。全班命题作文，老师总是让他负责收卷，还告诉他："你收卷时，一定要先闻一下，那文章条理畅通的，一定有异香，不通的，闻了能让你吐三天！"

杨森的作文属于有异香的，可惜自从他文举落第之后，科举制度很快就被废除了，这使得他在中学毕业后，不得不去报考速成学堂。

考试时所要面临的尴尬依然如旧，杨森各门成绩都合格，唯独因为身高不够，体检老是过不了关。主考官周骏对杨森说明了不能予以录取的原因，杨森霍然而起："我年纪小，所以才身高不够，等再过两年，一准是高大魁梧异于常人！现在怎么能因为这个，就阻碍我从军报国的远大理想呢？"

周骏听后大为惊异，感到杨森志向不俗，立即决定破格录取。日后杨森身材魁梧，果然没成为"杨矮子"，非但如此，他那种不混出头就决不甘心的劲头，还非得让人仰视才行。

中国民间喜欢给武将排名。关于三国武将的功夫高低，比较流行的排名顺序是"一吕二赵三典韦，四关五马六张飞，七黄八许九姜维"。从"二赵"也就是赵云开始，三国迷们往往各有偏爱，推崇张飞的就会说这个榜单抬高了赵云、关羽，贬低了张飞——燕人张翼德手中一杆丈八蛇矛，所向无敌，能够"百万军中取上级首级"，凭什么只排在老六的位置？

唯有榜首的"吕"，大家都没异议。所谓"人中吕布，马中赤兔"，《三国演义》里面的武将，就没有能够在单打独斗中胜过吕布的。即便关羽、张飞合起伙来，仗着人多，打人家一个，还是拿他没办法。后来这三兄弟干脆就不要脸了，刘备也凑上去，三英战吕布，吕布左遮右挡，实在是忙不过来，才让他们占到了一点便宜。

假设把三国榜单搬到巴蜀，杨森便活脱脱就是一个川版的吕布吕奉先。四川百姓提起川军战将，往往会说这个人老是吃败仗，那个人吃过败仗，但也打过胜仗，他们给杨森的评语仅有一句："杨森会打胜仗！"

杨森是四川人，但他最早发迹于滇军军营。这事说来话长，杨森和刘湘一样，都是速成生，毕业后辗转往复，投到了熊克武门下，当然最初也就是个龙套甲、龙套乙一类的角色。

在癸丑讨袁之役中，熊克武被打得一败涂地，滇军攻占重庆，杨森做了俘虏。滇军将领黄毓成在视察俘虏时说："军官上前五步走。"这句话吓坏了俘虏里面的川军军官，他们最怕别人认出他们是军官，因为如果对方要杀俘的话，第一个要杀的便是军官，反而士兵往往会得到宽释。

上前五步是什么意思，站出来让你绑了枪毙？大家都一动不敢动，只有杨森挺身而出，并坦然自称："我是少校营长。"

黄毓成见杨森态度坦然，毫无惧色，不由得暗暗称奇，随后不但没杀他，还把他带回了云南。自此，杨森便改换门庭，在滇军名将赵又新帐下听用。

杨森能成为猛人，全在一个字：狠。

翻开中国近代史，第一章就是鸦片战争。鸦片战争打完了，鸦片的命运到底如何，倒好像没什么人提了。事实是，朝廷来了个"放开搞活"：既然禁不住也堵不了，与其让洋人的烟土来大赚特赚我们的银子，倒不如自产自销。

在国产化的烟土产业崛起后，进口洋烟土严重滞销，瘾君子们都改抽国货了，新的"鸦片战争"果然不战而胜。

至清末民初，西南各省没有哪一省不种鸦片，云南的叫"云土"，四川的叫"川土"，贵州的叫"贵土"，其中以云土的品质为最好，是当时国产烟土的顶级品牌，极具讽刺意味的是，云土的外包装上居然还贴着林则徐的肖像！

置身于这种环境之中，杨森等很多滇军军官都染上了吸食阿芙蓉的嗜好，就连赵又新本人也不例外。不过大家都是偷偷地吸食，因为在公开场合，抽鸦片仍然属于违纪行为。

欺生是一个常见的社会现象。杨森身为川人，一些滇军同事看他不顺眼，有一天便趁他正在家里"过瘾"的时候，派兵闯入杨家，将杨森予以拘捕。随后，为了加以羞辱，他们还要逼杨森自端烟具游街示众。见势不妙，杨森赶快写信求助，方才得以豁免。

经此风波，杨森一跺脚，咬牙把鸦片瘾给戒了！

戒鸦片有多难，大概只有瘾君子才会有切身体会，张学良晚年回忆，说那种滋味就是肉外面没有皮，直如身处地狱一般。

杨森的狠一以贯之，对自己狠，对别人也狠。在护国战争中，担任参谋的杨森见战况相持不下，便带着四个士兵往前纵横穿插，他们一路见人杀人，见佛灭佛，最后竟然闯入了北洋军的师指挥所附近，吓得敌指挥官狼狈逃窜。蔡锷深嘉其勇，向杨森颁发了亲笔奖状。

至靖国之役结束时，杨森在滇军已有能战之名，赵又新对其倍加赏识和重用，亲自提拔他为团长。同为川人的朱德当时亦在赵又新军中效力，无论学历还是资历，朱德都要比杨森厚实得多，但他也不过就是一个团长而已。

真的反了

大约就因为不是云南人，同时又锋芒过盛，个性过于倔强的缘故，除了赵又新，滇军高层普遍都对杨森存有戒心。赵又新的参谋长杨杰是抓杨森抽鸦片一事的主谋之一，当着赵又新的面，他不仅建议将杨森"去之"，而且力主"除之"——杀掉算了。

后来杨杰另调他职，临走时，又再次劝赵又新不可重用杨森，说杨森面有反骨，将来难免反叛云云。赵又新听了不以为然："你我都是老同盟会员，参加过辛亥革命，这都什么年代了，还搞迷信活动？杨森做事有干劲，又有毅力，听说那次被你抓住抽鸦片，他就把烟癖给戒了。一个闻过则改的人，我怎么能无缘无故处罚他呢。"

见话不投机，杨杰不由得跺脚叹息："你不信忠言，将来大事必然要败在这个杨森之手。"

对杨杰这些自以为是的"忠言"，赵又新毫不在意，在自己升为军长后，他把杨森提拔成了军部参谋长。

第二个看杨森不爽的是罗佩金。他让人转告赵又新，说千万不可重用杨森，更不能叫杨森带兵。对罗佩金的话，赵又新同样听不进去。

真奇了怪，就没有人同我一样，慧眼识英才吗？还真有，赵又新的顶头上司唐继尧说了一句话，让赵又新差点以为遇到了知音。

杨杰嚷嚷什么反骨之类，大概都是《三国演义》看多了的缘故，随口那么一说，唐继尧却真的知道一点相人之术。他到四川视察，滇军团长以上军官均被召见。召见之后，唐继尧问赵又新："那个叫杨森的人，你有没有重用他？"

赵又新大喜，以为唐继尧也看中了杨森，连忙回答："重用，当然重用。杨森特别能打仗，我每到战局危急时，均赖其转败为胜，岂能不加以倚重。"

不料，唐继尧说的其实是另外一番意思，他眼中的杨森极为不堪："从外貌上看，其人满脸横肉，目露凶光，门牙森森，状如鼠嘴。"

知道的，是他在说杨森，不知道的，还以为在描述某个土匪或逃犯呢！杨森真有这么丑陋龌龊？当然不是，说白了，相人术也不过是一种可以用哈哈镜把人变形的奇怪戏法而已。

唐继尧对杨森的评价是"残毒险狠，人面毒心"。还有一个更关键的："有反骨！"他嘱咐赵又新："你若是一定要重用杨森也就算了，如果不重用的话，一定要将他杀掉。"赵又新听后连忙说："我已经重用杨森了，应该没事的。"

唐继尧回到云南后仍不放心，再次密电赵又新，让他不管重用不重用，都直接将杨森杀掉，以绝后患。赵又新对唐继尧忠心耿耿，但这时也觉得唐继尧不免愚昧："怎么连你都信反骨这一套？"他不仅没杀杨森，还把唐继尧的密电拿给杨森看，以示绝对信任。

可有时候人确实还是迷信一点好，比如，在杨森这件事上。因为后来的事情进展表明，从杨杰到罗佩金再到唐继尧，他们起码有一点没有说错，杨森真的反了！

赵又新把密电给杨森看，当然是信任的表示，可对杨森来说，却是别有一番滋味在心头。赵又新以后能取代唐继尧吗？看样子不可能。这就说明自己今后在滇军中的前途很渺茫，别说升官了，性命能不能保住都很难说。

在赵又新部队的内部，杨森也颇受同僚排斥。对于杨森以川人居要职，很多滇军军官由妒至恨，对其极为不满。大家晚宴后看戏，一些军官不顾杨森是四川人，常常当着他的面，大点《张松献地图》《取成都》之类的戏目，摆明就是要让他难堪。杨森如坐针毡，常常还没等到戏散场，就气鼓鼓地拂袖而去。

环顾整个滇军集团，所投来的几乎全都是冷冰冰的眼光，光靠赵又新一人庇佑有什么用？杨森意懒心灰，顿生另谋他途之念。正好赵又新的防区与刘湘接壤，因为杨森身居军部参谋长，又与刘湘是速成同学，赵又新就派他做代表与刘湘联络。

刘湘深知杨森乃不可多得的勇将，就利用这一机会拉拢杨森，杨森便也就势投奔了刘湘。

在《三国演义》中，吕布叛义父丁原，得到了一匹赤兔马，杨森弃恩师赵又新而去，得到的是官升一级，由团长升为混成旅旅长。之后杨森即反戈一击，围攻附近的小股滇军。滇军不敌，缴械了事，但偏偏有个缴了械的营长不识时务，大骂杨森不义，不该叛离军长（指赵又新）。杨森在另觅高枝时，虽然动作丝毫不拖泥带水，但终究还是有些心虚，听后不禁恼羞成怒，当场就把这个营长给毙了。

赵又新倒颇有名将风范，知道杨森反叛后仍很大度。他接到杨森的一封信，杨森在信中说："我是川人，现在外面的口号都是'川人治川'，所以我才舍公（赵又新）而去。今后川滇两军开战，若遇公在，森（杨森）当避之，不与公战，以报知遇之恩。"

赵又新看完信后很是感慨，他将这封信遍示部属，并且说："杨森这么做，从他的角度看也没什么错，假使我是川人，亦当如此。"众人以为赵又新乃故作姿态，但观其神态自若，显见得对杨森确实没有怨言。

我就要把他喂饱

在与赵又新的恩怨纠葛上，赵又新或许是真君子，但杨森却未必，因为他很快就自食其言了。

驱滇之战前，刘湘又将杨森由旅长晋升为师长。在这种情况下，杨森还能像他信中所说的，见赵又新就避吗？一味回避的话，如何向刘湘交代？又如何继续升官？

杨森不仅不避，而且打赵又新打得最狠。在刘湘用山炮将滇军防线击开后，他立即跑到最前方指挥，对滇军进行猛追。

杨森在滇军日久，对滇军的作战能力和特点最为了解，他知道顾赵一旦回过神来，其反击力度将难以遏制，所以一路上几乎是马不停蹄，两天之内，追了五百多里，把滇军左右翼的部队都远远地甩在身后，然后直入赵又新所驻防的泸州城。

赵又新正在床上吸大烟，他没有料到川军会来得这么快，急忙问系由何人率领，左右回答是杨森。到了这个时候，赵又新仍没有意识到问题的严重性，他松了口气说："是杨森就好。我赏识和提拔过他，也算对他有知遇之恩。谅他不会加害于我，我被抓住后充其量不过是当俘虏，决不会有生命危险。"

手下差点被气乐了："是杨森才不好呢，打我们打得最狠的就是他。知遇之恩，哪年头的事了，他不是说战场上见军长就避吗，他避了没有？"

赵又新一想，的确如此，不禁悔恨交加。

世界上什么药都可以买到，就是后悔药无处可买。鉴于城池已破，赵又新只得打开后门登上城墙，用门板缒绳而下，只是他身材肥胖，行动多有不便，缒的过程较为缓慢。

杨森对赵又新的军部所在地非常熟悉，冲进去后发现鸦片烟盘上灯火未熄，知道赵又新离去不久，便跟着登上了城墙，正好看到赵又新在逃命。他问仍在缒绳的几个滇军士兵，下面是什么人。滇军士兵不敢不应，回答说是赵军长。

杨森嘀咕了一句："今日之事，公事也，不能以私废公。"他下令立即开枪（后来杨森推说是民团所为，其实没有他的命令，一个小小民团哪敢轻举妄动）。

赵又新身中数弹，被抬回军部时只剩下了一口气。面对这位过去的恩师，杨森自己也有些惭愧，对着赵又新喊道："军长，我是子惠（杨森字子惠）！"

赵又新睁开了眼睛，杨森又说："军长，我对不起你，请军长放心。"

赵又新看了看杨森，什么话也没说，只有一行清泪慢慢地从眼角滑出，旋即闭目而逝。

在告别人世的瞬间，这个人经历了世上最为残酷的一幕，他的确无话可说了。

面对唾手可得的名利，杨森会毫不犹豫，一往无前，但他的心毕竟也是肉长的，此情此景，不禁让他悲从中来，跟着潸然泪下。

杨森亲自备棺，将赵又新予以收殓，并派人运回云南安葬。他还挥笔写下了一副挽联，上有"回忆深情凤契，不忍将军上断头"一句。从文字上看，多少还有些不舍之情在里面，这比当年吕布毫不留情地摘下义父的脑袋，还是要强上一些。

杨森如此卖力，当然是要做给他的新东家刘湘看，而刘湘也对杨森相当满意。有人对刘湘说："杨森这个人胃口不小，就怕难以喂饱。"刘湘回答："虎将难得，我就要把他喂饱。"

在刘湘担任四川总司令后，杨森便被提升为第二军军长。在短时间内，他从一个半路出家的投诚之将迅速跃居为速成系老二，刘湘以下，就数他最大了。

一脚踩入陷阱

就在杨森要风得风、要雨得雨的时候，他的那些昔日同僚却大多混得极其惨淡，其中颇为值得一提的便是杨森在滇军中的四川老乡朱德。

驱滇之战后，朱德跟着顾品珍逃回了云南。他们推翻了唐继尧，但唐继尧很快又杀了回来，把顾品珍的班子掀了个底朝天，顾品珍也步赵又新后尘，举枪自杀身亡。顾品珍死后，朱德等人只好逃出云南，当他们乘船经过重庆时，便顺路来看望杨森。

人生就这个时候最得意。杨森特地安排隆重接待，并把刘湘一道请来叙谈。席间，杨森邀请朱德留在自己的第二军任职，被朱德婉言谢绝："我想去欧洲留学，寻找新生活。"

刘湘笑了："何必浪费钱，到峨眉山休息休息不就够了。"

在这种事情上，刘湘就是一个俗人。杨森很慷慨地朝着朱德拍了胸脯："等你回国，我这里一定虚席以待。"

杨森在重庆用足足一周时间款待朱德一行，临走时又是设宴，又是送钱——一人一万元旅费，大方吧？

就个性而言，杨森从来就不是一个大方的人，他这么舍得，实在是过得太风光、太顺利了，以至那颗怦怦乱跳的心要不用力按住，都怕它冷不丁地蹦将出来。

正是因为自我感觉太过良好，导致当一二军矛盾爆发时，杨森在对形势的研判上与刘湘完全不同。刘湘强调谨慎，没有十拿九稳的把握，切勿动兵，杨森则不屑一顾，认为连滇军都不是老川军的对手，还怕什么？在刘湘面前，他力主出兵一战。

刘湘的谋士向刘湘建言："历来骄兵必败，杨森如此骄横轻敌，若与第一军轻启战端，你必败无疑。"话虽是这么说，但是刘湘瞧瞧从普通士兵到杨森，全都干劲十足的样子，觉得要打的话，只要将士用命，也未必就打不赢。

正在难以决断的时候，有个部下对他说："你怕什么，杨森是在为你打天下，如果战胜了，功劳自然归你。如果战败了，由杨森负责，又何必大惊小怪呢？"

刘湘认为有理，对啊，我怕什么呢？反正下野了，好赖自有杨森帮我扛着。于是他叫来杨森，当面指示："熊克武、但懋辛用兵诡诈，你切不可轻敌。记住，专打一军，不要牵动别的部队，以免树敌过多。"

1922年7月9日，杨森发布作战令，对第一军展开攻击，同时宣布只向一军作战。他为此还专门让幕僚写了一篇告官兵书，把以前对实业团军人的称谓原封不动地赠给了熊克武和但懋辛，称两人都是长衫军人。

"当年田横不过五百壮士，尚能盘据一海岛，第二军现有如此众多的人马，还灭不了这两个穿长衫的吗？"

杨森出阵，果然是气势磅礴，那模样真宛如吕布重生，手上一柄方天画戟，胯下一匹赤兔，谁也挡不住啊！

当杨森乘轮船登岸进入一军防区时，竟然已是营帐空空，敌军闻风而遁，整师整师地撤走了。再往前去，又是一座空城。第二军一连经过五座城池，都是如此，根本就不见第一军的踪影，倒是在地上捡了若干支废弃不用的破枪。

这情形，由不得杨森不得意。《三国演义》中的吕布说："关外诸侯，布视之如草芥。"杨森差不多也把第一军看成了草芥，感觉手都不用动，抬脚上去轻轻一踩，就能把他们给全部踩扁了。

吕布还有一句名言："吾匹马纵横天下，何愁曹操！待其下寨，吾自擒之。"杨森的对面没曹操，只有熊克武、但懋辛，原先他以为这两人如何了得，现在看来也不过是两个窝囊废，哪里能跟当年的曹公相提并论，手到擒来，何其易哉！

刘湘在同意杨森出兵时，千叮咛万嘱咐，让他不可轻敌，杨森开始也确实揣着小心，但实际战事如此顺利，想要不张狂都不可能了，更何况杨森本来就是一个很张狂的人。他号令所部："但懋辛已然崩溃，大家只管放开胆拼命追，就像当年追赵又新一样。"

这不像是打仗，活脱脱成了野外拉力赛。第二军官兵把腿都快跑得脱臼了，才勉强撵上第一军的殿后部队，刚要开打，对方又开溜了，而且溜得比兔子还快，一会儿便无影无踪，大家只能一边喘着粗气，一边满地捡拾破枪。

不知不觉中，杨森已经一脚踩入陷阱，而安排和布置这一切的，正是被他视为窝囊废的但懋辛。

给他几个耳光

刘湘说熊克武、但懋辛用兵诡诈，乃是行家眼光。熊但二人从留学归国起，就不断发动武装起义，在战火中历经磨炼，可以说，他们打过的仗比刘湘和杨森还多得多。从密密麻麻的枪林弹雨中冲过来，若不诡诈一些的话，恐怕不是没命的问题，而是不知要死多少回了。

早在癸丑讨袁时期，但懋辛就显露出了一定的军事才能，当初如果他的突贯攻击战术能够付诸实施，成都或许早就在蜀军的掌握之中了。

早期的蜀军还处在成长期，中军帐里一天到晚都是吵吵嚷嚷的声音，年轻的军官们一个个心比天高，就算是但懋辛、熊克武他们都不放在眼里，但懋辛有再好的计策也徒呼奈何。现在不同了，随着战场日趋激烈和残酷，军事民主已没有什么市场，指挥官们都越来越独断，当然这也同时意味着决策越来越有效率。

但懋辛身为第一军军长，熊克武不在时，即对全军负起指挥之责。杨森以为但懋辛是怯战，殊不知他采取的是一种极高明的战术，而且这种战术还有师承。

那还是在春秋战国的时候，师出同门的孙膑与庞涓决斗，甫一接触，孙膑便佯败后撤。庞涓连追三天，发现孙膑所部不仅在撤退，而且每天都在减灶：第一天尚有十万人在吃饭，第二天减了一半，第三天挖的土灶就只够三万人用餐了。

庞涓判断孙膑完蛋了，却不料这正是孙膑的诱敌深入之计。最后大家都知道，庞涓在一个名叫马陵道的地方被孙膑伏击，史称马陵之战，孙膑没完蛋，庞涓完蛋了。

孙膑由此一举成名，继他的老祖宗孙武之后成为一代军事大家，所传《孙膑兵法》也成了畅销书。但懋辛如今走的，正是两千多年前孙膑的路子，他连弃五城，也就等于给杨森放了五颗烟幕弹。

事实上，并不是没有人看出其中玄机。刘湘久经沙场，已感到前线的情形不太对劲，因此特地给杨森等人发来密电："听你们说连克五城，并夺得多少多少枪支，照这样推理，但懋辛所部应该是溃散无遗，怎么还能列阵抵抗呢？"他提醒杨森："但懋辛并非容易对付之人，你千万不要轻视他是长衫军人，谨防上他的当。"

曾助刘存厚一臂之力的张澜此时是个看客，他也对人说："但懋辛不战而退，明明是个计，杨森怕要吃他的亏啊。"

这些话都很有见的，然而此时的杨森就跟庞涓一样，已经完全被但懋辛的烟幕弹给弄迷糊了，哪里还听得进不同意见。

但懋辛每弃一城，即发布一次通电，弃五城，就发了五次电。这些通电其实都是给旁观的诸侯们看的，为的就是要煽动众人，一起对付杨森。五次通电下来，一个诸侯也没动。这些诸侯全都比鬼还精，你要跟他们探讨生存智慧，纯属白给。杨森不是说了吗？只打但懋辛，不及旁人。在胜负未料的情况下，没有敢轻易卷入局中——谁早进去一分钟，谁就可能早死一分钟！

诸侯们的心思，但懋辛当然清楚，他也没指望发个通电，就能招来援兵。说到底，命运还是得掌握在自己手里，起码你得通过事实告诉别人，你有赢的希望和可能。

但懋辛被杨森一追就是半个月。在这半月内，第一军一个像样点的仗都没打过，就是不停地被人追，官兵人人为之愤慨，大家都嚷嚷着说："我们究竟还要退到什么地方去？敌人这样苦苦相逼，难道就不能回手给他几个耳光吗？"

言者无心，听者有意，但懋辛暗暗高兴。他并没有像以往那样待在军部，而是特意穿着士兵服，夹杂在军中步行。身为军长，一般的士兵并没有见过但懋辛，加上服装的掩护，竟然没人认出他来。

但懋辛如此装扮，当然不是为了便于逃命，他是要像刘湘一样，体察民情和掌握真实的军心士气，以便确定最合适的决战时机。一听"给他几个耳光"这样的话，他就知道有门了。古语说，哀兵必胜，士兵不用做任何动员，便嗷嗷地想打上一仗，这一仗要想打赢，就有了百分之五十的把握。再一问，部队已退到了杜家岩。

据说杜家岩早年也是古战场，乃白莲教与清军激战的地点，对于有反清渊源的但懋辛和第一军来说，这个地方足以让他们心中为之一动。

既是古战场，在地形上必有其独特之处。但懋辛就地察看，发现杜家岩居高临下，地形上占有优势，他于是下定决心：就它了，古有马陵道，今有杜家岩，我一定要让杨森尝尝做现代庞涓是个什么滋味！

谁也不许后退

但懋辛刚刚在杜家岩布置好阵地，杨森就已尾随而至，并在杜家岩对面摆开一线，双方相距仅有两里之遥。

兵无常规，必须随战场形势而变化，这时候就无法照搬照套孙膑的伏击战了，而只能打阻击战。但懋辛相信通过阻击战同样能击败杨森，因为他手中还握有一个撒手锏。

这个撒手锏是一个人：刘伯承。

刘伯承因在护国一役中伤了右眼，四川人称他为"刘瞎子"。战场上只要有"刘瞎子"出现，对手无不胆寒，刘伯承后来自己说，当年他曾偶然听见一个小孩子在哭，大人吓唬小孩子："你再哭，再哭的话，让刘瞎了把你抓走！"小孩子立刻不哭了。

刘伯承原先负责赶造江面浮桥，以便可以让部队撤退，但是江水猛涨，浮桥屡被冲毁，总也建不好。正急得跳脚，但懋辛的征召令到了。刘伯承应召赶到杜家岩后，对官兵说的第一句话是："我们现在已是背水为阵，唯有死拼一战，倘若再后退，这么多江水，我们是喝不干的！"

集结在杜家岩的双方军队，第一军有两师一旅，第二军有两师两旅，从数量上看，第二军超过第一军，然而就士气而言，第一军又要胜于第二军，特别是在这半个月里，第二军穷追猛赶，求战不得，已经明显露出了疲惫之态。

要让疲惫兵卒仰着脑袋往上攻，是件要命的事。杜家岩一战下来，第二军不仅没能攻下杜家岩，反而在被击退后又丢了两个据点，只得由攻转守，凭借一浅水小河与第一军对峙。

年轻时的刘伯承打仗有一股疯狂的劲头，要不然也不会成为但懋辛帐下最得力的虎将。他采用中央突破战术，挥师朝敌人的正面阵地猛冲，怎奈杨森亦非浪得虚名，所部战斗力极强，第一军的多次冲击均无效果。

第一军已杀到力衰气竭，枪弹也接近消耗一空，胜利的天平再次朝向杨森。但懋辛手下诸将见状皆失了方寸，有人赶紧搬运辎重，为再次撤退做准备，然而他们都接到但懋辛的严令："谁也不许后退！"这时正好有一支预备队驰援杜家岩，但懋辛旋即调给刘伯承，以作最后一搏。

刘伯承决定用预备队来继续实施中央突破。中央突破有危险，几乎人人皆知，你拼命钻，敌人拼命堵，火力全集中在一处，加之预备队彻夜行军，也已是人困马乏，因此带队军官面有难色。刘伯承对他说："我们有预备队，人家也有预备队，就看谁先用在刀刃上。现在舍中央突破，没有任何其他办法，只能最后再做这一尝试。"

在刘伯承的指挥下，预备队发起攻击，在午饭时间突入二军阵地并撕开了缺口，其后随着第一军的后续部队不断拥入，第二军大溃而去。

杜家岩战役堪称信心之战，它不禁鼓足了但懋辛的信心，也替驻足观望的人们下了决心，告诉他们究竟应该把砝码加在哪一边——诸侯们迅速组成联军，加入了但懋辛一方的阵营。

第二军兵败如山倒，竟闹出黑夜之中，上万官兵被一两百人缴械的笑话。当杨森乘船逃往宜昌时，除衣兜内尚存一颗"杨森之印"的印章外，已是一无所有。

杨森大败，等同于刘湘大败。什么杨森负责之类都是屁话，大家都是跑江湖的，一起出来混了这么久，谁不知道你刘湘就是杨森的后台老板，哪里能脱得了干系?

　　这是刘湘一生中最惨痛的一次败仗。因为"杨吕布"的莽撞行事,他别说统一四川,连重庆都待不下去了,最终不得不搬去老家成都大邑县闲住,用"樵山钓水"来打发日子。

第五章 ／ 瘾君子

川军规矩，每逢大战过后，都要为阵亡将卒开一次追悼会。川人喜摆龙门阵，好清谈者甚多，有人撰联曰："自治哄人，追悼哄鬼，夫子自道也；做官向北，发财向南，先生将何之？"

　　联语幽默诙谐，道尽名利场上的奥妙。其实川军将领之中，善于哄人哄鬼且左右逢源者众多，比如说第三军军长刘成勋就是此间高手。

　　刘成勋毕业于武备学堂，他最初在刘存厚部任混成旅旅长。熊克武发起靖国之役后，刘存厚逃往陕南，刘成勋没有跟着去，而是留在了川中。当年死心踏地跟着刘存厚亡命天涯的不乏其人，钟体道就是一个，与钟体道相比，刘成勋似乎既不忠心，也不义气，可是这样做对他个人有好处啊——刘成勋被熊克武提升为师长，而钟体道被刘存厚扫地出门了！

　　禅宗里面有个术语，叫作顿悟。刘成勋顿悟了，他从此正像川人联语中所说，"做官向北，发财向南"，忽南忽北，看你们哪家得势，就把屁股挪向哪边。刘成勋也因此拥有了一个属于他的江湖名号"刘水凇"，以此形容他的性格像水一样圆滑，任何时候都周旋得开。

滑头师徒

　　四川的倒熊行动开始后，眼看"倒熊同盟"势大，刘成勋一面暗中向其示好，一面却按兵不动，直到再三确认双方实力消长，发现还是熊克武强一些，才马上决定跟着熊克武干。

　　熊克武上台得了势，论功行赏，刘成勋由师长升军长，赚了个盆满钵满。

　　而后，熊克武和刘存厚二次开打。这次强弱对比一望可知，刘成勋便毫不犹豫地站到了熊克武一边，但即便如此，他也只是虚张声势居多，喉咙喊到山响，身子还没怎么动过，关键时刻都是别人在那里斗到死去活来。可是战争结束时，你敢忽略他吗？就因为他没怎么上阵，实力受损不大，也就有了随时可以跟你动粗的条件，这个时候，你不给好处试试？

一、二军决斗，虽然以杜家岩战役为最关键，但最终定局的仍然是诸侯联军的向背，而要比较联军各部实力的话，第三军名列前茅。实际上，早在杜家岩战役启动之初，刘成勋就得以接替刘湘，荣升川军总司令兼代四川省长，并俨然成为诸侯联军的临时总头目，连但懋辛对他都得百般讨好。

刘成勋一当上代省长，马上就有了跟过去的刘湘、如今的但懋辛平起平坐的感觉。坐在这样的位置之上，他同样觉得其他诸侯特别讨嫌，恨不能一夜之间把这些山头都给统统铲平了。

川军的惯例是，开一次追悼会，照例还要再开一次善后会议。会上，刘成勋抛出了"废除军长制案"，规定川军今后要以师为最高单位，军长职衔将被予以废除。

别人还好，把个邓锡侯给急坏了。

在四川人对川军战将优劣与否的评价中，"老是吃败仗"说的就是邓锡侯，可是令人惊讶的是，此君竟能做到逆风而行，吃再多的败仗都挡不住他升官，堪称军界奇迹。

要说邓锡侯有什么秘诀，他其实是照套了刘成勋的模式：先跟刘存厚，觉得刘存厚不行，马上倒向熊克武……

诸如此类，几乎是一个模子刻出来的。若不特别加以说明，外界没准还会以为邓锡侯是徒弟，刘成勋是师父，他们是一对滑头师徒哩！

因为邓锡侯名字里有一个"侯"，恰与"猴"字谐音，邓锡侯遂被外界赐诨号"水晶猴"，形容他精明滑头得有如四川峨眉山上的猴子。

善后会议给邓锡侯的感觉，就好像他和"刘水漩"一道进山门，不料"水漩"先迈进门槛，然后咣的一声，把山门给关上了，他被生生地堵在了门外。

善后会议当然不光一个议案，议案多了去，还有制定省宪法之类，但邓锡侯统统不感兴趣，觉得这些东西跟他没丁点关系，他只知道他现在是师长，以后就应该按例升为军长，而"废除军长制案"一出，等于切断了他继续攀升的阶梯。

"过分了过分了，你吃香的喝辣的，怎么着，也得给兄弟们留点啊！"这是邓锡侯的心里话，但这种话不能说出口，从他嘴里冒出来的，是另外一番言辞。

邓锡侯说："这个议案不妥。"

为什么不妥？邓锡侯说的不是他自己如何如何，而是刘成勋将会如何如何："杨森虽已退出川境，刘湘也已下野还乡，然而这两人均有东山再起的可能。我不是说废除军长制不好，是说时机不对。现在废除的话，各军不免就会有鸟尽弓藏之感，会不会有人不服气，配合杨森、刘湘卷土重来呢？那样的话，总司令（指刘成勋）就可能会面临不利局面。"

虽然刘成勋推出议案，本质上是怕邓锡侯这帮人后来居上，跟自个抢座次，但邓锡侯的这些话一出口，他就不能立马否决了，因为人家说来说去，还都是站在你的立场，替你在考虑。

议案久拖不决，导致会议不得不暂时休会，而且一休就是好几天。几天后，会议重开，就"废除军长制案"进行表决，结果全场仅邓锡侯、陈国栋等两人投反对票，赞成票占绝大多数，议案获得通过。

必须自己救自己

中国的东西，能端到桌上的菜都是厨房里早就煎炒烹炸好的，极少寿司、沙拉这些半生不熟的玩意儿。利用那几天的休会时间，刘成勋、但懋辛已经在内部打好了招呼。对于"废除军长制案"，大多数诸侯都抱着随大流的态度，觉得只要不搞"统一"，保住自己的一亩三分地就很不错了，加上出席会议的一军、三军代表较多，在这种情况下，票能投成什么样就可想而知了。

刘成勋和但懋辛废除了军长，并不妨碍他们继续扶摇直上。刘成勋觉得代省长的"代"字碍眼，便通过贿选加威迫的方式，让议员们把自己选为正式省长。

但懋辛在会议结束后，第一个响应议案，第一军军长也不做了，转任东防督办，结果东防督办的实际地位和职权弄到比军长都大。

如此，幕后操控的熊克武，台前吆喝的刘成勋、但懋辛，就成了执掌四川政局的三驾马车。

刘成勋们的喜剧无疑就是邓锡侯的悲剧。邓锡侯失望透顶，也伤心透顶，他暗下决心，不能就这么算了，断掉的升官梯还是得接上去。

陈国栋是另一个师的师长。与邓锡侯一个劲想往上升略有不同，他最担心的是上面揪着脑袋把他往下降。按照"废除军长制案"，军长被废除后，各师就要按实际兵力和枪支进行点编，如果达不到标准，便只能降为旅甚至是团。陈国栋师正是这样的不达标师，所以表决结束后，邓锡侯只是伤心失望，陈国栋却有如焦雷轰顶。百思无计，他想到了"找食进补"的法子。杨森败走时，曾留下一些旧部，其中一个团就在陈师附近，陈国栋于是计划收编该团，以便将自己的师可以扩充成满员师。

问题是这个团已经被刘成勋给收编了，陈国栋继续收编，等于是到刘成勋的碗里来抢食吃。刘成勋闻讯大为光火，他一面下令将陈国栋撤职，一面出动部队对陈师进行武力缴械。

邓锡侯正在设法寻衅，一看机会来了，马上决定帮陈国栋打刘成勋，不过他最初采取的方式却是假意调停：哎哎哎，你们不要打了，打架会破坏环境，要是误伤到旁人呢，怎么办？就算没有误伤到旁人，砸到那些花花草草也是不对的呀！

邓锡侯调停，不光用嘴，还用手——转瞬之间，他已与陈国栋合起伙来，一起向刘成勋展开围攻。

敢情你不是劝架，也是要跟我打架的！刘成勋这才回过神来，但为时已晚，邓陈把他给围在了成都。

刘成勋赶紧向他的同盟者之一赖心辉发出电文，请其率兵来救。赖心辉应声出援，这边邓陈攻城不下，得知援军将至，顿时都着了慌。

陈国栋是祸首，心理压力最大，他当即要求与刘成勋通话。电话一接通，他啪的一声就跪在了地上，差点痛哭流涕："我并不敢背叛总司令，都是为了生存啊，我这就回原防区好不好？请你不要派兵打我了。"

刘成勋被围在城里，当然也很紧张，巴不得陈国栋早点撤围，但听陈的口气，分明是怕了援军，于是又气壮起来："我倒是很愿意答应你，可事已至此，我已不能单独做主，得跟但懋辛他们商量着办。"

陈国栋听后，果真战战兢兢地待在城下，从此"围而未攻"，指望刘成勋们"商量"后能放他一马。可是几天之后，他等到的只是对方援兵的蜂拥而至，赖心辉带着边防军来了。

川将之中，赖心辉的声名不比但懋辛小。他曾在刘存厚手下任炮兵团长，刘罗之战中吓跑罗佩金的那两炮就是他的杰作。虽说多少有点误打误撞，但赖心辉的名气一下子就叫响了，人赐外号"赖大炮"。

赖心辉一露面，邓陈便知大事不好，吓得打马就逃。陈国栋因身形肥胖，行动迟缓，差点被赖心辉生擒活拿，可谓狼狈之至。

形势危急之时，陈国栋只知道一个劲儿给人家磕头，邓锡侯却明白必须自己救自己。他的水晶猴之名不是白来的，这意味着他不光圆滑，而且还善于一刻不停、翻来覆去地不停倒腾。事实上，在与刘成勋开打之前，邓锡侯已经大施纵横之术，用"保定"二字在其他诸侯中煽风点火，拉这个拖那个了。

与武备系、速成系不同，保定生起先并无明确的派系意识，比如，熊克武的蜀军中，就有很多军官出自保定。邓锡侯本人也只是肄业于保定军校，并非纯粹的保定生，不过这没关系，水晶猴就有办法凭他上蹿下跳的能量以及三寸不烂之舌，把众人都鼓动起来。

邓锡侯散布的逻辑是，大家都是保定生，所谓一荣俱荣，一损俱损，今天如果我挨了揍，明天没准也就轮到你们了。

见赖心辉对邓锡侯穷追猛打，划在保定系圈子里的人果然都坐不住了，有几个胆壮的率先加入了邓锡侯的"保定系同盟军"。由于他们的加盟，邓锡侯这边的部队迅速得以扩大，仅正面部队即由两个师增加为三个师，尽管如此，赖心辉的兵力仍要强过邓锡侯，他们加一块共有三个军，川人形象地把这场战役称为"三军打三师"。

让老夫来教教尔等怎么打仗

阵容变换之初，赖心辉仍是攻，邓锡侯还是守。直到赖心辉听说杨森也开始反攻四川，害怕后路被截，才决定收缩战线和全军撤退，于是场上形势又变成了邓锡侯追赖心辉。

赖心辉不仅会开炮，指挥作战的本事也很不赖，川中评语中的"吃过败仗，但也打过胜仗"其实说的就是他，他即便撤退，也撤得颇有章法，邓锡侯一时难以取胜。

邓锡侯以往确实很少能打胜仗，他也一直秉持着"不胜不要紧，只要主义真"的密方，对他而言，看准风向才是王道。可是这回不同了，无法投机，大家都要完全靠本事吃饭，仗打赢了还好，输了家当就没了，更没有人会来升你的官。

水晶猴火烧火燎，另外两个师长也都心急如焚，可这三个人的本事都差不了多少，半斤对八两，谁也想不出什么克敌制胜的高招。

苦守在指挥所里看来也没什么用，还不如出去放松一下心情。三人于是外出散步，不知不觉中，他们走进了一座名叫庞公祠的庙宇。

庞公，指的是三国时期的著名人物庞统。想当年，庞统可是与诸葛亮齐名的智谋之士，卧龙凤雏，诸葛亮是卧龙，庞统是凤雏。庞公祠的走廊下有一座石碑，上面刻着碑文，反正是闲逛，众人就凑上去一个字一个字地辨读。原来那是一篇庞统的传记，当读到其中一段时，三个人的心都开始怦怦直跳起来。

这一段的背景，是说刘备欲取巴蜀，但一时又不知道怎么取。庞统献上中下三策，供其选择。刘备当时选了中策，结果未能即刻全取巴蜀，庞统也在落凤坡中箭而亡，应了"凤雏殒落"的预言。

如果后人能够穿越时空，代替刘备决策，毫无疑问都会选上策，有可能庞统就不会死了。那么，庞统的上策是怎么说的呢？庞统说，应该挑选精兵，昼夜兼程，抄小路突袭成都。守卫成都的刘璋素来不擅武事，又没有准备，大军突至，可一举而定。

当读到这段文字时，三个师长都差点叫出声来，仿佛庞统先生正挨个敲打着他们的脑门："笨小子们，让老夫来教教尔等怎么打仗。"

与三国时相比，现在的情形当然存在差异，比如，刘成勋可能要比刘璋强一些，但这种差异也实在有限，刘成勋就算是比刘璋强，也强不了多少。"水漩"就不是靠打仗升上去的，纯粹投机而已，时间长了，他甚至已形成个人习惯，一上阵就显得优柔寡断，别人都端着枪冲过来了，他还在一个劲儿琢磨：我究竟是不打好呢？还是不打好呢？还是不打好呢？

上次邓陈围成都失败，是缘于赖心辉的解围，而此刻赖大炮正率大军驻于前线，难以顾及成都后方，这岂不正是乘虚而入的好机会？计议已定，三人分了下工：邓锡侯亲率主力，走小道直驱成都；其他两个师对赖心辉发动佯攻，以扰乱其视听。

随后，邓锡侯立即率部实施强行军。经过一天两夜，该部行程两百八十里，直抵成都。刘成勋没料到邓锡侯会再次兵临城下，而且加入围城的诸侯军队还在不断扩大，主要的共有八部人马，时人称为"八国联军"。

在"八国联军"的日夜围攻下，刘成勋六神无主，只得急电赖心辉回援，但赖心辉被联军的佯攻部队紧紧拖住，根本赶不过来。刘成勋再向但懋辛呼救，同样无果。

这下子，刘成勋真的成了民国版刘璋，除了坐困愁城外，无任何脱身之策。在中间人的调停下，他只得宣布通电辞职，与刘湘一样到大邑"樵山钓水"（两人是大邑同乡）。

至此，"徒弟"完全扳倒了"师傅"，邓锡侯纵横捭阖，青出于蓝而胜于蓝，显见得比刘成勋还要厉害。有人给邓锡侯拟了一首打油诗："君侯不愧号水晶，半用调停半用兵。刀打豆腐光两面，输也吃糖何况赢。"

在邓锡侯等人围攻成都时，驻守重庆的但懋辛不是不想援救，而实在是爱莫能助，因为他自身也正吃紧，杨森杀来了。

所谓不打不相识，杨森在援鄂之战中见识了吴佩孚的能耐，便觉得吴佩孚是个不错的新东家——在这方面，杨森跟吕布的思想境界差不多，不管其他，谁吃得开有本事，就跟着谁干。

被赶出四川后，杨森直接北上洛阳拜见吴佩孚。吴佩孚早就听说杨森乃川中猛将，对方既然来投奔自己，当然没有拒之门外的道理。从吴佩孚手里，杨森得到了一张师长的委任状以及军饷军械等物，从而得以在宜昌重组出新的第二军。

此时恰逢滇黔相斗，一部分黔军被滇军逐出贵州，流亡于湖北，而陕南那个不甘寂寞的刘厚脸，也正做梦想回四川。吴佩孚从北洋军和北方各省军队中拨出一部分人马，和他们混编在一起，组成了"援川军"，以帮助杨森打回老家。

在吴佩孚的帮助下，杨森重新恢复了元气，乘着"三军打三师"的空隙，他嗖的一声钻进四川，直扑重庆。但懋辛打不过杨森，被迫退守遂宁。

我们还有什么怕的

四川政坛曾经的三驾马车，刘成勋回家待着去了，但懋辛虽仍留在舞台上，但处境已是朝不保夕，隐身幕后的熊克武再也无法安之若素，赶紧利用复出的机会走上前台。

熊克武所得到的这个新机会来自孙中山。孙中山刚刚在广东出任大元帅，重新成为南方政府的首脑。代表北方政府的吴佩孚要"统一四川"，孙中山也不能容许四川出现差错，双方都需要在川中找到能够代表自身立场和利益的可靠武装。

熊克武、但懋辛的第一军高层以九人团为核心，其军官多为同盟会员和国民党员，外界为"一军系"，无论是历史渊源还是现实状况，第一军都可以称得上是在党人这棵藤上结出来的果。

不错，孙中山与熊克武曾有心结，他本人也是"拥杨反熊"的幕后支持者，但时间证明，像熊克武这样的实力派是很难反得掉的，唐继尧不行，杨庶堪、实业团一类的长衫客更是白给。

此前，孙中山曾经历过陈炯明"炮打总统府"事件，这让他对麾下所有战将都有了一个全新认识，包括对熊克武的态度和看法。他从此不再提及"反熊"，连左右偶尔谈起当年往事，他也矢口否认，说我从来就没有让你们反过熊克武啊！

不但如此，孙中山还派特使专程来川，主动与熊克武寻求和解。在谈判过程中，特使说了两层意思，一是过去的种种如今"一笔勾销"，谁也不许再提了，二是今后熊克武要"服从先生（指孙中山），拥护先生到底"。

谈判取得圆满成功。代表熊克武参加谈判的但懋辛兴奋不已，说："只要先生肯给我们'横披'，给什么，我们就挂什么。"

孙中山很快就把熊克武、但懋辛等人所期望的"横披"送了过来。他宣布成立"四川讨贼军"，任命熊克武为"讨贼军"总司令，但懋辛为第一军军长。凡四川的党人武装，连同过去"反熊"的实业团在内，全部遵照孙中山指示，加入讨贼军系列并归熊克武节制。

讨贼军所要讨伐的对象，近指杨森及诸侯联军，远及吴佩孚及北方政府，自辛亥革命以来，南北双方在四川较量过多次，讨贼之役是规模最大的一次。

遂宁处于成都和重庆之间，成都有"八国联军"，重庆有杨森的第二军和援川军，其实力之巨，远远超过一、二军决斗时期，遂宁也随时面临着被前后夹击的危险。抱得帅印的熊克武坐镇前台，召集众将商议对策。会议室里气氛悲观，但懋辛等人均愁眉不展："以前我们打一面尚且吃力，现在要打两面，太难了。"

几乎所有人都在唉声叹气，唯一例外的是熊克武。熊克武说："诸位错了，我们要打的其实仍然只有一面，而且那一面很弱，所以并不难。"

众人听了很是惊讶。熊克武从容不迫地把地图上的重庆给遮了起来："杨森刚到重庆，必然有一个整顿部署的过程，短时间内无力西顾，我们现在根本不用管什么杨森，只需赶往成都，争取先打垮'八国联军'再说。"

熊克武所说的弱的一面，即指成都的联军："'八国联军'是个临时组成的草头班子，八个诸侯各有各的算盘，凝聚力并不强，要打垮他们易如反掌。拿下成都，等于控制了兵工厂，再调过来跟杨森对阵，就有了可以跟他打持久战的本钱，我们还有什么怕的？"

众将恍然，不由得击掌叫好。

岁月有时候是杀猪刀，有时候却又是大力回春丸。熊克武几上几下，无论是政治谋略还是军事作战，都愈见老辣，尤其在下野之后，他能够以局外人的身份冷眼观察，视野和思路自然也就变得更为宽广深入。

熊克武拍板定案之后，立刻致电赖心辉，商定两军共同出击成都。

烟尘滚滚中，讨贼军和赖心辉军杀奔成都。诸侯们闻讯惊慌失措，他们公推邓锡侯出任联军总指挥，在成都附近阻击熊克武。

西楚霸王

邓锡侯既是水晶猴，也是常败将军，奇袭成都不过是偶尔灵光一现，属于千年万年才有一次的奇迹，让他出任总指挥，实在是矮子里面拔将军，勉为其难了。邓锡侯本人却并不这么想，沐猴而冠之后，他还真把自己当个人物了。每次召集军事会议，这猴子都要高高地坐在一把虎皮交椅上，一副目中无人的样子，俨然以常胜将军自命。

可惜水晶猴距离美猴王确实很远，联军上阵后还没怎么过招，便被对方截为两段。正如熊克武事前所预计的那样，联军不过是只软脚蟹，稍遇挫折，各部就你奔我逃，全线溃退。

等杨森赶到前线时，熊克武早已轻取成都。成都之战不仅使熊克武免除了身后之患，而且为他在同盟者中树立了权威，连赖大炮这样的牛人都开始对熊克武俯首帖耳，成了他可以差来使去的一名部将。

杨森自然不比邓锡侯，此人可是川将中的第一条好汉，尤其这次回川后，转战一两千里，锐不可当，节节胜利。由赖心辉和但懋辛合战锋芒正锐的杨森，这是一般人都能想到的，但熊克武独辟蹊径，偏偏不这样做——"双英战吕布"都不一定能赢，他偏偏还要让赖心辉与杨森单打独斗！

熊克武如此部署自有他的道理。杨森"会打胜仗"，赖心辉"时胜时败"，若是对攻，赖心辉不是杨森的对手，但赖心辉可以不与杨森玩对攻，而是只凭险固守，其间不管杨森如何讨敌骂阵，他都只在辕门外高挂免战牌，如此一来，杨森纵有一身武艺，也奈赖心辉不得。

求战不得，杨森急中生智，便想趁夜晚来个偷营劫寨，不料赖心辉早有防备。

你知道我赖大炮靠什么出名的？大炮啊！一阵猛烈的炮火之后，杨军劫寨的人马被炸得稀里哗啦，东倒西歪，杨森的先锋官当场中弹毙命，所部争相溃退。

赖心辉借势杀出营寨，衔后追击，正在此时，但懋辛也突然出现在了杨森背后。原来在赖心辉与杨森相持时，他已奉熊克武之命间道而行，绕到了杨森部的后方。杨森腹背受敌，左支右绌，只得撤往川东。

川东早有滇军守候。熊克武施展长袖善舞之术，已从云南邀到了唐继尧相助。

在驱熊、驱滇两战中，熊克武与唐继尧曾经结下仇怨，但政治场上，没有永远的朋友，也没有永远的敌人。唐继尧有段时间被部将顾品珍赶下台，复出后又除掉顾品珍，并且赶走了不服从他的黔军，大有重拾旧山河再做西南王的架势。

从政治派别上来讲，熊克武是党人，唐继尧也是党人，他们系同出一脉，名义上都受孙中山号召。现在杨森已公开投靠吴佩孚，给北方政府的“武力统一”充当马前卒。试想一下，四川若给北方“统一”了，熊克武靠边站不说，他唐继尧也不可能再像从前一样染指巴蜀，因此才肯“助熊讨贼”。

再次腹背受敌的杨森被迫放弃上川东，龟缩于重庆。山城重庆本身地形险要，又有杨森坐镇固守，并不容易攻下，但到了这个时候，似乎已经没有什么能够挡住熊克武了。他先遣赖心辉从江南攻重庆，以吸引杨森主力，再派但懋辛与滇军配合，猛攻江北阵地。

江北阵地由流亡黔军据守，黔军战斗力较弱，重拳击下，哪里扛得住，当即弃守奔逃。江北阵地一破，重庆便无险可守，杨森也只有逃命的份儿了。

熊克武兵锋所向，敌方阵营到处呈现出狼奔豕突之状，争相逃窜的除了杨森、邓锡侯、“八国联军”、流亡黔军外，还有刘存厚、北洋军、豫军、陕军、甘军……其中甘军最惨，仅一天时间就被包围缴械，士兵全部空着双手逃回了甘肃。

秦末，项羽在巨鹿大战中首次大规模击败秦军主力，名扬天下。《史记》中这样记载诸侯们的神情心态："诸侯军无不人人惴恐……项羽召见诸侯将，入辕门，无不膝行而前，莫敢仰视。"诸侯们在进入项羽的营帐时，全都跪着向前挪动，没有谁敢抬头与项羽对视。这是西楚霸王的威风，这种威风不是吹出来的，完全靠战场实绩所铸就。

熊克武在讨贼之役中三战三捷，转眼之间，已将成都、重庆两大重镇收入囊中，而从貌似人多势众的诸侯联军，再到不可一世的杨森，无人堪与匹敌，其用兵之老到、战术之诡诈，连吴佩孚这样的军事高手闻之都吃惊不已。

巴蜀的"西楚霸王"诞生了！

到处都是星星

在讨贼之役的第一阶段，原本大家都看好杨森，"川中吕布"嘛，总以为靠他手中一柄方天画戟便能所向无敌，哪里知道杨森一衰起来更呈不可遏制之势。这下，人们印象中的杨森完全变了味，杨森得以称霸武林的勇敢善战也成了有勇无谋和鲁莽轻率的代名词。

杨森者，远不足以济大事。事到如今，大家又怀念起了刘湘，那才是个有勇有谋的人啊！

杨森已转投吴佩孚，实在不愿刘湘东山再起，可是周围要求奉迎刘湘的呼声实在太高了，遂也只好装模作样地一起联名公推刘湘出山。

眼见援川军兵败后混乱不堪，杨森又难以号令各座山头，吴佩孚也急需找一个人出来收拾局面，他于是顺水推舟，授刘湘以四川善后督办一职，命其协调三军，向熊克武发起反攻。

刘湘蛰伏于家乡，是在静待时机，时机一到，岂有不出之理？他立刻离开大邑，进入中军帐指挥作战。与此同时，动员令也发至各个诸侯的案头。川军派系之中，速成系的名头要远大过保定系，刘湘仅凭速成系首领这一个招牌，就招揽到了更多原先还在犹豫观望的诸侯，联军一方的实力得到迅速增强。

作为联军中的核心战将，杨森、邓锡侯、刘存厚等人在未败之前各怀私心杂念，满脑子都是如何分果果的盘算，作战效率自然大打折扣。等到他们被赶到边边角角后，意识到没了退路，反而开始抱团取暖，有了同仇敌忾之心。相反，大胜之后的讨贼军阵营里却是另一种景象。

经过连番大胜，熊克武已不把联军放在眼里，他认为只需部将们稍加用力，便足以把对方碾成粉末，哪里还用得着自己亲自出手。赖心辉随后被任命为总指挥，主持全部攻守要务，而熊克武本人在家中"稳坐钓鱼台"，不再过问前线的具体事宜了。

做了总指挥的赖心辉也并不安心，当着熊克武的面，他提出还想当省长。熊克武倒是愿意给他个省长干干，问题是刘成勋已经复职，并率第三军残部重新加入了己方的盟军阵营，人家也没说要辞职，怎么好把乌纱帽让给你戴？

熊克武左右为难，只好敷衍赖心辉，说已经将提名报给了孙中山。赖心辉仰着个脑袋等了半天，迟迟不见委任状下来，便知道是被熊克武给忽悠了。

人活在世，不过是行尸走肉的臭皮囊，而且早晚还得化作尘世中的一缕清烟，你不给我好处，我凭什么要给你卖力乃至卖命？赖心辉干脆啥事不干，花天酒地，大吸鸦片去了。

但懋辛则嚷嚷着要向熊克武辞职。当然，他不是真的要辞职，虚虚实实之间，分明也是冲着省长去的。刘成勋不肯辞省长，赖心辉、但懋辛想当省长，熊克武光排解内部的人事纠纷就够了，哪里还顾得上其他。

利用这段时间，刘湘得以从容整军。1923年11月，在他的指挥下，杨森从万县出发，一马当先，杀奔讨贼军驻守的梁山（今梁平县）。

梁山告急，赖心辉尚不以为然，他借故向熊克武请假，并将总指挥一职交由但懋辛代行。但懋辛到底是熊克武的心腹之将，见赖心辉赖着不动，他立即收回辞职书，抖擞起精神到梁山指挥御敌。

讨贼军看上去有好几个军，但其实起决定作用的还是第一军。但懋辛指挥嫡系的第一军，自然是得心应手，他也满以为可以像先前那样一战而捷，不料甫一接仗，自个脑袋就砰的一声撞到了墙上，到处都是星星啊！

这才知道，第一军也不好使了。

第一军将士大部分是二十岁上下的青年。他们一方面富有朝气，能搏敢拼，另一方面，其人生履历就是直接从学校到部队，社会经验和谋生技能极少。对于他们来说，有部队才有前途，保自己首先就要保部队，部队垮了，个人也就完了，所以以往几乎每战都能拼死搏杀，也得以涌现出了刘伯承等一批名将。

可人终究不是机器，讨贼军攻下重庆后，大家都以为大事已成，懈怠轻敌的思想由上至下，也传染给了基层官兵。于是乎，众人脑子里翻腾的不再是如何沙场制胜，而是与个人利益直接相关的各种点滴，大体上表现为士兵要加饷，军官要升职。

偏偏熊克武就卡在了这两个方面。一方面，四川本来财政充足，可经过这么多年一刻不歇的战争，即便原来有些钱，也早已被折腾得一干二净。另一方面，熊克武从孙中山和南方政府那里得到的，除了一块招牌外，其他都十分有限。在这种情况下，部队只能给官兵发些伙食费，很少发饷。打仗时士兵顾不得计较得失，等到一安定下来，免不了影响军心，以致滋生出各种不满。

军官升职的渠道也不畅通。第一军最强的骨干部队是混成第二旅，它在当时的巴蜀军界甚为有名，向有攻无不克、战无不胜之誉。混成第二旅能够打出威名和声誉，靠的是该旅的两个团长刘伯承、刘慕贤，然而这么多年仗打下来，刘伯承始终都只是个团长，哪怕他在杜家岩一战中决定了一、二军的胜负归属。

刘伯承在杜家岩战役中以团长的身份来指挥全旅，靠的不过是个人威望，但细细想来，这得让人有多么憋屈！在讨贼军攻下重庆之前，刘伯承再次受伤，伤愈后他便以休养为名不再归队。

这个时候，就应该熊克武或但懋辛出面挽留，就算你不给人升职，说两句好话总应该吧。结果却是无人过问，真正是用时取之，不用时弃之，如此对待脱颖而出的优秀将才，怎不令壮士寒心？

草木皆兵

刘慕贤性直而勇，与刘伯承可以说是并驾齐驱，但他也跟刘伯承一样，老是只能窝窝囊囊地当一个团长。直接根子应该说是出在旅长张冲身上，熊克武早就想提升张冲当师长，但他坚不就职。熊克武认为张冲不错，不贪图名利嘛，其实他是怕当了师长后，兵权分散，不好掌握部队。

张冲不肯升师长，二刘就不能升旅长，刘慕贤话里有话地对别人说："我是在旅长以下、团长以上，想来是官居准将？"当时军队编制里并无准将之衔，可见年轻人之愤激。

刘慕贤虽未像刘伯承一样离队，但采取的是另一种消极态度，在部队进入重庆之前，不管张冲说什么，他都默然不发一言，此后便称病不出。

张冲不甚知兵，由他直接指挥的第二混成旅在战力方面也不再强悍。以第二混成旅为典型，整个第一军都呈现出萎靡不振之状，与杨森所部的气势汹汹恰好形成鲜明对比，这样一看，但懋辛的落败也就毫不意外了。

但懋辛折戟梁山，赖心辉不能不起身了。赖心辉督阵的地点是张关铁山，此处山高坡陡，就防守而言，属于绝佳地形，其实用不了太多人防守，赖心辉却差不多把讨贼军的一大家子全带了过去。

张关铁山因地势所限，人一多反而摆不开阵形，赖心辉便向夷陵之战中的刘备学习，做前后连营布置。刘备在夷陵之战中的布阵本来就是个失败的案例，赖心辉照搬过来也仍然是失败的：讨贼军黑压压地连营百里，看上去气势不凡，其实关键时候调动不灵，而且各军彼此信息隔膜，稍有动静便会互相惊扰。

刘备当年的致败之因，全部都被复制在了赖大炮身上。前方刚刚响起枪声，杨森还没怎么进攻，讨贼军的总预备队就发生动摇，率先往后撤退。总预备队一退，其他友军弄不清状况，都以为败了，遂也乱哄哄地跟着撤退。那情景，像极了昔日淝水之战中的风声鹤唳、草木皆兵。

山上山下的通道并不算窄，但也吃不消这么多人拥堵在一块，各部人马自相践踏，沿路遗弃的粮草辎重更是不计其数，连赖心辉本人也几乎被俘。张关铁山大战是决定两军胜负的关键，杨森突破对方防线后毫不放松，继续衔尾追击。

如果划分战将类型，杨森属于勇战派，打仗靠的就是一股舍我其谁的气势。可以说，他那股气势要是真上来了，一般人根本就挡不住。面对这位战场上的凶神，讨贼军各部无不胆寒，完全失去了固守重庆的勇气，遂全部引兵西退。

前线的风云突变，令熊克武十分吃惊。成都再不能丢了，但在无兵可援的情况下，困守成都又非善策，熊克武便让刘成勋守成都，他自己赶到成都东北的三台督师，争取能在三台遏制住杨森。

在距三台三十里外的高地之上，熊克武设立防御阵地，并派出一个警卫旅驻守，大部队则随指挥部集结于三台城中。比之于赖心辉在张关铁山的百里连营，熊克武的部署当然要聪明多了。他派出的警卫旅组建已有两年时间，即便在第一军里也可以算是老部队了，而且旅长出自第二混成旅，虽不能与二刘相比，但亦是忠勇之将。

熊克武预计，杨森一旦到达，以警卫旅的能力，足以凭险与之缠斗且挫其锐气，到时他再调大部队包抄围攻，定能让杨森马失前蹄。

设防初期，从熊克武到警卫旅都很紧张，警卫旅对前方进行严密监视，熊克武也随时要求听取侦察报告。他接到的第一份报告是说在高地附近出现了几百人，但是仔细一辨认，对方并不是杨森所部，而只是一股路经此地的土匪。紧接着城外响起了枪声，据估计是警卫旅正在驱逐这股土匪。

熊克武吁了口气，从正常的行军速度来看，杨森离三台和成都还很远，一时半会儿怎么可能赶到，难道他是神仙？过了一会儿，警卫旅又送来报告，称战斗很激烈，土匪很难对付，请熊克武派兵增援。

什么时候打土匪都这么困难了？熊克武啼笑皆非，想想警卫旅没准也和自己一样，太紧张了，大部队是要留着包抄杨森的，岂能拨去帮你们打土匪？

正好一个师长找熊克武商谈军务，熊克武也就没把警卫旅的请援要求当一回事。他不知道，杨森已经来了，其速度快到所有人都无法想象，就好像真的是骑了古代赤兔飞驰而来。

攻心战

杨森的闪电突袭，在很大程度上要归功于刘湘的"拉开三边，保障八九"之计。所谓"三边"是刘成勋第三军和赖心辉边防军的合称，"八九"是指第八、第九两师，其中第九师为杨森直接统率，"拉开三边，保障八九"的意思，就是牵扯刘成勋、赖心辉的力量，保证杨森能够长驱直下。

警卫旅发现的"土匪"其实是杨森派出的伪装袭扰部队，他们一左一右进行攻袭，目的是引诱警卫旅，分散其兵力。警卫旅不知是计，果真左右分开，这样中间就露出了空当。杨森率主力师从空当处一穿而过，一会儿工夫便冲到了三台城下。

守城部队对杨森动作如此之快同样无法理解，他们还以为兵临城下的是自家弟兄，竟然主动开门放行，结果被杨森全部予以缴械。熊克武仍被蒙在鼓里，听到城内响起枪声，他还以为是自己的士兵在打架，便挥挥手，派卫队前去弹压。

卫队派出去后，枪声不但没有停止，反而越来越密集。熊克武又派一名军官前去察看，并让他转告卫队："劝住打架就好了，不要胡乱开枪射击。"

军官出去一看，哪里是什么士兵打架，分明是杨森攻进了城，并且已直奔熊克武的司令部而来。军官急忙回来报告，熊克武闻之大惊失色，急忙率众人由后门冲出，沿城墙缒城而下，这才勉强得脱。

三台之战的失败，令第一军损失惨重。不过只要成都还在，熊克武仍拥有反败为胜的机会，1924年1月，他召集盟军首脑开会，决定在成都举行会战。这时刘湘也已统领杨森等联军各部，在成都城外摆开阵势，双方盘马弯弓，作势一搏，观察者均认为这是又一场你死我活的决死大战。

依照杨森的性格，这种大战役正合他的胃口，作为主帅的刘湘却另有一番计较。

熊克武曾有西楚霸王般的威风，可眼下也就像被围于垓下的项王一样，虽然还能支持着再打一下，然而军队士气已是一落千丈。面对处于下风的项羽，当年的刘邦最容易想到的便是发动强攻，但贸然这样做的风险其实很大，因为人的潜能是无穷的，特别当项羽及其所部处于绝境时，他们极可能会把自身的生存欲望和斗志全部激发出来。

刘邦最终采取的是更阴险更有杀伤力的做法，那就是"四面楚歌"，他发动部属围着垓下大唱项羽家乡的歌曲，直唱到项羽和他的子弟兵个个毛骨悚然，不知所措为止。楚歌唱罢，连虞姬都清楚，"大王意气尽"，项羽作战的意志和信心皆无，预示着这场战事完全没救了。这叫什么？这叫攻心战，刘湘如今打算采取的战法如出一辙。

讨贼军在经过短暂休整之后，士气已有所恢复，大家都想在接下来的会战中一雪前耻。不料到预定决战的这一天，熊克武却突然发布命令，说今天不打了，各部队只需严守阵地待命。他还给第一军师旅以上军官传去一道密令，要求假如会战打起来，务必先掌握好自己的部队，不要使部队受到损失。军官们十分纳闷，前半句还好理解，主要是后半句，哪有打仗不受损失的？

原来会战之前，刘湘提出了一个口号，说他专打讨贼军，不打刘成勋和赖心辉，而且传闻刘湘已暗中与二人进行接触。经过三台之败，熊克武的内心早已不再强大，这样的口号和传闻让他又惊又疑，感觉刘成勋和赖心辉随时可能叛他而去。

几天后，"接触"云云被证明是扯淡，刘成勋和赖心辉也并无背叛的迹象，可是这三股人马再也不可能齐心了，他们彼此提防，以邻为壑，未战就抱定了"不受损失"的宗旨。

会战开始了，才两三个小时，盟军方面便全线溃败，呈不可收拾之状，成都被联军一举而下。熊克武不仅因此失去了最后的据点，而且在撤退途中，他历经多年培养出来的精锐部队也一个个土崩瓦解，其中便包括曾名震巴蜀的第二混成旅。

刘湘的攻心战成功了。

回娘家

战乱时代，实力就是话语权，既有枪杆又有地盘，可以称军阀，既无枪杆又无地盘，只能沦为谁都瞧不起的流浪汉。熊克武无法容身于四川，只得像过去的刘存厚一样混迹他乡。可是其他地方也都有人拿枪看着守着，绝不会随随便便让你染指，所以熊克武要想固定寄居非常困难。

这时孙中山酝酿北伐，熊克武的部队也被纳入了北伐之列，熊克武便以北伐为名进入湖南，在湘西建立"建国联军"（也称"建国川军"）。湘督赵恒惕对此很不高兴，过去他跟熊克武合作搞联省自治，也曾经勾肩搭背，亲热到不行，但此一时彼一时，熊克武已经穷到连立足之地都没了，得来湖南挤他的地方住，这还能是一个态度吗？

可是赵恒惕又不敢冒冒失失地赶熊克武走，因为不给熊克武面子，就等于不给南方政府面子。在得到苏联的军事援助后，南方政府实力大增，连段祺瑞、张作霖都邀请孙中山去北京谈判，岂能轻易得罪。

熊克武重新拥有了崛起的希望，他的"建国联军"扩编到四万人以上，孙中山也已写来密信，让他随时进图武汉。可惜天不遂人愿，孙中山突然在京去世，北伐计划也随之不了了之。

孙中山一死，赵恒惕再也憋不住了，他向熊克武发出逐客令，限其两周内离开湖南，否则便发起进攻。熊克武没有击败湘军的把握，想来想去，只能回娘家，也就是开往广州。有的人愿意去广州，有的人不愿意去，最后随熊克武前往广州的共有三万多人。

熊克武认为他是回娘家，但南方政府的蒋介石、汪精卫可不这么认为。当时蒋介石正率黄埔学生军在东江与陈炯明作战，广州兵力空虚，冷不丁冒出来的这三万大军对蒋汪而言，就是个不折不扣的威胁。

留守广州的汪精卫得到消息，说是熊克武已与唐继尧联络，有同南方政府对着干的企图，这让他更为紧张。在熊克武经过广西时，他便发信函给熊克武，要求"建国联军"停驻于广西，暂时不要来广州。熊克武接到了信函，但他并未停步。

接着，汪精卫又给广西的李宗仁、白崇禧打招呼，欲借桂军之力，阻止川军前进。可李白二人唯一担心的是熊克武停在广西不走，只要熊克武没有这个心思，他们才不会轻易去得罪人呢！

"建国联军"一路行进，未遭到地方军队拦阻，但从湘西到粤北，沿途大多崇山峻岭，皆为地瘠人少的所在，在粮饷两缺的情况下，就算不打仗也会大量减员，以致部队抵达粤北时，仅剩下了两万多人。

即便只来了两万多人，蒋介石、汪精卫也觉得不好对付。恰在此时，他们又得到密报，说熊克武不仅派特使和陈炯明联络，还与其有书信往来。

蒋汪急忙与熊克武对质，熊克武解释说，他跟陈炯明联络，只是想一起劝陈炯明归降而已。蒋汪对此半信半疑，为了测试熊克武，他们便提出让熊克武调兵增援东江前线。熊克武答应了，但"建国联军"去的地方并不是指定作战区域，而是几个较为富庶的所在，而且之后便来了个按兵不动。

这一轮试探结束，蒋汪以及南方政府的其他要人认定，熊克武即便不与陈炯明是同伙，也是他们的心腹之患——"建国联军"这哪里是在回娘家，分明是要乘我们在前线打仗分不开身，来借机夺权啊！

要打，作为南方主力的黄埔学生军正与陈炯明的部队交斗在一起，难以抽回，不打，又怕熊克武率先出手。众人急得团团乱转，文人政治家汪精卫更是显得束手无策，大家都只能寄望于一个人：从东江前线赶回的蒋介石。

我做第三者

除了没有参加过黄花岗起义外，蒋介石的经历和熊克武其实极其相似，他们都是老同盟会员，在国内经历了各种兵火及阴谋的考验，早已是百炼成钢，区别仅在于，蒋介石的政治手腕比熊克武更高超。

能不打仗的事，就用不着打仗。蒋介石对熊克武说："我过几天就要去前线指挥了，看熊先生何时有空，我约熊先生谈一谈。"

几句话便消除了熊克武的所有戒心，蒋介石设宴相请，他也欣然赴宴。席间，乘其饮酒大醉之际，蒋介石将熊克武及其随行的王子骞等人全部扣留，秘密关押于虎门炮台。

熊克武的"建国联军"虽有两万之众，但实际战斗力已很薄弱，在群龙无首的情况下，很快便自行瓦解。这支前身被称为蜀军、第五师、第一军，曾经在四川战史上显赫一时的军队就此永远消失了。

直到一年半后，熊克武才得以释放。此时陈炯明垮了，唐继尧亡了，北伐军已攻下南京，而熊克武的原有部属早已星散无踪，关押他自然也就失去了意义。

虎门要塞是个低洼潮湿的地方，熊克武长期被关押，出狱时手脚麻木，已患有严重风湿症，在他身上，再也找不到当年叱咤风云的英姿了。

有人曾把熊克武挑出来作为时代的标本。他曾经是不惜献出生命也要推翻清廷的热血青年，后来却慢慢地蜕变成了一个热衷于战争的军阀，再后来，人们就只能在混迹官场的政客中寻找他的身影了。

这是多么令人悲哀的一件事，不仅是熊克武，还包括但懋辛、王子骞……许许多多人。

在熊克武先后斗败刘存厚、刘湘、杨森，乃至成为四川版的西楚霸王的时候，他能体会到的大概只有“过瘾”二字。可以试想一下，如果他不是失势败离四川，不是中了蒋介石的计，他当然还会继续斗下去，因为这种瘾，他已经无法靠自己来戒除了。

还是那句话，当欲望失去羁绊，便成了毒品，它会一步步牵引着你，直到让你变成一个彻底的瘾君子。

熊克武兵败出川后，就数杨森笑得最欢。当时外界都认为刘湘和刘存厚最有资望收拾残局，他们一个现为速成系首领，一个曾是武备系核心，二人又都担任过杨森的上司。早在部队向成都进发时，有人就问杨森，一旦获胜，刘湘和刘存厚之间，他会偏向谁。

杨森笑而不答。此人察言观色，忽然冒出一句：“然则君自主之？”——或者你自己想做老大？

这话只能放在心里藏着，说出来可就难听了。杨森面红耳赤，立刻跳起来叫道：“我做第三者，我做第三者！”意思是他用不着附依二刘中的任何一方，而完全可以成为除二刘之外的第三方势力，你们这帮没眼力见儿的家伙，怎么就知道二刘，不知道我杨某呢？

可是不管杨森有多生气，舆论导向依旧如故。部队占领成都后，连吴佩孚给杨森发电报，也问他认为二刘之中，谁更有资格成为巴蜀之首。杨森一边吞吞吐吐，始终说不出个所以然，一边又让他驻洛阳的代表前去向吴佩孚表忠心，抒壮志。

吴佩孚明白了，是杨森想坐川中老大的位置。在吴佩孚眼中，刘存厚人老珠黄，他和他那个武备系早就风光不再了，刘湘虽有众望所归之势，但让人捉摸不透，甚至连以后是敌是友都弄不清楚。真要扶一个人上马，他只会扶杨森，之所以顾虑重重，是因为深知杨森有勇无谋，若贸然助其上位，反而可能将其置于危险境地。

1924 年 5 月，吴佩孚以北洋政府名义，授杨森为善后督理，刘湘、刘存厚为边防督办，邓锡侯为四川省长。看起来，杨森和二刘都没能抢到头把交椅，倒是水晶猴成了匹黑马。

其实这是一个暗藏私心的布局，善后督理拥有统率各路川军的职权，事实上就是以前的督军，吴佩孚这是要"扶杨抑刘"，除此之外，他又用徒有虚名的省长职务拉住邓锡侯，以牵制刘湘。

刘湘对此很不开心，想想看，若不是他复出督师，杨森根本就不可能打败并驱走熊克武，现在有功而不得奖，倒让昔日部下反超了自己，实在是既失落又没面子。不过刘湘同时也是一个很能忍的人，既然杨森已在成都走马上任，当下他便拿着委任状搬到重庆，来个眼不见为净。

一道搬出成都的还有邓锡侯。他要搬家不是对杨森不满，而是知道杨森的个性——此人从来都是说一不二，跟他在一座城里共事会有的你好受，所以还是搬走清净。

看到大家都远远地躲着自己，杨森认为原因只有一个：羡慕嫉妒恨嘛！

在杨森看来，邓锡侯能做上省长，就该祖庙里烧高香了，这猴子偷着乐还来不及呢，谅来不会再闹腾，不仅不会再闹腾，没准还不会容许别人闹腾，他唯一需要担心的只有刘湘。刘湘这人深不可测，又有振臂一呼应者云集的能力，万一心理失衡，带着众人跟你往死里掐，那就不妙了。

有人说杨森有勇无谋，但这并不表示杨森没智商，起码怎么拉拢和讨好别人他还是知道的。当着刘湘的面，杨森大拍胸脯，表示刘湘在川东，他在川西，两人相互协作，一定能把四川"吃通"。为了证明自己说到做到，他特地把成都兵工厂制造的成品分出一半给刘湘，以示双方利益均沾。

新政

自从当了善后督理，掌握军权之后，杨森已经不甘心只扮演吕布的角色了，他还要试试做刘备是一个什么感觉。

杨森提出的新口号是"建设新四川"，他大肆招收归国留学生，并且给这些留学生全都挂上秘书头衔，帮其出谋划策。由于秘书实在太多，已超出正常规模，时人称"秘书连"。

"秘书连"当然不是吃干饭的，他们筹划拿出了修建马路等各项新政。成都街道素来繁华，然而从没有马路这一说，普通市民的思想又都很保守，这使得马路修建事宜很难推行下去。杨森为此颁发命令，要求商户们锯去屋檐，缩进门面，以便好把街道拓宽成马路。

可是命令下达后，没人执行。杨森闻讯大怒：好好跟你们讲不听，派军队下去，强拆！

商户们见势不好，急忙公推"五老七贤"去督理署，呈请杨森缓拆。所谓"五老七贤"都是成都城里的名流，想当年成都巷战相持不下时，他们也曾从中调停，历届四川督军、省长，只要不想跟民间舆论过不去的，都要给他们三分薄面。

老头儿们来到督理署后，你一句，我一句，听到杨森头都要炸了，当即打断他们："我现在拆一点房边屋角，你们就大惊小怪，说老百姓不愿意。如果我当初进入成都时，放上一把火烧个精光，倒还省了不少麻烦。"随之暴喝一声，"请你们不要干涉我的建设！"

杨森大发雷霆，把自恃德高望重的"五老七贤"都给吓蒙了，一个个哆嗦着鱼贯而出。

再没人敢劝阻马路开工了，继"川中吕布"之后，杨森再得一诨号"蛮干将军"。某文人在小报上发表对联，加以讽刺："民房早拆尽，问将军何日才滚，马路已捶平，看督理哪天开车（四川俗语中的开车，跟滚差不多）。"

然而也正因为有了"蛮干将军"的蛮干，成都才得以开天辟地地拥有了历史上第一条马路。这条马路十字交叉，中间还辟有街心花园，称得上新颖别致。马路修成后，杨森专门请一位清举人为其题名，这就是后来成都最繁华街道春熙路的由来。

杨森在观念上追求新潮，非常"崇洋"，认为什么东西都是外国的好。他本人拥有一个英文签名，并配有英文秘书，平时喜欢穿西装，吃西餐，就连子女要学中国乐器，他也表示反对："有什么学头？如胡琴，就是瞎子算命要饭的东西嘛！"杨森说，要学，就学外国的乐器，如钢琴、提琴、黑管、长短号，那才叫艺术。

由于杨森喜好新潮事物，所以其新政内容虽包罗万象，但都离不开破旧立新的主旨。杨森让人制作成标语，抄录于木牌，然后钉在人们能看见的电线杆、树木和墙壁上。

这些标语颇具特色，因为前面一律要加一个"杨森说"：

"杨森说，禁止妇女缠足！"

"杨森说，不准蓄指甲，蓄指甲的行为既不卫生，又说明你懒惰！"

"杨森说，天天打牌，会把壮汉打死，但天天打球，可以使弱者变壮！"

"杨森说，夏天在公共场所赤膊是不文明行为！"

……

这些标语可不仅仅是摆着看看，供人一乐的，杨森有巡查队在街上负责巡查，对照语录，谁要是违反了，就得拉到一边打手心。

成都乃封闭老城，一些上了年纪或思想保守的人免不了在背后唾骂杨森，说他吃饱了饭没事做瞎折腾，倒是很多年轻人对杨森极为崇拜，认为他做事有魄力，敢想敢干。

不管别人怎么说，杨森都一意孤行，干得十分起劲。只是能供他改天换地的地方实在太少了。除了成都，只有极少几个县，也就是他的驻兵防区，这让他很是不爽。

不行，我要统一四川，做真正的四川王！

统一对诸侯们而言最为敏感，最后免不了还是要大打一场。杨森命令兵工厂加班赶制武器，本来一天只能造一百支步枪，人为增加到一百五十支。他还让造币厂铸造成色较低的银圆和铜圆，以便能够多凑些军费。

银铜圆还好，反正是拿去蒙老百姓的，一时半会总能糊弄过去，武器不好就有人骂了。由于超出生产能力，很多步枪机件粗糙，让基层部队感觉是领了一根根擀面杖，但当部下反映枪支简陋时，杨森便说：等我统一四川后，再造好枪换给你们！

枪支好不好先搁到一边，重要的是可以招兵买马了，仅仅半年之内，杨森的部队便急剧扩充至十五万人。人一多，粮饷就紧张，"擀面杖"又不能当饭吃，狭小的防区渐渐难以承受，杨森只能用"饥兵政策"来压缩粮饷，时人谓之"官长领衔，士兵吃米"。

本性

对于如何干掉川中这些大大小小的诸侯，杨森肚子里自有一本账。其实也无非就是遵循自然界的通行规律，大鱼吃小鱼，小鱼吃虾米，先拣看起来最弱的灭起。

大鱼暂时是碰不得，如刘湘，甚至由于他在速成系中的影响力，最好还得跟他提前打好招呼。1924年秋，刘湘因回老家扫墓经过成都，杨森与之协商，提出要合作统一四川。

杨森要做的这篇文章早有铺垫，要知道，成都兵工厂的那一半枪支可不是白给的。刘湘也爽快地答应了杨森的要求，最后两人定下的策略是，由刘湘负责监视和牵制重庆附近的诸侯，杨森则就近向保定系里的小诸侯率先开刀。

倒在杨森刀下的第一个屈死鬼是刘斌。刘斌属于诸侯中最小、最弱的虾米，他的防区又与杨森离得很近，杨森于他而言，就犹如一只龇着利齿的超级大鳄一般，随时可能冲过来将他一口吞掉。刘斌光看看杨森的样子都觉得肝颤，为此，他不惜百般讨好杨森，不仅亲自到成都和杨森换帖子拜把兄弟，还主动把部分防地让给杨森，以求苟安。无奈这些举动并不能真正打动杨森，因为杨森要的是全部，不是部分。

杨森先找了个借口，免去刘斌师长一职，随后便向其发起进攻。刘斌自然不是对手，很快便如丧家之犬一样选择了出逃。可怜沿途还无人敢收留他，就连邓锡侯也不例外，自己不出面，仅派他的部属以保定同学的关系敷衍一下，就把刘斌给打发掉了。

刘斌无奈下野，接下来的其余小诸侯也无一是杨森的对手，有人明知打不过，干脆就把自己的地盘许给了别的更大的诸侯。后者开始还很高兴，兴冲冲地赶来接收，但等到他们把旗子插上了城头，一看杨森大兵杀到，也只好立马卷旗走人，根本就不敢和杨森抗衡。

只剩下一个人还有与杨森一争的实力，那就是刘湘。刘湘曾与杨森约定合作统一，但现在两人已撕破了脸。

杨森不仅勇武上与吕布相像，在其他性格特点上双方也有得一拼，比如，喜好美色，小家子气。胡兰畦乃袍哥之女，才貌双全，是当年四川的名媛，身后自然是追求者云集。只是胡兰畦的性格跟女作家丁玲类似，明明是文小姐，偏要做武将军。因杨森"崇洋"得比较彻底，很得年轻人追捧，胡兰畦也是其中之一，杨森就利用这位女粉丝为他搜集军事情报，并许诺，一旦他打下成都，就送胡兰畦出国留学以为酬谢。

后来成都打下来了，杨森却对酬谢一字不提，反而通过老婆牵线，欲纳胡兰畦为妾。胡兰畦又羞又恼，说："我到你们家来算个啥子？我父亲是大袍哥，袍哥的女儿是不给人家做小老婆的！"

既贪色贪利又悭吝小气，这就是杨森的本性，对待女粉丝是如此，和政敌们打交道时概莫能外。比如，他当初答应从兵工厂分一半枪支给刘湘，就纯粹出于迫不得已，每当看到枪支运往重庆，都犹如在剜他的心头肉一般。想想实在不甘心，杨森便在成品上做手脚，武器出厂时，质量较好的枪支上会烙一"A"字，由他提留自用，品质较差和粗陋一些的就送给刘湘。

这还是可以理解的，到后来他索性就食言自肥，吝而不予了。刘湘拿不到枪支，还纳闷呢，派参谋长来成都索取，杨森没好气地回应道："刘湘不是有自己的防区吗，为什么跟我要？"

来人也是个一根筋，说我们有过口头约定，你不能毁约啊！杨森闻言勃然大怒，啪啪两耳光扇过去，跟着便将其推倒在地，准备狠揍一顿。经幕僚极力劝解，对方才得以抱头鼠窜而去。

刘湘同意与杨森合作统一，除了有让杨森冲前面打头阵的算盘外，杨森肯分他枪支，也是情面上必须考虑的重要因素之一。杨森过河拆桥的行为使得双方的关系日趋破裂，便逐渐开始针锋相对。

又奸又雄

杨森既以吴佩孚为靠山，刘湘也必须寻找自己的政治后台。

段祺瑞虽已以下野姿态寓居天津，但刘湘很清楚此老的潜力和资源，为此他专派特使前去天津拜访。一见面，段祺瑞首先问特使："四川人才以谁为最？"

特使自然要抬举刘湘，于是回答："川中人才实在很多，不过像刘湘那样大度包容的，只有一个。"特使要表达的意思是，四川的诸侯尽管多如牛毛，如今风头最劲的也不是刘湘，然而刘湘能容得下这些人，所以他才有机会成为最后的王者。

段祺瑞沉吟片刻，答道："能容不能断，此一大病。"

段祺瑞执政，如他的姓氏一样，以刚愎著称，擅长于"断"，他就怕自己扶持的人魄力不足，优柔寡断。在这方面，他也是有教训的，比如，当初他曾把赌注全都放在刘存厚一人身上，可是刘存厚犹如三国时的阿斗，总是扶不起来，结果枉费了他的一片苦心。

　　尽管对刘湘的能力尚存疑虑，但事实上段祺瑞除了收纳刘湘，已别无良途：刘存厚沦落成了废人，杨森投奔了吴佩孚，剩下的大多是小泥鳅，翻不出什么大浪。

　　1924 年 10 月，第二次直奉战争结束，吴佩孚南逃，段祺瑞以临时执政名义主持国事。一朝天子一朝臣，四川人事重新进行调整，杨森被任命为四川军务督办，刘湘为川康军务督办，邓锡侯被免去省长职务，专任师长。

　　任命一下，杨森无动于衷，认为督办跟督理没什么区别，反正地盘都得靠自己去抢，于是想也不想就在成都就任了新职。邓锡侯则认为自己白"忍"了一场，之前杨森大动干戈，他之所以一直束手束脚，身为保定系首脑，连本系将领都不敢收留，说到底还是因为舍不得他的省长乌纱帽，没想到最后帽子还是被摘掉了。

　　杨森、邓锡侯都不知道，这份人事调整方案虽然用的是段祺瑞的名义，但幕后的构思和策划者却是刘湘。

　　杨森认为前后没区别，其实区别太大了，在职权上，杨森的四川军务督办和刘湘的川康军务督办不分上下，实际就是把刘湘提到了至少与杨森平起平坐的的地位。至于免掉邓锡侯的省长一职，却是想要解放水晶猴的思想，卸除他的包袱，以便让他舍得与杨森一搏。

　　谁才是川中真正的奸雄？答案不言自明。川人的评语："邓锡侯奸而不雄，杨森雄而不奸，刘湘又奸又雄。"

　　杨森想不到也没时间去琢磨这些。前段时间他通过灭掉一些小诸侯，虽然已使自己的防区得到扩展和延伸，但一打仗，所需粮饷马上又成倍增加，财源问题也变得更加严峻——即便造币厂能够滥竽充数，以次充好，毕竟你还得提供最基本的银铜材料吧！

　　钱，得找钱，两眼发红的杨森看上了自流井盐税。

　　自流井原为刘湘的叔父刘文辉所控，其盐税是民国年间四川最大的财源，每年都达千万元之巨，远超其他一切税收。显然，要想截取自流井盐税，就必然要与刘湘为敌，这是肯定的，但杨森已顾不得这许多了，他毫不犹豫地就派兵接收了自流井。

事后刘湘果然大受震动，发电报向杨森进行质问，而杨森仅仅轻描淡写地回了一句："饥军就食，别无他意。"穷极了，弄点饭吃吃而已，有什么好大惊小怪的。

弄点饭吃吃当然可以，但你这是从别人的饭碗里抢饭吃啊！刘湘立即密电段祺瑞要求处理，段祺瑞电令杨森交出兵工厂和盐税，同时调杨森入京。

杨森根本不予理睬，他自恃有钱有枪，要在川中横扫一切：诸侯不论大小，我给你们来个全灭！

原先杨森对统一四川并没有明确蓝图，也就是打到哪儿算哪儿，但这时他的帐中又多了一位高人。此人叫黄毓成，乃滇军名将，与尹昌衡、罗佩金、刘存厚是士官学校同学（士官学校第六期），还曾担任云南讲武堂教官，给朱德当过老师。

早期滇军中有"四气"之说，分别为蔡锷的"骨气"、唐继尧的"福气"、黄毓成的"勇气"、罗佩金的"二气"（意谓傻气，跟现在"二"的意思差不多）。为什么黄毓成会独占"勇气"呢？缘于滇军将领在决定是否讨袁之前，唐继尧犹豫不决，其他人也多持观望态度，只有黄毓成坚持说，要么讨袁，要么把我毙了，别无他法。在黄毓成的感召下，唐继尧这才下决心呼应蔡锷，加入护国运动。

黄毓成与杨森亦有渊源。对杨森而言，黄毓成是他的恩公，当年正是黄毓成把杨森从俘虏堆里叫了出来，并加以照顾，甚至如果没有黄毓成的鼎力推荐，杨森也不可能被赵又新重用。

在滇军将领中，黄毓成和顾品珍是一拨的，唐继尧复出后，黄毓成害怕遭到报复和打击，就跑到四川来找杨森。

还用选吗

因为杨森曾杀掉赵又新，所以外界都觉得他忘恩负义，黄毓成赴川也是抱着试试看的念头：若杨某肯念旧日恩情，就顺势助他一臂之力，反之则另投他处。

　　杨森正在发愁，他的"秘书连"全是留洋学生，修马路搞新政倒是在行，唯独不懂打仗。黄毓成一来，顿时让他眼前一亮，立刻待之如上宾，不仅一口一个"斐公"（黄毓成字斐章），而且再三推黄毓成居于上座。

　　黄毓成大受感动，于是决定先留下来辅佐杨森，待帮助杨森削平群雄，统一四川后，再组织"定滇军"打回云南。

　　杨森勇武有余，缺的就是智谋，现在终于有人帮他来填坑了，这令他兴奋不已，遂专授黄毓成为督署总参谋长。

　　1925年4月12日，杨森发起了四川历史上著名的"统一之战"。在战事的第一阶段，他依照黄毓成之计，采取远交近攻兼分化拉拢的办法对付各个诸侯。这一计谋相当务实有效。在杨森率部出击时，诸侯们都坐而望之，互不支援。赖心辉气得不行，发求援电时张口就骂："衮衮诸公，盘盘大才，拉我上去，一个不来，我若垮了，你怎下台？"

　　在不到两个月的时间里，杨森占领七十二县，接连击败了刘成勋、赖心辉、刘文辉等各部，接下来矛头便直指刘湘。

　　面对杨森的步步进逼，刘湘急忙派人前去议和，但杨森置之不理。议和不成，刘湘只好采取打进去拉出来的策略，利用速成系的关系，转而策动杨森的部下和分化其内部。这一手相当有效，当杨森邀请众将讨论下一步作战方案时，一些事先被买通的速成系将领便开始找机会为刘湘说话。

　　讨论会上，黄毓成提出，应继续对敌人采取分化瓦解之术，即以消灭刘湘为重点，同时拉拢邓锡侯和袁祖铭。袁祖铭是流亡黔军的头目，在黄毓成看来，即便邓锡侯、袁祖铭作壁上观，只要他们不参与刘湘阵营，打刘湘就没有问题。

　　拉拢必须付出代价，而且在这个节骨眼上，代价还小不了，蝇头小利别人是根本看不上眼的。黄毓成主张，应将兵工厂枪弹及盐税分给邓袁，在击败刘湘后，所夺到的防区、部队、军饷，也应与邓袁进行分享。换言之，就是让他们入股，有了这么大的股份，不信邓袁不上钩。

　　几个心中有鬼的速成系将领不敢说不打刘湘，但他们争辩说，何必分这么多好处给邓袁呢，我们要打刘湘，自己的力量已经足够。邓袁如果识时务，就保持中立，若与刘湘结成一伙，便正好搂草打兔子，"一鼓而铲除之"。

杨森果然舍不得再割肉出去，他虽同意黄毓成去策动邓锡侯、袁祖铭，开出的却都是空头支票。

在说动杨森一毛不拔的同时，"内鬼"们还趁机表示，部队连续作战，已疲惫不堪，需休整一段时间才能与刘湘作战。杨森觉得有理，既然大局已定，消灭刘湘只是早晚的事，何必急于一时，那就先坐下来歇一歇吧。

黄毓成苦苦谏言，杨森仍顾左右而言他，黄毓成的话全没听得进去。

杨森跷着个二郎腿，以为稳操胜券，刘湘却乘此机会上下打点。他亲自找邓锡侯谈话，而且承诺只要打倒杨森，以后速成系以外的部队可以全部归邓锡侯收编，成都也归邓锡侯控制。

邓锡侯是水晶猴，当然要盘算来盘算去。就在他尚犹豫不决之时，刘湘又马不停蹄地联络袁祖铭。此时黄毓成也派出了特使，且就驻于袁祖铭处，袁祖铭渐渐已被说动，但他要求至少须分得一部分自流井盐税。

特使没有杨森的授权，自然无法正面予以回复。杨森见袁祖铭没有回音，便派兵将黔军从部分防区里赶了出去，他的这一无脑举动非但于事无补，反而等于把袁祖铭又推给了刘湘。

与杨森截然相反，刘湘对袁祖铭是有求必应。袁祖铭说希望以后每月能拨给他军饷四十万元，刘湘满口答应，不仅如此，他还主动提出，倒杨之后，将让成都兵工厂尽快打造两万支步枪及大量子弹，以帮助袁祖铭打回贵州和驱逐滇军，直至进攻云南。

何去何从，袁祖铭还用选吗？他写了封亲笔信给黄毓成，信中说："子惠无联帅器识，公亦迹近明珠投暗之陈宫。"杨森根本就没有刘湘的器量和见识啊，您黄公也不过就是三国里那个足智多谋却错投吕布的陈宫罢了！

在袁祖铭这里得手后，刘湘马上告知邓锡侯。邓锡侯一听，立即决定助刘倒杨。

孺子不可教

邓锡侯、袁祖铭统统变成了敌人，杨森这才有些着急，他托人转告邓锡侯，说愿送他一批钱和枪弹，然而为时已晚。

1925 年 7 月，刘湘、邓锡侯、袁祖铭组成倒杨联军，向杨森发起反攻。

杨森震怒不已，欲举兵相应，进攻重庆。黄毓成连说不可："我急则敌合，我缓则敌分，如今应采用持久战略，联军久拖不决，内部必然分化，到时可各个击破。"

杨森哪里忍得住，等什么等，看我一拳把他们全给揍趴下。

不料联军早已蓄足了力量，杨森一拳打过去，差点把他自个的腰都给闪了。杨森这下坐不住了，他披挂整齐，决定亲自到前线督师。就在他离开成都的当天，留守后方的"内鬼"之一便挂起了反戈的旗帜。

这名"内鬼"名叫王缵绪，是杨森的主力师师长。刘湘给了他盐运使作为交换条件，但王缵绪说，他可不光是为了这份美差才会叛变，最主要的原因还是认为杨森有罪在先。

罪状之一是厚此薄彼。杨森用人不拘一格，一些年轻军官原先资格不如王缵绪，也很快就升到了同一级别。王缵绪对此牢骚满腹，他对人说："杨汉域（杨森的侄子）才当个骑兵团长，团部却存有四十万颗子弹，为我们远远不及，看来我这个师长连团长都不如。"他还作诗说自己"虽无卫霍功，却称干城将"，但杨森"用人如积薪，后来应居上"，是不把他这种老前辈放在眼里。

罪状之二则多少有些令人啼笑皆非。在川军将领中，杨森以老婆多、子女多出名，究竟有多少，他自己有时也弄不清楚，反正是"老婆成排，儿女成连"。某天，两人私下吹牛闲聊，王缵绪问杨森："督理，你讨那么多老婆，不怕她们争风打架吗？"

杨森嘿嘿一笑，十分得意："养老婆如养马。要骑，牵来，不骑的话，就拴在槽上，她们要争风打架，我就用马鞭子抽。"

王缵绪就说，杨森对待同床共枕的老婆都如此刻薄，还会对部下好吗？

王缵绪对杨森的不满的确由来已久，但杨森一点都看不出，还以为王缵绪是个忠臣。原因在于王缵绪很会伪装，他给自己文身，左臂用针刺上"森"字，然后涂上蓝靛汁，使其渗入皮肤。与此同时，他命令属下官兵们也得每人都刺一个"森"字。

针刺固然很疼，可这就叫苦肉计，以此显示对杨森的效忠。杨森也真的以为王缵绪对他忠心不贰，出征前特地将后防重任赋予了王缵绪。

听到王缵绪倒戈的消息，杨森如闻晴天霹雳，一时六神无主，对众人说："王治易（王缵绪字治易）都变了，我还打什么？不打了，不打了！"

见杨森阵脚大乱，刘湘乘势指挥联军发起全线总攻。杨森发出通电，说他"非不能战，实不愿战"，把乱七八糟的军队全部丢给黄毓成整理，自己仓皇逃离。

黄毓成率几万主力军被联军包围于嘉定（今乐山市），他主张强行突围，但将领们暗中都已凭借同乡同学的关系，与联军方面牵上了线，均不愿再打仗。黄毓成回天无力，只得躲进峨眉山的寺庙，随各部自行其是，这就是统一之战中的嘉定缴枪事件。

因黄毓成在护国战争中与邓锡侯、刘文辉等人有旧，联军方面不仅没有为难他，还专程派人请他下山。黄毓成联想到自己过往的所有努力均化作东流之水，不由得痛哭流涕，当着来使的面，他一边哭一边大骂："子惠（杨森）孺子不可教！"随后，把他几十年来随身携带的一方翠玉私章掏出砸碎，发誓从此再不做军人，只愿去上海做寓公终老一生。

已经逃走的杨森早已脱去军服，换上便装，灰溜溜地离开了四川。当他来到汉口的时候，与正准备前往上海的黄毓成巧遇，杨森又羞又愧，开口闭口不离"斐公"二字，还让手下招待黄毓成住进高级饭店。

不管怎样，杨森统一四川的迷梦是彻底破碎了，他从此也再不能在巴蜀称王。在杨森失败出川之后，有人嘲以诗云："十万雄兵出简阳，一王战败一王降，一王送出夔关外，回首巫山泪两行。"

第六章／真命天子

统一之战结束后，按照惯例得开善后会议。川人对此早已熟视无睹，均称之为"分赃会议"。

说到分赃，刘湘首先得践诺，也就是兑现他先前对邓锡侯、袁祖铭的许诺，水晶猴比较好办，麻烦的是袁祖铭。

四川议会鉴于内战不歇、诸侯割据的现状，一致提出议案，要求将兵工厂改为实业工厂，立即停止制造枪弹，同时禁止各军自由筹款。这一议案虽然并不是针对袁祖铭一个人，但明显袁祖铭最吃亏，因为这意味着刘湘答应他的军饷和枪弹都得打水漂了。

刘湘事前并没有想到会出现如此变化，可是袁祖铭不管这些，他认为刘湘是故意想赖账，便派兵对刘湘进行监视，最后在刘文辉的保护下，刘湘才得以离开成都，以扫墓之名避往大邑。

刘湘走后，袁祖铭犹不解恨，紧接着跑到重庆，将刘湘公署予以占领，所有在渝川军的枪械均被其收缴，此事件被称为"渝变"。

刘湘的嫡系军队大多被隔离在川东，临时收编的杨森部队尚不能做到完全掌握，而邓锡侯之类猴精猴精的人在态度上又模棱两可，一时之间，刘湘也不知如何是好了。

正在顿足叹息之际，逃亡在外的杨森却意外地派人找上门来，表示川人应一致对外，他愿意指挥旧部，与刘湘合作驱袁。

杨森是什么样的人，肚子里在打着什么样的主意，刘湘当然比谁都清楚。他曾经想过要喂饱杨森，然而事实证明，杨森不愧是现代吕布，他的胃口是填不满的，除非你自己让位下野。

很明显，即将开始的合作很可能是饮鸩止渴，甚至于引狼入室。刘湘思虑长远，但他麾下的将领们大多考虑不到这一层，只认为此一时彼一时，若从军事着眼的话，刘杨夹击袁祖铭甚为有利。

段祺瑞评论刘湘"能容不能断"，真是一语中的。他明明心里不想让杨森入川，但看到这么多人附议，就深怕别人说自己心胸狭窄，局面都如此濒危了，还惦记着原先的仇隙不放。

那就合作吧，刘湘宣布，凡统一之战后收编的杨森部队，一律归还杨森，同时在合作收复重庆后，两人可共驻重庆，川东地区也将完全交由杨森驻防。

我回来了

都说刘湘宽厚能容，真是名不虚传，杨森喜不自胜。统一之战失败后，他不恨刘湘，毕竟你先进攻人家嘛，他恨的是袁祖铭，要不是这厮临时投靠刘湘，我可不就大功告成了？

1926 年 3 月，杨森到达万县，随即发了一个电报给其旧部。电文很简单，只有一句话："我回来了。"

凭其擅战之名，杨森在亲信部队中仍然很得人心。接到电报，杨汉域、范绍增等六支部队约定日期，迅速假道前往万县，这就是川军史上的"六部东下"。

六部东下时，袁祖铭丝毫未进行阻拦，不仅不拦，他还下令沿途各县为之提供粮草，就差敲锣打鼓迎接了。原来袁祖铭一直被蒙在鼓里，并不知道刘杨密约的内情，竟然还天真地以为六部东下是杨森在挖刘湘的墙脚，两人又要准备十仗了。既然他已经和刘湘翻了脸，对于这种事当然是乐观其成。

袁祖铭希望能帮助六部尽快到达万县，以便能早一点看到好戏上演。好戏果然上演了，但不是杨森跟刘湘打，而是杨森、刘湘把他袁祖铭夹在中间一顿痛扁。

袁祖铭被迫退出四川时已是鼻青脸肿。事情就是如此富有戏剧性，本来道理都在他这一方，可惜此君过于矫情，得理不饶人，结果自己把自己给弄到了灰头土脸的地步。

驱袁战争结束后，刘湘先一步到达重庆，众将都提议去万县将杨森接过来。这些武将笨头笨脑，只知其一，不知其二，谋士们可憋不住了，赶紧把刘湘拉出帐外并力陈利害："自古二雄不能并存，杨森真的来了，他的职权何以处置，比你大还是比你小？"

有一句话忍着没好意思说出来：婚前天使，婚后恶魔，你们哪一次不是如此？！

刘湘也正为这事犯愁，只是觉得说出去的话，如同泼出去的水，不能不讲信用。当然了，春秋无义战，江湖上混的，究竟有谁真正讲过信用二字呢？但刘湘不同，他跟刘备一样，打的就是仁义礼智信的招牌，自己不能砸自己的牌子呀！

刘备当年入蜀前，其实一心想要抢夺人家的产业，可表面还得装正人君子，为此只好一直在四川的大门口徘徊来徘徊去，那个纠结。如今的刘湘也陷入了同样的困境，在听完谋士的谏言后仍然犹豫不决。

杨森在重庆等着刘湘派员来迎，可是好多天过去了，连根毛也没等着，一股无名之火噌噌噌直往上冒。他放出话来，说将率六团之众自己来渝，不要你们接了！

在渝文武百官又来找刘湘，说你看你看，我们说早点去接吧，难道非得把人逼得下不了台才罢休吗？

刘湘仍然举棋不定，不接不好，接也不好，只是一个劲地对身边谋士说："事急矣，奈何？"

谋士们开碰头会，再度向刘湘剖析其中的利害得失，刘湘这才下定决心要把杨森拒之门外，可他还是觉得这话不能从他这个"仁义君子"的嘴里说出来。

为了照顾刘湘的形象，按照事前安排，一个谋士在军事会议上发言，说："刘杨合作，自然之事也，既然这样，那么重庆的部队就是刘湘的部队，也等于是他杨森的部队，又何必率六个团来重庆呢，这算什么意思？"

话音未落，武将们一片嘘声，认为谋士在胡扯。大家都带兵打仗，谁进城上任不得武力护卫啊，尤其杨森这样的纯武将，又不是文人，完全可以理解。

会上刘湘做出一副人云亦云很无所谓的样子，其实心里像被无数猫爪子在挠，暗自着急啊。谋士把刘湘拉到一旁说："实在没办法了，你要再不出手阻止的话，杨森就真要来了。"

刘湘也知道不能再躲在一边了，这才把面具摘下，以直辖部队全体将领的名义发表电文，把杨森来渝的路给阻死了。

杨森不能来渝，当然不开心，但杨森其人虽刚愎蛮横，却也不是刘湘那种扭扭捏捏、故作姿态的人，换句话说，他如果真要做小人，马上就做了，绝不会把自己打扮成一君子。

杨森去重庆，肯定是要赶刘湘走的，这没二话说，然而仔细一掂量，若是真打起来，自己未必就干得过刘湘，那还不如顺水推舟，先留在万县做个"万县王"，以后再慢慢计较了。

于是乎，杨森驻万县，刘湘驻重庆，两人与其他速成系诸侯们共居川东，而以成都为中心的川西一带，则为邓锡侯、刘文辉等保定系诸侯所居，大家彼此对峙着，四川又进入了新的春秋列国时代。

我得管管这件事

万县是四川的一座江边城镇，常有外轮沿江来去。一天，杨森的一个师长在江岸候船，适逢英国商轮路过，就带着几个卫兵上了船，谁知一上船，卫兵身上的武装便被护航英军给解除了。

帅长脸面大失，回来后将这件事告诉了杨森。杨森闻之很是恼火，说："欺人太甚，奇耻大辱！外国船只在我们中国的内河航行，还要缴中国人的枪，这是什么逻辑？我管你英美日俄，记得别犯在我手里，否则有你们的好看！"

1926 年 8 月 29 日，杨森的宪兵押运盐款，准备搭英轮去万县。他们雇了三只小木船，欲通过小木船将装银圆的几十只箱子送上英轮。这艘称为"万流"的英轮不知有意还是无意，在乘客登岸后，既不等小木船靠拢，也不发出信号，便加大马力驶离，结果所有木船都被撞沉，官兵被淹死四十多人。

川江江面狭窄，水急滩多，但英国轮船丝毫不顾及中国人的安全，任意加快速度，此前已撞沉过许多木船。现在即便发生了这么重大的事故，"万流"仍然毫不在意，抛下撞沉的木船和落水之人后，便径直驶往万县。

杨森得报既惊又怒，拍着桌子大吼道："英国人竟敢跑到中国内河来横行霸道，这是中国人的奇耻大辱，我得管管这件事！"他马上派检查队登船，追查肇事原因。

英方闻讯，也连忙通知停泊在万县的英国海军军舰前去予以阻止。英军登上"万流"后，强行解除了检查队的武装，其间又开枪射击，导致两名中国士兵受了重伤。

在英军的纵容下，肇事的"万流"离开万县，继续做它的生意去了。英国海军军舰则卸去炮衣，将炮口对准江岸，做射击状。

"万流"虽离开了万县，但跑得了和尚跑不了庙，杨森另将两艘名为"万通""万县"的英轮扣住，不准开动，同时向驻重庆的英国领事提出交涉，要求赔偿损失。

中英进行谈判，杨森亲自出面与英国领事谈，但双方连谈几天都谈不拢，英国人始终不肯做出赔偿。正在这时，杨森从袍哥那里得到情报，说有一艘名叫"嘉禾"的英轮被改漆颜色，加装机枪大炮，似有劫走被扣轮船的企图。杨森不信，连说："他敢！他敢！"话虽这么说，但他还是下令沿岸加强监视。

9月3日晚，英国武装轮船"嘉禾"真的驶来了万县，鬼鬼祟祟的样子，使袍哥提供的情报得到了验证。杨森一边迅速向被扣轮船调派军队，一边在沿岸构筑掩体，部署防守。

英国人在谈判桌上占不到便宜，表面虽仍宣称要和平解决，暗地里却在调兵遣将。5日，在两艘英舰的配合下，"嘉禾"实施强行劫船行动，突然朝"万通"猛冲了过来。

"嘉禾"上的英国海军陆战队在出击时机上经过精心策划，在他们展开行动时，"万通"上的中国军人正在吃午饭，待到发现英军企图，"嘉禾"已经逼近。随后，英军猛砍系轮缆绳，并用铁钩将被扣两船钩住，同时鸣枪警告，威逼中国军人撤离。

见中方坚不肯退，英军端起机枪便进行扫射，当场打死了两名中国士兵。"万通"舱内的中国军队忍无可忍，立即开枪还击，岸上的守军见状也冲上"万通"，两军合兵一处，向英军呐喊冲杀。

交战中，英军的一位副舰长被打死，陆战队士兵也被击毙多人。这种情况下，"嘉禾"本来应该撒腿就跑，但由于原计划中没有逃跑一项，准备不充分，加上部分英军士兵已经登上"万通"，需要重新接到"嘉禾"上来，所以导致其进退两难。

看到"嘉禾"陷入窘境，对其进行配合的另外两艘英舰忙一左一右冲上前来进行掩护。杨森得报，亲自赶到江岸指挥作战。他的侄子、手枪团团长杨汉印带领着水上敢死队，两人划一只小船，人手一把二十响驳壳枪，在两艘英舰的缝隙间穿梭来去，不停射击。英舰大而笨重，掉头不便，而且由于相互距离较近，还击很是困难，所以大部分时间都只能被动挨揍。

得不到充分掩护的"嘉禾"左躲右避，老是无法靠拢"万通"。"万通"上准备撤退的英国兵把脚一伸，没有跨上船，却失足落进了江里。江水湍急，加上江面上子弹横飞，有的英国兵掉下去后就淹死了。

宝刀携出征

尽管英国在列强中的排名早已下降很多，但日不落帝国的架子还在，尤其在亚洲，仍然是一副人五人六的样，哪里吃过这种亏。恼羞成怒之下，两艘英舰护卫着"嘉禾"退至江心，并悍然使用国际上禁用的燃烧弹对万县城内施以炮击。

川军虽然也有火炮，但跟新式洋炮相比，已经相当落伍，还击时很少能击中目标，只有"嘉禾"挨了两炮。

英舰只顾放炮放得欢，不留神一颗炮弹落进法国教堂，把钟楼给击毁了。这真是大水冲了龙王庙，法国人岂是好惹的。停在附近江面的法国军舰立马卸下炮衣，开过来对着英舰突突就是两炮，不偏不倚地正中英舰船尾。英舰被炸得冒出浓烟，在拉了一声长哨后，乘着黄昏往下游逃走了。

在当天的枪战中，英军遗尸十三具，这尚不包括淹毙和被打死在英轮甲板上的陆战队官兵。中国军队也伤亡了三十余人，一名军官小腿受伤，长统马靴被子弹打穿了好几个洞。

相比之下，万县民众的损失最大。在英军舰炮的攻击下，很多无辜老百姓被炸死炸伤，民居也被焚毁四百余家，这就是"万县惨案"。

1926年9月10日，杨森就"万县惨案"发出通电，在四川乃至全国掀起了对英示威游行的风潮。具体方略上，杨森向北洋政府请示，得到的答复是继续谈判。

因为在"万县惨案"中也死伤了许多官兵，英国外交部向北洋政府提出抗议，要求严惩肇事者。北洋政府推托自己管不了杨森，让英方直接和杨森进行谈判。英国人只好继续找杨森谈判，谈判桌上，他们扬言将加派驻宜昌的五艘军舰来川。杨森听后，立即决定在长江两岸设置炮兵阵地，并计划在三峡江面上布放水雷——欺负我没军舰是吧，试试我的火炮和水雷，看是不是吃素的！

布置完后，杨森当众表示："英人野蛮成性，竟然能干出炮击万县这样灭绝人道之事，幸好被我击退了。倘若再来川反扑，杨某誓当一个不留，将他们灭个干净，以雪国耻而惩强暴！"

万县的某些胆小士绅，害怕英军再度来攻，从而造成比"万县惨案"更大的损失，因此都跑来劝杨森对英人服软。杨森把眼睛一瞪："我死以后，你们再去讲和好了。"

英国人说要加派军舰，不过是谈判桌上讨价还价的把戏，见杨森动了真格的，甚至有要拼命的架势，反而撑不住了，他们要求与北洋政府直接谈判，以便尽快解决事端。

9月16日，北洋政府派代表与英方在军舰上举行谈判，最终英方同意赔偿中方损失并保证约束英舰。

协议达成，英方便想要回被扣船只及英军尸体，杨森却拖着不肯给，一定要英方先赔偿他的损失（即沉船部分）再说。

杨森粗中有细，协议上说的赔偿，是说互相赔偿，也就是英方须赔偿中方在"万县惨案"中的损失，但反过来，因为两艘英轮被扣，影响了它的生意，中方也得把这笔钱赔给英方。

这是一笔细账，需要花很长时间来算，可是中国政局向来比伦敦的天气变得都快，明天都不知道是谁当家，如何等得起。杨森很清楚，如果他现在不拿点过来，随着时间的推延，赔偿或许将不了了之（后来的事实证明果真如此）。

一直拖到年底，见杨森死活不肯让步，英方不得不暗中先把赔偿金付给杨森，这才得以领回被扣船只和尸体。

杨森这么干，似乎英国人应该对他切齿痛恨才对，可是恰恰相反，对方认为杨森是个勇敢的东方军人，对之又敬又畏。英国海军扬子江舰队司令推度少将一定要见见这个传说中的"杨森将军"，为谋一面，不惜请万县的洋牧师牵线，特地登门拜谒。甚至有一位英国高层军官因为仰慕杨森，还将他的一只狗取名为"杨森"（不要误会，中西文化不同，洋人给爱犬起人名绝不是糟践，而是为了表示尊敬）。

杨森曾给所属部队撰写十首军歌，其中一首为："男儿乘风破万里，最好沙场死。国辱未雪怎成名，宝刀携出征。"川中吕布其实可爱之处甚多，虽然他当时还不知道今后将会爆发一场惊天动地的御侮战役，但当意料之外的"国辱"不期而至时，仍然不假思索地抽出了宝刀。壮哉！

重新起步

杨森在万县拔刀起舞的时候，重庆的刘湘正一筹莫展。

偶像不是那么好学的，刘湘虽然成功地在世人面前塑造了宽厚能容的形象，但他由于许诺给别人的好处太多，相应给自己留下的面饼也就越来越薄、越来越小了。

为了对付袁祖铭，刘湘原有的地盘一分为三，在杨森、刘文辉拿走其中的两份后，他自己只剩下巴县、璧山和重庆，几乎已由大诸侯沦为小诸侯。因刘湘字甫澄，甫与虎谐音，时人便戏称他为"巴壁虎"或"巴子国王"。

刘湘属下军队有十一个师，地狭兵多，刘湘供养不起，只能考虑缩编，可是一个命令下去，谁也不予理睬。更有甚者，武将们也渐渐不把他当回事了，各师用人皆自作主张，要用钱了，事前不经请示，便自己向税务机关提款，完全把刘湘当成了一个傀儡或泥菩萨。

是人都有个性。刘湘再黏黏糊糊，也忍受不了如此对待，气得他甩手就走：不干了，你们爱怎么玩就怎么玩吧！

刘湘脾气温厚，导致他在的时候，众将看见他犹如看见空气一样，不觉得有多么重要，没想到他这一走，倒反而把分量体现出来了——除了刘湘，剩下来的人谁也撑持不了局面。

大家急忙四处寻找刘湘，后来发现他躲到重庆对岸的日本纱厂去了，而且说什么也不肯复出。部下们赶紧承诺，以后都听他的话，他说什么就是什么："军队全部交给你改编，用人用钱，完全听命！"

话说到这个份儿上，刘湘方才转怒为喜，从纱厂里走了出来。之后他把十一个师缩编为四个师，不能当师长的降为旅长或改任他职，经过一番调整，总算是缓解了危机。

只是他未来的道路依旧漫长。

当年刘备创业一直殊为艰难，但他感到最艰难的时期，恐怕还不是白手起家，而是寄身荆州，对着刘表长叹功业不建，乃至"潸然流涕"之际。那时候他已经看到了山峰，而且想要攀爬上去，然而已明显力不从心，其内心之痛苦与不甘完全可以体会得到。

刘备经常哭，他的哭往往被认为表演痕迹过重，不过可以相信，他在荆州流下的眼泪绝对饱含真情，甚少掺假。

假如刘湘还是个小兵，或者普通军官，他所要做的不过就是服从指挥，其他根本就不用操心。难的就是在他拥有了自己的势力，并且还生出了不甘雌伏、一匡天下的雄心之后。要知道有多少人在做着这同一个梦啊，结果却大多落得了身败名裂、铩羽而归的下场。

想那刘存厚离目标已经近在咫尺，谋士甚至连"隆中对"都给他端出来了，仍然功亏一篑，还被川人笑话成了"刘厚脸"。刘湘无疑比刘存厚更有资格接近历史上的皇叔，但谁又知道他到底能不能成功呢，在躲进纱厂的那一刻，盘旋在刘湘脑海里的，或许就只有现实的困扰和前途的渺茫了。

还是翻开那本经典的《三国演义》。就在刘备去荆州的这一章节里，故事又有了新的发展，只不过，命运对主人公的要求不是变得宽松，而是更为苛刻了——刘表听了老婆的话，连荆州都不让刘备待，用新野便把他给打发掉了。

新野仅是一座微不足道的小县城，而且还与曹操的疆界紧挨着，曹兵想过来的话一眨眼就能过来，你甚至可以把它说成是刘表的借刀杀人之计。刘湘的地盘当然比新野要大，然而也大得有限，由于被强邻们包围，同样存在着被外界一口吞噬的可能。

他们面对的处境都不是一般的艰难和危险，几乎就是绝境，但刘备事业腾飞的新起点恰恰就在新野，而刘湘也决心从"巴子国"重新起步，别人称他是"巴壁虎"，他不仅不认为是讽刺，还暗暗以"龙虎"自许，并誓言要"奋发图强"。

以后也不会再向你要钱了

像刘备曾经做过的那样，刘湘极力从四方招贤纳士。他派重庆卫戍司令兼铜圆局局长王陵基为代表，专赴北京，从北京各校招纳川籍学生回川效力。

王陵基出身行伍，并非搞金融的专才，让他担任铜圆局局长，实在是勉为其难。自上任之后，几乎是月月蚀本，一查账，已尽亏四十五万两纹银，眼看快亏到连家都要不认识了。

王陵基整天愁眉不展，唉声叹气："都说铜圆局是个肥缺，随便哪个人当局长都能发财，偏偏我当局长就赔钱，真不知道撞了哪门子霉星。"

有个回川效力的北大学生实在看不下去，便向王陵基推荐了自己的同学刘航琛，说他是读经济的，现正在县中学当校长，能否叫来一试。

一个年纪不大的白面书生，能有多大本事？王陵基半信半疑，正好他在重庆还办有一家报纸，也是月月亏本，负债已达四万五千元，快要揭不开锅了，于是便安排刘航琛先去接管报社，准备看看效果再说。

刘航琛来了之后问王陵基："假如我接管报社，你对我有什么要求？"王陵基一挥手："只有一个要求，以后别再跟我要钱了。"

几天之后，刘航琛拿了一张四万五千元的银票交给王陵基，说："报社欠你的账从此一笔勾销，以后也不会再向你要钱了。"

如其所言，报社很快走上了盈利的轨道，而且真的没有再向王陵基要一个子。王陵基大出意料之外，一了解，包括刘航琛交给他的银票在内，所有收入都是报社从正常渠道经营所得。

见年轻人居然如此能干，王陵基又惊又喜，抱着死马当活马医的想法，他当即任命刘航琛为铜圆局事务所所长，代他整顿铜圆局。

刘航琛籍贯四川泸县。泸县以生产大曲酒闻名，刘航琛的祖父一手创立了泸县曲酒业著名店铺"爱人堂"，所以刘家称得上是经商世家。对于从小就生活在商业氛围中的刘航琛而言，经营报社确实只不过是牛刀小试而已。

刘航琛从小就聪明伶俐，读书也很用功。就读北大经济系期间，正值五四运动兴起，身边大多数同学都争先恐后地上街游行，只有刘航琛坐在课堂里做功课，别人怂恿上街，他说了一句"何必多事"，又继续埋着头看他的书。

刘航琛的性格，注定难以叱咤风云，但也只有这样的人，才有可能成为术业有专攻的实用型人才。临近毕业时，他交出的毕业论文旁征博引，洋洋洒洒，以至于批阅论文的系主任都不知道论据究竟引自哪本经济学专著，对刘航琛称赞不已。

刘航琛从北大毕业后有着很多不错的选择，但唯一不能选的是仕途，因为刘航琛的祖父定有家规，不许子孙做官。在这位老人看来，做官的人奴颜婢膝，俯仰由人，活得也并不见得有多开心，倒不如有钱在手，不做官也可以一生享福。刘航琛恪守祖训，选择了回乡从教，为此曾多次拒绝地方军头的入幕邀请。

在此期间，有一件事深深地刺激了刘航琛。他祖父在经营本地曲酒时，发现天津生产的玫瑰露酒很畅销，就自己买了一套蒸馏器，用以钻研出蒸馏技术，从而制成了品质超过天津露酒的"百花露酒"。当时四川酒大多用瓦罐盛装，只有刘家别具一格地改用玻璃瓶装酒，这一大胆创新使得百花露酒一举成名，其销量和口碑仅次于拥有三百年历史的第一曲酒品牌"温永盛"。

烟酒都要缴税，重庆的烟酒税征收局长是个糊涂蛋，他将玻璃瓶装酒一律视为洋酒，全都要课以重税，百花露酒也在此列。刘航琛到重庆进行申诉，在递给局长的申诉书中，他写道："钧座所订章程，不问酒之洋不洋，只问瓶之玻不玻，假如钧座穿西装，着革履，遂谓之洋人，可乎？"

局长读后大发雷霆，立即下令查封"爱人堂"重庆分号，并且还要逮捕刘航琛。

刘航琛迫不得已，四处托人说情送礼，一场风波方告平息。这件事对刘航琛打击很大，让他深感在中国这样的社会里，光教书而不入仕，极可能一事无成。

受命整顿铜圆局，让刘航琛得到了入仕的机会，也终于使他得以进一步展示自己的才华和智慧。

你是要我帮忙还是帮办

清末民初，通用货币都是银圆或铜圆。由于连年征战，四川铜圆的铸造量达到了一个惊人的地步，据说每年都出产亿枚以上。川中铜矿再多，也经不起如此消耗，重庆铜圆局困顿的一个重要原因就是，要铸铜圆没材料，有了材料，好不容易铸出一点，投放市场后又获利微薄，还不如不铸。

四川没铜了，刘航琛就去上海买。当时市面上流行"二百文"面值大铜圆，他便将一枚大铜圆改铸成五枚小铜圆，面值仍为"二百文"，取名"新二百文"。买铜的钱款不需铜圆局掏一个子，全是刘航琛让知名钱庄垫的资，"新二百文"铸出后，铜圆局也不直接经营，而是让该钱庄负责包销。

"新二百文"很快打开了市场。货币有它自身的价值规律，一开始，由于"新二百文"分量减轻，"老二百文"相对就值钱，人们需要用钢刀将"老二百文"

切割成两片或四片使用，但这样以后钱币变得既难看又不易携带，久而久之，"新二百文"成为主流，不仅川人乐用，还流行于西南各省。

刘航琛给铜圆局带来了翻天覆地的变化。在他履职的第一年，铜圆局便扭亏为盈，不仅弥补了所有亏空，而且还净赚纹银九万多两，把个王陵基乐得连嘴都合不拢了。

王陵基赚到了钱，便把刘航琛举荐给刘湘。刘湘也正为此头疼，他的财务主管连换两任，都搞不下去，财政方面已负债达八九百万元，一时拮据到什么事都办不了，倒并不是经办的人滥竽充数。两个被迫离职的财务主管，一个随刘湘理财多年，另外一个是张澜所荐，也一向以理财见长。他们之所以束手无策，实在是因为当地的经济太差了。整个"巴子国"内，也就重庆作为四川当时唯一的通商巨埠，经济状况稍好一些，但由于受战争拖累，也已经很不景气了。

一见到刘航琛，刘湘就开门见山地对他说："我请你来，不是喊你来做官，是要你和我共事业。"

"共什么事业？"

"统一四川！"

刘航琛提了个问题："你是要我帮忙还是帮办？"

刘湘来了兴趣，"帮忙如何，帮办又怎样？"

刘航琛说，如果是帮忙，一切还是你自己做主，你叫我怎么办，我就怎么办，但要叫我帮办，那就是我认为应该怎么办就怎么办。

刘湘让他放心："肯定是帮办。能够替我盖章的人很多，我又何必来找你。"

刘航琛："那么，我想问一问，甫公（刘湘字甫澄）在财政上能给我多大权？"

刘湘笑了："我也想反问一下，让你办财政，我有哪些权，你有哪些权？"

刘航琛："甫公有两个权，第一，如果我舞弊，甫公对我有枪毙权。第二，如果我不称职，甫公有随时罢免我的权。除此之外，财政上的所有权都是我的。"

刘湘沉吟片刻，说："可以！"

刘航琛走马上任，得到财政大权后，首先朝收税机构开刀。"巴子国"虽小，各种各样的捐税机构却多如牛毛，机构负责人大多是师旅长们安插进来的关系户，把玻璃瓶装酒当洋酒这样的事屡见不鲜，导致在机构开支庞大的同时，效率反而奇低。刘航琛为此成立了重庆税捐总局，并从刘湘手里请来尚方宝剑，将富余机构和人员全部砍掉，实行"苛而不扰"，一方面减少了纳税人员来回奔波的麻烦，另一方面也节省出了一笔相当可观的费用。

比节流更重要的当然还是开源。经过反复研究和比较，刘航琛决定效仿当时的南京政府，通过发行库券公债，来实行"以债还债，以债养债"。

起初公债发行并不顺利。重庆证券交易所开业后，持有者把债券当成烫手山芋，竞相出售，结果导致卖出的人多，买进的人少，被刘航琛寄以厚望的新兴行业几乎成了有卖无买的单面生意。

见势不对，刘航琛赶紧说服金融界中的银行和钱庄进行认购。可是银行钱庄的胆子也不见得比一般证券持有人更大，川中连年混战，谁也不知道刘湘能挺到什么时候，万一不小心被人家给并掉了，这债券岂不等同于废纸？就算有人肯认，起码也得打不小折扣吧！

大多数人都不敢动，勉强认购一些的，也不过是看了刘航琛的面子，狠狠心，赌刘湘下次打仗能赢而已。

面对债券滞销的不利局面，即便是刘航琛这样的理财高手，也急得直抓自己头发，不过抓着抓着，一个灵感突然被他抓了出来。

神仙下凡

有个流传很广的故事，乾隆皇帝下江南，路过镇江金山寺，看到长江上船只来来往往，热闹非凡，他就问寺中高僧，江上一天大概要过多少条船。

高僧回答："只有两条船。"

乾隆甚为不解：你就算扳着指头数不过来，也不至于告诉我这个答案吧。

高僧之所以为高僧，确非普通人可比，他的解释令乾隆也有醍醐灌顶之感："我看到的就两条，一条为名，一条为利，整个长江上来来往往的无非是这两条船而已。"

名利，名利，其实名最终也是为利。两千多年前的司马迁早就在《史记》中总结了："天下熙熙皆为利来，天下攘攘皆为利往。"可不，大伙儿整天忙忙碌碌，要死要活，还不都是奔着一个利字去的，尤其是做生意的人，绕来绕去更是离不开利。

刘航琛想通了，要想使债券畅销，费再多口舌都是没用的，只有以利诱人才是解决问题的根本。他决定把债券打到七折甚至是六折，同时大幅提高利息，有的高达月息一分二厘。这些债券一面市，刘航琛即让刘湘所属的自有银行和钱庄带头认购，给外界造成的印象就是再不买，马上就会脱销了。

商家们果然都红了眼，纷纷上前抢购，证券所连发几次债券皆抛售一空，自此，债券的路算是走出来了。

刘航琛发行债券是为了应急，化远期款为现款。他是学经济的，懂得实业才是根本，否则就会摧毁信用基础。

民初的军头们大多把商人视为唐僧肉，割一块就走，全不管对方死活，刘航琛不是这样，他不对商人进行强行勒索和敲诈，而是看准机会，自己进行投资。他投资的范围和领域非常之广，几乎可以说是无孔不入，因为到处"搭架子，打楔子"，有人将他比作四川工商界的木匠。

刘航琛在商海纵横驰骋二三十年，但向来只以同业（即同行）面目参与竞争，从不倚仗红顶商人的官势压人。更为难得可贵的是，他能够做到公私分明，该自己的钱拿，不该自己的钱如数交账。他在外面为刘湘做采购，曾经得到二十万佣金，回到重庆后如数交给刘湘，坚决不入私囊。

在刘航琛这个财神爷的辅助下，刘湘晚上终于可以抱着金娃娃安心睡觉了，他也终于有勇气回味一千多年前飘荡在新野大地上的那首民谣："新野牧，刘皇叔；自到此，民丰足！"

三顾茅庐是《三国演义》"新野篇"里的关键情节，因为刘备三顾茅庐，请出了孔明诸葛亮，他的事业也才有了革命性的飞跃。自从有了刘航琛之后，刘湘自觉要缺，也就缺一个神机妙算、能够安邦定国的活诸葛了，毕竟刘航琛只能在经济领域如鱼得水，军事政治上帮不了他什么忙。

刘从云的名字早就传进了刘湘的耳朵。此人不仅是神人，还是远近闻名的"神仙"。据说他上通天文，下谙地理，袖藏乾坤八卦，能知过去未来，那真是才如诸葛，智赛刘基。还有人绘声绘色地说，刘从云其实就是天上的神仙下凡，之所以暂隐凡间，为的是等候真命天子礼聘他做军师，以便襄助对方一统天下。

说句老实话，当初从速成学堂毕业，几乎没有人能料到刘湘有今天这样的成就，可那个算命不要钱的王篾匠就是预言他前程远大，怎么样，真的应验了。

前程远大跟真命天子能不能画等号，刘湘急盼着再找一个人来算一算。既然刘神仙也在寻找真命天子，岂不正好？他于是写了一封信给刘从云，邀请他来重庆作客。

写完了信，刘湘有没有做好三顾茅庐的准备，外界无从知晓，人们知晓的只是刘从云接信后马上屁颠屁颠地跑来了。

演义毕竟是演义，在现实生活中，大吏委屈自己，礼聘贤才的情景差不多早就绝迹了。这一点，连"神仙"都清楚，所谓过了这村就没了那店，还是主动点好。

一见到刘湘，刘从云就失声大呼："我今天遇到真命天子了！我要做军师，辅佐督办，平定天下，统一中国。"接着，他还唾沫横飞地点评道："督办的相貌，隆准凤目，实乃帝王之姿。"

相完了面，刘从云又论起风水，说刘湘的祖坟怎样怎样，不得了啊，后代一定会出皇帝。

教主

关于刘家祖坟，中间还有过一段曲折的过程。最早在为父母挑选坟茔时，刘湘曾特地请教一位阴阳先生，那人说，大邑鹤鸣山是张道陵、张三丰两位天师得道成仙的圣境宝地，若将坟茔建在鹤鸣山，必能福荫子孙。

刘湘依言而行，可是不久他的一个孩子就夭折了。刘湘夫妇十分悲痛，另一位阴阳先生便为他分析道："鹤鸣山是道教仙山，张天师的领地，能随便动土吗？公子夭折，实乃天师之罚也。赶快搬吧，不搬还不知道会有多大祸事呢。"

刘湘深以为然，就让这位阴阳先生替他另觅好地，最后选来选去，决定迁葬于响台山。以传统风水学的观点来看，响台山确实是个好地方，特别是每当晴天傍晚，峡口便与八面来风互相振荡回应，宛如锣鼓齐鸣之仙乐。

刘湘对将响台山作为坟茔所在地一直感到比较满意，刘从云所说可谓是搔到了他的痒穴。不过更令他感到吃惊的是，刘从云特地向他申明，自己从未去过大邑。

你没去过，如何知道得这么清楚？刘从云说，他有慧眼，足不出户，不管千里万里，一律可以尽收眼底。

刘湘对刘从云佩服之至，当下就拜于刘从云门下，尊其为老师，并聘任刘从云为督署高等顾问。

诸葛亮打动刘备，还需要隆中对，刘从云仅凭一双所谓的"慧眼"就搞定了一切，成了刘湘身边的高级幕僚。

世人熟知的诸葛孔明向有两副面孔，一副面孔是正史传记中鞠躬尽瘁死而后已的政治家，另一副面孔是民间演义里呼风唤雨撒豆成兵的超人，刘从云所扮演的诸葛孔明大致就属于后者。

刘从云早年是个算命先生，靠摆八字摊头，给人算命拆字为生，邪门歪道的东西知道不少。在这方面，他比纯属业余玩票性质的王篾匠可要专业多了。入幕不久，刘湘家就发生变故，刘湘的弟弟患重病死了。刘湘赶紧找来刘从云，刘从云掐着指头给算了一卦，然后很肯定地说："看来可能是老太爷、老太娘的阴宅出了问题。"

刚刚夸说祖坟好，祖坟就又不行了，刘湘着实有些不信，可是刘从云既如此说，还是一道回老家看看吧。

到了响台山，刘湘简直就要给刘从云来个倒头下拜了。刘从云不是神，而是太神了：响台山原有的"仙乐"竟已不复存在，试问这风水还能好得了吗？

问当地百姓，原来是近年来响台山挖土烧砖，环境被破坏了。

　　只能再次迁坟，此番刘从云亲自操刀，半年后，他在江油县找到一块所谓的风水宝地，随后正经八百地告诉刘湘："拥有这块阴宅，日后钧座必有九五之尊。"

　　说来也怪，此后刘湘的事业和运气真的腾腾地往上直蹿，想慢都慢不下来了。

　　有史学家考证，刘备三顾茅庐并不仅仅是求贤若渴。事实上，诸葛亮也并非布衣百姓，他与荆州士族豪强有着千丝万缕的联系，当时的刘备还是个外地人，正需要削尖脑袋挤入本地圈子。

　　与刘备类似，刘湘选定刘从云做自己的高级幕僚，也不绝仅仅因为刘从云能掐会算。

　　如果你把刘从云看成了一个单纯的算命先生或者风水师，那你就太小瞧他了。对刘从云来说，相个面，看个风水，已经属于业余兴趣，他的主业是当教主。

　　早年间，刘从云倒是只以算命为生，但从事这行当的人太多了，你抢我夺的结果，让生意和利润都变得越来越薄，渐渐地连糊口都变得极为困难。还好，老天爷饿不死瞎家雀，不幸中的万幸，刘从云在无意中发现了另外一条致富捷径。

　　四川有一种创自于清末的教派，名唤"孔孟道"，又称"一贯先天大道"。刘从云加入了此道，后来又由骨干迅速跃升为该教派的执掌人。当时孔孟道的信徒已蔓延至四川许多地方，尤其偏僻农村信奉的人更多，原因也很简单——农村人见识不广，比较好骗！

　　刘从云不管走到哪里，逢人便宣传说"浩劫就要临头，眼看桑田将变成沧海"。这种类似于世界末日的预言向来最能引起人们的恐慌，也最易蛊惑人心，那几年又正好是四川特别混乱、民不聊生的时期，两相一对照，真的好像末日要来了。

　　你想逃避浩劫吗？想啊，谁不想。好，那就信仰孔孟道吧。

　　最兴旺的时候，刘从云拥有信徒达到上万，他在本地区的关系网以及蛊惑煽动能力可见一斑，而刘湘看中的也正是这一点。

互相耍

早在躲进日本纱厂的时候，刘湘就想明白了，他手下的这些武将都是一群乱哄哄的无脑之辈，除了升官发财、随风使舵外，其他什么都不懂，什么也不关心。需要你的时候，把你当速成系领袖，不需要的时候，也同样可以弃之如敝履。

重新视事之后，刘湘开始轮流到各师督促训练，一方面提高军队战斗力，另一方面保证自己能切实掌握部队，以免再次沦为傀儡，但对于究竟怎样才能把武将们真正控制在自己手里，他仍找不到特别有效的办法。

有了刘从云，一切迎刃而解。刘湘除了自己入教外，传话下去，要求大小军官一律须拜刘从云为师，并定期听刘从云传道授业。

开始总会有人不服，但刘湘和刘从云自有办法让他服。这边刘湘下班回家吃饭，那边刘从云就告诉众人，说刘湘的桌上有哪几样菜，他吃饭时说了哪些重要的话。有人半信半疑，一问刘湘，千真万确，没半点差池。

为什么刘从云能未卜先知？当然是因为他有着一双慧眼。在无处不在的慧眼覆盖之下，连刘湘都没了隐私，其他人还能不揣着小心吗？

假使你仍旧不当一回事，下面尚有更狠更辣的。

某天，刘从云在刘湘面前演示八卦，其间他掐指一算，脸色忽然阴沉下来。刘湘忙问究竟，刘从云说，有个连开到刘文辉防区的边境去了。

诸侯有如列国，防区的边境线就相当于各自的"国境线"。跑到"别国"的"国境线"，这个连很明显就是要酝酿"叛国"了，刘湘的脸也随之阴沉下来，他立即派部队予以追回，并将连长予以枪决。

处决令下，三军为之震动：这刘神仙也忒牛了，既能透视，又能卜卦，就算是孙悟空，也跳不出他的手掌心啊！

官兵们都被蒙蔽了。与其说刘从云是在使神术，不如说他在变魔术更好。什么叫魔术？当然全是假的！

刘从云要"透视"刘湘，简直太容易了，两人搭档，刘湘按照事先商量好的去做就是。至于那个被处决的连长，讲穿了就是个屈死鬼。之前刘从云对他说："我给你算了一卦，某天你会有杀身之祸，必须将部队开到某处暂避两天。"连长颇为难，说没有督办命令，我哪能擅自移动呢。

刘从云说用不着："以后进行野外作战，经常需要宿营在外，现在就开始训练，有什么不可以的？"连长还是有些迟疑："可那边不是敌军防区吗？"刘从云进一步点拨道："你用不着深入嘛，就在边境上停住不动，待上一天就开回来。"说完又拍了胸脯："不要怕，有我呢，我给你做证明。"

连长傻乎乎地就真把部队带去了边境，根本没想到自己会因此人头落地。

诱骗和枪决连长的节目同样需要一拍一档，而它的创意却来自三国时的孟德公：曹营作战时粮食不足，曹操密令粮官用小斛替代大斛，克扣士兵口粮，最后却以贪污罪把粮官给杀了，这就叫借人头买人心！

刘从云在重庆声势日隆，凡要到刘湘营中做军官的，开门第一件事就是拜其为师。刘从云为此专门在重庆设馆传道，他的信徒除刘湘外，还包括王陵基、王缵绪等大小军官，共凑成一百零八人，称作一百单八将，此为"以神治军"。

从政才是我的内核

按照真实历史，诸葛亮走出茅庐时才二十多岁，一个看上去乳臭未干的小伙子，难怪关羽张飞要为难他了。刘从云最大的缺陷也是年轻，不过不是年龄大小上的年轻，而是他在政治舞台上看起来还太嫩。

有人为刘湘叫屈，说刘湘这么聪明的一个人，怎么会被刘神仙耍呢？立即有人纠正："不是神仙耍刘湘，是刘湘耍神仙。"旁观者笑了："你们都错了，他们是互相耍，刘湘耍神仙，神仙耍刘湘。"

"耍"当然是很刻薄的用辞，你要搬到三国，能不能说刘备在耍诸葛亮，诸葛亮也在耍刘备？或许换成借用就比较好理解了。刘备要建立功业，就得借用诸葛亮的聪明才智和社会关系，同样地，诸葛亮若不依靠刘备为主公，也只会在南阳沉寂一辈子，他那自比管仲、乐毅的志向又怎么可能实现呢？

就像刘湘最初只想当个普通军官一样，刘从云在刚刚转行传道的时候，也不过就是想发个财致个富而已。他的这个人生目标实现得最快，按照规定，入道信徒每人都要向他呈送见面礼，或曰"舆马费"，多少倒不拘，反正有钱的多给，没钱的少给。积少成多，刘从云这个昔日落魄的算命瞎子，很快就摇身一变成了阔佬。

美国心理学家马斯洛说过，人的需求是分层次的，吃饱喝足只是最低层次的需要，这个需求满足后，一层层往上去的平台还多得很。刘从云吃饱喝足致了富，又有这么多信徒对他顶礼膜拜，自我感觉一直在向"超凡"的方向发展，如果没有更高点的个人追求，那就奇了怪了。

在入幕之前，刘从云就时常对他的信徒们说："我道是孔子的先天大道，自然也要按照孔子的教训去做，先修身，后齐家，最后要治国平天下。"见到刘湘时，他那一声失态的大呼，并非完全做作，他是真的认为从此有机会"治国平天下"了。

贴身弟子们对刘从云的心理摸得很透，他们积极制造舆论，说："因为刘备在三国时没有能统一全国，所以留下遗恨。这次玉皇大帝派从云老师（指刘从云）下凡，就是要做大事，保卫汉室江山。"

刘从云自己也毫不掩饰："当此中原逐鹿，乱世出英雄的时候，挽狂澜于既倒，作中流之砥柱，舍我其谁！"

人人都以为刘从云只知道装神弄鬼，却很少有人知道他更热衷的其实早已不是关在屋子里装神弄鬼，而是如何在国内的政治圈内一展拳脚——注意，神仙不过是我的外衣，从政才是我的内核！

事实上，刘从云的"神仙"外衣直接帮助他走上了政坛。刘从云的信徒，除大多数为基层农民外，也有一些是地方上的士绅和袍哥，刘从云从中挑选出一些能说会道、善于交际的人，并且逐个给他们大灌迷魂汤，说你的根基很好，是前代某某（历史或小说演义中的出名人物）转世，今后前程远大，定能安邦治国。

洗脑之后，刘从云便以这些信徒为骨干，派他们到处活动，在中上层社会进行宣传和拉拢。为什么刘湘早早就知道刘从云的名字？还不是宣传的结果。

渐渐地，加入孔孟道的川军将领扩展到了"巴子国"以外。这些人有的是被刘从云派出的骨干拉拢，抱着姑且一试的目的，有的是通过刘湘介绍，想跟刘湘攀个关系，以寻求保护，有的干脆就是受周围其他人的影响，看他们都加入了，觉得自己也应该加入。

这些将领都还只是一些小诸侯，但作为开头，这已经足够。刘从云又在成都、万县分别设馆，以容纳各方面的上层人物，事后他告诉自己的弟子："从此英雄入彀了。"

就在一切都操持得红红火火的时候，刘从云突然离开重庆，前往武汉。他留给信徒及外界的说法，是重庆和成都道馆的"灵根"没有调好，作为教主，他必须四处云游去"调"一下。

实际原因当然不会如此简单。这一年是 1927 年，国内政局变化极其剧烈，先是北伐军在长江流域打垮了吴佩孚，接着出现"宁汉分裂"，蒋介石在南京，汪精卫在武汉，两个南方产的国民政府一母同胞，却相互对峙。

南北谁胜谁负，基本已有定论，起码长江流域这一块是没有一点疑问了。川中诸侯不论大小，全都是转舵行家，一夜之间便全"咸与维新"，宣称服从国民政府，并受编成为国民革命军，其中刘湘反应最快，在加入国民党后，第一个就职为第二十一军军长，其他有点实力的诸侯也都有样学样，相继当上了革命军军长。

如果说这一点比较好解决，下面就比较难了。

刘存厚的谋士吴莲炬在"隆中对"中，曾提出一个外拥中央、内固实力的策略。问题就在于你现在到底拥谁为中央呢，是南京还是武汉？

最稳妥的办法是等等看，事实上，大家也都在等，就等南京和武汉决出胜负。可是稳妥有时也意味着落后，一旦人家那边尘埃落定，封王拜侯可就没你的份儿了。

要做大事就得冒点风险。刘湘像受编时一样，又是首先行动，暗中将赌注全部押给了蒋介石。

把部下全当恶人养

蒋介石那时对四川心有余而力不足，有刘湘这样的川中实力派主动投靠，当然没理由不高兴，因为这就意味着他起码可以通过刘湘"以川制川"了。

为了方便联系，蒋介石专门在上海买了一部短波无线电机送给刘湘。据说当时这种短波无线电机一共才三部，另外两部，蒋介石自用一部，一部给了白崇禧。

刘湘除与蒋介石直接通电外，还派代表专驻上海，应该说南京那边已经没什么问题了，他所顾虑的是武汉。刘从云去武汉，一方面是窥测各方动静，另一方面也是为了便于从外部总览四川局势。

按照《三国演义》的描述，当诸葛亮还未出现时，刘备总是表现得多灾多难，危机四伏。这几乎让每个读者都要为他揪一把心捏一把汗，但自从诸葛亮出山之后，大家就变得安心多了，已经大可以用一种吃着爆米花的心情来看闲书了。

只要诸葛亮在，就可以百战百胜，即便他不在，不还给刘备留下了锦囊妙计吗？刘从云去武汉之前，也给刘湘留下了一个"锦囊"，让他在碰到困难时务必如此如此。

话分两头，各表一枝。正当刘湘在重庆做他的"新野事业"时，万县的杨森也没闲着，而且同样碰到了如何团结内部这一棘手问题。

杨森可来不了刘湘那种哭哭涕涕、欲说还休的样子，他也决不会装成戏剧里受了委屈的小生，一个人跑到角落里去跟部下将领们躲猫猫，当然更没有刘湘搞"以神治军"的心眼儿，他只会下狠劲硬压，采用的是所谓"强干弱枝"政策。

杨森从各个师里抽调机炮重火力，成立机炮部队，又每师抽调一个主力步兵团，编成执法大队。这些部队全都由杨森直接掌握，看谁不顺眼，马上就给以颜色。

杨森得劲了，各师却无不被抽到骨软筋酥。师旅长们叫苦不迭，有人忍不住发牢骚："集中机炮，等于脱马褂，成立执法队，等于脱长衫。昨天脱马褂，明天脱长衫，后天是不是要连裤子都剥光呢，这让我们如何见人？"

为了让众人消停下来，杨森创造了一套新理论，说："养恶人如养鹰，饥之则附，饱则飞扬。"他把部下全当恶人养，给的薪资极低，使他们时时处于一种半饥半饱状态。有人发牢骚或不满意，杨森就随手新人换旧人，完全不顾任何情面。比如他觉得某师长不听话，就将其撤职，提拔某旅长接替，觉得某旅长不听话，再撤掉某旅长，升某团长为旅长。

以为能够压得住，没想到军官们反而吵得更凶了。一计不成，杨森再生一计，叫作"杀鸡给猴看"。他以阴谋叛变的罪名，派执法大队把师长杨春芳抓起来，要处以极刑。

杨森部队里很多出身袍哥的军官，杨春芳、范绍增均为此类。见杨春芳可能要人头落地，范绍增等人一方面物伤其类，另一方面出于江湖义气，纷纷站出来为其求请，说杨春芳半辈子刀口舔血，欠下的人命债委实太多，死是应该的，但是人人都可以杀他，唯独你杨森不能。为什么呢？"因为他两次投奔惠公（指杨森），口口声声称你为叔父，并无半点要叛变的迹象，再说他打仗又向来卖力，多次充当开路先锋。这样的人，你杀之不仅不仁，而且不义，以后如何统率诸将？"

杨森心中有鬼，被说得无言以对，沉默许久方答道："你们请回，容我再研究。"

范绍增等人以为妥了，遂放心离去，谁知杨森半夜里便下令执法大队将杨春芳给枪决了。第二天听到消息后，大家不由面面相觑，脸色发白，自此人人自危，平时若没有大批警卫跟随，都不敢随便走出营房。

杨森认定已经把一众猴子都给吓住了，还直得意呢，但因为范绍增的实力较强，防区又在万县之侧，所以他对之仍不放心，于是便借故把范绍增召来万县进行测试。他打算好了，如果测下来发现范绍增有反心，就当场扣在万县，甚至像杨春芳那样杀掉，若无反心，则先卸其兵权，然后慢慢图之。

双黄蛋

范绍增应召来到万县，已经走到杨森的办公室门口了，杨森却故意不叫他进门，也不理睬，生生地将他晾在门口达两个小时。

晾完之后，杨森忽然破口大骂："如此扯风（四川话，大致意思与扯淡接近），我决心不干军长了，下台！"

这话当然是说给范绍增听的。范绍增绰号"范哈儿"（哈在四川话中是傻的意思），但他表面憨傻，为人却机警异常，江湖经验十分丰富，当下便也装作生气的样子发起火来："人家说我反抗军长（指杨森），真正岂有此理！军长就像父亲一样，师长就像儿子一样，哪有当儿子的去反抗老子的。"

一番话完全出乎杨森的意料，但又恰恰搔到了他的痒处，两个字：舒服。

杨森转嗔为喜，走出办公室对范绍增说："你的枪太旧了，给你换新的。"这其实是要卸范绍增兵权，范绍增很清楚杨森的意图，立刻同意"换枪"，并且故作镇静地问杨森："什么时候换？都等不及了。要不我明天就把枪统统交来。"

杨森真以为范绍增是个傻子了，也就不再派人紧盯监视。第二天，范绍增说要出城打猎，一溜烟地跑回了自己的防区，随即便和其他不满于杨森的师长进行联络，加上主动入伙的赖心辉，他们组织"倒杨军"，发起"四部倒杨"。

"四部"相约造反，还觉得气势不够大，又请刘湘做主，要求再给个"倒杨"的正式名义。

卧榻之侧岂容他人酣睡，刘湘"倒杨"的心比"四部"还来得迫切和彻底，只是他的行事风格向来极其小心谨慎，成功概率不超过百分之五十的事，基本不予考虑，更不可能贸然出兵。现在有"四部"主动去捅马蜂窝，就要省事多了，他所要做的，也就是给杨森安个罪名而已。

罪名很快就想到了：杨森的政治路线有问题，在北伐胜利在望之际，他竟然还继续包庇和窝藏北洋余孽、老主子吴佩孚！

杨森一向换主子换得最勤，要不怎么叫"川中吕布"呢？可偏偏这次他换得有些不干不脆，原因是吴佩孚在被北伐军击败之前，曾封杨森为四川省长，他舍不得丢掉这个职位，随即便想到吴佩孚没准还能东山再起，到时再紧跟可就难了。

如何才可以鱼与熊掌兼得？杨森的办法是脚踏两只船，他一边通过改换旗帜，得到了国民革命军第二十军军长的职务，一边与吴佩孚暗通款曲，甚至迎吴入川。

有勇无谋的人要小聪明，通常都会演砸，杨森的这点心思更是只有白痴偶像剧水平，别人哪里会看不出来。刘湘紧紧抓住他的这一破绽，再经过添油加醋和夸大事实，到蒋介石面前狠狠地告了他一状。

蒋介石下令将杨森予以免职，另任他人。事到临头，杨森又不舍得把"革命军军长"让出来，反正你撤你的，他厚着脸皮照当他的。新任命的第二十军军长郭汝栋拿着蒋介石的任命状早已急不可待，他也不管三七二十一，先就职了再说。

这边不肯摘帽子，那边已经戴上了帽子，自当年刘存厚、熊克武的"双督军"之后，四川再出双黄蛋奇观，出现了两个"第二十军军长"。

刘湘在结结实实地暗算了杨森一把后，便以当家人自居，给范绍增等人封官加爵，鼓动他们拿着"天子令"尽快兴师万县。杨森先丢了官，再遭"四部"围攻，自然是又气又急，这时刘湘还不忘在对方伤口上撒盐，撺掇当年的"内鬼"王缵绪出面，发通电劝杨森下野。

王缵绪在通电中用词极其尖酸刻薄，他讽刺杨森，说你不是号称猛勇吗，一味扬言要以力服人，现在怎么样，一挫再挫，逊到不行，眼看就要沦为难穿鲁缟的强弩之末了吧？他还说，如果杨森愿意下野，"放下屠刀，立地成佛"，他王缵绪就情愿生生世世做小沙弥，一心一意地服侍杨森这个佛主。

看到这份通电，杨森气到倒仰。刘湘和王缵绪的本意是要展开攻心战，羞辱和刺激一下杨森，顺便给攻向万县的"四部"打打气，但最后起到的却是反作用——杨森真的被激怒了，不过他不是"放下屠刀"，而是舞着刀就冲了过来。

说过了，杨森是勇战派的，一勇起来，千军难敌。

"倒杨军"看似声势浩大，咋咋呼呼，然而表壮不如里壮，转眼之间就被杨森打得首尾不能相顾，最后以分崩离析告终。

赖心辉有一个主力师师长，是杨森的速成军校同学，以前就曾被杨森俘虏过一次，此番再次上演"二进宫"。杨森打趣他："老同学，你咋个又来啰？"

此人不羞不臊，坦然作答："因为你上一次招待我很丰盛，迄今尚念念不忘，所以这次又来搅扰你了。老同学，我们不是梁山泊的兄弟，越打越亲吗？"

锦囊

杨森大获全胜，俨然已是一览众山小的派头，连刘湘也畏其三分，怕他乘胜攻进重庆，连忙一边调兵设防，一边派代表与杨森洽谈合作。

刘杨合作多次，可没有哪一次最后能够合作成功。这是因为他们之间根本不存在合作基础：刘湘要当帅，以杨森为将，然而杨森哪里愿意，他还恨不得反过来让刘湘做他的跟班小弟呢！

所谓合作纯属南辕北辙，完全谈不拢，不过杨森刚刚经历一场大战，急待喘息，也并不想打，所以尽管两人合作未成，但总算又可以相安无事了。

趁着前方太平，刘湘想到要把自己被扣留的一批军火给要回来。

重庆没有兵工厂，刘湘开设了一家武器修理所，其功能仅限于修理一下破枪，武器还得到国外购买。有刘航琛理财，刘湘不愁没有钱，愁的是没有人肯卖武器给他。由于中国连年内战，国际社会早已发布禁令，禁止军火贩华，步枪、机关枪一律不准运进来，并由英国海军负责监视。

当然了，不管洋人的规则定得有多严，篱笆扎得有多紧，终究还是有空子可钻。你不是说不能卖军火吗，那卖给我警察用品怎么样？

警察用品也是枪，不过是短枪。英国海军上船查货，验证到底是不是军火，其实就看枪身长短，长的是军人装备，短的是警察的防身之物。

手提机关枪（实际就是早期的冲锋枪）枪身很短，中国人就把它称作"警察用品"。照章办事的英国人不知其中猫腻，挥挥手就放过去了。

即便购买"警察用品"，也得持有进口护照。先前刘湘曾通过与蒋介石的关系，弄到了进口护照，但却被刘从云迎头泼来一盆冷水。

刘从云不是说不要买军火，而是说时机不合适。军火这东西，大家都眼睛一眨不眨地紧盯着。刘湘是从蒋介石那里拿到了护照，但依刘从云看来，蒋介石的地位还不够巩固，难保这批军火的安全。

　　彼时刘湘与刘从云的关系还处于初级阶段，如果说算卦占卜传道，自然是刘从云专业，可是搞政治就不一定了。当时的形势，"宁汉分裂"已过渡至"宁汉合流"，武汉国民政府迁都南京，两个政府合并成了一个政府。在刘湘看来，蒋介石已执牛耳，他担保的军火不可能出问题。

　　我在这个圈子里都摸爬滚打了这么多年，难道眼力见儿还不如你一个初出茅庐的"神仙"？刘湘没听刘从云的话，下了十万订单，让驻上海的代表照购不误。

　　可是这一回他真失算了，十万军火倒是运进了上海，却被淞沪警备司令部给扣留了下来。

　　白花钱还是小事，关键是等着用啊，刘湘愁眉不展，突然就想到了刘从云留下的"锦囊"。

　　这其实是一个无须拆开的"锦囊"——刘从云走之前曾嘱咐刘湘，说如果遇到困难而又不便发电写信时，就派亲信去武汉找他！

　　现在毫无疑问是遇到了困难，不知道刘从云能不能给想个办法，但这事又不能发电写信，否则极可能泄密。于是刘湘便抱着试试看的念头，派人到武汉找到了刘从云。

　　刘从云听完来意之后叹了口气："我早就阻止不买，只是玉宪（刘从云给刘湘起的道号）不听。枪械已无希望。"

　　使者顿时心凉了半截，但是刘从云接着又说："枪械虽然不可能再拿回来了，但到了明年或者可以取回一些子弹。"

　　使者私下揣度，"刘神仙"可能也没什么好办法，取回子弹云云多半也只是为了给自己遮脸。既然如此，他也就不急着回川，打算在武汉玩上两天再说。不料刘从云却告诉他："你要立即启程，回去告知玉宪，重庆将有大战事，让他立即做好准备。"

　　见刘从云神色严峻，不像开玩笑的样子，使者也紧张起来。

　　刘从云已经预先又做好一个"锦囊"，让使者带给刘湘。在新的"锦囊"里，他不仅让刘湘把兵力全部集中于重庆，而且要求刘湘必须亲自出马，甚至于谁守谁战，谁警戒谁出击，都做了详细部署。

尽管重庆还未出现刘从云所说的大战迹象，但刘湘在收到"锦囊"后仍不敢怠慢（先前就是没听刘从云的话才吃了亏，如今非得小心不可了），赶紧照方子抓药，按照刘从云的计划行事。

刚刚把兵力部署好，大战果然就爆发了，这让刘湘一头冷汗的同时，也大为惊服于刘从云的神机妙算。

有一只猴子正在上蹿下跳

老版电视剧《三国演义》在拍到赤壁大战借东风这一节时，特地加入了一个诸葛亮在户外观察天气变化的桥段，这说明凡是有现代知识的人都明白，世间所谓"妙算"皆非天授，而实属人谋。

刘从云在武汉上层也传道，借助于刘湘的牌子和他自己的三寸不烂之舌，颇拉拢了一批国民政府的军政要员，其中一人尤为重要，他叫贺国光。

贺国光是湖北人，但考上的是四川速成学堂，与刘湘是同学。他以前是吴佩孚的部下，在吴佩孚下野后，就死心踏地地追随蒋介石，并成为其帐中的重要幕僚。正因为一直伴驾于蒋氏左右，贺国光掌握很多不为外界知晓的高层权斗内幕。"宁汉合流"后，蒋介石的日子其实并不好过，明里暗里想要给他一下子的人多了去，蒋介石也随时可能一跤滑倒。正是由于从贺国光嘴里了解到了相关信息，所以刘从云才知道刘湘的军火缺乏足够保障。

不久，蒋介石被政敌们以"北伐失利"为由排挤下野。当刘湘的军火在上海被扣留时，蒋介石已经去了日本，果然就算他想帮刘湘的忙都帮不上了。

在被扣留的十万军火里，除一千多挺德造手提机枪外，还包括从比利时采购的机枪枪筒（国人"钻篱笆"的功夫实在可令洋人望尘莫及，所有这些机枪枪筒进口时都不叫枪筒，叫"钢管"），只要配上枪托，就可以组装出两千多挺轻机关枪。如此大一块肥肉，放在哪里都不安全，刘从云断定，即便是蒋介石复出，这批军火特别是枪械也早就被哄抢得差不多了，剩下来最多只能惦记子弹了。

刘从云预料到重庆将有大战事，更是和诸葛亮借东风一个原理，即绝对不是手中鹅毛扇一扇，就能把东风扇来，实际凭的全是平时"观察天气"所积累下来的功夫和经验。

刘从云虽人在武汉，但信徒遍布巴蜀，上中下各个社会阶层都有他的耳目，刘从云所要做的，不过是对来自各方的情报进行汇总分析，然后得出结论。打个比方，假使四川的诸侯们是在现代舞台上演川剧的演员，刘从云就犹如坐在演播室里的导演，在他面前，大屏幕，小屏幕，正镜头，侧镜头，哪一个细节都逃不过他的眼睛。在这种情况下，要写出一封具体详尽的作战计划也绝不是件很费劲的事。

根据刘从云的观察，有一只猴子正在上蹿下跳！

川中的"猴子"只有一个，那就是邓锡侯，而这只水晶猴之所以又要跑出来搬弄是非，是因为他对刘湘极度不满。

因主动向蒋介石靠拢，蒋介石在下野前特别预定他为四川善后督办，并让他主持川省将领会议，给邓锡侯等几个还没什么名分的诸侯安排席位。

刘湘素来出手大方，只要你肯跟着他，都会尽可能让你吃饱。他给邓锡侯安排的交椅是省府委员兼财政厅长，谁都知道财政厅长是个肥缺，猴子可高兴了，但刘湘的任命仅仅是提议，最后还得交南京政府确认。

不知是不是由于蒋介石突然下野的缘故，南京政府明令发布时并未按照刘湘的提议去办，邓锡侯预定的财政厅长职务也被拿掉了。邓锡侯勃然大怒，认为自己被刘湘耍了一把。

这种事以前不乏先例，袁祖铭就曾因此愤然而起，恨不得要跟刘湘拼命。邓锡侯虽然一样气量狭小，但他做事绝不会像袁祖铭一般冒失唐突——在邓锡侯的眼里，袁祖铭甚至可以说是愚不可及，他甚至都弄不明白，就凭这傻瓜蛋那点智商，究竟是怎么活下来的。

邓锡侯要摆谁一道，绝不会走直线，而只会走曲线，而且在四处煽阴风点鬼火方面，也向来都是精力过剩，创意无限。在他的暗中张罗下，很快就组织成立了针对刘湘的"同盟军"。

被邓锡侯推到前台的"同盟军"成员主要来自军官系，这是自武备、保定、速成之后，四川军人中形成的一个新派系。军官系的"军官"指的是尹昌衡主政时期成立的四川陆军军官学堂，当该军校第二期毕业的学生到部队见习时，正值保定军校的第一期毕业生大批涌入四川。保定的文凭在军界自然要比军官学堂吃香，双方在待遇上也泾渭分明，比如保定生实习三个月就可以当排长，军官生却需要熬上六个月。

军官生自然而然地开始抱团，以便争取在与保定生的竞争中占得优势。这当然不是易事，实际上，直到第一期军官生的代表李家钰出任四川边防军总司令，到达了当初赖心辉的地位，军官系才得以显山露水。

每个派系的形成都遵循着一个类似的轨迹，即先由一个人混出头，然后众人攀附，雪球越滚越大。李家钰是军官系中最早混出头的，在他发迹之后，只要是军官学堂毕业的同学，就算失业，都可以找到李家钰门下去谋个差使，于是渐渐地，李家钰也就成了军官系的首领。

做老大威风归威风，烦恼也不少，李家钰的烦恼是他的防区太小，来投靠他的同学又太多，若不积极扩充地盘的话，实在应付不了浩大开支。另外，由于刘湘在重庆扼住水路交通，导致物资难以运入其他诸侯的地盘，也间接使得他们这些后起的新兴诸侯迟迟难以做大做强。

李家钰给邓锡侯当过师长，邓锡侯便以老上司的身份，跑来给李家钰指了条明路：跟刘湘干到底，放心，又不是你一个人和他斗，还有杨森那个常胜将军呢！

邓锡侯把"同盟军"的旗帜树起来后，就把李家钰变成了前台的主持者，他自己又马不停蹄地去动员杨森。

单挑就是你一个打我们一群

杨森的心眼儿从来就没宽敞过，属于那种睚眦必报，隔一晚上再把你干掉都觉得特憋屈的主。事实上，刘湘怎样在蒋介石面前告他黑状，怎样怂恿和支持"倒杨军"，又怎样借王缵绪之口羞臊他，他全都记得清清楚楚，连一个字都没忘。

杨森能坐下来跟刘湘谈合作，只是以前亏吃得实在太多，所谓吃一堑长一智，多少懂得和掌握了一些在把握不大的情况下，如何消减自己狂躁情绪的法子。

听邓锡侯说，李家钰和军官系愿在共击刘湘的战役中助其一臂之力，杨森顿时心花怒放，没有丝毫犹豫，就一口答应下来。

终于不用夹尾巴了。有了朋友就有力量，自己已经神勇无敌，再有这么多人加盟，还愁"大耳贼"不灭吗？刘湘，你听着，从现在起，群殴就是我们一群打你一个，单挑就是你一个打我们一群！

邓锡侯的穿针引线，李家钰的前台鼓噪，杨森的忽然变脸，都在刘从云的"神算"之中，若不是根据他所提供的"锦囊"早做布置，刘湘很可能就要在猝不及防之中被人家给捅翻了。

尽管已有准备，但眼见杨森领着这么多人黑压压地扑过来，刘湘还是颇有些心虚。能不打最好不打，他派王陵基为说客，紧急赶赴万县。

在四川军人中，王陵基的特点是资格最老。他毕业于武备学堂，后来因受留日风潮的影响，随波逐流地到日本转了一圈，有人说他是士官生，但实际上不是。回国后，王陵基在速成学堂任教，刘湘、杨森都是他的学生。

说王陵基资格最老当然还要有个先决条件，即限定于尚在政治舞台上继续蹦跶的这些人，要不然的话，比王陵基资格更老的大有人在，比如胡景伊、尹昌衡、熊克武……所以，重要的是不能中途退场，一退就完了。

刘湘发达后，王陵基成了他部下，但刘湘颇有尊师重道的美德，仍是老师长、老师短地叫个不停，刘湘下面的一些军官也都跟着刘湘称呼王陵基为"王老师"。

王陵基由此岸然自高，身边熟悉的人取其"方舟"的号，称其为王老方，不熟的人看他整天头昂得高高的，倒跟道观里的灵官很像，加上陵与灵同音，便叫他王灵官。

有面子的人就得做有面子的事，刘湘的场面活基本都由王陵基负责承包，他自己对说服杨森也很有信心，乘着一艘德国军舰就去了万县。

见到杨森后，王陵基与其彻夜长谈，说你和刘湘都是我的学生，你们都是速成系的，怎么会跟军官系的搅在一起呢？同学之间应该团结嘛，不应该打来打去。

杨森才不吃这一套，他就要打刘湘。

王陵基犹苦口婆心："你别以为同盟军可靠，其实并不可靠，将来假定攻下重庆，这些人未必会遵你号令，不如你和刘湘捐弃前嫌，重修旧好。"他甚至还说只要刘杨和好，他这个速成系老师愿以性命担保，保证刘湘不会再对他杨森不利。

杨森摇摇头，回答了一句："太晚了，箭在弦上，不得不发，我一定要打垮刘湘！"

王陵基无计可施，只得怏怏告退。临别时，杨森出于师生之情，将王陵基送到了江边。王陵基还在喋喋不休，杨森却已在向他挥手告别："重庆再见。"

王陵基知道无可挽回，便说："重庆还有一条大江咧。"意思是重庆也不是你想进就能进的。

杨森一笑："自家的门口，跨进去就是！"

1928年12月，杨森就任"同盟军"主席兼前敌总司令，气势汹汹地发起"讨伐"刘湘的军事行动。

刘湘早已针对性地见招拆招，李家钰固然难以策反，但他已另外设法，腾出资、内两县给刘文辉，从而取得了刘文辉的支持。刘文辉的防区与李家钰接近，这样一来，李家钰就有了后顾之忧，不敢抽出大部兵力投入作战。

参加盟军系列的共有八支部队，号称八部同盟，但除去李家钰，多为一些坐看风云的小喽啰，只有杨森和罗泽洲战力较强，他们在进攻刘湘时也最为坚决。

拼上了老命

战幕拉开，罗泽洲一马当先地冲在最前面。王陵基奉命游说杨森时还负有另一层使命，即侦察杨森部队的动静。回重庆后，他告诉刘湘，杨森至少还有两天时间才能与罗泽洲会合。

罗泽洲的参谋长廖子玉曾建议他等杨森到达后再协同行动，但罗泽洲却说："你不知道，我早一点出兵是政治呀！杨森的声势那么大，如果让他先到重庆，哪还有我罗泽洲的事呀？"

罗泽洲怕的就是杨森跟他分肉，一分钟也等不下去。他刚刚下达提前出兵的命令，便急不可待地把电话打到前方，一个劲儿地催促前敌指挥官："你快点前进哪，快点给老子打响啊！"前敌指挥官只好胡乱答应："报告师长，马上就可以打响了。"

在罗泽洲催命一样的逼迫下，他的部队还没有能够完全展开，先头部队就忙不迭地开了火。廖子玉后来对人说："我们师长（指罗泽洲）的战法，就是个乌龟形，四只脚和首尾各算一个团……"

罗泽洲的单兵突进正中刘湘下怀，他马上任命王陵基为总指挥，实行各个击破，即在杨森到达之前，先打掉罗泽洲。

罗泽洲手下颇有几个军官系的能战之将，此前又从吴佩孚卫队那里收缴了一批精良武器，战斗力不容小觑。王陵基把王缵绪师调到前线，继而再把自己的师也压上去，最后几乎集中了刘湘的全部兵力，经过一天一夜的角斗，才得以击败罗泽洲。

等杨森赶到时，罗泽洲的"乌龟脑壳"已经快被敲烂了。在有勇无谋方面，杨森跟罗泽洲倒真像是双胞胎，由于跑得太急，他仅能在前线集中两师兵力，其余大部队都还在行军之中。有人说要不我们集中兵力再进攻吧，杨森把脖子一扬："我只要这两师就可打垮刘湘了。哪里还需要更多的兵呢？"

杨森一路沿江进攻，直抵重庆南岸，这时候王陵基曾经对杨森说过的那句话应验了——刘湘事先已将船舶悉数调至北岸，杨森被长江所阻，没法渡河，只能隔江朝重庆放上几炮示威。

过不了江，杨森便挥师朝张关铁山前进，在讨贼之役中，他正是在张关铁山打开缺口并得以一举攻占重庆，现在不过是复制一下当初的场景而已。

可是打法容易复制，场景却并不容易复制，在杨森到达张关铁山之前，王陵基已将此山牢牢控制在手里。杨森所部抢山仰攻，整营整营地组织冲锋，一会儿工夫就死伤了几千人，但仍不能使王陵基动摇分毫。

速成学堂的老师不止一个两个，王陵基能够让刘湘在内的一干人等都尊他一声老师，可不光是倚仗着资格老，而是他在打仗方面也确实有两下子。换言之，他可能在别的领域一窍不通，纯属外行，但军事上你一定不要指望他会犯赖心辉所犯过的错误。再者，张关铁山一战关系到刘湘的生死存亡，也关系到他王陵基今后的地位和前途，他敢马虎吗？

不打到你吐血，我就得浑身是血，王陵基在张关铁山拼上了老命。四川民间有一种说法，认为王灵官其实是西南巫教中一个最凶狠的花脸神将，这种喻意放在此时的王陵基身上倒也毫不为过。

杨森是勇战派将领，但凡勇战派大多有个特征，即如果让他打顺了，别人便很难挡住他的攻势，但要是你能生拉硬扯，把他的锐气消耗干净，有可能都不用你亲自动手，他自个儿就会急到抹脖子。

作为古代勇战派最有名的代表，楚霸王项羽就是如此。垓下之围，项羽都快剩下光杆司令了，还能在纵横驰骋间，想摘谁的脑袋就摘谁的脑袋，可问题是包围上来的汉军一层又一层，密密麻麻，有的是脑袋，你摘吧，只要你吃得消！

人不是机器，就算是机器，也有电池或汽油消耗一尽的时候，项羽最后终于吃不消了，只得自刎而死。

杨森率部远道而来，血战一天后又饥又疲，再看山头上的敌军阵地，仍跟铁打的一样，顿时之间，他身上的那股气势就噌噌噌地散了个无影无踪。

杨森倒也不至于自个儿抹脖子，但他只能放弃张关铁山了。作为在战场上泡大的武将，明知攻入重庆已不可能，杨森便想回到最初的起点，跟刘湘罢战言和。于是他打了个电话给王陵基，欲请他再做一回和事佬，可是还没等他把话说完，王陵基便来了一句："请你进大门内来说吧！"

杨森曾经当着王陵基的面宣称，他攻占重庆易如反掌，"自家的门口，跨进去就是"，王陵基这下总算找到报复的机会了。

战场之上，打胜仗永远是硬道理，任何人站在胜利者的位置都会变得咄咄逼人。杨森犹如被人劈面扇了一巴掌，摸上去火辣辣的疼，羞恼之下，把电话机都摔碎了。

第七章

一川不容二流

杨森不甘于败，他收拾残兵，还企图再搏一把，但对方已不会再给他这个机会了。王陵基暗中用轮船运兵，顺长江而下，一下子截断了杨森的退路。

杨森以侄子杨汉域殿后，杨汉域部被打得全体缴械，杨汉域本人藏在一个农民家的破柜里才得以身免。此时正值杨森所部士气低落、勇气不再之际，殿后部队被击破，使得其余部队也立呈崩溃之状。

王陵基随即跟踪追击，这回轮到杨森的部队风声鹤唳、草木皆兵了。从战场上一逃出来，杨森就将大衣脱下往床上一扔，连说："笑话，笑话！"直到这个时候为止，他都没弄清楚自己究竟是怎么败下阵来的，只感到头晕目眩，师生之战，终以学生完败而告终。

除了杨森，其余几路盟军也全都是败的败，逃的逃。一首民谣这样唱道："罗心慌，李不忙，逼得杨森赶乡场（即赶集）。"罗是罗泽洲，李是李家钰，哥俩如今成了难兄难弟，当然最难的还得数被迫"赶乡场"的杨森，刘湘把他的万县都给占了。杨森有家难回，不得不抱着脑袋往盟友罗泽洲的防区跑。

跑着跑着，没看到罗泽洲，倒离某诸侯的疆界越来越近。一看，是刘存厚。刘存厚也是八部同盟成员，杨森急忙向他求救，却遭到了拒绝。

魂飞魄散

刘存厚如今可再不是什么刘皇叔的接班人了，甚至于受他所累，曾经也夸耀一时的武备系都已经衰弱得不行。刘存厚大部分时间里都只能躲在角落里苟延残喘，要不然也不会挤在八部同盟里，跟李家钰这些后生小辈你唱我和了。

刘存厚谁也招惹不起，眼看着盟军已经完蛋，他哪里还敢与杨森有所牵连，以致引火烧身。杨森气急败坏，说你要不派兵支援，我就全军退到你的驻地里去。

对于彼时的刘存厚来说，外面的世界全是狼，杨森亦是其中一只，而且还是一只眼睛通红、饥不择食的饿狼，放他进来，自己将无活路。可要派兵支援，又怕挨刘湘的揍，无可奈何之下，只好取中庸之道：允许杨森经自己的防地过境，但规定不得逗留。

刘存厚让开通道，杨森玩命狂奔，跑到了罗泽洲的屋檐下，这才算把一口气给喘匀了，这时他回转身后再看跟随自己的部属，仅剩一万多残败之师。

在失去原有地盘后，杨森只能靠李家钰、罗泽洲接济维持。由于给养异常困难，士兵每天只能吃两顿稀粥，成年累月穿一套军装，军装都快给穿烂了，出门若给根竹棒和破碗，就是活脱脱的乞丐。

士兵的日子过不下去，纷纷逃亡，杨森连下格杀令，仍不能禁止。怎么办呢，情急之下他想出一招，之后果然没什么人跑了。

外界不知究竟，奇怪杨森有何妙法。一打听，原来竟是"脱裤术"——他下令士兵每晚都要把裤子脱下来上交，第二天早上才能发还。

杨森还挺得意："他（指士兵）没穿裤儿，两胯光溜溜地吊起一锤，看他朗格逃嘛！"众人啼笑皆非，有人拿这件事打趣他，杨森却又变得正经起来："饥军政策，是要有这些办法的，有啥可笑呢？"

其实杨森如此做法不光是为了防止士兵逃跑，还有另外一层用意，那就是保护军服。虽然说士兵们身上的军服均已破烂不堪，但你还别嫌它破，杨森可再也提供不出第二套了，到时穿没了，总不能"两胯光溜溜"地去打仗吧。

转眼到了寒冬，杨森的部队连棉衣都没有，士兵们冻得直哆嗦。四川各军看杨森可怜，遂发起集体募捐活动，你凑一点，我凑一点，给他寄去棉衣费，这才让杨森把那年冬天给熬过去。

出来跑江湖，丢什么不能丢面子。杨森弱爆了，哪有什么面子可言，这个昔日战神级人物至此身价大跌，时论将他和李家钰、罗泽洲摆在一起，称为"李罗杨三将"。李、罗在川中只能算二流将领，杨森还排在他们之后，可见有多么落魄。

在这场被称为下川东之战的战役中，刘从云虽未直接参与指挥，但毫无疑问居功至伟，刘湘及其部将都对其佩服到五体投地。

刘湘向以布局谨慎得当著称，但通过这次战役，他发现自己原来漏洞不少。下川东之战前，由于未听刘从云的话，硬要买军火，结果折了老本。之后又只记得把军火要回来，没想到对杨森等人进行戒备，若不是刘从云提醒，差点被人家连锅端。

甚至于在战役临近结束时，刘湘也不小心使出过昏招。刘从云曾特地嘱咐刘湘，让他在对付杨森时尽量适可而止，不要把战线拉得过长，更不必打到万县。因为万县有刘从云所设的传道馆，一方面他可以凭借信徒的力量，迫使已精疲力竭的杨森就范，另一方面也能显示孔孟道的"神通广大"。

可是刘湘杀得兴起，收不住，还是乘胜把万县给攻了下来。攻下万县，部队的子弹也快给打没了，刘湘的脸色顿时难看起来：万县是杨森的老巢，在其老巢被攻占的情况下，他已无退路，如果向弹尽的刘军进行拼死反击，后果不堪设想。

所幸杨森魂飞魄散，已经想不到要发起反击，不过刘湘的处境仍很危险——一旦诸侯们发现刘军实际虚弱不堪，连子弹都没了，即便是其中最小的诸侯也能乘机夺取重庆。

关键时候，又是刘从云为刘湘解了围。

三块匾的故事

战前，刘从云对使者说："到了明年或者可以取回一些子弹。"这话竟然也兑现了。刘从云所说的"明年"，也就是1928年，当年3月，蒋介石在南京复出，这次不同以往，他完全掌握了党政军大权，成为南京政府内部的第一号人物。随着蒋氏复出，刘湘被扣的军火也得以发还，不出刘从云所料，所谓发还只是空言，因为所有枪械都已被别人取走，连一挺机枪或者枪筒都没剩得下来。

幸好，作为补偿，蒋介石从南京的金陵兵工厂拿了六百万颗步枪子弹送给刘湘。在下川东之战接近尾声时，这批子弹正好运到重庆，犹如及时雨一样替刘湘解了燃眉之急，以至于他连呼是子弹救了他的命。

刘湘从前总是不算成功，就像刘备那样，奔波十几年，南征北战，东拼西杀，虽然拥有过地盘，但很快又丢了，从来都守不住也攻不出。为什么？

有一段时间，刘湘只会独自怨天尤人，现在他总算弄明白了，问题还是出在自己身上，不是"能容不能断"，就是"顾前不顾后"。想想看，漏洞这么多，你能不败吗？

刘从云的入幕，真是太重要了。过去人们称刘从云一声"神仙军师"，重点还在"神仙"二字上，没多少人认为刘从云真会用兵或使计，这一仗过后，疑虑顿时烟消云散。

"博望相持用火攻，指挥如意笑谈中"，你只要想象一下，当年火烧博望坡的诸葛亮有多拉风，就知道如今的刘从云有多神气了。

在下川东之战中，刘湘通过击败杨森和军官系，再次巩固了他在速成系中的盟主地位，同时通过这一战，重庆以下二十九县尽被其收入囊中，也表明刘湘在实力上，又重新走到了四川诸侯的最前列。

"李罗杨"已不在话下，邓锡侯也被一晃而过，川中谁可再与争锋？有，还有一个，他就是刘湘的幺爸（四川人对年轻叔父的称谓）刘文辉。

民初时的大邑将星闪耀，一共出了三个军长、四个师长、九个旅长，其中的三个军长，除了刘成勋外，就是刘湘和刘文辉叔侄。

一座小小的县城，竟然一下子涌现出这么多将才，有人便说是子龙庙的功劳。大邑的子龙庙相传为纪念赵云赵子龙所建，有这位三国时的无敌战神坐镇，看起来三个军长都是少的。

大家都想得到子龙庙的庇佑，纷纷抢着上供。刘成勋捷足先登，提前把他写的金匾挂在了赵云塑像的头顶。刘湘居次，来了之后，毫不客气地将刘成勋的匾移到塑像后面，换上了他的匾。刘成勋虽气愤不已，但"水漩"已日暮途穷，其圆滑高手的地位也早就被邓锡侯所取代，所以只能干瞪眼。

刘文辉来得最晚，却也相中了塑像头顶的绝佳位置，便派人给刘湘带话，让他挪一挪。刘湘不干，刘文辉将刘湘大骂一顿，随后将金匾挂在了庙宇正殿中间的穿梁上，正好与刘湘的匾针锋相对。

三块匾的故事，活脱脱就是对现实中三人明争暗斗的隐喻。在辈分上，刘湘得喊刘文辉幺爸，实际他的年龄比刘文辉还大好几岁。刘文辉在川军中出道较晚，起初名气也不大，但刘湘很快就发现他这位小叔父非同一般，竟是一条随时可以飞腾直上的卧龙。

刘湘任川军旅长时，刘文辉不过才是个小参谋，然而几年之后，他便得以与刘湘同列，成为"革命军军长"。刘文辉的势头如此之猛，有人说他靠的是"拼幺爸"，依赖了刘湘系（或称二军系）的关系，有人说他是得了川军中大邑系的好处，有老乡一路照应，还有人则说若没有保定系，刘文辉根本爬不到如此之高。

应该说，这些话都对，但又不全对。

作为侄儿，刘湘自然要关照叔父，可是再往后面去，刘湘自己也是磕磕绊绊，有很多次，不是他拉扯刘文辉，而是得刘文辉保护他——刘湘在一二军之战中败北，就是由刘文辉护送回家的，而后袁祖铭突然翻脸，若没有刘文辉继续护持，他都不一定能走出成都城。

刘文辉的两任上司都是大邑人，其中一位就是刘成勋，在此期间，刘文辉一路高升，从营团长一直升到了师旅长。可问题是川军中大邑籍贯的很多，又有谁不想升官受提拔，不会走老乡关系呢？这么多人里面，能凭大邑系混出头的，其实寥寥无几。

再说到保定系，最早扛保定系这个招牌且统领保定系同盟军的人，是邓锡侯，但在刘文辉凭借保定二期的资历进入这个圈子后，邓锡侯很快就乖乖地退居次席，将盟主的位置让了出来。

毕业于保定军校的刘文辉早在读书期间就相当用功刻苦。有人曾捡到一本他在保定军校时所用的课本，那是德国军事家克劳塞维茨的《大战学理》（《战争论》在中国的最早译本），上面从头至尾，密密麻麻地写满了各种眉批旁注。

《战争论》自辛亥革命后引进中国后声名显赫，连毛泽东都受到影响，一到延安便找来阅读。之后毛泽东不仅拿《战争论》将与中国的《孙子兵法》相提并论，还留下了研读《战争论》的读书笔记，据说他的名著《论持久战》中的一些观点，比如"战争是政治的继续"，即源自《战争论》。

总的说来，真正能把《战争论》读完读通的人并不多，毛泽东本人也没看完。学生时代的刘文辉就能研读到写眉批旁注的程度，殊为难得，他的政治和战略眼光亦可见一斑。

刘文辉也极有毅力。很多四川高层人物都有吸食鸦片的习惯，刘文辉概莫能外，但他和杨森一样，说戒就戒，毫不拖泥带水。

精明强干、魅力十足、学识精深、意志坚韧，即便没有刘湘系、大邑系、保定系的背景，这样一个人也注定是要脱颖而出的。

不久之后，连刘湘也感受到了来自刘文辉的威胁。

天才演说家

在巴蜀政坛，刘湘给人的印象一直是个宽厚能容的"仁义之君"。有一年夏天，他在重庆主持教育会议，发言时憧憬远景，说他统一四川后，一定要先发展土特产，像荣昌烧酒房的泥金茶壶、隆昌的白猪儿（都是当时四川的名优特产），都要兴旺起来。

这些话本来没什么错，错的是他又跟着来了一句："只要土特产能发展起来，就能致富，所以我们不靠科学也不要紧，闭关亦能自守。"

刘湘所说的"科学"，并不是单指科学技术，乃是对外界事物的统称，他要表达的大概意思是，四川为天府之国，完全可以做到自给自足，所以内部经济搞好了不依赖外援也行。

台下坐着很多教育界人士，包括重庆大学的校长和分院院长。有个理学院的院长当即打断刘湘的讲话，起立发言："我以为，国家富强必须依靠科学，如不依靠科学，请问督办今天为何要穿西装呢？"

身着西装的刘湘被驳得面红耳赤，随即退席仓皇而去。

民初的大学崇尚独立自由精神，敢向高官显贵放炮并以此为荣的知识分子不在少数。当然，反过来也得替刘湘说句公道话，他作为重庆实际的土皇帝，虽然被人中途哄下台去，导致脸面全失，但事后既没发火也未报复，这就不是一般人，特别是那些平时吃五喝六，手上握根枪杆子就以为老子天下第一的诸侯们所及得上的。你换杨森来试试，"蛮干将军"有可能当场发作，桌子一拍，暴喝一声："请你不要打断我的讲话，否则出去！"

刘湘对自己所塑造起来的形象也曾自鸣得意，所谓得天下先要得人心嘛，这可是当年先主的取胜之道，然而在刘文辉崛起之后，他就得意不起来了。

以刘湘为代表，军头们很少有思想和发言水准高的，但刘文辉例外，他几乎就是个天才的演说家。

刘文辉发言讲话，从不依靠秘书写稿，所有布局、段落、内容全是他一人构思，秘书至多不过执笔整理而已。他还有一个习惯，即不讲重复内容，哪怕是同一主题，每讲一次，就要修改一次，加进其他素材和观点。有一个主题，他讲过十八次，十八次的发言稿竟然完全不同。

刘文辉在即席演说时，往往旁征博引，滔滔不绝，就算他说的时间很长，听的人也丝毫不觉厌倦，与刘湘等人形成了不小反差。

演说这一门径向来是小瞧不得的，因为它不仅关系到一个人的口才，还能反映他的学识。试问现代西方的政治家有哪个不是演说家？不会演说，他们恐怕连政治这个门槛都迈不进去！

《三国演义》中说刘备"不甚好读书"，不知道皇叔是不是继承了家族血脉，在这一点上他跟其先祖刘邦倒十分相像——刘邦的文化底子也很薄，有一段时间还吃不到葡萄嫌葡萄酸，干过把儒生的帽子当夜壶使这样惊人的举动。

反观刘备的对手曹操就不一样了。尽管《三国演义》描述曹操的出场是"好游猎，喜歌舞"，凡是官宦子弟的喜好一个都不少，但他肯定是饱读诗书，要不然怎么可能写出《短歌行》那样的传世名篇？

读书跟不读书有没有差别？有差别，而且大了。仍以《三国演义》举例，刘备的前半生始终飘零无依，其麾下虽有关羽、张飞、赵云等一干猛将助阵，却仍屡战屡败，原因之一便只能归咎于他书读得太少，在遇到诸葛亮之前，连"隆中对"这样的战略大方向都搞不清楚。相比之下，曹操的大局观就很强，他能成为"乱世之奸雄，治世之能臣"，也得在很大程度上归功于他的喜读书、善读书。

刘湘是从刘备这个模子里脱出来的，似乎同样与读书无缘。他小学都没毕业，仅以培养下级军官为务的速成学堂也远不能与保定军校相提并论，虽然小时候有一些所谓挑灯夜读之类的神话佳话，但只要看一下刘湘平庸的成绩单，就知道里面有多少水分了。

刘文辉则不同，他最喜读书，像《战争论》这样军政大家的书籍尤其珍爱。平时只要稍有余暇，即手不释卷，甚至在庭园散步时，都不肯浪费时间，一定要让秘书们给他选读杂志上的重要文章。

川中诸侯虽多如牛毛，然而像刘文辉这样军政两方面才能都极为突出的实在是凤毛麟角。包括刘湘在内，大多数人树立权威，依赖的不过还是手中的军权，独有刘文辉，号称"以军为主，以政为辅"，也就是说他发号施令，靠的不光是膀子粗，还有挡不住的个人魅力。

如果说刘湘是川版刘备，刘文辉就是川版曹操，从见识到气魄，莫不如此。

七雄四强

刘湘的"闭关亦能自守"并非完全口误，而更可能是他真实思想的表露。

二次北伐结束后，张作霖主持的最后一届北洋政府轰然倒地，蒋介石在形式上完成了统一中国的大业，俨然已可号令天下。纵使刘湘曾不止一次有过"做皇帝"的梦，但到这个地步，也有了徒呼奈何之感。老实说，能够像刘皇叔那样"三分天下有其一"，他已经庆幸不已了。

刘湘的最高目标，已被他缩小到独守一隅的地方王侯，或者说是统一四川的四川王。有人根据刘湘迷信风水，不断迁移祖坟，就认为他仍想"做皇帝"，甚至还有人列出刘湘"称帝"的具体步骤和"国号"，实际都是捕风捉影，因为它既不符合刘湘相对务实保守的个性，也与其现实处境不相契合。

就在刘湘纠结于如何才能自守的时候，比他小几岁的"幺爸"却把目标定在了问鼎中原之上。

刘文辉不是看不清时势，但他认为，四川光守是守不住的——此处原本就非坐守之地，历史上你看谁坐守四川能守得住的？所以应该"以四川而争衡天下，上之足以王，次之足以霸"。

刘文辉熟读史书，据他总结，中国历史上平民造反成功者少，而诸侯造反成功者多，既然诸侯成功的可能性这么大，为什么要"闭关自守"，把目标定得这么低呢？

刘文辉公开声称，他要效法土耳其民族英雄基马尔，复兴中华，把中国带向现代化。

在近代中国，不知多少人都想"做皇帝""当总统""夺天下"，但大家都憋在心里不说，展示给各界的全是各种各样漂亮的口号，所以也有人劝刘文辉含蓄一点，没必要树大招风，刘文辉的回答是："天变不足畏，祖宗不足法，人言不足恤！"话语之中，孟德公那种敢说敢做、舍我其谁的气概毕露无遗。

刘文辉确实也有足够实力来支撑自己的目标。四川诸侯一度多如牛毛，其间人不安生，互相攻伐，据张澜统计，仅自熊克武建立防区制后，川中即经历大小战争四百余次。诸侯们从"春秋"杀到"战国"，最终大诸侯由数十个合并为八个，即刘湘、刘文辉、邓锡侯、田颂尧、李家钰、罗泽洲、杨森、刘存厚八家，李家钰和罗泽洲常被视为一家，因此又称为"战国七雄"。

在这种残酷而又激烈的生存竞争中，几乎每个诸侯都朝不保夕，连刘湘也起起伏伏，多次跌入谷底，只有刘文辉始终保持着蓬勃的上升势头，加上他的防区多在川南，向为富饶之地，就在许多诸侯寅吃卯粮，连过冬都困难的时候，刘文辉的部队却依旧能做到按月发饷。

犹如当年的曹魏之雄踞中原，刘文辉想不做大都难，不知不觉中，他已超越刘湘，跑到了第一名的位置，在他后面，分别为刘湘、邓锡侯、田颂尧，四人仿佛是战国时代的秦齐楚赵，所以又有好事者冠名曰"七雄四强"。

距离还在继续拉大。曹操能争霸天下，政治谋略才是他的看家本领，在这方面，刘文辉丝毫不让前辈，其纵横捭阖的手段直让人看到眼花缭乱。

依靠保定系的渊源，刘文辉首先罩住了邓锡侯和田颂尧。邓田既在四强之列，自然都不是省油的灯，但刘文辉又巧妙地把刘湘系、大邑系牵扯进来，一有风吹草动，便通过与刘湘的家族关系，放风要与刘湘合作，从而对邓田进行威吓和挟制。

"秦齐"联手，"楚赵"必然完蛋，邓田对此看得清清楚楚，所以在大部分时间里，他们都乖乖地待在保定系里面，跟着刘文辉使枪弄棒。

就算是李家钰的军官系，刘文辉也有办法连宗，因为四川陆军军官学堂的前身是四川陆军小学，正是刘文辉曾经上过的学校。

刘文辉左拉保定系，右拖军官系，使得"七雄四强"中的三分之二力量都归入了他的阵营，在与刘湘讨价还价时占尽便宜。

也被他列入了菜单

在刘文辉面前，刘湘相形见绌，他只能以自己在军事方面或许比对方稍强而聊以自慰。可就这点小安慰，刘文辉似乎也不打算再留给侄儿了。

刘文辉用合纵连横来牵制大诸侯，对于实力弱一些的中小诸侯，则是该出手时就出手，打得对方毫无招架之功。

刘成勋是刘文辉的老上司，对其有知遇之恩，且两人同为大邑系，但刘成勋此时已日薄西山，垂垂老矣，防区又与刘文辉毗邻，刘文辉就找了个理由，堂而皇之地将其一并了之。举手投足之间，他那种"宁教我负天下人，休教天下人负我"的绝情之状，似乎也与昔日的曹阿瞒极为神似。

吃掉刘成勋，刘文辉尽得三师三旅及大片地盘，防区扩展至整个西康。接着，他联合刘湘，对同样曾经辉煌，如今落魄的赖心辉发起致命一击，直至将其赶出四川，驱入贵州。并掉赖心辉，使得刘文辉的防区开始与刘湘密切衔接，两人成了邻居。

小虾米越来越少，刘文辉的胃口却越来越大。在下川东之战中，他连手指头都不用动，就从刘湘手里取得了资、内两县。当然这也是要付出代价的，刘文辉此前与军官系的关系不错，拿下资、内两县，也就等于站到刘湘一边，与以李家钰为首的军官系翻了脸。应该说，刘文辉不是那种气窄量小，见了一点诱饵就忘乎所以的人，他敢伸且能伸手，就说明连"李罗杨"这样的"七雄"之将也被他列入了菜单。

李家钰由于基本没参加下川东之战，所以无论防区还是兵力都尚保存完好，但另外两人可就惨了，杨森是防区全部丧失，罗泽洲也在被打得抱头鼠窜的同时，连失两县。杨罗无论如何咽不下这口气，都主张出兵对刘文辉进行报复，同时夺取防区，以弥补自己的损失，这样在吃食进补之后，也才有力量找刘湘报一箭之仇。

李家钰却并不积极。这位军官系首脑既能异军突起，由邓锡侯的部下起步，进而迈入"七雄"，与邓锡侯等人平起平坐，自非等闲之辈。他有个绰号叫作李矮子，有人说他是"矮子心多"，而李家钰也确实不像罗杨那么莽撞，处理事情比较稳重。

在李家钰看来，如今刘文辉兵强马壮，军官系又刚刚落败，此时并非主动向其出击的最佳时机，如果再次落败，他将成为被二刘追惩的罪魁祸首。退一步说，就算是胜了又怎么样？辛辛苦苦夺回几座县城，单是喂饱罗杨这两个饥肠辘辘的家伙都不知道够不够，他其实并没多少实际利益可得，因此这笔账不管怎么算，都划不来。

李家钰思前想后，认为效仿刘文辉，在"四强"中间玩平衡木才是上策，这样既可以维持自己的生存，又用不着冒险。

见李家钰犹豫不决，罗杨心里都极不是滋味。不是说"罗心慌，李不忙，逼得杨森赶乡场"吗，你老人家自然是闲庭信步，怎么都不着急，我们可是度日如年哪！

罗、杨赶到李家钰的防区总部遂宁，哭着喊着求着，要让李家钰担任"同盟军"总指挥。消息一出，四川军官生不管是在职的，还是闲散的，也都纷至昏来，齐聚遂宁，并且都愿奉李家钰为领袖——只要你只要说一句话，让我们到哪就到哪，绳子一松，亮着牙就给你冲过去。

老大做到这个地步，夫复何求？过去"陈桥兵变，黄袍加身"的待遇，想来也不过如此吧，李家钰欲罢不能，在无法推却的情况下，只得勉强接过了总指挥一职。

还没等李家钰正式下达出击命令，甚至他手里的绳子都没松，罗泽洲和杨森就龇着牙，迫不及待地冲了出去。1929 年 4 月，继下川东之战后，上川东之战随之爆发。

军官系闹哄哄的场面早就惊动了刘文辉：知道你们趁我一个不注意，就要出点幺蛾子，果然按捺不住了。

就算"李罗杨"肯老老实实坐在家里当宅男，刘文辉都有把他们摆上餐桌的心，何况还自己爬了上来，岂不正好？刘文辉集结强大兵力，对罗泽洲和杨森予以迎头痛击，打得他们丢盔弃甲。

盟军攻击受挫的同时，李家钰又收到了一个对他极其不利的情报：邓锡侯、田颂尧也搅入了这场是非，尽管他们多少有些被迫的意味。

李家钰、罗泽洲原本都是邓锡侯的部下，后来虽独立出去，但在名义上仍归其节制指挥。刘文辉放话出来，说："李、罗、杨是四川祸乱根源。"在从政治上将"李罗杨"置于不利境地后，他指给邓锡侯两条路走：一条是惩处惹祸的下级，"平乱"后自有好处，另外一条就是跟我决裂，我另外和刘湘合作，找机会修理你。

同样的两条路也给了田颂尧。邓田都明白，虽然刘文辉出的题目貌似多项选择题，其实可供选择的答案却只有一个。邓锡侯赶快给李家钰和罗泽洲发去电令，要求他们停止作战，各自率部撤回原防，否则刘邓田三家将联合"平乱"。

"四强"中的三强联手，纵使刘湘也得退避三舍，上川东之战一共才打了四五天，就以李家钰宣布撤军而告终。

挖墙脚的人

上川东之战虽然结束，但事情并没有完。刘文辉好不容易抓住这么一个机会，哪里肯舍，他裹挟着邓、田两部，继续在后紧逼围攻。李家钰被迫撤出遂宁，退居顺庆。

刘文辉又继续追到顺庆。鉴于李家钰实力仍保存完整，硬攻的话自己难免也要损兵折将，于是他便坐而屯兵，将李家钰围于城中。

李家钰既恨又怕。知道刘文辉狠，没想到会如此之狠，要知道，刘湘在下川东之战中曾被逼到那么不堪的境地，最后也没有将对手赶尽杀绝啊！

李家钰所部有六七万人，把个顺庆挤得满满当当。顺庆还算是个中等规模的县城，所以起初生活尚无问题，但以后一天比一天困难，三个月后，官兵不但无薪饷可言，连做到一日三餐都不易了。这时刘文辉又乘人之危，通过邓锡侯和罗泽洲，用挖墙脚的办法，对李家钰、罗泽洲的部队进行内部分化，引诱他们的部下叛离。罗泽洲的部队因此率先垮掉，李家钰所部素来团结，才没让刘文辉从中得逞。

刘文辉一计不成，再施一计，他亲自跑到重庆，鼓动刘湘出兵。刘湘出于种种考虑，未予应允，且态度冷漠，但是"二刘图顺"的谣言被刘文辉凭空造了出来。

"三军围顺"加码成了"二刘图顺"，"四强"都把进攻矛头对准了自己，坐困愁城的李家钰更加焦躁不安。恰巧那个给刘湘算过命，有"看相如神"之称的王篾匠就住在顺庆，李家钰便约了参谋长一道造访，以卜吉凶。王篾匠没什么废话，一见面就送了四个字"两人挤座"。

"两人挤座"，恰恰是李家钰此时境遇的暗喻。那请问"挤不过"怎么办呢？篾匠回答："没坐处就走。"李家钰信了王篾匠的话，人家又不收钱，也没必要阿谀奉承你，还能说谎骗人不成，他决定撤离顺庆。

这次王篾匠真的救了李家钰一命。虽然刘文辉在取顺庆后仍不肯放过李家钰，想要来个一锅端，但邓锡侯顾及过去与李家钰有部属关系，起了恻隐之心，反对继续穷追，李家钰终于得以虎口逃生。

脱逃后的李家钰四顾茫茫，竟然只能寄身于杨森。杨森因为人马少，冲得快，逃得也快。他原先上无片瓦，下无寸地，趁着罗泽洲已垮，趁机接收了罗泽洲的部分防区。见李家钰逃了过来，他倒也顾及情面，把其中的营山腾出来，容许李家钰暂且跟他挤在一个船舱里取暖。

上川东之战发起之前，李家钰麾下有约三十个团，防区和兵力都接近于田颂尧，完全有希望成为新战国时代的第五强。战后只剩下十四个团，三万多人，连原先的一半都没有了，更惨的是还失去了诸侯们视之如性命的防区。

李家钰痛哭流涕，自此对刘文辉恨之入骨，直到刘文辉后来退至西康仍余恨未消。有人要去西康，他就对此人说："你如果在西康见着刘文辉，只带我一句话，挖墙脚的人被墙打死！"

不知刘文辉听到这句话后会做何感想，但至少当时当地，他对这么做是一点不会后悔的：宁教我负天下人，休教天下人负我，把你们留着，迟早还是要跟我争，不如把你们打到灰飞烟灭，干净了才好！

每打一次仗，刘文辉的防区就扩充一次，经过前后历次兼并，他一人已占有川康八九十县，超过其余"六强"防区的总和，几乎相当于大半个四川，而且这些防区大多较为富庶，自贡盐场等尽在其中，无论地盘面积还是赋税收入，此时的刘文辉都无人能及。

打仗除了可以占有地盘，还能收编人马。有一段时间，刘文辉通过挖墙脚以及发动战争所编并的部队，比他的基本部队还多，最多时，他拥有一百多个团超过二十万人。

作为胜利者和成功者，各种名利都排着队争相向刘文辉涌来，他一人兼四川省政府主席、川康边防总指挥、第二十四军军长，集军政大权于一身，开始进入了他个人的鼎盛时期。

偏不信这个邪

从小，刘文辉就通过阅读线装古书，领悟到了"为政在人"这个至理名言。

自发迹之日起，他便以善于拔擢人才而闻名。

有段时间，刘文辉经常到成都公园散步，偶然看到一个青年正在荷花池畔凝神读书。以后他每次去公园，每次都能碰到这个青年。遇到的次数多了，刘文辉就问他所奉何职，他原先以为对方是个学生，一问才知道个失业军人。

一个失业军人，居然能沉得下心来如此认真读书，刘文辉很是欣赏，立即带青年到军部，并直接委任其为连长。

大权在握后，刘文辉更是如周公吐哺般招贤纳士，对"干练之才，知名之士"，皆多方罗致，纳于幕中，平日在他府里出入的，不是腹有韬略的高级军事人才，就是学问广博的文化界名流。在刘文辉的军队里，四个主力师的师长都是他的保定同学，其余将官不是保定同学，就是陆小（四川陆军小学）同学，既干练能战，又服从调遣。

大邑刘氏家族对地方教育均非常重视。刘文辉的哥哥刘文彩不过一个乡绅地主，但也舍得掏钱在家乡修建中学，并不惜花重金为学校聘请最好的老师。刘文辉本有兴办地方教育之权责，自然少不了大手笔、大投入。他创办了一所私立中学，自兼董事长，办学经费比一般私立学校都来得丰厚，对成绩优异的学生，学校实行全免费，毕业后还可出国留学。此外，刘文辉又将成都的多所大学合并为四川大学，由省政府出具明文规定，将收缴的肉税拨作该校的专用经费，同时设立"文辉助学金"，以利师生安心读书。

《短歌行》中写道："山不厌高，水不厌深，周公吐哺，天下归心。"刘文辉意气飞扬，他似乎已提前站到绝顶之上，看到了山下的无限风光。这个政坛上的风云人物，已经不满足于在峨眉山耍把戏了，他要跳出四川，控制西南。

过去唐继尧倚仗滇军之盛，推行过"大云南主义"。西霸王那点胸襟和气魄，委实过于狭小，刘文辉提出的是"大西南主义"，走的路子与当年的蔡锷相仿。

乘滇黔军人发生内讧，刘文辉把两个异地军长分别扶上马，一个是滇军军长胡若愚，一个是黔军军长王家烈，支持他们打回各自的老家去。其中，王家烈得以成功主黔，胡若愚虽然失败，但所率滇军全部交由刘文辉收编，也算是让刘文辉做了一笔不亏本的买卖。

西南有了交代，接下来便是争衡天下，但与统一四川乃至控制西南相比，争衡天下的难度显然大不一样，而且在刘文辉还没打出西南之前，也早就有人宣布天下是他的了。

蒋介石在二次复出后，特地用上等宣纸印了一本书册，里面收录了孙中山写给他的十几封亲笔信函。这些信件内容事先都经过精心挑选，以示他蒋介石早就是孙中山钦定的唯一接班人。

蒋介石紧紧抓住孙中山的政治遗产不放，为的是挟天子以令诸侯，挫败政敌，号令天下。其间，他专派曾扩情出使四川，除将这本书册赠送与川中各大诸侯外，也顺便试探一下众人的态度。

刘湘表示拥蒋，他不仅甘居其下，把曾扩情作为"天子使臣"来对待，还跟上了具体行动。当新桂系在武汉起兵反蒋时，按照曾扩情的要求，刘湘立即派一师之众，顺流东下，以响应蒋介石"讨桂"。

见刘湘对蒋介石如此俯首帖耳，其他诸侯也跟着唯唯诺诺，只有刘文辉偏不信这个邪。

天地本无主，要说军阀，在没由你说了算之前，大家都是军阀，要说诸侯，在没让你夺得天下之前，大家也都是诸侯。尹昌衡、熊克武他们叱咤风云的那几年，又有多少人听说过你蒋介石的名字，可见你也和我们一样，不过是新晋军阀或诸侯而已，为什么要白白地把天下让给你？

运气实在太糟糕了

刘文辉并非冒失鬼。在蒋介石如鱼得水，特别是北伐胜利，宣布"统一中国"的时候，他不会突然跳出来与其叫板。他叫板，是在全国兴起反蒋潮流，新桂系、冯玉祥等人车马灯一般，轮换着跟蒋介石较劲的时候。

1929年12月，继蒋桂战争、蒋冯战争之后，唐生智在武汉打起反蒋旗号。经过前面那么多次反蒋战争的消耗，刘文辉认为蒋介石快吃不消了，或许只需唐生智轻轻一推，就得倒掉。

这不正是我刘文辉崭露头角、逐鹿中原的大好时机吗？袁世凯曾有诗云："大泽龙方蛰，中原鹿正肥。"刘文辉立即加入反蒋阵营，他虽然因远在四川，未及出兵，但还是与唐生智联名发出了反蒋的"东、冬"两电，署名的一干人中，他仅列于唐生智之后，排第二位。

蒋介石曾很看重刘文辉，对他的评估还高于刘湘。刘文辉头上最耀眼的两道光环，一个是四川省政府主席，一个是川康边防总指挥，它们全都是蒋介石给加上去的，但因为这次通电，两人的关系开始急剧恶化。

发这样的通电，相当于赌博，遗憾的是刘文辉押错了宝。他低估了蒋介石的能力，高估了唐生智的水平，蒋唐战争的结果是，蒋胜唐输。

这是刘文辉第一次在政治上犯下严重错误。如果他就此收手，像刘湘那样保持低调，或许一切还可挽救，但上了赌台的人，有几个是不红眼的？刘文辉急不可耐地又投下了新的赌注。

1930 年 3 月，阎锡山、冯玉祥、李宗仁组织讨蒋联军，并与汪精卫在北平合作组织新政府。至此，蒋介石在军政领域的几乎所有重量级对手一块抱团儿，发动了规模惊人的中原大战。

有了上次反蒋失败的教训，刘文辉这次"看火色"就不能不"看老一点"，他特地留了个心眼儿，没提早涉局，而是强自忍性，一直等到蒋介石似乎已无起死回生之力时，才发出了响应汪、阎、冯以及公开反蒋的"鱼电"。

刘文辉的运气实在太糟糕了，中原大战的战局竟然在最不可能逆转的情况下逆转了。蒋介石不仅起死回生，而且大获全胜，最终将政敌们打得一败涂地。

接连两次致命失误，不仅意味着刘文辉逐鹿中原梦碎，随之而来，他控制西南的愿望亦成泡影——就连贵州的王家烈也不敢不听蒋介石的了。

当刘文辉不得不缩回四川老家，这才蓦然发现刘湘正向他发起强有力的挑战。

无论是实际年龄还是从军的资历，刘湘都比刘文辉老，在刘文辉面前本来应该有发言权，可是在很长一段时间里，人们看到的只是：叔父咄咄逼人，侄儿节节退让。

刘湘让步，不单是因为刘文辉占据着实力排行榜上的第一名，更因为他这个幺爸的手腕实在太厉害了。虽然刘文辉已结仇于军官系，但其挟保定系以自重，仅凭一个保定系的力量，就已占去了"四强"中的三席。

在下川东之战前，刘湘派王陵基说和杨森，欲促成"刘杨合作"，当时确有几分诚意，其目的之一就是捏合速成系，抗衡保定系。无奈杨森一介粗人，光知道在速成系内部互争雄长，根本就不懂得"兄弟阋于墙，外御其侮"的道理。

其实就算速成系本身没有裂痕，"刘杨合作"可以实现，速成系也未必是保定系的对手。刘文辉除稳坐省内保定系盟主之位外，还与一些省外军人和武装，诸如王家烈、胡若愚这些人保持着密切关系。刘湘相信，只要他们内外合力，联成一气，自己别说统一四川，就算想在四川站住脚都有问题。

所谓识时务者为俊杰，能让就让一点吧，何况再怎么说，他和刘文辉之间还有家族纽带、叔侄之亲。刘湘说要"让"就不会是让一点半点，地盘当然是没少送，就是一般诸侯都很眼热的乌纱帽，刘湘也没吝惜。刘文辉能就任四川省政府主席，便有他向蒋介石推荐之功。

问题在于刘文辉"志趣非凡"，你让一步，他进两步，你让两步，他进三步，就没有觉得满足的时候。

下川东之战前，刘湘将资、内两县交给刘文辉，当时签有协议，即地盘归刘文辉，收入两家平分，刘文辉拿了地盘，却一个子儿都不肯掏出来分给刘湘。

位于重庆上游的江津原为赖心辉的防区，二刘合力将赖心辉驱走后，刘文辉当仁不让地将江津据为己有，刘湘的部队被阻于城外。这还罢了，刘文辉在上川东一战中尽得李家钰、罗泽洲的地盘，加上江津，已经在事实上对重庆形成了半包围之势。刘湘有一种被人掐住脖子，喘不上气来的感觉，他几次要求刘文辉把江津让出来，但刘文辉一副爱搭不理的样子，根本就不愿做出任何谦让的表示。

再大度的人，也还有个限度和分寸，刘湘逐渐认识到，刘文辉已成为威胁其事业发展甚至生存的最大障碍，若不奋起直追，他将极可能步刘成勋和赖心辉的后尘，被这个幺爸踢出局外。

于是，当刘文辉高歌猛进，全力向外拓展之时，刘湘选择了收敛心神，大练内功。

桃园三结义

1929 年夏，刘湘派使者前往武汉，代表四川的全体道徒欢迎刘从云回川。当刘从云在重庆登岸时，刘湘更亲率道徒到朝天门码头迎候。

自刘从云离川后，二人再次聚首，彼此皆唏嘘不已。刘湘对刘从云极尽推崇，倍赞其在下川东之战中的料事如神和运筹帷幄，并正式尊其为军师。他还在重庆买了一座大房子，布置得非常华丽，命名为"神仙府"，作为刘从云驻节之所。

在重庆内部，刘湘相当于刘备，刘从云自居孔明，自然还少不了关张。刘从云便怂恿刘湘效法"桃园故事"，和他的亲信部将潘文华、唐式遵"桃园三结义"。

有人在背后评论说，潘文华人称潘鹞子，打仗有勇有谋，说他有点美髯公的样子，勉强还说得过去。唐式遵绰号二瘟，性格蔫里吧唧，怎么也没法跟猛张飞挂上钩，把他列入"关张"，真是乱点鸳鸯谱的味道。

可是看客并不能代替刘湘本人的心思，他所需要的"桃园兄弟"，最重要的素质不是打仗猛，而是得"忠"，也就是对他本人效忠。按照这一标准，"白面张飞"唐式遵虽然性格温吞，但绝对够格。

桃园兄弟之外还有赵云。本来最适合扮演这个角色的应该是王陵基。王陵基在指挥下川东之战时技惊四座，事后刘湘即派他独立镇守万县，以王陵基的资历和战功，纵使混不上"赵云"，也应该可以弄个"黄忠"当当。

问题是他太把自己当回事了。刘湘的部将个个都拜刘从云为师，王陵基名义上也入了山门，刘从云还特地赐予法号"玉豹"，但他表现倨傲，愣是不愿给刘从云磕头。于是外界便有传言，说王陵基之所以如此，是因为他认为自己是刘湘的老师，应该与刘神仙平起平坐。

其实王陵基不给刘从云磕头是另有原因。

如果说下川东之战前，刘湘及其部下，或多或少还对刘从云在军中的作用存有疑惑的话，那一战之后的感受，就只有用《三国演义》中关羽和张飞的话来形容了："孔明真英杰也！"王陵基亦概莫能外，刘从云回重庆要经过万县，王陵基超出刘湘要求的规格，对刘从云予以了特殊款待，还请对方给他扶乩，简直把刘从云当成了个活神仙。

扶乩也是一种占卜，如果没有相关信息可供操作者参考，很大程度上就只能依赖于巧合。刘从云给刘湘扶乩，事关军政要务，当然要慎之又慎，有时还得两人商量着办，为的就是可以瞒天过海，蒙住他人。相比之下，刘从云在给王陵基扶乩时自然就没那么尽心尽力，结果过了段时间，王陵基发现刘从云的扶乩好像并不灵验。

正好万县来了个跑江湖的王某，也自称神仙。王神仙比刘从云还要能吹，不仅自称能炼丹，可以点石成金，还说他会剑术——不是普通剑术，是飞剑术，可于百步之外取人首级。

不知道王陵基是不是爱看民国时流行的仙侠小说，反正王神仙这种神仙兼剑侠的传奇身份让他十分着迷，自此便晨昏三叩首，早晚一炷香，把王神仙供奉在了自己的公馆里。

王陵基既然供了王神仙，就不会再拜刘神仙。刘从云得知内情后十分不满，平时与王陵基也难以相容，他常对刘湘说，王陵基脑后生有反骨，所以才会目无长官。言下之意，王陵基不仅不是赵云、黄忠，而且极可能是第二个魏延。

刘湘虽然肉眼凡胎，看不出灵官身上哪根骨头是反骨，但他有另外一个视角，那就是王陵基自镇守万县后，确实有些不同以往，甚至还偷偷扩充军队，因此已有人给王陵基送了"万县王"或"川东王"的称号。

对于刘湘来说，王陵基的这些行为毫无疑问都是犯忌之举，他早就有所顾忌，只是深沉未露而已，刘从云的魏延之说正中其下怀。

神鬼之道的降临人间，原本就不过是世人用来对付世人的技术方法，王陵基因为迷恋王神仙，让他在刘湘面前彻底失宠，刘从云把"赵云"安在了王缵绪身上。

有德者王

平时在刘从云的"神仙府"里召开秘密会议的，除了刘从云和"桃园三兄弟"外，王缵绪有时也被允许参加，相当于刘湘阵营的核心团队。这其中，刘从云专注于诡道之术，潘唐王只是遵命行事，最终还得由刘湘自己拿主意。

团队的热门话题，当然离不开如何对付刘文辉。刘文辉智勇兼备，军政双修，看起来似乎无懈可击，但这个世界上从来不存在真正刀枪不入的人——即便是古希腊神话中被尊为战神的阿喀琉斯，不也有脆弱的"阿喀琉斯之踵"吗？

刘湘一直在对刘文辉进行观察，他得出的结论是：刘文辉的确太优秀了，但太优秀恰恰是他的致命弱点！

这不是什么新发现，而是古往今来的经验之谈，西方的谚语叫作"知的多，老的快"，东方称为"木秀于林，风必摧之"。

刘湘能够拿出来战胜刘文辉的法宝，是他的"厚"。具体方略为反其道而行之，即刘文辉进，他就退，刘文辉硬，他就软。比如，刘文辉对外要"控制西南，逐鹿中原"，刘湘便退到"统一四川，闭关自守"，刘文辉对内要"各个击破，唯我独尊"，刘湘则遵循"群雄并存，有德者王"。

"神仙府"里到底在嘀咕些什么，周围的诸侯都想知道，力量微弱一些的诸侯尤其关心，他们的驻渝代表都影影绰绰地通过刘从云进行打探。

刘从云并不隐瞒："就讨论你们的事呢！"

这话听得让人心惊肉跳，讨论什么？怎么兼并我们？

刘从云正色："胡扯什么呢？我们聊的都是如何帮助和扶持你们。"

据刘从云说，他和刘湘已经商定，今后要对川中诸侯实行忍让和维系政策，做到"政治上一致行动，经济上予以支持"。

诸侯们如闻福音，如释重负。刘文辉疯狂的铁血兼并行动已经让这些"弱小国邦"患上了恐惧症，虽然还不知道谁是要被兼并的下一个目标，但想来轮到自己也不过是早晚的事。不错，刘文辉确实已经有一段时间没有动静了，但对诸侯们而言，这种憋着心思让你猜的短暂宁静，其实更为可怕，弄得你得成天做噩梦啊！

刘湘固然也以统一四川为目标，但相比于刘文辉，终究还是给大家留下了一口饭吃，太意外，也太让人欣慰了。

担心刘湘人前一套，背后一套，诸侯们一旦饷弹出现困难，或者沿长江西运的物资在万县被扣，就试探着走刘从云的门路，请他在刘湘面前说项。

一试下来，神仙果然灵验，除非你不去求或者不去说，否则大家的愿望大多可以得到满足。这样一来，刘从云更神了，几乎成为有求必应的活菩萨，一般的诸侯皆以能投于刘神仙门下和入道拜师为荣。

这当然又是一次成功的搭档演出，表面风光的是作为演员的刘从云，幕后赚到盆满钵满的是作为老板的刘湘。

自从刘湘及其团队打出"群雄并存，有德者王"的招牌后，连李家钰这样的新派掌门也要来投奔他了。

李家钰虽经杨森允许，得以驻军营山，但李军有三万余众，营山只是一座穷县，哪里养得起如此多的食客。无奈之下，李家钰只得派代表向刘湘投诚，表示愿归入麾下，听其指挥。作出这个决定，李家钰实在是走投无路，万不得已。他是下川东之战的发起者之一，如今却落魄成了叫花子，刘湘完全可以落井下石，趁机报复——要么羞辱一顿，拒之门外，要么编遣队伍，实行"不并之并"。

他想错了，刘湘非常大度。见李家钰穷极来奔，当即予以接纳，并慷慨承诺，今后将由他负责每月供给军饷。

李家钰顿解燃眉之急，可谓是绝处逢生，对刘湘的感激之情难以言表，从此逢人就说："我的军队能生存下来，全仰甫公（对刘湘的尊称）之德。"

刘湘的买卖当然也很划算。李家钰是一员能打硬仗的战将，仿佛是三国时的马超，有他投效和助阵，必然如虎添翼，而刘湘所要付出的代价，不过是一笔军饷而已。

李家钰投奔刘湘，对川中诸侯的集体转向起到了推波助澜的作用，大家众星捧月，争相聚拢过来。刘湘的声势变得越来越大，加上其本身力量的增强，终于可以对刘文辉说不了。

寸步不让

蒋唐战争时，刘文辉曾发出反蒋的"东、冬"两电，那时刘湘虽走了另外一条路线，但从始至终未发一言。及至中原大战，刘文辉又在未事先告知刘湘的情况下，联合邓锡侯、田颂尧发出了反蒋的"鱼电"。这次刘湘再也按捺不住了，拍桌子掀板凳地朝刘文辉发火，说刘文辉是在给四川制造灾祸，陷害他刘湘，是可忍孰不可忍。

刘湘的愤慨和疑惧完全可以理解，他认为刘文辉不是向外发展，而是在内外勾结，想想看，倘若冯、阎获胜，岂不是把他给夹在了下川东？到时刘文辉和冯、阎想怎么解决他就可以怎么解决他，他的存身之处和政治生命也将一道完结。

还好，早在"鱼电"拍发之前，蒋介石就已说服张学良举兵入关，所以冯、阎失败早成定局，只不过刘文辉自己还懵懵懂懂罢了。

刘文辉的两次误判，使他与蒋介石的关系走向了无可挽救的境地，与此同时，刘湘则因蒋桂战争时助蒋，且两次都未有所异动，从而受到了蒋介石的进一步倚重和青睐。蒋介石再次派曾扩情入川，虽然曾扩情在任何场合下都避免谈及"鱼电"，当着刘文辉的面也表示了慰问和期许之意，但这不过是怕把刘文辉给逼上极端罢了，私下里曾扩情的使命之一，就是扶助刘湘，使之成为安定四川的重心，以免再出现类似"鱼电"的事件。

外有蒋氏倚重，内有诸侯归心，刘湘与刘文辉分道扬镳的时机已然成熟，不过在此之前，他仍问计于刘从云，为的就是听一听老天爷怎么说。

刘从云经过占卜，得出的结论是："一林不藏二虎，一川不容二流（川指四川，刘与流谐音）。"

就算是封建迷信也有它的一套理论，并非完全胡诌。川军有五行之说，邓锡侯的锡字从金，杨森的森字从木，刘湘的湘字从水，刘文辉的辉字偏旁可假借为火，田颂尧的尧字从土，合起来就是"金木水火土"。刘从云对刘湘说，水能克火，你注定要击败刘文辉，这是不可违背的天意。

迷信的一大功能，就是能从精神上给你撑把腰，这个道理连目不识丁的古代农民都知道，所以他们每逢准备造反前，一定要搞个类似于"石人一只眼"之类的小把戏，既给别人壮胆，也给自己打气。刘湘听完刘从云的五行理论之后，顿时精神大振，"可以说不"也被他前移到了"寸步不让"。

曾扩情的装腔作势，刘湘的态度转变，都从不同侧面给刘文辉造成了某种危机和压力。他亲自赶到重庆，希望就发"鱼电"前未事先通气打招呼一事，向刘湘做出解释，实际是想继续维系住二刘合作的关系，结果刘湘找了个理由，避而不见。

刘文辉自认有错在先，对此尚不是很介意，倒是与他关系密切的部分家族成员不肯买账，认为刘文辉失了面子，所以非要给刘湘一点颜色看看不可。

刘湘的重庆公馆周围场地空阔，林木茂盛。有一天，突然从树上掉下一个东西，大家以为是猴子，细看却是个人。

不审不知道，原来此君竟是个刺客，来自宜宾，而宜宾是刘文辉的老防区，由刘文辉的哥哥刘文彩帮助维持。这名刺客从外围爬上树顶，藏在树叶丛中，企图寻机行刺刘湘，没想到刘湘防卫甚严，连续三天三夜都无法下手。

三天三夜无法从树上下来，也就等于三天三夜没吃没喝，刺客也是人，不是机器，饥渴交加之下，头昏眼花，四肢无力，便咕咚一声地掉下了树。

又过了段时间，刘湘忽然头疼脑热，生病躺在了床上。有人跑过来打小报告，说甫公你这个病可不是无缘无故，而是事出有因。

四川军头很少有不迷信的，刘文辉读了那么多书，却也不能免俗，刘湘有刘神仙，他也有万神仙。万神仙不如刘神仙名气大，但做"神仙"的基本功还是有的。据打小报告的人说，万神仙在宜宾开坛做法，立了一个草人，草人上面写着刘湘的姓名和生辰八字。万神仙插刀于草人的头腹之上，念经诵咒，嘀嘀个不休。

对中国人而言，这是一套绝不会感到陌生的把戏。比如在《红楼梦》中，赵姨娘便买通马道婆，用剪纸人和木偶人，来整治她所痛恨的凤姐与贾宝玉，后果十分严重：贾宝玉"离地跳有三四尺高，口内乱嚷乱叫，说起胡话"，凤姐

"手持一把明晃晃钢刀砍进园来，见鸡杀鸡，见狗杀狗，见人就要杀人"。

赵姨娘和马道婆不过是想让人变成精神病，万神仙以刃加身，却分明是要置刘湘于死地。

刘湘得知后气愤不已：幸亏我身边有刘神仙护佑，要不然可不就一病不起啦！

哪有讲不清楚的

刘湘在家族内部将行刺、诅咒这两件事公之于众，事情被捅开后，立即引起轩然大波。面对亲友们的诘责，刘文辉矢口否认与此有关，再三表示自己决不会做这种下三烂的事，当然，"他人不敢保证"，言外之意，此事乃刘文彩所为，他本人并不知情。他还向刘湘表示，愿意清查禁止，保证以后再不发生类似情况。

刘文辉的话可信吗？可信。刘文辉是一个富有大略的人，他吞并"七雄"的顺序是由小到大，"李罗杨"就是个很好的例子，在其他几雄尚存、自己又已处于不利境遇的前提下，他绝不会傻到把所有力量都提前消耗在最大强敌身上。

行刺、诅咒事件是真是伪，是否出自刘文辉的谋划，刘湘其实也并不真正关心。他之所以抓住不放且大肆渲染，不过是在使用先主故技而已，即在与刘文辉撕破脸之前，首先从道义和舆论上压倒对手。

舆论不过是一面旗，最重要的还是比拼实力。自第一次采购军火后，刘湘又两度从国外购进枪弹，其中包括德造轻机枪、英造重机枪和上千万发子弹。刘文辉一看急了，也赶紧通过自己的渠道，从上海购买优质钢材，准备运回自己的兵工厂制造武器，但这些钢材一到万县就被刘湘全部予以扣留。

刘湘在下川东之战中的一个最大收获，就是占据了万县，从而得以一手控制重庆至宜昌的长江水道。诸侯们从下游采购物资，入川时必经万县，刘湘就像设置海关一样，在万县对物资进行审查，一般物资需要纳税后方能起运，而若是重要军需物资，即便肯交税也没用，一概实行禁运。

应该说，这条规矩并非只针对刘文辉一家，但刘文辉无疑最受触动，因为如此一来，就意味着今后他在军备上再也不能与刘湘抗衡了。

中国人做事，向来规矩是规矩，人情是人情。刘文辉硬着头皮再次来到重庆，想让刘湘网开一面，这次刘湘倒没有借故隐形，不过他说，万县现由王陵基镇守和负责，他不能插手或干预。

刘文辉听后，只从鼻子眼里笑了一声：王灵官再桀骜不驯，你说还我钢材，他能不听你的？不肯还钢材便罢了，还要装，再装遭雷劈！

来一次重庆不容易，既然钢材已没戏，刘文辉决定把话挑到明处，跟刘湘讲讲清楚。

大家都是聪明人，哪有讲不清楚的，说来说去，无非是谁做老大、谁做小弟这点破事。刘湘也不再顾左右而言他，他对刘文辉说："我虽然是你的晚辈，但别忘了，我年龄比你大，发达比你早，资历也比你老，你是受我卵翼起来的，应该听我的号令。"

刘文辉满脸通红："既然你还当我是你的长辈，实力又比你强，就应该由我来指挥和调度一切！"

事情倒是讲清楚了，然而问题更加难以得到解决。刘文辉负气离开重庆，回去后立即展开了报复。

重庆所需米粮均由江津下运，刘文辉便唆使自己的江津守将出面阻止米船经过，重庆方面遣人来问，他便以刘湘的话来回敬刘湘：江津现由某某镇守，那里的一切都由其负责，我不能插手或干预。

你不是不肯还我钢材吗？好，那我就不给你粮食，看谁耗得过谁。

江津一落闸，重庆马上陷入"米荒"，刘湘情急之下，只得跨省购米，以湖南的湘米来补充自身粮食的不足。

刘湘恼羞成怒：我当你是长辈，才叫你一声么爸。你这回是不是吃错药了，给我来这一手，当我是好欺负的？

他向王陵基发去密电，按照其指示，王陵基从此只要看到是刘文辉的"嫌疑物资"过境，不管三七二十一，统统扣住没商量，武器扣，钢材扣，通信器材扣，就连刘文辉为组建空军外聘的飞行员也被扣在了万县。

这还不算，刘湘又通过蒋介石，从源头对刘文辉进行封杀，刘文辉用重金买来的飞机大炮，全部被原封不动地查扣在了上海。

在刘湘一方，以刘从云及"关张赵"为主流，一直反对二刘合作，而包括王陵基在内的少数几个人，则意见相反，其中刘湘的参谋长钟体乾更是"二刘合作论"的坚定支持者。现在眼看二刘真的红了眼，不仅合作无望，和谈也即将关上大门，钟体乾等人急忙出来劝解。钟体乾对刘湘说，二刘若真能实现合作，实力将超过川军的三分之二，若发号施令，谁敢不遵？

对于同室操戈，谁也不服谁这个问题，钟体乾的建议是向外发展，比如刘湘向两湖，刘文辉向云南，邓锡侯和田颂尧向陕西。

钟体乾曾任陆军军官学堂教官，与刘文辉有师生之谊，但他这么说并不是要故意维护自己的学生，而是也在为刘湘着想。在钟体乾看来，若刘湘能采纳其计，不仅能问鼎中原，还可减轻四川战祸，一举数得，乃上上之策。

只是钟体乾犯了跟自己学生一样的错误，如今的世道早就不是蔡锷、唐继尧的时代了，蒋介石对全局的掌控能力，也比北洋政府的段祺瑞、吴佩孚要强得多，刘文辉两次发电受挫，就是个明证。

不是说蒋介石的个人能力就一定超过段吴，而是时移世易，当"春秋"过渡到"战国"，你再拿"春秋"时候的观点来作判断难免会出错。在这一点上，刘湘看得很准很透，他当然不会听钟体乾的。

钟体乾资格既老且极有个性，见刘湘不纳其言，一气之下便不辞而别，到成都省城赋闲去了。

与此同时，刘氏家族也做了最后努力，族长亲自赶到重庆对二刘进行调解。这位族长不仅在族内德高望重，而且还是刘湘的大叔，但刘湘此次一反常态，认定了要与刘文辉一决雌雄，对于任何劝和的声音都听不进去，族内调解终告失败。

二刘对抗正式开始了，双方一面文电相责，一面调兵遣将，大有山雨欲来风满楼之势。

你们觉得怪吧

《三国演义》有一个经典桥段，说曹操刺杀董卓事败，逃亡过程中为老朋友吕伯奢所收留。阿瞒生性多疑，晚上不好好睡觉，还偷听主人家讲话。吕老头出去买酒，他的几个儿子在隔壁商量着要杀猪招待曹操，曹操却以为是要暗害自己，于是先下手为强，杀掉了吕伯奢的家小。

等到双手沾满鲜血之后，曹操才知道杀错了人，可是他不仅不悔过，还将错就错，又把吕伯奢也给一道送入了地府，这就是那句著名的"宁教我负天下人，休教天下人负我"的原始出处。

刘文辉素有类似于曹阿瞒的这种性格，而且在他看来，刘湘已经负了他，当然更不用客气了。

刘湘在重庆结束阅兵典礼，坐小汽车返回公馆，路上围观人群密密麻麻。说时迟，那时快，突然从路边飞来一梭子弹，正打在刘湘乘坐的第一辆汽车上，刘湘应声而倒。行人一边四散奔逃，一边大呼："不得了，刘军长遭人暗算了。"

刺客被当场抓住，一共五个，绳捆索绑地带进了刘湘的军部。等到他们一抬头，全都愣住了——刘湘端坐上方，连一根毛都没伤着！

军师刘神仙坐在刘湘旁边，盛气凌人地来了一句："你们觉得怪吧？我们军长是天上星宿下凡，岂是你们几个能伤得了的。"

刺客们正惊疑不定之际，从侧门走出一名军官，相貌与刘湘酷似。原来当天被刺客子弹射中的人不过是刘湘的替身，而且也只是手上挂花。

经过审讯，这批刺客又是刘文彩所派，但毫无疑问刘文辉就是幕后指使。

一个刺客行刺不成，就组团行刺，说是下三烂的事情不做，一旦做出来，还上了规模和档次。面对刘文辉这个"真小人"，刘湘也再次拿出了"伪君子"的范，不但不杀刺客，还每人奉送一百大洋，将他们送了回去。

当然不是纯粹白送，多少得干点活。刺客们负责给刘文辉带来了一封信，此信为刘湘所写，刘湘在信中说："感谢你千里万里派人来指教我，提醒我，让我知道还有一个你这样的长辈在天天惦记着我。看到我对来人照顾得好吧，放心，如果你再派人来，我一定还会像今天这样盛情款待。"

刘湘把从刺客们身上收缴到的枪，作为刘文辉给他的赠品，在表示"感谢"之余，还不忘告诉对方："战场相见之时，再当面谢过。"

刘文辉读信之后气到脸无血色。既然行刺不成，只好用看家本事了，他要用他最拿手，却也是最遭对手非议和怨毒的一招：挖墙脚。

要说刘湘其实也是挖墙脚的行家，王缵绪就是他从杨森那里挖来的，但刘湘因为一直戴着"仁厚"的面具，所以就没人记得这些了，结果反而使刘文辉成为这一行业公认的高手。

擅长挖墙脚的人，都得出手大方才行，在这方面，刘文辉向来是一掷千金，他把已被刘湘收为部将的范绍增作为挖墙脚的重点，支票一掏就是三十万。

不过这次刘文辉的绝招失灵了，范绍增颇讲江湖义气，不肯为了点钱就背叛自己的老大。他假装允诺，收下钱后就向刘湘报告，并将支票上缴给了刘湘。

刘湘对范绍增大加称赞，当即又把支票全部奖励给了他，据说范绍增还用这笔钱给自己买了新房。不过另外一名收到刘文辉贿赂的将领就没这么好运了，因为知情不报，刘湘将其撤职扣留，此人直到刘湘死后才被释放。

俗话说得好，舍不得孩子套不着狼，问题是狼未打着，孩子也没了。刘文辉赔了夫人又折兵，可又不敢对外声张，只得自认晦气。

金箍圈

刘湘、刘文辉叔侄二人整天斗得跟乌眼鸡似的，但作为富有经验的格斗选手，在对方未出现明显破绽之前，他们谁都不会率先出拳。

刘文辉的保定系联盟始终让刘湘十分忌惮，你想，"四强"里面占了三席，刘文辉自己已经实力强劲，再三对一，真打起来又有多少胜算？

刘湘的一个师长献计，建议可以先从内部分化保定系，与邓锡侯、田颂尧结成联盟，这样才能击败刘文辉。

分化保定系的主意，刘湘不是没有想到过，过去他在对付杨森时也经常上演类似好戏。问题在于，刘湘和杨森毕竟同为速成系，部下也以速成同学为主，凭借自己在速成系中的影响力和号召力，刘湘要从中做局的话相对容易，邓锡侯、田颂尧及其部属却尽为保定系，要从外面插手进去的话，情况就要复杂多了。因此，刘湘一开始对部下的这一计策表现得信心不足，说："保定同学在川已成政治上的一种力量，彼此之间虽有矛盾，然而不难言归于好，怎能与我们联合？"尽管如此，他仍答应众人，"试图为之"，可以姑且试试看。

正在这个时候，田颂尧突然派人造访，二刘之争由此出现了极具戏剧性的转折。

保定系看似巩固，实则不然。刘文辉在未走向鼎盛时，对邓锡侯、田颂尧还多有谦让，之后则以保定系的唯一首领自居，渐渐变得自高自大，目中无人，川军背后都称其为"幺爸"。他一面联合邓田来对抗刘湘，一面又时时挟制邓田，迫使二人寸步不离左右，完全把邓田当成招之即来、挥之即去的小弟使唤。

邓锡侯、田颂尧再怎么着，也算是"四雄"成员，暗地里免不了牢骚满腹，两人见面都一个劲地抱怨："刘幺爸的气焰太大了，受不了。"

牢骚归牢骚，抱怨归抱怨，邓田轻易还是不敢走出刘文辉用金箍棒给他们画的圈。因为刘文辉会时时警告他们：如果乖乖待在这个圈里，我可以保护你们，要是不听我的话，当心我跟我侄儿刘湘合起来将你们一起收拾掉！

两两对阵，三四名毫无疑问干不过一二名，所以邓田即便活得再苦再累，也只好把一泡苦水咽肚子里。

邓锡侯精明滑头，会说话，日子稍微要好过一些。田颂尧绰号冬瓜，冬瓜在四川方言中有傻的意思，他为人也确实有些傻头傻脑，便成了被刘文辉欺负的重点对象。刘文辉不仅从他手里夺走了成都兵工厂，还将"挖墙脚艺术"也移植到他身上，从田军拖走了整整一个团。事后从田颂尧本人到部下将领都大为愤慨，曾经开会决议，要刘文辉"拿话来说"，刘文辉的反应是连个屁都没放，而田颂尧也毫无办法。

田颂尧不仅吃了大亏，还丢了面子，一股无名之火无处发泄，二刘闹矛盾让他看到了走出"金箍圈"的一线希望。

别看田颂尧被人叫作冬瓜，但能在残酷激烈的丛林角斗中脱颖而出，且被列为川军第四强，起码的生存和斗争智慧还是有的。他虽然看到了希望，但并未敢轻举妄动，其顾虑跟刘湘离间保定系时的担心相仿，只是角度不同而已："二刘之间虽有矛盾，可人家毕竟是亲戚，闹了一阵意见后，不难言归于好，怎能与我联合？"

最好能有人先帮着探探路，牵牵线。人是有的，而且出自吾国一种古老的职业，叫作纵横家，也就是苏秦、张仪所从事的那种行当。

既然是"春秋战国"，哪能少得了纵横家们的身影，此辈三天两头地奔走于各大诸侯间，寻找可以投效觅食的地方。刘文辉乐于招揽有学问的高端人才，甚至也愿意接纳万神仙类的江湖术士，唯独看不上主动上门的纵横家。纵横家在他那里吃不开，倒是无脑的田颂尧愿意敞开大门，照单全收。

由纵横家穿针引线，田颂尧终于与刘湘接上了头。田颂尧主动前来联络，究竟是出于真情还是假意，刘湘对此尚不能完全确定，他在与田颂尧所派出的代表密谈后，即指示侦察电台对田颂尧的来往电文进行监听。

为了让自己在竞争中占有优势，四川军头大多重视密电。刘存厚当年每月给绵阳电报局发放津贴，同时派亲信常驻该局，以便于与驻于京城的吴莲炬进行联络。田颂尧在派代表前往重庆后，也一直与自己的代表保持着频繁的密电联系。

有发密电的，便有截获和窃听密电的。所谓侦察电台，就是专门派一些人收听别人的无线电报，然后将其密码按照排列组合的各种可能，编成电报密本。在当时，侦察电台还属于非常前沿的一项技术，四川包括整个大西南都没有这套设备和人马，也没有人预防他们的密电会被人截获，自然就不存在作假的可能。

刘湘的侦察电台建在上海，机构很小却很实用。接到指令后，侦察电台很快便截收到了田颂尧与重庆代表的来往密电，并且成功地翻译出了全文。

刘湘一看，放心了，知道田颂尧没有合着刘文辉来诓他骗他，从此便放心地与田颂尧直接建立电报联系，双方密电来往不绝。

整到你服

刘湘的侦察电台固然是独一份的，但刘文辉通过直接买通田颂尧的密电员，看到了刘湘和田颂尧来往的全部密电。

以为冬瓜傻里傻气，没想到还第一个吃螃蟹，跟刘湘都勾结上了，刘文辉大吃一惊。如果他因此有所警醒，能够意识到以往对田颂尧过于苛刻，从而改弦更张，田颂尧或许还会回头，但他偏偏用的是相反手段。

你不是不服吗，我整到你服！刘文辉又从田颂尧手里抢走了一个团。

左一团，右一团，田颂尧有多少个团也吃不消这样被挖墙脚，而且虽然说都是一个团，但二者情况还有所不同。先前那个团，是上司犯错被田颂尧关了起来，其部因畏罪而投向刘文辉，可以说本身就有被迫的成分在。现在这个团却是驻于田颂尧的防区腹心，且正处于训练期间，在这种情况下，刘文辉都能把它拖走，令田军内部大为震动。

如果说从前挖田颂尧的墙脚，刘文辉还犹抱琵琶，羞羞答答的话，此番则是堂而皇之，不仅派部队前去掩护，还给归顺将领加官赠银。田颂尧忍无可忍，仗着已跟刘湘建立了秘密联盟，便急召在上海养病的副军长孙震回川指挥，准备与刘文辉一战。

1932年10月，田颂尧调集约三十个团的兵力于成都等地，在城内街巷遍筑工事。他还与刘湘制定了密约，双方预定一个从成都，一个由川东，同时向刘文辉发起进攻。

田颂尧虽然摆出与刘文辉势不两立的架势，却并未下定拼死与之一战的决心。他的部将除孙震外，也大多对战事抱着可有可无的态度。

田颂尧欲战不战，刘湘便率先启动，以联军总指挥的名义，组织各方诸侯环攻刘文辉，杨森、李家钰、罗泽洲作为联军旗下的急先锋，已率先火力全开。

刘文辉一下子清醒过来，意识到自己主要的敌人还是刘湘：如果只与刘湘一对一鏖战，并不一定落于下风，但如果田颂尧与刘湘联手，对付起来就要困难许多。

趁与田颂尧还未完全决裂，刘文辉急忙派部下前去疏通，甚至通过送钱的办法，让田颂尧的弟弟去向他哥哥进行劝说。未料田颂尧傻归傻，脾气很倔，不管谁说到与刘文辉和解的事，都是一盆冷水浇过去，没有一点可通融的余地。当然他也没有马上向刘文辉宣战。

冬瓜的脑子实在过于简单，他以为吓唬一下刘文辉就行了，或者纵使开战，也只需在成都"虚轰一阵"，即可迫使刘文辉让步，以泄心头之愤。

醒醒啊大哥，你的对手可是川版曹操！

刘文辉行事用兵，向来雷厉风行，没有一点拖沓犹豫。在看清只有战争才能解决问题后，他立即将重兵调集到成都近郊。11月14日，刘文辉率先采取主动，揭开"刘田成都巷战"（又叫省门之战）的序幕，田颂尧仓促应战，处于完全被动的境地。

刘田之战争夺的焦点为成都皇城内的煤山。煤山本非高地，不过是一座堆积起来的煤渣山，高不过二丈，也就是才六米多，但因为处于两军交战的中间地段，无论谁占领它，都可就地建立迫击炮阵地，从而威胁对方军部，所以大家均拼死争夺。

刘文辉先攻下煤山，田颂尧急调师长王铭章反攻。王铭章组织敢死队进攻煤山，敢死队员将纸钱烧成的灰糊于脸上或胸膛，以"已死恶鬼"的面目发起冲锋，才再次夺回煤山。

刘文辉见状也组织敢死队予以反击，田军夺到的煤山尚未在手中焐热就又丢掉了。田颂尧脸色大变，决定派孙震亲临前线指挥。在田颂尧的一众部将中，孙震素有善战之名，主战也最得力，他到前线后即下令部队依托城内的民房实行抵抗。

刘文辉的军队在技战术上很有一套，他们在大板车前面安上钢板，配备机关枪，用这种"土造坦克"向田军阵地发起强攻。见"土造坦克"刀枪不入，田军顿时就傻了眼，好在他们很快发现"土造坦克"没有顶盖，于是便居高临下，从民房上用机枪和手榴弹进行俯瞰打击，终于击退了刘军的攻势。

可是击退也只限于一角，刘军在城内完成三面合围，将田军困于西北一隅，田军粮弹两缺，情况十分不妙。

本来只是想吓一吓刘幺爸，一个不留神，反把自己给弄到了走投无路的地步。田颂尧沮丧万分，与胞弟抱头痛哭："不料我的事业就这样完蛋了。"

一旁的孙震尚不肯服输，说"决不从上海回来做俘虏"，但他也只是死了的鸭子嘴上硬，已经拿不出任何反败为胜的有效办法。

刘文辉胜券在握，遂向田颂尧发出通牒，要求其无条件投降，部队接受改编。田颂尧已同意交出部队，但他的部属认为刘文辉欺人太甚，说宁肯"开红山"（即放火）也要冲开一条血路，而决不"俯首就降，任人宰割"。

田军要玉石俱焚，同归于尽，刘文辉就觉得有些麻烦，而且这时他得知刘湘正取得节节胜利，并已直奔成都而来。

第八章 / 五龙闹川

刘文辉起初敢于置联军于不顾，单独打击田颂尧，缘于联军开局的极度不给力。

"杨李罗"在与刘文辉开战后，都仅止于小战，且稍一接触，便告败退。即便在刘文辉调主力离开后，其前线部队还是应付裕如，优哉游哉，将领们甚至可以一边作战，一边下棋。

刘湘担心"杨李罗"是想保存实力，不愿拼命作战，所以专门召集联军会议进行动员，在会上说："大家要认真打仗，才能早得胜利，我会尽到我的力量，不过以后不要说我的防地占多了呀！"

其实"杨李罗"不是不想使出全力，尤其李家钰和罗泽洲都是在刘文辉手里栽过大跟头的，恨刘文辉恨到入骨的程度，主观上并没有藏着掖着的打算。

关键还是他们早已今非昔比。军官系按照实力重新排名，"李罗杨"变成了"杨李罗"。这里面，杨森的防区才不过四个县，李罗都没有自己的专属防区，罗泽洲在老部队被刘文辉挖墙脚后，新建部队的战斗力已经弱到简直可忽略不计，相当于川军里的林黛玉，风吹吹都会倒。

意识到"杨李罗"确实不济，刘湘不得不亲自上阵。他这次可谓是来者不善，别人最多一个陆军，他除陆军外，还另外带上了海空军。

海空军

刘湘的空军建立较早。因为经办空军的人外行，加上贪图便宜，从英法美订购到的十几架飞机不仅小，而且多是外国空军或废弃不用，或质量低劣卖不出去的货色。它们在飞来中国的途中便毁损了两架，其余不得不启用船运，才得以安全到达重庆。

在重庆试飞时，同样洋相百出。刘湘的一位师长觉得新鲜，硬要爬进机舱凑热闹，谁料即刻中彩，飞机刚刚飞到半空就坠毁，枉送了卿卿性命。

飞机不中用，飞行员也很差劲。好不容易从上海聘了一个德国人，这哥们儿为了炫技，从空中扔了两颗手榴弹下来，结果不偏不倚地落到人群中，伤了不少人（瞧这点眼力见儿，幸亏还没扔炸弹，否则便可能酿成不折不扣的大惨案）。

刘湘也想过招收本地青年进行培训，但空军不是一般兵种，对飞行员的要求非常之高，所招收人员大多不合格，短时间内也难以培养成才，最后仅几个人能聊以充任。

够简陋够低能吧，可是四川空军独此一家，刘文辉又缺乏高射炮，看到刘湘的飞机也只能干瞪眼。倒是刘湘自己小心翼翼，不敢让飞行员多带炸弹，怕这些技术粗糙的小子瞅不准目标，把炸弹全丢到平民堆里去——四川大内战当时已成为国内外舆论关注的焦点，大家都盯着看，一旦因此出现平民重大伤亡，刘湘连赖都赖不掉，因为飞机炸弹别无分号，就他能认领。

由于携带的炸弹很少，在大部分时间里，空军都只能起到一个侦察和威慑的作用。飞行员也应付差事一般，架着他们的破飞机，到敌军阵地上空漫不经心地兜上一圈就回来，反正只要保证自己不掉下去便没问题。有一次，飞行队长自恃技术比其他人好，将飞行高度降得低了一些，结果差点被地面机枪给打死，吓得他赶紧将飞机拉起，再也不敢逞强了。

空军不过玩个时髦，真正给刘湘争面子的还得数海军。

川人幽默风趣，有人给刘湘的海军做了一首打油诗，其中有一句是"警告沿江柏木船，浪沉兵舰要赔钱"。一般说来，只有军舰撞沉木船，哪有木船撞沉军舰的道理，其实就是打趣其军舰又破又旧。另外还有人说刘湘所谓的军舰，不过是从前吴佩孚留下的两只小艇，刘湘接收过来之后，放上几十个步兵，摆上机枪迫击炮便堂而皇之地拿出来充数了。

其实他们都说错了，至少在四川境内，刘湘的海军还没那么差劲。他一共拥有三艘主力舰，其中两艘浅水炮舰系在上海定制，由德国造船工程师主持设计，设计时参考了川江的水流特点，属于量身打造，刘湘分别将之命名为"巴渝""长江"。

要说稍微寒碜一点的，应该是第三艘军舰。它原来是一艘川江商船，改装后命名为"嵯峨"。刘湘就以这三艘军舰组成川江公安舰队，并任命重庆籍的蒋逵为舰队司令。

有道是"蜀中无大将，廖化充先锋"，但实际上蜀中人才向来灿若群星，只看你需不需要，能不能重用他们。蒋逵就是一个很好的例子，他是商船学校和航空学校的双料生，出国见过世面，既能指挥海船，又能驾驶飞机，称得上是难得的复合型军事人才。刘湘招纳到蒋逵之后，便将海空军都交其掌控。

当时二刘各据川江的一半，刘文辉据有上半段，即从乐山到泸州再到重庆上游的江津这一段。刘湘沿川江分段进击，使得江上几乎没有对手的川江舰队得以一出场便唱起了主角。

"巴渝""长江"的设计为头尾安炮，旁设机枪。蒋逵在率舰队向江津驶近的过程中，遭到岸上刘文辉部队的射击，他下令以机枪对守军，以大炮对工事，分别予以还击。

蒋逵回川前，在北洋和北伐军中都服过役，有着很丰富的实战经验，他这么做，重点不在于杀伤对方，而是为了施行心理战术：当前线敌军听到枪炮声由远而近时，会认为舰队正向江津开去；炮声由近而远时，会认为舰队已驶近江津，抵抗已经没有意义了！

刘文辉既无海军，他的部队也不知道如何进行江上拦截，水下甚至连个障碍物都没有，川江舰队轻而易举地就穿过了岸上的火力网。如同蒋逵所料，他们果然慌了手脚，还没怎么交火，便纷纷向城内退去。

舰队到达江津附近后，蒋逵下令舰炮不得停顿，继续向江津城的后方轰击，同时指挥空军朝城里投弹——哪怕投的全是手榴弹也无所谓，重点是施加心理压力。

早在江津之役前，刘文辉已抽调重兵去成都，江津的守备力量本来就较为薄弱，他们先是被前线退兵搅乱了心神，接着又担心后路被包抄，便全弃城而去。

夜闯鬼门关

如果说江津的丢失还触动不了刘文辉的神经，江津之后的泸州就不同了，这里是他的经济命脉，丢不得。

虽然刘文辉此时正要进攻田颂尧，但仍抽出两旅精锐驻守泸州，同时鉴于江津失守的教训，他又把所有能集中的大炮都集中起来，放置在泸州江岸边，用以建立炮兵阵地，另外还象征性地在水下布置了一些障碍物，只是由于缺乏水雷，并不能起到多少实际效果。

四川人有句口头禅，叫作"天生的重庆，铁打的泸州"。泸州号称小重庆，地形上与重庆接近，以地势险要、易守难攻著称。虽然说有了飞机大炮之后，天险已不足恃，但要攻破它也并不容易，从刘湘、刘从云到蒋逵都为此绞尽脑汁。

蒋逵经过策划，在离泸州不远的沙滩上建立了一个飞机场。飞机除毁损的外，一共还有十二架，他算了一下，如果把这十二架飞机都集中在沙滩上，大号飞机装四颗炸弹，小号的也能装两颗，平均每架次可装三颗，总计每次可装炸弹三十六颗。飞机由沙滩起飞到泸州只需几分钟，即便加上给飞机加油以及装弹时间，仍可做到每半小时对泸州轰炸一次。想想看，泸州才多大一点地方，又没有起码的防空设备，这样从早轰到晚，守军还能抵抗多久？

蒋逵算的是很精，可问题是要实施这样的大轰炸计划，作为"仁义之君"的刘湘根本就不敢，他害怕投鼠忌器，伤了民心，至于蒋逵和飞行员们，都不过是给老板打工而已，当然也不愿直接来背负这个责任。

在和刘从云商讨半天后，刘湘决定改变空军作战方案，他让蒋逵带五艘商轮，先开到泸州的对岸，在那里载运陆军，然后再对泸州实施强行登陆战。

登陆战的具体发起时间是由刘从云敲定的，为 11 月 11 日晚间 11 时（看数字就知道了，一定又是刘神仙掐出来的黄道吉日）。身为军人，蒋逵一生经历过很多战事，大多已记不起发起的时间了，唯有这一次，永远不会忘记。几个"11"凑到了一块，数字特别好记当然是一个因素，但真正的原因不是这个。

接到任务后，蒋逵很纳闷，因为新的作战方案看上去有些让人摸不着头脑：为什么一定要到泸州对岸去载运陆军？直接在出发地点装上陆军，找一个火炮打不到的地方，把陆军送上岸不就行了，都用不着这么黑灯瞎火鬼鬼祟祟。

川江航道艰险，水流湍急，历来就没有黑夜行船的规矩，而且蒋逵已通过飞机侦察，知道刘文辉在泸州岸边部署了强大的炮兵阵地，水下还设有障碍物。三艘主力舰加上五艘商轮，这么多船鱼贯而进，不可能不引起岸上火炮的猛烈轰击，此行无疑将非常危险。

纵有再多疑惑，也抵不过军令如山，蒋逵只能遵令而行。

在舰队夜行过程中，为了避免暴露目标，舰轮必须全部熄灯，同时又要相互隔离，以免发生碰撞，真个是令人胆战心惊。尽管如此小心翼翼，但泸州守军早已做足防御措施，舰队在距敌炮兵阵地不远的地方就被发现了，随即便遭到了火力阻击。

此时舰队进退两难，蒋逵身边的官兵从未经历过如此险境，有的呆若木鸡，有的浑身哆嗦，神情十分紧张。蒋逵一边命令舰队加速前进，一边给部下打气："敌炮没有什么可怕的，距离越近，不是更危险而是更安全，因为他们不可能将炮放平，对准军舰打！"

舰队玩命狂奔，好不容易驶抵泸州城上游，脱离了岸炮射程，尽管军舰和商轮未受到大的损伤，但船上的烟囱都早已红似火炭。

说是不可怕，部队还是阵亡了好几个人。蒋逵下舱察看，发现一颗子弹打穿了司令部卧室的门隙，从床上穿过，若是他当时躺在床上，也就一命呜呼了。

后来蒋逵才得知事情真相。原来刘湘让舰队夜闯鬼门关的真实意图，竟然不是要载送陆军，而是为了复制江津之役，试图用舰队闯关来把泸州守军给吓跑！所谓载送云云，只是为了哄骗包括他在内的舰队官兵，以免海军胆怯，不敢执行任务。

在感到不寒而栗的同时，蒋逵也算是看清了刘湘"仁厚"外表下的另一张面孔。

神军

刘湘、刘从云处心积虑地玩花招，海军舰队也按照命令到达了泸州上游，可是泸州守军并未撤退。

对"神机妙算"为何没有成功，刘从云有能够自圆其说的借口。按照他的解释，舰队为了做出发准备，没能在当天晚间 11 时准时上驶，实际上是第二天，也就是 12 日凌晨 1 时才出发的。虽说也有个"1"，毕竟不同了。

泸州守军不肯撤退，海空军的功能也用到了极限，地面进攻便成为决定胜利的关键。刘湘调集的围城兵力多达四个旅，泸州守军一共才两个旅，但部队就是攻不进城。

不是攻坚火力不够强，事实上，川军之中没有比刘湘更强的了。

刘湘很早就在重庆办了一家兵工厂，对外称武器修理所，开始也确实只能修理，后来不断扩大，就变成了以制造为主。截至 1931 年，这家兵工厂仅机床便达三百多台，其中有一部分就来自扣留刘文辉的军用物资。

刘文辉喜欢招揽高层次文化人，刘湘则对礼聘技术型实用人才颇有心得。在重庆兵工厂，既有原成都兵工厂、汉阳兵工厂的高级技师，也有在国外学习过机械制造的留学生，兵工厂的研制和仿造能力都很不一般。

刘文辉的成都兵工厂以生产步枪及其子弹为主，重庆兵工厂很少制造步枪，因为步枪随处可以买到，它生产更高端的：捷克式轻机枪。

重庆兵工厂前后一共生产了千余挺捷克式，分发全军各个步兵连使用。令人称奇的是，这些四川出品的捷克式都质量优良。后来南京兵工署署长俞大维来厂视察，连他也甚感惊异，说我们中央花了一百多万元也没能搞出捷克式，没想到刘湘这家厂却能制造，很了不得。

除了捷克式，重庆兵工厂还大量制造迫击炮，这些迫击炮分小、中、重三个类型，达千门之多，须常年用六七座大仓库才能进行储存。

泸州城下，刘湘把他的重型火力全都搬了出来，捷克式轻机枪和各种类型的迫击炮排得密密麻麻，白天袭，夜里轰，闹腾了好些个昼夜，却始终拿守军没什么办法。

看来还是不够神啊，有没有更神的？有，这就是"神军"。

海空军不用多解释，唯独这个神军，若不加以旁白，没人知道它究竟是什么。神军者，刘神仙缔造之兵也，皆为各道馆的青年道徒，就连所持枪械也为道徒从上海集资购买。在刘湘军队内部，他们被编为一师，称"神兵师"，对外编号为"模范师"，师长由刘湘兼任，但整师实际由刘从云掌握。

神军与一般陆军有啥区别？回答是：刀枪不入。

组军之前，刘从云给这些道徒操办了三天三夜的"移星转斗会"，点三千六百八十四盏灯，其声势可直追当年诸葛孔明的"北斗攘星大法"。

道徒们在"转移星斗，脱胎换骨"之后，刘从云便关起门来，焚香秉烛，把《三国演义》里的武将都"请下仙界"，附着在弟子身上，并教授道徒们"神功"，比如关羽的拖刀计，黄忠的百步穿杨。

刘湘号称拥有"海陆空神"四大兵种，神军是压轴的，在海陆空军都失败后，自然就要轮到这些天兵天将了。

神兵们自信刀枪不入，比普通陆军士兵要有胆得多，在他们那种似乎完全不知子弹为何物的气势下，泸州守军起初也有些发蒙，竟然让几十个神兵冲入了自家阵地。可是结局又是悲剧性的，守军试着开了一枪，神兵立刻栽倒在地，一命呜呼。剩下的神兵没料到会有这一幕，傻在当场，被守军生擒活拿。

死了倒还好，可以宣称是升天了，被人家活捉可就把刀枪不入的牛皮都给整个捅破了，刘从云在听到战报后顿时面红耳赤。

神军折戟后，刘湘亲自到一线督师，但仍是一筹莫展，所部死伤过半，尸体都聚堆漂到了重庆码头，其部伤亡之重，可想而知。

泸州迟迟难下，弄得刘湘和刘从云均不知所措，有人讥讽他们说："海陆空神，打不进泸城，恼了刘湘，羞煞从云。"

就在刘湘无比沮丧的时候，又是新技术挽救了他的命运。

这项新技术就是侦察电台。在侦察电台得以破译田颂尧的密电后，刘湘立刻意识到了其重要性，随后就把原设于上海的侦察电台搬到了重庆。侦察电台日夜监控刘文辉的电波信号，泸州守军给刘文辉发去的一份份来往密电均被成功截获并破译。

泸州激战阶段，也正是成都巷战处于关键之时，刘文辉无法全军抽出，在接到泸州的请援电后，便答应派三个旅前往支援。刘湘按照侦察电台所提供的情报，派潘文华在途中分别截击，把三个旅都打了回去。

来得早不如来得巧

无论刘文辉还是泸州守军，都没有意识到是电报泄密，只以为刘湘是从别的途径得到了情报。尽管泸州守军拒守甚力，但久战之后，弹药消耗很大，所以他们不得不再次向刘文辉发出一份告急密电，要求增援弹药。

刘文辉回复，会立即派人押运弹药，并定于某日从龙透关方面入城，到时请泸州守军出城接应。正是这份被破译的电报，帮了刘湘大忙，到了刘文辉约定入城的这一天，刘湘设伏于龙透关，不仅截夺了弹药，还乘势攻陷了泸州城。

拿下泸州，刘湘为自己翻了身，也给他的军师正了名——从截击到伏击，都被说成是刘从云的未卜先知，一方面是保密需用，另一方面也可以巩固刘从云"神仙军师"的权威。

鲁迅对罗贯中笔下的诸葛亮有一句不客气的点评："状诸葛之多智而近妖。"评论家当然有评论家的自由，但小说中诸葛亮的形象在现实生活里早就深入人心，有了这么一个"多智而近妖"的人在军中，至少可以鼓舞士气。刘湘部队精神大振，继攻克泸州之后，又连破包括宜宾在内的七座城池，直迫乐山至成都一线。

早在刘湘兵临泸州城下时，面对不利战局和自己的艰难处境，刘文辉就曾声泪俱下，对多方树敌颇有悔意。此时成都巷战已近尾声，要灭掉田颂尧应该不成问题，但看田军那副咬着牙搏命的架势，结束巷战的时间必将因此拖延，他的兵力也将被继续牵制在成都。

谁才是最大的敌人，不是田颂尧，是刘湘！刘文辉急需回头，但又怕田颂尧死灰复燃，胶水一样粘在屁股后面，甩都甩不掉。正在踌躇之际，邓锡侯主动上门，要求帮他调停。

来得早不如来得巧，刘文辉喜上眉梢，在邓锡侯的安排下，他和田颂尧在成都的邓公馆会面，商谈停战。

这种时候，刘文辉能够放他一马，自然是田颂尧求之不得的事，两人互致歉意，杯酒言欢，席上商定，田颂尧除留一个团象征性地戍守成都外，其余部队全部撤走。

刘田巷战结束了，一共打了十一天，但给成都造成的损失，丝毫不亚于十几年前的刘罗、刘戴巷战，真是神仙打仗，百姓遭殃。成都人心有余悸且激愤难消，在知名人士的倡议下，他们荷锄携筐，把煤山削到了平。虽说这是病乌及屋之举，但冥冥之中似乎亦有感应，此后成都再未爆发过类似巷战。

刘文辉需到前方与刘湘决战，成都后方怎么办，是不是得派人继续盯着田颂尧？邓锡侯自告奋勇，愿亲自镇守成都，为刘文辉解除后顾之忧。

刘文辉还有些不放心，对邓锡侯说："如果你无诚意，我现在一个电报就可以与刘湘言和。"

邓锡侯信誓旦旦："二刘作战，即是保定系与速成系作战。我是保定同学，最低限度也当恪守中立。请你放心，我不仅会守住成都，必要时还可亲自率部，协助你与刘湘一拼，一言为定。"他再三保证，在刘文辉得胜回朝之前，不会允许其他任何一支部队进入成都，更不用说是田颂尧了。

朋友相处之道，不看怎么说，而要看怎么做，真做点什么，才能叫真诚。刘文辉对邓锡侯感激不尽："外界都说你滑头，是水晶猴，我看你为人很真诚，这个时候还肯助朋友一臂之力。"

有邓锡侯督军于后，刘文辉得以抽出精锐主力，一心一意对付刘湘，由于战事主要集中在刘湘已经占领的荣县、威远，所以称为荣威大战。

二刘对决真正开始了，刘湘的手心里攥出了一把冷汗。之前在沿江区域，他的海空军作用不小，到了荣、威一带，军舰活动受到很大限制，空军虽仍能参战，但缺乏陆空协同作战的意识和能力，刘湘不仅担心伤及平民，更害怕两军混战，短兵相接时，飞机会把炸弹投到自家阵营（蒋逵曾编定陆空协同信号奉送陆军，无奈一打起来，众人就都忘了，以至于从未有人使用过这些信号）。

没有了海空军的襄助，只能陆军对陆军，想取巧已不可能了。再从兵力对比上看，刘文辉拥兵七万，刘湘拥兵五万，刘文辉处于攻势，刘湘处于守势，对刘湘而言，前景确实不容乐观。

战前必须制订作战计划，但川军的所谓作战计划，大多不过是走个形式而已。大家上了阵，并不严格按照计划执行，而是习惯于直接下达口头命令："敌人在河对面，你们给老子拿下来，敢不敢去？不敢去的是乌龟王八蛋！"

既然作战计划订得好与不好，对实战都没有太大影响。为了图个吉利，争取中个头彩，刘湘便干脆让刘从云负责拟订作战计划，刘从云用扶乩的方法算了一通后，便把作战计划填好交给了刘湘。

老套的战法

与作战计划的落后简陋相应，以刘湘为核心的速成系，其作战方法和思维仍然还停留在日俄战争时代，体现在实战中就是防御不讲纵深，全部呈一线布防。

刘湘自己虽从军多年，还获得了刘莽子的称号，但冲过来杀过去，也不过就是在不停地重复这些攻防程序而已，其间完全没有多少创意或变化可言。

速成系之短，正是保定系之长。邓锡侯、田颂尧在保定系中尽管也属于大佬级别，然而他们指挥作战的水平，充其量只能排在中等，真正能够代表保定系技战术能力和素养的，还得说是刘文辉。

刘湘排兵布阵的缺陷和弊病，被刘文辉一眼看穿。荣威大战开始后，双方激战多日，胜负难分，此时刘文辉突出奇兵，向刘湘的侧背发起猛烈冲击，从而打开了缺口。

一线防御最怕的就是某一侧缺口被打开，一旦出现这种情况，弱兵固然支撑不住，就算强一些的兵马，也不敢不撤，因为他们后面没有部队，不撤的话，等待着他们的便是遭到围歼。

刘湘被迫向老君台退却。老君台乃荣、威前沿的战略要地，刘文辉眼明手快，抢先拿下了这一要地。刘湘急忙上前争抢，两军都不肯放弃老君台，结果一个小小的弹丸之地，总计投入兵力竟然达到了两三万人。

刘湘用的是一种很老套的战法，防御简单，进攻上也没有什么技术含量，概括起来就是八个字"列成横队，一线冲锋"。在前线督阵冲锋的是潘文华，潘文华号称刘湘手下最勇之将，可与关云长媲美，然而落后的战法让他也大吃苦头，所部血拼竟日，当场战死者便达三千余人，伤者无数。

老君台一役成为荣威大战中的著名恶战。刘湘急调王缵绪、范绍增进援，但二将同样被杀得落荒而逃，与此同时，另一翼的唐式遵也精疲力竭，仅剩招架之功。

在技战术落后的前提下，什么"绝对美髯公""候补赵子龙""白面张翼德"全都无济于事，刘湘的各路大军均告失利，只得退守荣、威，筑防固守。

刘文辉又出奇兵，他派精锐部队间道丛林，从背后绕袭荣县。这支突袭部队成功占领了荣县，后因未能与正面部队取得联系，才自行撤离。纵然如此，对刘湘的军心已造成极大打击。

面对一败再败的窘境，刘从云首先跳起来，认为是刘湘没有照他制订的计划作战，才会吃败仗。其实以前行军作战，刘湘也没有哪一次能够原原本本照刘从云的卜卦本子上课，包括泸州之战中的舰队闯关，不也错过时辰了吗？只能说，败仗吃得太多，大家都不可能再淡定得下去，互相埋怨是免不了的。

刘从云情绪失控，与神军受挫也有很大关联。他的神兵师虽在泸州出了糗，但实战多了也渐渐有了军事经验，道徒出身的官兵比一般军人更具优势之处，在于他们的心理很强大，在战场上敢拼能杀，这使得神兵师渐渐上升为刘湘军中不可或缺的主力部队。

可还没等刘从云得意呢，神兵师就蒙受了惨重损失，老君台一役，该师一个主力旅剩下千人左右，连一个满员的团都凑不足了，至荣县被占，师里的所有军用物资又都被刘文辉席卷一空。

刘从云心疼不已，他对刘湘大发脾气："我这个计划乃扶乩得来，代表天意，你不按照我的计划作战，便是违反天意，违反天意怎能不败呢？"

"神仙军师"借题发挥，而且越说越来气，最后一甩袖子，回家，不干了。

军师走人，刘湘最为倚重的战将潘文华也身染重病，乃至卧床不起。刘湘一向稳重内敛，待人宽厚，此时忽然一反常态，竟然给潘文华下达了死命令："不要说得了重病，你就算奄奄一息，也得给我爬起来指挥，绝不允许再退后一步。"

刘湘真是急糊涂了。荣威大战开始以来，他没有能在刘文辉身上占得一点便宜，这在他的军旅生涯中极为罕见。

胜败本来是兵家常事，比如刘湘也曾多次败于杨森之手，但杨森打仗并没有脱离速成系的路子，不过是特别悍勇罢了，最起码，你知道怎么防他攻他，以及如何与之周旋。可是这些对刘文辉都完全不起作用，两军交战，真是防也防不住，攻也攻不上，刘湘能做的，似乎就是败了退，退了败，然后不断重复。

谁能来救他的命

就在刘湘不知所措之际，侦察电台送来了一份破译电报。这是刘文辉的前敌总指挥发给刘文辉的密电，上面提出了制胜的两条计策。第一条，是在已占有明显优势的情况下，对刘湘发起总攻，实战中仍突出一个"奇"字，即正面佯攻，出奇兵绕过防线，实行前后夹击。

对于保定系将领惯用的这种奇袭打法，刘湘倒是已见怪不怪，让他感到格外惊骇的是密电中透露的第二条计策。这条计策说，应乘刘湘专注于前线，派五个旅"附自贡之背"，乘虚直捣重庆。

刘湘本人就在自贡督师，所谓"附自贡之背"，就是从自贡的边上穿插过去，然后直达重庆。这时刘湘的主力都已集中于荣威战场，留守重庆的仅有一个旅，战斗力又很薄弱，五个强旅攻一个弱旅，要攻下重庆，基本上是十个指头捡田螺，十拿九稳的事。

可以预计，如果此计能成，刘湘一方等不到防线被攻破，败局就已不可避免，而且从此将永不能翻身。想到此处，刘湘的眼睛都直了，他一边给重庆守军发去急电，要求抢筑防御工事，以备坚守，一边刘文辉写了封亲笔信，让人拿着去找刘文辉，"向幺爸请和"。

在发出求和信后，刘湘仍然忐忑不安。知叔莫如侄，刘文辉是一个要么不打，要打就一定要清盘到底的人，何况他已经胜券在握，为什么要跟你讲和呢？

必须再找人施以援手。此时此刻找人求援，就等于是喊救命，着实有些丢脸，但有什么办法呢，再不喊，命可就没了！

关键是谁能来救他的命。"七雄"里面，刘存厚早已靠边站了，"杨李罗"退至末游，田颂尧在巷战中被刘文辉给打得一败涂地，能救刘湘的命的便只剩下了邓锡侯。

局外人可能觉得奇怪，邓锡侯又是帮刘文辉调停，又是守城，他凭什么会反过来救刘湘？你要是这么想，就说明你还不是真正了解邓锡侯。

田颂尧给刘文辉挖了两下墙脚，就觉得受了天大委屈，恨不得嚷嚷到让全世界都站出来替他讨公道，做这种事的人，那就是个不折不扣的冬瓜。邓锡侯不是冬瓜，他是水晶猴。

要说委屈，邓锡侯其实比谁都更委屈。刘文辉的挖墙脚和抽鸦片一样，已成癖好，哪怕是窝边草，都照吃不误，挖田颂尧的同时，他也挖邓锡侯，而且是狠挖，拼命挖。

田颂尧不过才丢了两个团，邓锡侯被刘文辉拖走的是一师两旅！

要照田颂尧的样子，邓锡侯绝对有理由跑到刘文辉的家门口，咣咣咣地朝大门踢上几脚，然后吐上一口唾沫，再在墙上给刘文辉贴一张大字报。

可是邓锡侯什么都没做，甚至也未像田颂尧那样派人与刘湘制定密约，他打碎牙和血吞，仍然装得跟个没事人一样，见到刘文辉依旧毕恭毕敬，当对方是保定系的绝对老大。

　　直到在成都门外，恭送刘文辉率师出征，邓锡侯的眼睛里才露出了凶光。

　　邓锡侯曾与刘文辉有约在先，不让任何其他部队进入成都，但刘文辉的背影一消失，邓锡侯便立即大开城门，把周围其他诸侯包括田颂尧、刘存厚甚至是刘文辉的死敌李家钰都放了进来，用意很明显，就是要把局面搅混，甚至于联合更多的人来对抗刘文辉。

　　刘文辉在前方打得起劲，还不甚留意，刘湘一个劲败退，早就左瞻右顾，将这一幕尽收眼底。

　　鲁迅评价《三国演义》，还有一句非常经典的话："欲显刘备之长厚而似伪。"所谓"伪"，也就是俗语中的"装"，其实三国中的刘备不是什么"似"不"似"，他就是很"装"。不过这也不难理解，一个人在生活中再谦逊和善，他对某些人"长厚"是容易做到的，但要说对遇到的几乎所有人都"长厚"，不虚伪做作一点，怎么可能做得到？

　　刘湘的性格当中，也有很大"装"的成分，应该说，在这方面，他跟水晶猴颇有共通之处，可谓心有戚戚，所以对邓锡侯的把握和认识，相应就比"真小人"刘文辉来得更准确更到位一些。

　　邓锡侯一开城门，刘湘就知道了他对刘文辉的真实态度以及心中所存的危机意识。也就是说，邓锡侯虽然暂时还无力量与刘文辉单挑，但他绝不会坐视刘湘被刘文辉所灭，因为刘湘如果垮掉，刘文辉对他就不会只是挖墙脚，而是要大口吞并了。

　　这正是刘湘在极其危急时刻，只能也可以朝邓锡侯喊救命的原因所在。

咬人的狗不叫

　　剩下的问题就是如何拟一份求援电给邓锡侯了。假如实话实说，把自己的困境如实描述一遍，猴子油头滑脑，会不会不敢来？基于这一顾虑，刘湘在电文中写了一句话："胜利在握，请速发动攻击，毕竟全功。"——我这边已经快搞定了，就差你搭把手，刘文辉一推即倒。

把这句话写完，刘湘自己也心跳不已。

心跳倒不是因为说了谎。闯荡江湖这么多年，"装"已成为基本生存法则，有时候甚至除了谎言是真的，其他全是假的。刘湘心跳，是觉得不踏实，想想邓猴子比谁都精明，前线战况真能糊弄得了他吗？

刘湘决定找一位能干的谋士商量一下。此人叫张斯可，毕业于速成学堂。据说学生时代的张斯可上课老爱打瞌睡，老师看到后便惩罚性地让他站起来回答问题，不料张斯可对答如流，毫无破绽。

在成为刘湘的幕僚后，张斯可仍然保持着爱打瞌睡的习惯。他喜欢喝茶，而且用的是两只碗两种茶，一只碗泡的是成都产的花茶，一只碗泡的是重庆产的沱茶，张斯可喝一口花茶，就闭起眼睛养一会儿神，然后再饮沱茶，喝完之后再靠在椅子上打瞌睡。除了喝茶就是睡觉，他平日里似乎就做这两件事，但只要谈及正事，马上目光炯炯，且雄论滔滔，因此人称"睡诸葛"。

张斯可受召进帐，看完电稿突然问刘湘："你是愿意邓锡侯从速出兵，还是再观望一段时间？"

刘湘说当然是要尽快，越快越好。

张斯可一笑："如果邓锡侯看了这份电稿，他只会继续观望。"

刘湘忙问为何。张斯可分析说，邓锡侯其实是在坐山观虎斗，非得等到"大虎伤，小虎毙"时，才会露面。如果电稿上写"胜利在握"，基于邓锡侯对荣威战况的了解，他就会判断刘湘一方尚有余力，或还有什么绝招藏着没使出来，也就不会马上加入战团了。

张斯可一针见血地指出："邓锡侯拖得起，我们拖不起，如此岂不要弄巧成拙，误了大事。"

刘湘恍然大悟，看来确实低估猴子的智商了："那依你看，电稿该怎么写？"

张斯可早就替刘湘想好了，这么写——"湘智力俱竭，势难支持，请立进兵，以免功亏一篑，同归于尽"。反正必须让邓锡侯知道实情，告诉他，小虎将毙，大虎已伤，这场虎斗行将结束，你再不登场可就晚了。

张斯可断言："只要邓锡侯收到这份改写后的电稿，必立即出兵，刘文辉腹背受敌，我们的困境可解。"

刘湘一听大喜，多少天来蹙紧的眉头也为之一展。

不出张斯可所料，邓锡侯在接到刘湘重新改写过的电稿后，果然再也坐不住了。趁刘文辉不注意，他派三个师出其不意地袭击了刘文辉军的后方。

与田颂尧嚷嚷之后却欲战不战不同，邓锡侯是不出手便罢，一旦出手，就一定要朝着对手的要害部位来，而且从始至终一声不响，这就叫咬人的狗不叫。

刘文辉措手不及，急忙从前线调兵援救其后方。刘湘通过侦察电台，发现唐式遵前的敌军正准备回撤，便下令唐式遵发起反攻。

唐式遵早就被打蒙了，身上已全无一点"白脸张飞"的气概，接到刘湘的命令后仍傻乎乎地站着一动不敢动。这时刘湘已经向刘从云赔罪，派人从老家把他接了回来。见唐式遵真的成了"二瘟"，刘从云拿起电话，对唐式遵说："这是我算出来的，刘文辉的兵次晨拂晓必退，此为天意，你不可拂逆天意。"

经过不断的渲染渗透，军中对刘从云已形成一种迷信，都以为他算无遗策。特别是在泸州伏击战后，刘从云更俨然成为"多智而近妖"的孔明化身，甚至他对荣威大战失利的解释，也被许多人认同。大家都在背后嘀咕，说要是刘湘不折不扣地按军师计划行事，哪里会败成这个样子。

刘从云的卜卦比刘湘的命令还管用，唐式遵第二天便率部出击。出击之后，他惊喜地发现，神仙的预言竟然分毫不差，刘文辉的部队都在纷纷撤退。趁敌军已无心恋战，唐式遵衔尾追击，缴获了许多枪支弹药。

虽获小胜，但刘湘心里很清楚，他的部队已疲困不堪，若刘文辉弃邓锡侯于不顾，仍专心致志地发起总攻和奇袭重庆的计划，那他仍然要吃不了兜着走。

刘湘见好就收，给刘文辉写去了第二封求和信，希望幺爸看在家族情谊的分上放他一马，为此还引用了曹植那句"本是同根生，相煎何太急"的名句。

就是一碗毒药我也要喝下去

收到刘湘的信，刘文辉面临着两个选择，要么除恶务尽，一竿子插到底，要么答应刘湘的请求，罢兵休战。

　　刘文辉有和刘湘打到底的必要，也有这个能力。邓锡侯说得好听是第三强，然而他的实力与二刘相比，还是相对弱小，从长远来看，能与刘文辉争霸四川的主要对手只能是刘湘。对于刘文辉而言，最明智的选择就是暂时放过在他背后捣乱的邓锡侯，集中全力，一鼓作气击溃刘湘。

　　可是刘文辉正痛恨着背信弃义的邓锡侯，怒火战胜了他的理智，他要借着刘湘的这封信，与刘湘达成和解，转过头来干掉邓锡侯。于是一个可能决定刘文辉后半生命运，对他来说至关重要的战机与之擦肩而过。

　　二刘停战议和，刘湘顾虑刘文辉可能会对邓锡侯进行报复，因此特地在和约条款上注明，要求刘文辉不得对邓锡侯发起进攻，否则他将出兵援助邓锡侯。

　　其实签约时刘文辉就不打算遵守这一约定，要不然他也不会和刘湘议和，但让刘文辉没有想到的是，他坚决要打邓锡侯的念头，却遭到了陈光藻等部将的群起反对。

　　邓锡侯为人圆滑，圆滑之人的一大好处是不死心眼儿，很少做损人不利己的事。水晶猴通常都是先利己，利己不成，便宁愿与人方便。比如陈光藻原先在名义上是邓锡侯部的一名师长，但实际上搞了一些防区单干，后来他的防区被别人兼并了，日子过不下去，才跑到成都找邓锡侯想办法。邓锡侯防区也不多，就算想收容都接济不了对方，于是就好人做到底，设法把陈光藻介绍给了刘文辉。其他像李家钰、罗泽洲等人，最初也都是邓锡侯的下属，随着他们的事业越做越大，羽翼日渐丰满，邓锡侯或觉得自己无法驾驭，或难以养活，都一一采取了放飞的方式。

　　"刀打豆腐光两面"，邓猴子在保定系里的人缘不是很好，是非常非常好。刘文辉手下的保定系将领都反对将矛头指向邓锡侯，他们认为刘文辉在成都巷战中主动向田颂尧开战，已经导致保定系出现分裂，若再跟邓锡侯成为冤家对头，保定系必将分崩离析，以后将很难斗得过速成系。

　　"家里的事家里解决。我们保定系内部不能再互相残杀，这个仗不能打。邓锡侯有不对之处，我们可以内部解决。"到底如何解决呢？将领们说，邓锡侯背后开枪，一定是有"奸人"在他耳边吹了什么邪风，邓锡侯受了蛊惑，现在只需让邓锡侯开除"奸人"，事情就可以解决了。

刘文辉听后哼了一声，也不置可否，便打马率部回师成都。

刘文辉一向惯于审时度势，面对内部这么大的阻力，他不能不再三斟酌，在这种情况下，让他暂且饶过邓锡侯是有可能的。偏偏邓锡侯做贼心虚，他本以为二刘还会抵死硬拼，没料到战事会如此快就结束，自己首先就有些怕了，于是便唆使田颂尧、刘存厚、李家钰三部出面，把城门一关，不让刘文辉的部队进城。

刘文辉大为恼怒，说："我身为四川省政府主席，却不能进入省城，真是岂有此理。"

见刘文辉发了火，四家经过紧急协商，这才同意刘文辉入城。

胸中一口恶气尚未消除，又意外地遭遇入城之辱，接着联想到荣威大战功败垂成，再难挽回，刘文辉对邓锡侯痛恨到了极点，也因此坚定了除掉邓锡侯的决心。

除掉邓锡侯，还来自刘文辉的一个现实需要。在前期的二刘之战中，由于刘湘夺走了包括自贡在内的大片地盘，导致刘文辉防区缩小，收入大减，而他的军队仍然庞大，一时僧多粥少，军费开支变得极其困难。要解决这个困难，扩充防区是最好也最有效的办法，邓锡侯的防区尽属膏腴之地，不正好拿来"进补"吗？

1933年春节刚过，刘文辉即召集军事会议，就此事展开讨论。会上，部将们仍不赞成对邓锡侯动武，在他们看来，邓锡侯虽为人狡猾，但对维系保定系起着相当大的作用，而且邓锡侯在川军中的关系网复杂，如果对邓锡侯发起攻击，不唯多树一敌，而且可能招致诸侯们的群起围攻，太危险了。

师长冷寅东乃保定系的中坚分子，仗着与刘文辉有同学、同乡兼拜把兄弟的关系，会后他向刘文辉私下进言，说要解决给养困难，可以另辟蹊径，不一定非要打邓锡侯不可。比如劝邓锡侯让出几县防地，再不行的话，刘文辉本部也可以自行进行缩编和减少开支，为此，他本人甚至愿意自动离职。

刘文辉越听越来气，邓猴子究竟给了你们什么好处，这样替他打掩护？你们吃的究竟是邓家的饭，还是我刘家的饭？怒不可遏之余，他当场撂下狠话："这次打邓晋康（邓锡侯字晋康），就是一碗毒药我也要喝下去！"

部将们的力保，反而使得刘文辉除邓之心更加迫切，因为他无意中发现，邓锡侯在保定系里面竟然如此得人心，不除掉能行吗？

保定系不支持，就找亲信嫡系。后者以刘文辉的侄子刘元塘为代表，这些人大多是少壮派，加之行伍出身，资历浅，学历低，全都得仰仗着刘文辉才能鸡犬升天，自然是老大说什么就是什么。于是刘文辉撇开保定将领，召集直属旅团长单独开会，众人一致主战，事情就这样定了下来。

我们是刺猪

邓锡侯起初并没想到刘文辉会打他，还以为已经风平浪静，至多推出个把"奸人"来顶杠就完了。自1933年4月起，刘文辉将部队大量调动到成都附近，开打的架势十分明显，这才让邓锡侯察觉到大事不妙。

归根结底，邓刘的性格相差实在太大。按照邓锡侯的哲学，所谓"背信弃义"，不过是他适当运用了一点生活中的小智慧而已，朋友嘛，本来就是既可以为你两肋插刀，必要时也可以先插你两刀，有什么好大惊小怪的。再说了，你不是也挖过我的墙脚吗，大家都是成年人，何必扭扭捏捏。

在邓锡侯眼中，刘文辉是超级强人。一个超级强人，情感世界怎么会如此脆弱？水晶猴百思不得其解，但不管他能不能够理解，刘文辉的刀都已经架到他脖子上了。

虽然在二刘所签和约上，曾注明刘文辉不得对邓锡侯发起进攻，但和约签订还是半年前的事，半年过去了，时过境迁，谁知道刘湘还愿不愿意再搅进来呢？再看看实力对比，邓锡侯一共才拥兵四万，刘文辉却有一百多个团，十二万人，且全都能征善战。

一笔账算到邓锡侯浑身发凉。他一面派人谒见刘文辉，磕头作揖，请对方高抬贵手，一面与刘文辉的保定系部将们联系，呼吁"保定系不打保定系"，甚至同意将被指认的"奸人"予以免职。可是这些求饶和呼吁都不顶用，刘文辉决心已定，就是八匹马都拉不回来了，他准备以设宴邀请为名，将邓锡侯予以扣留，从而擒贼先擒王，达到瓦解邓军的目的。

刘军中反战和同情邓锡侯的人颇多，有人便偷偷地跑出去将刘文辉的阴谋告诉了邓锡侯。邓锡侯闻报，七魂去了六魄，急忙以打猎为名，只带几个随从便乘车潜出城门，逃往了自己的防区。

即便躲进了防区，邓锡侯仍然惊魂未定。就在他匆匆忙忙部署防守的时候，刘军中又传来消息，说刘文辉已开出大价钱，要收买邓锡侯所部的高级将领。

刘文辉是著名的挖墙脚大王，他要挖谁的墙脚，鲜有不成功的，如今强弱又如此分明，不等于要未战先败了吗？邓锡侯把旅长以上将官召集起来开会，说既然刘文辉死也不肯放过我，没办法，我还是下野吧。

讲这个话，邓锡侯是为了测试属下的态度，如果部将们全都低着头不说话，没反应，那他就真的只好下野了。让他感到惊喜不已的是，部将们还都挺够意思，没一个希望他辞职。

相对而言，做邓锡侯的部下是比较自由和舒畅的。各师旅防区内的政税收入，一个子都不用交到邓的军部，邓锡侯只要求他们形式上叫他一声长官就够了。那邓锡侯的嫡系直属部队需要开支怎么办？这倒没事，成都造币厂就归他控制，造币厂造硬币，总是可以额外赚到点钱的，猴子就靠这个养活自己。

由于邓锡侯无为而治，所属将领都不愿公开脱离他。邓锡侯曾经说过一句话为自己解嘲："别个坐轿子的，是硬要叫抬轿子的抬起来，我这个坐轿子的，是抬轿子的硬要抬我走。"

会上，一个旅长发言说："军长，你说要下野，这下你倒是名利双收了，可我们咋个办咧？你不能下野，我们大家都坚决拥护你与刘老幺（指刘文辉）作战到底。"

一句话说得众人哄堂大笑，其实别的将领也是这个想法，都想继续抬着邓锡侯走。

邓锡侯疑虑全消，一拍桌子："好嘛，大家既不要我下野，我照大家说的干嘛！"

上层没问题了，邓锡侯还怕基层不稳定。刘文辉的挖墙脚可谓是无孔不入，驻军成都期间，他甚至会在公馆里接见邓锡侯下面的一个普通团长，并馈送钱物，极尽拉拢之能事。

所幸关键时候，基层军官也挺住了，没有受到刘文辉的诱惑。邓锡侯很是激动，他对军官们说："刘文辉有野心，他想要吃掉我们的部队，把我们当成了猪。"随之话锋一转："我们是猪，可我们是刺猪，他刘文辉吞下去是要卡死的。我现在就要看一看，你们的刺猪毛长得坚硬不坚硬，如果够硬的话，说不定我们还能打回成都呢，今后究竟谁吃掉谁，也是件说不准的事。"

邓锡侯讲话时慷慨激昂，唾沫横飞，可他心里其实明镜似的：刺猪毛再硬，若是凭他现在这副小体格去跟刘文辉对耗，还是一样白给，田颂尧便是前车之鉴。

怎么打，邓锡侯已经想好了，他要靠一条河。

迎刃而解

这条河叫昆河，本是从都江堰引出的一条灌溉渠，河面既窄，水也不深，到了冬天，几乎可以涉水而过。

都江堰的水来自泯江。在分水堤坝的分隔下，泯江又可分为外江和内江，外江排洪，内江灌溉。邓锡侯事先把外江的水放入内江，使昆河的水位相应升高，流速加快，从而造成了防守上的一道天然屏障。

刘文辉在发现邓锡侯逃走后，便立即率部追杀而来。为越过屏障，他征集大量木桶、竹筏用以组织抢渡，邓锡侯则集中山炮和迫击炮猛烈轰击，结果刘军的多次抢渡均未能够获得成功。

除了地理障碍外，刘文辉进兵不利的另外一个重要原因，是将帅不齐心。主将陈光藻拒绝主动进攻，理由是他不能为了刘文辉的"新恩"，而不顾邓锡侯的"旧德"，其他保定系将领也大多出工不出力，刘文辉任命的两个总指挥，包括冷寅东在内，都迟迟不前，没有要坚决攻过昆河的意愿。无奈之下，刘文辉只得依赖刘元塘等少数亲信嫡系将领发动进攻，作战效果自然大打折扣。

双方隔河对峙一个多月，未分胜负，但邓锡侯到底心神不稳，怕时间一长，自己的部队会坚持不下去。他赶紧召集部众出主意想办法，旅长黄石子建议说："现在只有催促刘甫澄（刘湘）出兵，才能击败刘文辉。"

向刘湘喊救命，邓锡侯不是没有想过，但荣威大战已过去将近半年，二刘当时所定的互助条款恐怕早已失效。再者，二刘不管怎么说，毕竟是叔侄关系，常言说得好，打断骨头还连着筋呢。邓锡侯还获悉，刘湘正奉蒋介石之命，准备兴师与入川的红军作战，这种时候，人家会顾得上他这个小泥鳅吗？

黄石子是刘从云的弟子，深知刘从云在刘湘幕中的分量。见刘湘有无从下手之感，他又献计道："要刘湘出兵不难，只要找我的老师刘从云，他是刘甫澄的军师，凡军机大事，刘甫澄对他言听计从。"

邓锡侯做事，向来不会直捅捅地去自讨没趣，他认为那是田冬瓜那样特无知的人才会干的事。水晶猴喜欢转弯抹角，做聪明人，办聪明事。听了黄石子的话，他马上就开了窍：与其找刘湘，不如开个后门，找他身边最器重最信任的人。

"你快说，具体该如何操作。"

见邓锡侯已经心眼活络，黄石子便把自己的设想和盘托出："如果军长能崇敬刘老师，给他当弟子，事情将迎刃而解。"

不就是拜刘从云为师吗，没问题！邓锡侯不仅满口答应，而且催促黄石子星夜启程，一分钟都不要耽搁。

黄石子奉命赶到重庆，他在见到刘从云后，把经过一说，刘从云欣然应允。

荣威大战，虽然作战计划系刘从云拟订，却是由刘湘具体负责，而且在执行过程中，刘湘及其所部也未真正按照计划执行，刘从云对此很不满意，即便被请回后仍心有不甘，总合计着要找机会重新施展一下抱负。这个时候邓锡侯来投，可谓正中下怀。

刘从云找刘湘商量邓锡侯的事，没想到刘湘也正在犹豫要不要与刘文辉翻脸。

邓锡侯潜出成都后，曾给驻于城内的蒋介石代表曾扩情发出急电，告状说刘文辉突然出兵侵袭他的防区。彼时红四方面军已经入川，对于南京政府而言，这才是头等大事，除此之外，并不希望看到诸侯间再起干戈。曾扩情急忙赶到刘文辉的公馆，查证其攻袭邓锡侯的消息是否确凿。刘文辉毫不避讳："实有其事。我的军队多地盘少，不能不要邓锡侯让出相当的地盘，来养活我的军队。"

没等曾扩情出言劝阻，刘文辉截住了他的话头："事出权宜，几天之内就可获得解决，战争不会扩大。"曾扩情只得默默退出。

曾扩情思忖，既然四川内战已不能避免，倒不如早一点把刘文辉这个到处惹是生非的祸根铲除，以便一了百了。在得到蒋介石的同意和授权之后，他赶往重庆，提醒刘湘：你要倾全力打红军，可万一你叔叔乘机从背后直捣你的巢穴可怎么办？

声势不是白摆的

蒋介石支持先解决刘文辉，对刘湘来说是一个非常有利的条件，他所要担心的只是一旦与刘文辉动起手来，究竟打不打得过对方。

经过半年整顿，刘湘的部队已逐步恢复元气，但荣威大战的教训依旧让刘湘君臣想起来就有些不寒而栗，他们深感刘文辉部无论在军队的数量、质量还是指挥人才上，都比己方占优，与之作战难有取胜的把握。

刘湘正在一个人左右掂量，刘从云来了，刘湘便向他问计：是不打好呢，是不打好呢，还是不打好呢？

刘从云有备而来，斩钉截铁："当然要打！昆河之上，刘、邓两军鹬蚌相争，已呈胶着状态。只要我们出兵，刘文辉必然垮台，甫公就可以趁势统一四川了。"

这是谈政治，并非"神仙军师"的专长，刘从云最擅长的还是歪门邪道。他对刘湘说："我给你卜卦相定的司令部大门和大厅都是向着西方的，这是因为你的命相属金，利于西征，刘文辉正在西面。上次作战不利，都是没有按我的计划用兵的缘故，此次若全部照我说的做，必能马到成功。"

听刘从云正的邪的来回一分析，刘湘信心倍增，随即授权刘从云全盘负责前方军事："这次从计划到执行，全都你一个人来，我要遵从天意，打一个大胜仗。"

刘从云兴冲冲地拿到帅印，第一站便是直奔资阳与邓锡侯会面。邓锡侯已提前在资阳等候，他着急啊，眼看一天天过去，也不知道刘湘的态度如何，昆河前线还能不能顶住。

见到刘从云，邓锡侯如见救星，得知刘湘已答应出兵，更是大喜过望。他唯一担心的就是怕两边接不上——万一在刘湘到达之前，刘文辉就已攻过昆河，自己岂不仍是一场空？

刘从云惯于察言观色，马上看出了邓锡侯的心思，他煞有介事地掐指一算，说："不妨，河神保证你可在昆河守四十天，来得及。"

刘从云掐指算出的四十天实际是备战时间，因为在这段时间里，不光刘湘所部需要作战前动员和准备，还需要联合其他诸侯，形成规模和声势。

邓锡侯扑通一声跪倒在地，叩长头，执弟子礼，从此正式拜刘从云为师。此时此刻的他就像是躺在病床上的重症病人，而刘从云则不啻于一个能药到病除、妙手回春的活神仙，叫声师父又能怎的？

刘从云随即在资阳主持召开会议，邓锡侯、杨森、李家钰、罗泽洲等人皆应召与会，与会人等一致表示要拥护刘湘统一四川，同时接受刘湘指挥。

在来到资阳之前，刘从云就从刘湘那里拿了一张十万元支票，会后，他当着众人的面把支票交给邓锡侯："你先用着，马上还有十万发子弹要送给你。"

邓锡侯激动到都快哭了，"杨李罗"也是个个振奋不已，认为刘湘这回是砸锅卖铁，真要跟刘文辉好好干上一架了。

声势不是白摆的。刘文辉得知资阳会议的情况后，马上从中掂出了分量，他先后两次致电刘湘，言辞卑微，希望刘湘不要对他动兵。

能让刘文辉跟卑微二字挂上钩，是件很不容易的事。他之所以表现得如此紧张，乃至于未战先怯，与其说是被诸侯们同仇敌忾的气势给吓住了，还不如说他是对内部分裂的日趋严重化已经无计可施。

刘文辉的保定系部将们对昆河大战一直持消极态度，导致在部分重要战场上出现了奇怪一幕：攻守双方隔河相望，人员自由往来，完全没有大战时的气氛可言。

在得知刘湘即将出兵以及刘从云主持召开资阳会议的消息后，这些将领干脆背着刘文辉，擅自约请邓锡侯一方的保定系将领会商，并订出了议和条件。这一议和条件以把刘文辉军已夺取的三县还给邓锡侯为代价，要求邓锡侯在二刘之战爆发时严守中立，并在必要时支援刘文辉。

如果刘文辉本人知晓后，不同意议和怎么办？保定系将领一致决定，如果刘文辉拒绝议和，他们将全体通电脱离刘文辉，请刘文辉退至西康，再另立保定系盟主。

参加会商的将领回到成都后，公推师长林云根去找刘文辉汇报。众将以为，如此苦心孤诣，说到底是为了维护刘文辉和保定系的根本利益，不管怎么说，联合邓锡侯来击败刘湘，总比让刘湘联合邓锡侯兴师问罪强吧，所以没什么好藏着掖着的。

偏偏负责汇报的林云根是个马大哈，一个口袋里揣两封密约，和约与"全体脱离"的盟约被混在一起，更糟糕的是，他首先摸出来交给刘文辉的竟然是盟约！

看到盟约，刘文辉脸色大变。林云根见状，情知有异，这才发现把两封密约给弄反了，急忙又将和约掏出。可是刘文辉对和约已经毫无兴趣，他认定这些保定系将领是心怀叵测，要弃他而去了，对和约内容，一个字都不肯看，只是连连摇头："还有什么话说！"

第二天早上，刘文辉召集全体将领在公馆谈话，说着说着便失声痛哭，说："经几十年缔造，我的事业才有今天规模，现在落得如斯结局，真令人痛心。"

这话说出来，就是不让别人说话的意思。众人不欢而散，无论和约还是盟约都已无从谈起了。

漫画

保定将领要联合邓锡侯，刘文辉偏偏不肯这么做，他情愿再与刘湘携手合作，以便干净彻底地灭掉邓锡侯。刘湘则认定这是他趁势击败刘文辉的绝好机会，如此天赐良机，岂能轻易错过，因此对刘文辉发来的两封电文均置之不理。

1933 年 7 月 2 日，刘湘在大本营发布命令，由刘从云率模范师（即神兵师）以及本军主力向刘文辉发起进攻，李家钰、罗泽洲等其余联军人马随后跟进。

刘文辉鉴于腹背受敌，内部又不团结，于是决定放弃昆河并退出成都，转而固守岷江。

在刘湘入主成都的前一天，蒋介石正式委任他为"四川剿匪总司令"，有权节制所有川军，同时敦促其尽快起兵向入川红军发动进攻。刘文辉是刘湘在川中最大也是唯一的对手，眼看击倒有望，刘湘哪里肯舍，遂致电蒋介石，要求"先安川后剿赤"。

获得蒋介石的同意后，刘湘正式打出"安川军"旗号，命令大小诸侯抢攻岷江，史称岷江大战。

在四川难以计数的大小内战中，岷江大战是规模最大的一次，双方动员兵力多达三十万。战端一起，便引起国内外的瞩目，上海一家画刊专门刊出一幅时事漫画，用以勾勒这次大战的来龙去脉，倒也妙趣横生。

漫画内容是，在一座院子里，四根木柱搭一藤架，架子上趴一猴，再吊一冬瓜。藤下有两头牛在角力，它们各不相让，向对方凶猛冲击，最后哗啦一声，藤架被撞垮了，冬瓜摔到稀烂，猴子惊得直叫唤。明言人都能看出，画中的猴说的是邓锡侯，冬瓜是田颂尧，两头牛分别暗指刘湘和刘文辉。

如漫画所示，藤架垮了，两头牛也都冲出了院子，它们要到江边来捉对死拼了。刘文辉退守岷江之举，避免了两面作战，如果能再整顿内部，倒也不失为以退为进、反败为胜的妙招，但结果是内部问题不仅没能得到妥善解决，反而愈演愈烈。

刘文辉不再信任保定系军官，岷江四百里河防，他让保定系军官所统带的部队一字排开，扼守于第一线，刘元塘等部被他部署于第一线后段，名为预备队，实际是起监视作用。这样一来，弄得各部队上下相疑，全都无心作战。

在收缩至岷江一线后，刘文辉的防区变得更加偏远狭小，供给也日益困难，他们从前过惯了相对优裕的生活，很少吃过苦。处于这种相对艰苦的环境之下，大家一个个唉声叹气，不知如何是好。

刘文辉让众将献计献策。保定系将领们建议，与其困守岷江，不如十个团、二十个团、三十个团地分散打出去。刘文辉早就对保定系将领有很深的猜忌之心，他恨不得把所有团都攥在一个人的手心里，这样的计策，自然不会采纳。

刘文辉的亲信嫡系将领多为他的子侄辈，年纪轻，没什么政治头脑。有人竟然提出要派出一部分人伪装成红军，跑出去把局面搞乱，然后再攻击刘湘不顾"剿匪"大局，以便要挟其退兵。刘元塘对这种主张最为起劲，刘文辉还没表示态度，他就把部下召集起来讲话，说："现在我们军长（指刘文辉）行将下野，依我的想法，什么军长、川省主席也没什么了不得，不当就不当。我们倒不如乘此机会干他妈一下子！"

他越说越激愤："如果我们的环境再坏下去，就坚决打出红军旗子，我当川南红军总司令，以下团长升师长，营长升团长，团营长各奖大洋一万元，连排长各奖三千元。"刘元塘对红军的理解不光是升官发财，还包括"准许官兵自由行动"，反正想怎么干就怎么干，大碗喝酒，大口吃肉，和绿林好汉没什么分别。

给刘元塘如此一描绘，下面自然是欢声雷动：既然当红军这么好，还守在这里苦巴巴地煎熬个什么劲？

刘元塘喜滋滋地跑去向刘文辉进行报告，刘文辉当然知道是在胡说八道，不仅不同意，还劈头盖脸赏了他一通臭骂。

保定系将领信不过，信得过的又全是一些脑子抽风式的政治盲，一贯自信多谋的刘文辉也变得六神无主起来。

刘文辉虽然表面也搞迷信活动，但他对装神弄鬼的一套东西其实并不真正信服，他府中的万神仙不过是他用来抵御刘神仙的摆设或者说是傀儡。正式场合，刘文辉从来不允许此类妖人插手露面，这也是他与刘湘的一个重要区别所在。

要预知未来，不一定需要装神弄鬼。比如著名的《易经》，据说就是周文王被关在牢里时的占卜工具，所以有"文王拘而演周易"的说法。刘文辉如今困窘已极，便想到了要用这种方式来占卜一下自己的命运。

祸起萧墙里

刘文辉带着少数高级幕僚去关帝庙进香，求来"牙牌"（一种民间牌九，可用于卜卦），此后便天天在办公室里占卜。有一天，他在卜卦上读到两句诗，令他怦然心动。

诗的第一句写道："船到江心浪拍天，羡君飞渡得平安，这次飞舟渡河去，前途还有十八滩。"念到这里时，刘文辉不由得打了个寒噤，因为诗句中所言，简直就是他所处困境的真实写照。再接着读下去，第二句是："一喜已成空，一喜不成喜，若遇草头人，祸起萧墙里。"

不仅是刘文辉，站在他周围的几个幕僚都差点叫出声来——这不分明在说，有一个"草头人"会使我们祸起萧墙吗？

草头人，应当指的是这个人姓名上有草字头，他是谁？大家都在猜，但是谁都不敢说出来，毕竟关系太大，弄错了的话，后果不堪设想。

刘文辉已经有了自己的答案，当然他也不能确定，只能说是怀疑。他怀疑草头人是师长陈光藻。

昆河大战中，陈光藻为了"旧德"，就不肯进攻邓锡侯，刘文辉对此早就疑虑重重，当时就曾派人对陈光藻进行监视。现在回过头来一想，陈光藻的藻字不正好是草字头吗。刘文辉决定继续严密监视陈光藻，并派自己的干儿子、旅长石肇武专门执行此项秘密任务。

1933 年 8 月 14 日，刘湘下令安川军对刘文辉部发起全线总攻。草头人的真面目就在这一天揭晓了，但他不是陈光藻，而是陈光藻手下的营长叶青莲。叶青莲早就被邓锡侯收买了，当天凌晨，安川军正是从他把守的缺口得以强渡过江。

陈光藻闻讯急忙打电话向刘文辉报告，刘文辉大吃一惊，莲也是草字头，原来叶青莲才是真正的草头人。他不无沮丧地告诉陈光藻："此事我早就知道了。"

既然陈光藻已经摆脱嫌疑，刘文辉便将卜卦上那两句诗念给他听。陈光藻这才明白，为什么一段日子以来，石肇武会对自己寸步不离，原来是刘文辉派来监视他的。

沿着叶青莲放开的缺口，安川军各部陆续过江，且势头猛烈，连刘文辉最贴心的旅长李玉书都打电话告急："实在抵挡不住。"

刘文辉知败局已定，被迫下令撤往雅安。他的勤务兵刚刚接到撤退命令就听到了枪声，于是赶紧将刘文辉的蚊帐一扯，包起床上的东西就跑，办公桌上的印章和作战地图都没来得及拿，可见其张皇之状。

刘军人心涣散，只有少部分听从命令后撤。倒是曾被刘文辉怀疑是草头人的陈光藻，一路忠心耿耿地为刘文辉殿后掩护，直至被安川军活捉。

刘文辉撤到雅安后，未随其撤离，仍停留于岷江一线的部队纷纷自谋出路。师长冷寅东手上仍掌握着一万多人马，但是缺乏粮饷，快要断炊了，他对刘文辉说想率部到雅安来。刘文辉听后叫苦不迭："目下，连随我退到雅安的部队都无米供养，你把部队带来我怎么供得起？"冷寅东走投无路，不久便派人向刘湘接洽投降。

警备司令邓和也想投降安川军，但是又不知道投谁好，幕僚说，要不投邓锡侯吧，都是保定系的，也有人照应。邓和头脑很清醒，说："算了吧，你们看看刘湘这个架势，早晚也要把邓锡侯给吃掉，不如我现在就投刘湘，也免得将来再嫁第二家。"

第二师师长张清平比邓和反应快，他不等刘湘过江，就自己率全师渡江，跑去请求刘湘收编他们。此举被川军各部引为笑谈，说人家都是"抢渡收编"，你们却是"抢渡就编"，实在是四川战史中的奇闻。

目睹此情此景，刘文辉痛心疾首，说这么多部队一枪不放就拱手投降，让他想到了古代的一位四川女诗人。这位诗人就是花蕊夫人，她有一句很有名的诗："君王城上竖降旗，妾在深宫那得知。十四万人齐解甲，更无一个是男儿。"

其实刘文辉的凝聚力和号召力还是很强的，他的许多部队之所以"竖降旗"，不过是跟冷寅东一样，为了临时混个饱饭吃吃而已。

五龙闹川

刘湘渡过岷江之后，仅收编刘文辉的部队就达到四万，邓锡侯、李家钰、罗泽洲三部加起来，统共也才收编了一万。大家都争着要投降刘湘，除了看到刘湘必会加冕外，不能不说，他那个"待人宽厚"的招牌也起了很大作用。

只是此时的刘湘已经不需要用招牌充门面了。在杨森发动的统一之战中，刘湘击败了杨森，而后又收编了其旧部，刘湘把他们都当自个儿子养着，供他们吃供他们穿，可是等到杨森在万县一亮相，这些人就来了个六部东下，学关云长千里走单骑，前去归顺了旧主子。

刘湘可没有三国里曹操那样的度量，他表面装仁义，其实对此一直耿耿于怀，介意得不得了。这次大功告成，一劳永逸，刘湘的态度非常干脆："收编刘文辉部队，我再不学过去给人家当军需了！"他告诉负责收编的潘文华，此次必须"破碎收编"，只有"破师、破旅、破团"才能留营。

如此一来，原来的军官就没得饭吃了，就连"抢渡收编"的张清平也没能捞到一官半职，邓和原先想弄个师长干干，但最后刘湘只用一个虚职就将其打发掉了。

冷寅东与陈光藻一样，对刘文辉还很忠心，他的接洽投降，也多少是想学一点关羽的"身在曹营心在汉"。得知刘湘存心要拆散其部队，他气得捶胸顿足，但舍此又无其他出路。冷寅东的旅参谋长曹善群从旁劝慰道："师长，四川这部战史就是这样，你吃我的部队，我吃你的部队，你打过来，我打过去。刘文辉在四川又是出了名的专门挖人家墙脚、到处拉部队的行家。你要是刘湘也不得不防啊。"

见已无法挽救自己垮台的命运，为了保住面子，冷寅东便主动将部队交给刘湘，自己通电卸职而去。

刘湘在收编刘文辉旧部的同时，并没有忘记对刘文辉继续穷追猛打。安川军追至雅安后，在山上架起大炮，对着刘文辉的行营猛烈轰击。刘文辉躺在行军床上，一发炮弹正好打中墙壁，离他本人仅有几步之遥，刘文辉差点因此送命。后来有人便传说，这是刘湘在泄刘文辉当日派人行刺之愤。

雅安不能待了，刘文辉只得拔足再逃。部队经过某地，到了吃午饭的时间，刘文辉走进供其用餐的宅院，一眼就看到正厅上挂着一幅匾额，上书"自公退食"四字。刘文辉号自乾，平时朋友、部属多称他为"刘自公"，看到"自公退食"，他认为犯了忌讳，于是饭也不敢吃，一步不敢停，出门打马就跑。

《三国演义》讲到败走华容道这一章时，说曹操"肝胆皆裂"，如今的刘文辉也到了闻风丧胆的程度。有诗讽之："自乾本来性刚强，好比当年楚霸王。北剿南征无不胜，险些逼死在岷江。"

春秋无义战，岷江大战和此前任何一次四川内战相同，并没什么良莠之分。《大公报》一针见血，谓之是从"群魔乱舞"变成了"群魔又舞"——反正左右都是一帮贱人在瞎折腾。

民间的评论更是辛辣，老百姓把四川这么多年的打来打去，总结为"五龙闹川"：刘文辉原来的防地多，钱多，称为金龙；刘湘以侄犯叔，跟长辈动手，称为孽龙；邓锡侯的水晶猴子习性始终不改，称为水龙；田颂尧老在阿呆与阿瓜中间转悠，称为闷龙；杨森一度靠乞讨过日子，到处乱挤，称为滚龙。

经过岷江大战，"金龙"刘文辉被撵出四川的腹心地带，军力削弱十分之九，"孽龙"刘湘不损反增，光收编的人枪就达到四万多，最重要的是，他打垮了自己在四川的唯一对手，川军之中，再没有人敢或者能跟他叫板了。

接下来大家都在看"孽龙"要如何处置"金龙"。刘湘占据成都时，曾往访归隐的钟体乾，请其再次出山。刘湘说："钟先生，你一气之下便走了，你不知道我其实有不得已的苦衷，不能不跟幺叔摊牌啊！现在事情既然已经这样了，先生当谋更新之道，重新出来辅佐我。"

经过这么长的时间，钟体乾的气也消得差不多了，刘湘又登门相请，哪有不给面子的道理，但他仍遂嘱咐刘湘："你对自乾只能适可而止，不应该太过分。"

刘湘马上接茬儿道："我对幺叔，哪能有消灭他的心意，不过予以惩罚，削弱他的力量而已。幺叔长于政治，我长于军事，我们今后还是要合作的。"

这个时候的刘湘，外表假装谦逊，内心已是扬扬得意，他以"长于军事"自命，完全忘记了荣威大战是如何败于刘文辉之手的。

不过在跟钟体乾的谈话过程中，刘湘显然也意识到，刘文辉毕竟是本家叔父，是他的长辈。亲戚之间，打破脑壳都镶得起，必要时候他还是得给刘文辉留一条生路和余地，这样才能多少挽回一点"以侄犯叔"的不利影响。

今天是我最大的耻辱

岷江大战结束，刘湘达到了称霸巴蜀的目的，当然更有理由表现得宽宏大量一些，就好像刘备拿下西蜀，也一定会假仁假义地放刘璋一马一样。

刘文辉这边也尽量放低姿态，能多低就多低。他本人多次致电刘湘，表示认罪，愿意留在西康"巩固国防"，同时又由老婆出面，给刘从云叩头，行弟子礼。

谁都明白，拜刘神仙为师，就是在彼此留下面子的同时，向刘湘俯首称臣的一种间接表示，说得更直接一点，便是"明拜神仙，暗拜刘湘"。

刘从云在众人面前大弄玄虚，掐掐算算，说是天意已定，刘文辉还应存在若干年。舆论一造出来，刘湘在内部就比较好说话了。他在成都召见已下野的冷寅东，对冷寅东说："我们幺爸（刘文辉）腰杆不能硬，腰杆一硬就要出事。我不是要搞垮他，主要是削弱他的实力，我还会让他保留部分队伍，以后西康正式建省，由他担任主席。"

冷寅东赶紧顺水推舟地替刘文辉求情："自公（刘文辉）现在防区骤小，地方苦寒，处境十分艰难。甫公（刘湘）大人大量，不如放他回来吧。"

刘湘爽快点头，同意安川军撤出雅安。双方就此停止军事行动，协商善后。1933 年 10 月 24 日，刘文辉率残部返回雅安。

记得昆河大战前，刘文辉曾经固执地表示，他一定要打邓锡侯，哪怕那是一碗毒药也要喝下去，没有想到他喝的果真是一碗毒药，喝完之后，人虽然还活着，但天地全变，部队及地盘已经失去大半，他彻底沦落为川军中的破落户，从此不再拥有如孟德一般称雄的可能和希望。对于曾有凌云之志的刘文辉而言，这该是一种怎样的痛苦和屈辱，据说他就是从此时开始吸食鸦片的。

一个人的梦破碎了，另一个人的梦实现了。刘湘挟大胜之余威，在成都召开军政会议，他身边坐着刘从云、钟体乾、张斯可，后排立着潘文华、唐式遵、王缵绪，称得上是谋臣似雨，猛将如云，一时间，大有睥睨群雄、气吞山河之气概。

各路诸侯不仅对刘湘唯命是从，恭恭敬敬地仰承其意旨，而且都争相拜在刘神仙门下，以求生存。在刘湘这条真龙面前，什么金龙、水龙、闷龙、滚龙，都不过是现出原形的小泥鳅罢了。

"滚龙"杨森那是多自傲自恋的一个人，连他也不得不拜刘神仙为师。拜师就要叩头，杨森可怜巴巴地说："我妈死了我都没叩头，对刘老师我行三鞠躬礼不行吗？"

直到拜师这一天，杨森还在为难，邓锡侯和李家钰不由分说，将他硬拉了过去。只见"刘老师"坐在太师椅上，各路大小诸侯一齐下跪，叩头拜师，众目睽睽之下，杨森没法再站着，只好也跟着叩头。

仪式结束，邓锡侯兴灾乐祸地问杨森："今天有何感想？"杨森气急败坏，又羞又恼，说："今天是我最大的耻辱，我这个头不是为我自己叩的，是为我的部下叩的，我心里把它当成是给我的部下祈福！"

回到防区后，杨森的心情仍不能平复，集合军官讲了这件事，告诫众人一定要发奋图强，以雪当日之耻。

像杨森这么较真的人，当然只是极少数，而且就算是他，也叩了头，拜了师，等于承认了刘湘的四川王地位。

除了对刘湘这个王者不得不敬，其他人私下里倒还是亲亲热热，无拘无束。四川军人有一个突出特点，打仗的时候可以玩命，白刀子进红刀子出，打完仗，照样也可以你好我好，搂肩搭背。

　　有一次，刘文辉来成都开会，邓锡侯设宴迎接。邓锡侯方面负责接待的副官又紧张又好奇，不知道这两个战场上的生死冤家会如何见面打招呼，会不会发生尴尬甚至意外之事。

　　刘文辉来了，他身着黑袍马褂，举止彬彬有礼，并向早已等候在客厅的邓锡侯微笑点头。邓锡侯则像见到了久别的好友，快步上前，拉着刘文辉的手连声说："老幺，对不起，对不起。"

　　刘文辉满不在乎："误会！误会！误会！"

　　邓锡侯笑道："好说，好说，请！"

　　两人礼让一番，才相携走进客厅，笑谈之中，仿佛一切过往都已变得云淡风轻。

第九章 / 挟天子以令诸侯

成都巷战，把田颂尧打得很惨。当年四川民间给诸侯们列过多个实力榜单，其中以"七雄四强"最耳熟能详，除此之外还有"春秋五霸"，"五霸"分别为刘湘、刘文辉、杨森、邓锡侯、田颂尧。在这些榜单里面，田颂尧虽然排名都不靠前，但每一次都落不了他，分量之重可见一斑。

在田颂尧鼎盛时期，他拥有四万多人马，防区囊括川北二十六县，这也是他敢跟刘文辉叫板的一个重要原因。有一段时间，他甚至还想学着刘湘建空军，并且正经八百地成立了"航空筹备处"，连机场都已经修了个样子出来。

经过成都巷战，冬瓜虽然还不至于像那幅时事漫画上所描述的，"摔到稀烂"，但已颓相毕现，明眼人都能看出，其时的田颂尧已渐呈一蹶不振之势。

就在田颂尧既紧张又惶恐的时候，蒋介石送来委任状，将他由军长升为"剿匪督办"。蒋介石的这顶乌纱帽当然不是白白奉送的，其时红四方面军已经入川，且杀入了田颂尧的川北防区，蒋介石急需包括田颂尧在内的四川诸侯在与红军作战时卖把力气。

田颂尧实力不济，蒋介石也看到了。随乌纱帽一道奉送的，有近百万发子弹和二十万军费，同时蒋介石还派人告知田颂尧："胡宗南驻军陕甘边区，要是你觉得吃力，可以让胡宗南派两个旅进川协同作战。"

胡宗南的部队是蒋介石的嫡系精锐，号称"天下第一军"，战斗力自然是没得说。可是正所谓"送走者行孙，又来孙行者"，田颂尧就怕胡宗南来了之后赖着不走，于是他只派一个参谋去甘肃见了见胡宗南，却没有表示欢迎对方入川之意。看到他这种样子，胡宗南当然也就不好主动提出派兵入川了。

成功人士

田颂尧刚刚宣布就职，红军便在巴中创立了川陕苏区。田颂尧认为红军这是要建房上梁，做长居打算，为此必须予以驱逐或消灭。

论军政才能，冬瓜属于比较平庸的类型，他打仗主要靠孙震。孙震名为副军长，但实际权力很大，田颂尧的二十六县防区，他本人不过才直管五县，孙震却能直管十三县，事实上已经形成了诸侯下面的小诸侯。长此以往，自有功高盖主之嫌，平时不打仗时，君臣之间难免会生出各种猜疑和冲突，孙震一气之下便托病去了上海。

要打仗了，田颂尧又想起这位必不可缺的悍将，便紧急召孙震回营，并力保其为"剿匪总指挥"。孙震当然也懂得一损俱损、一荣俱荣的道理，所以田颂尧一降低姿态，他马上见好就收，应召回到了前线。

红四方面军战斗力强悍，入川后所过之处有如秋风扫落叶。田颂尧和孙震知道不好对付，所以最初在作战计划和兵力部署上，都十分审慎小心，两个多月之后，他们如愿"收复"了被红军占领的巴中三县。

田颂尧蒙了，是那种随时都想喜极而泣的蒙。成都巷战后，连他自己都一度有了种不祥之感，觉得自己的军队可能要沦落为不能打仗的垃圾了，没想到这帮小子们如此争气长脸。

知道对手是谁吗？是连蒋介石也要惧其三分的红军，你们就算真被人说成是垃圾，也是垃圾中的战斗机！

成功的道路是坎坷的，经历太多坎坷的"成功人士"，其表现也往往会有些反常。田颂尧给人的印象，一向都比较平庸拘谨，不然也不会被人叫作冬瓜了，可是自此以后，他却突然变得高调起来。在各种文告上，他使用的头衔都是"督办兼军长"，就唯恐别人不知道他已经升了官，成了督办。

田颂尧一再"告捷"，每次都能得到蒋介石的回电嘉奖，称赞他"迭克名城"，并且还提出，要田颂尧把他"取得节节胜利的战略战术"总结一下，以便上报交流经验。

这抬举的，几乎就把田颂尧当成川中名将了，让冬瓜想不飘飘然都不可能，以至于在忘乎所以的情况下，闹出了不少笑话。

师长王铭章在占领巴中三县中的通江县城后，发电报给田颂尧，说通江城的各条大街都被红军改了名，改成了已故红军战将的名字，举例来说，某街的名字就叫"恽代英街"……

王铭章的意思是，红军这么做，自有道理，不如我们也跟着学，比如川军里面战死了谁谁谁，可以用他的名字来换掉"恽代英"。田颂尧同意，并把电报交给幕僚办理。

这个世上，真是物以类聚，人以群分。田颂尧已经够冬瓜了，幕僚居然比他更有趣，看到电报上有恽代英的名字，如获至宝，马上跑去报告田颂尧："我见过这个叫恽代英的人的名字，是共产党的重要人物，现在肯定是被我们打死了。这是大功一件，应该专案上报。"

田颂尧一听大喜，还以为恽代英是红军里面的小军官呢，原来是大人物，当然不可错过。当下他便上报蒋介石，说其部把"红军高级将领恽代英"给打死了。

恽代英曾任黄埔军校政治教官，对于有黄埔军校校长背景的蒋介石来说，不可能不熟悉。让蒋介石感到吃惊的是，早在两年前，恽代英就已经在南京被杀害，处决令还是他亲自下达的，怎么又在四川出现，而且被重新打死了一次？

可是田颂尧在报告中说得有鼻子有眼，活脱脱真有这么回事。"死而复生"在那个年代并不罕见，直接原因是死者身份没查清楚，也或者名气太大，有人冒名顶替。蒋介石考虑之后回了封电报，让田颂尧提供详细具体的报告："恽代英"究竟是何时、何地、被何人打死的，死时情形如何，尸体在哪里，有没有证件证物。

接到蒋介石的电报，田颂尧不敢怠慢，立即向王铭章进行询问。王铭章的回复是，他就看到通江城里有恽代英的街名，却不知详情到底如何。

田颂尧急得满头大汗，说你再仔细查查看，没准是基层部队干的呢？王铭章领命分别致电各部，自然全都石沉大海，谁都说与此无关——不是没人想冒功，可像这种蒋介石亲自过问，细到连证件证物都要追查的，又有谁活腻烦了，敢触这个霉头？

田颂尧这才明白，"川军打死恽代英"纯属子虚乌有。偏偏蒋介石对此事还很关心，一再来电追问，田颂尧无奈之下，只好红着脸，原原本本地报告了实情。

上当

"恽代英事件"让田颂尧很是尴尬，但有一点，大家都不能否认，那就是川军攻城略地总没有掺假，起码巴中三县已经收回来了。不仅是田颂尧，就连孙震的自我感觉也同样良好，说："红军的确厉害，可是他们跑到四川，遇到川军，就不得行了。"

北伐胜利后，川中诸侯都摇身一变成了"革命军"，他们对此倒是拎得很清，知道自己虽然穿了新军装，然而仍属于北洋那棵老藤上结的果，跟真正意义上的革命军不是一码事。比如说田颂尧，最初就属于刘存厚的嫡系，四川新军才算是他的老祖宗，虽然从辛亥革命到护国讨袁，他都参加了，但也不过是随波逐流而已。

田颂尧最初接触到的革命军，是熊克武的蜀军和新老第五师，也即新川军，后来中共在四川也策动了几次武装起义，并拉起了队伍。不过无论是新川军还是这些中共地方武装，在老川军的重兵围攻下，最终都以溃散而告终。

革命军又不是没见过，想那熊克武何等了得，而今安在哉？按照田颂尧的评估，红军甚至还不如新川军，毕竟以前在单打独斗的时候，他并没能从新川军身上占到过太多便宜。

红军，可能也就比中共的地方武装强一些吧？"是经不住正规川军打的"！

如今摆在田颂尧面前的现实问题是，红军已退至通江北面的山区，还要不要穷追？

从战场形势来看，红军仍在后退，川军仍在前进，似乎没有理由不追，但还是有部将建议慎重行事："红军只退不进，会不会在施诱敌深入之计啊，应该提防，不能轻进。"蒋介石派来的特使也提醒田颂尧，说红军可是这方面的行家里手，不信的话，你知道第一次"围剿"中央苏区时，张辉瓒是怎么完蛋的，不就是中了红军的诱敌之计吗？

听了这些话，田颂尧心虚了。张辉瓒是士官生，堂堂湘军干才，生前已经位列国民党中将，连他都栽了进去，看来大意不得。

田颂尧赶快发电报给刘湘，借来了一架小飞机。他想通过飞机侦察一下，看现在红军究竟有多少兵力，如果兵力突然增多，就说明其中有诈。

受田颂尧之命乘机侦察的是少将参谋处长罗鸥。罗鸥身体很差，坐飞机都头晕，可又不能不去。登机后，他拿了一张十万分之一的军用地图，比比画画，让飞行员开往红军活动区域。

十万分之一的地图，应该说是比较精确了，无奈罗鸥早已头昏眼花，哪里能够真正用得起来，不过是信马由缰地随手一指罢了。飞行员水平也是一般，你那么一指，我也就那么一开，结果两人根本没有找到红军所在的中心区域。

得完成任务啊，罗鸥举着望远镜，胆战心惊地朝地面胡乱观察了一通，就草草了事，打道回府。回来之后，他告诉田颂尧，没发现红军大部队，只看到险隘地方有小股红军在活动。

田颂尧和孙震听后喜不自胜：不过"小股"，又是缩聚在一块小地方，不正是围而歼之的好时机吗？

田颂尧知道红四方面军的总指挥是徐向前，他连徐向前都一并瞧不起了，对别人说："徐向前的队伍，是一支流寇，目下已成强弩之末，我们的胜利不过是指顾间的事。"基于这一判断，他们把部队集中开往通江以北，以便"围歼流寇"。

其实红军摆出弱兵姿态，一退再退，正是要引诱他们上当。川北地势南低而北高，愈是向北，山势愈是陡险，至通江以北，更是山高路险，易守难攻。田颂尧的前线部队在到达通江以北后，全都被阻在了山区，一步不得前进。

两三天后，见田军士气逐渐低落，红军迅速发起大反攻，田军猝不及防，全线崩溃。

川军被外界称为"川老鼠"，就是说他们在战场上跑得比较快，无论进攻还是撤退。依照诸侯混战时的惯例，田军在逃跑时都将枪支弹药、辎重财物沿路丢弃，为的是让红军捡拾，以便争取时间脱逃。未料红军不是川军，各部队在战斗结束前根本就不打扫战场，只管猛打狠追，而这样凶猛的追击战术，田军从来没有见识过，那个狼狈！不仅前线大部队全部崩溃，就连原先位置较后的少数预备队也被顺势打垮了。

六路"征剿令"

田颂尧大惊失色，他本人驻于阆中，但包括阆中在内，都是一片空虚，因为他把部队全都摆到了一线，根本没留下做总预备队的足够兵力。更令人悲哀的是，直到此时为止，田颂尧和孙震也没搞清楚红军的真实情况，既不知道对方究竟有多少兵力，也不知道他们最终想要打到哪里。

越糊涂越惊慌，越惊慌越没辙，除了逃命，两人全都没了一点招。阆中城外是嘉陵江，孙震传令架起浮桥，供各部撤退。可是人要倒霉的时候，连老天爷都不肯帮忙，突然天降大雨，河水随之暴涨。部队渡河效率大受影响，岸边的溃兵也越积越多，而且大家都抢着渡河，没有人肯留下来做掩护。

王铭章见势不好，赶紧召集所有团长以上军官开会，希望谁能发扬发扬风格当后卫，然而在军心已溃的情况下，到哪里去找这样的活菩萨？会上不仅无人肯殿后，还闹得不可开交，王铭章无计可施，竟然扑通一声跪倒在地，给部下们磕起了头。

磕头也没用，大家仍是各自乱跑，跟老窝被端掉的野蜂没什么两样。田颂尧极其短暂的几个月"黄金时代"就此结束了，他不仅再度丢掉了巴中三县，而且继成都巷战后主力又再受重创，所调集的三分之二兵力，起码损失了三分之一，战后已经连一个稍为完整些的团或连都找不到了。

冬瓜真的摔烂了，遭遇惨败后的田颂尧别说进攻，要退而自保都觉得困难，他只好致电蒋介石，请求辞去"剿匪"督办。

川军只是初次跟红军交手，蒋介石可是不知道和红军打了多少次交道，真实的红军有多厉害，他比谁都有数，因此他对待田颂尧的态度很客观：你先前得意，那是超常发挥了，现在一败涂地，倒反而在我意料之中。

蒋介石没有同意田颂尧的辞请，他属意刘湘前去"征剿"，并委任其为四川"剿匪"总司令。那时节，刘湘正忙着对付刘文辉，他给蒋介石的答复是"先安川后'剿赤'"——让我打红军可以，但得等我先把四川盟主的位置坐稳当了再说。

岷江一战，刘湘大获全胜，也相应具备了统领各路诸侯的权威和声望。1933年10月4日，当着诸侯部属们的面，刘湘在成都正式宣誓就职四川"剿匪"总司令。之后，他发布六路"征剿令"，准备向红军发动大规模攻势，其目标是"三个月内全部肃清川陕苏区的红军"。

刘湘的所谓目标并非完全是大话欺人，而是确有一定的实力依据。这时川中已经处于"战国末期"，川军也决出了六强的名次，除位列盟主的刘湘外，其余五强依次为邓锡侯、田颂尧、李家钰、杨森、刘存厚，交椅排法参照的是"水泊梁山标准"，即武功与资历综合，但以武功为先，然后谁大谁坐前。

刘湘部署的六路，实际上也就是川军六强，当时的大部分川军精锐皆集中于此，计有一百多个团，二十万人马。反观红四方面军，尽管在打垮田颂尧后即进行了扩充，但也只发展到五万余人，而且其中相当一部分还是新兵。

兵力上占有绝对优势，自然是沙场制胜的王道，可是自古以来，战场又都是一个时时能诞生奇迹的地方。在刘湘正式宣誓就职之前，红军就预先破掉了"六路"中垫底的两路：杨森、刘存厚。

杨森和刘存厚的防区都在川北，与田颂尧毗邻，田颂尧兵败，如同在他们头顶上响了个炸雷，让二人吃惊不已，顿有朝不保夕之感。

依照杨森以往的脾气，是非要斗一下不可的，但他如今的地盘很小，部队也少，全部加起来不过才两万，仅是田颂尧"三路围攻"所用兵力的三分之一。再说了，蒋介石好歹还给了田颂尧一个"剿匪"督办，他杨森什么都没捞着，干吗非要去太岁爷头上动土？

与别的川军军头不同，杨森内心里并不把共产党看成是洪水猛兽。他的长子杨汉沂曾因散发纪念五四运动的传单而被捕，杨森让部属出面，通过疏通当局将他保释了出来。一天晚上，杨森与杨汉沂闲谈，问他被捕后是否声明自己是杨森之子，杨汉沂回答说："没有。"杨森骂道："你呀，不配当我的儿子！你为什么不敢说是我的儿子？难道我的儿子就不可以当共产党？"

杨森并不害怕被别人指责与共产党有牵连或瓜葛。早在大革命时期，朱德、陈毅就曾以共产党员的身份在他的军队里面搞过兵运，因为害怕失去兵权，杨森最终对朱、陈下了逐客令，但也并没有威胁二人的人身安全。

实际上，在与共产党的关系处理上，杨森遵循的一直是"多个朋友多条路，多个冤家多堵墙"的江湖策略。按照这一套路，他选择了另辟蹊径，与红军进行秘密谈判。通过谈判，双方达成了"互相支援，互不侵犯"的协议。

打肿脸充胖子

与红军达成协议后，杨军便竭力避免与之交战：在后边追的，只远远跟着，在前面截的，也仅仅是摆摆架势，红军一过来就马上把路让开。

其间，杨森还给红军送去地图和药品，以示诚意。为了瞒过众人耳目，两边合作演出了"围堵红军"的戏码，即红军假装杀过来，杨森则派一个连虚张声势地大喊："红军又过来啰！"喊完就乱放枪，放完枪冲锋，之后以冲锋为掩护，顺势完成所有物件的交接。红军拿到东西后，也迅速撤出了战场。仗打得如此蹊跷，连当地老百姓都觉得奇怪："这次红军怎么撤退得这么快？"

红军本来可以充分利用川军内部的矛盾，团结一部分，打击一部分，像杨森这种，如果能够合作，就没必要非跟他过不去。可是当时红四方面军的领导人张国焘急功近利，他认为杨森的前哨据点直接伸入巴中，极大限制和影响着红军的行动，这颗钉子非拔除不可，所以不顾徐向前等人的反对，仍执意下令攻击杨森。

几天之后，红军趁着雨夜对杨森所部发起大突袭。杨森猝不及防，被打得晕头转向，于是不得不退守嘉陵江西岸，成了"田颂尧第二"。

接下来就轮到了刘存厚。刘存厚的防区也在川北。川军六强里面，数他的资历最老，邓锡侯、田颂尧全是他一手带出来的，媒体也都称刘存厚为"老将军"。他能挤进六强，很大程度上卖的就是一张老脸。

刘存厚一生之中，最为得意的当然还是北洋时代。他也始终对此念念不忘，虽然早就接受了"国民革命军第二十三军军长"的头衔，但部队所用军旗仍是北洋的五色旗，而不是其他川军通用的"青天白日"。刘存厚给本地中学题写匾额，落款时竟然用的是北洋赐给他的爵位："勋一位，一等文虎章，一等宝禾章，崇威上将军"。

在北洋政府业已灰飞烟灭的前提下，别人避之尚恐不及，刘存厚此举亦属难得。盘点他这一辈子，前半生之所以大业难成，或许是缘于没存下一个"厚"字，倒是临到晚年，还比较念旧一些。

刘存厚不但在形式和精神上完全继承北洋，他的部队似乎也停留在了过去的时代，无论军事训练还是枪炮器械都没有什么进步。红四方面军初来乍到，但他们对刘存厚的评价和印象只有两个字：老朽。

打田颂尧和杨森，尚需智谋，打老朽，所有这些都不需要。

面对红军的攻击，刘存厚只有赔钱的本事，哪有赚钱的能耐。他向刘湘求援，发去的求援电报不亚于雪片飞舞，但即便到这般地步，此翁还死要面子，一边频频告急，一边信誓旦旦地说要"誓死坚守"。

刘湘知道刘存厚是打肿脸充胖子，所以派援的同时，也很坦白地对他说，你如果守得住，固然很好，万一守不住，就不要硬撑了，只要记住，走之前务必要把运不走的武器销毁掉。

这话不说还好，一说，刘存厚反而不好意思马上遁形了。他找人在府中扶乩，想算算看自己能不能撑到援兵到达，结果算命结果还没出来，城内已响起枪声，红军先头部队冲进了城。

刘存厚带上家眷卫兵仓皇而逃，自然也顾不上销毁武器，用报上的说法就是，"老将军"不仅面子没保住，还给红军"厚赠了一笔礼物"。

包括田颂尧、杨森、刘存厚在内，到刘湘正式组织六路"征剿"时，川军实际已被提前打垮了三路。尤其是通过击溃刘存厚，红四方面军在占领绥定、宣汉两县的同时，部队顺势扩展至八万余人，声震全川。

和其他川中诸侯不同，刘湘并不是第一次和红军打交道，早在他和刘文辉发生惊天冲突之前，就已在湖北和红军结结实实地干过一架了。

四川号称天府之国，历来以土地广大、人口众多、物质生活条件优越而著称。军头们在四川既有财源又有兵源，不愁吃不愁喝，不到万不得已，没人肯背井离乡——你就说刘存厚吧，被人家赶出去那么多次，不还是厚着脸皮，哭爹喊娘地要回来吗？

这就造成了川军的一个显著特点，经常是关起门来打，需要的时候甚至联合滇黔军等客军打对手，但他们自己很少打到外省去，以至于四五百场大小战役打下来，都是在家里摔桌子打板凳。

民初川军真正重大的出川军事行动也就一次，即熊克武和刘湘共同策动的援鄂之战。打那以后，川军几乎足不出户，直至蒋桂战争打响，刘湘才派一个师出川"拥蒋讨桂"。后来鄂北红军借爆发中原大战之机得以发展，刘湘又应蒋介石要求，派部出川援鄂。尽管如此，刘湘的注意力始终都不在外部，每次部队出川，他都要反复叮嘱带兵官：我的策略是内重于外，你们出去后意思一下就行了。

部下心领神会，于是这两次作战的结果便都是形式大于内容，出川部队相当于出省旅游了一趟，除了来回赶路，基本上什么都没做。

到了第四次"围剿"时期，蒋介石除派他的部队重点围攻鄂豫皖的红四方面军外，还向刘湘发出命令，要求川军协同鄂军，对鄂西洪湖的红三军展开围攻。接到蒋介石的命令后，刘湘本来也想和过去一样，派一支部队出去摆摆造型，之后就打道回府，但考虑到此时的蒋介石权势日隆，已非蒋桂战争或中原大战时可比，太过敷衍的话，不仅交不了差，而且很可能失去蒋介石的支持，因此他一度觉得十分为难。

真是靠不住

照例，凡人判断或决定不了的事，不妨问问神仙。

在近代中国，皇帝其实从未消失，他们不过换了几身衣服罢了。刘湘迫于时势，早已断了做皇帝的念头，能在川中和刘备一样三分天下，就阿弥陀佛了，倒是刘从云出道以来，一路坦途，反而从来没有灰心过。

皇帝只有一个，既然你刘湘不做，我做！某天，刘从云和刘湘、邓锡侯在一起，突然大发豪兴，很得意地说："我左手抱着晋康（邓锡侯的字），右手提着甫澄（刘湘的字），何愁天下不定？"

又有一次，刘从云居然当着刘湘的面说："我扶了乩，乩仙说我将来要当皇帝，如果真的当了皇帝，一定把皇位传让给您。"

别人听了这些话会很生气，但刘湘一点都不介意，甚至还很高兴：没准刘神仙真能把蒋介石这类"伪天子"给挤掉呢，到时候我还能白落个皇帝当当哩！

在"出川远图"这一点上，刘从云和刘文辉算是英雄所见略同，所以刘湘犹豫不决，他则毫不犹豫。当然，有些话还是不能直接从他的嘴里说出来，得让"乩仙"代言。

刘从云做了整整七天水陆道场，然后扶乩请神，"乩仙"很快就来了指示："湖北荆沙（今荆州和沙市）一带，也都是刘家的天下，理应收复。"

刘从云把"乩仙"的判词拿给刘湘看，刘湘看了之后怦然心动，不仅欣然接受蒋介石的命令，而且决定在"收复湖北荆沙"上动点真格的。

蒋介石随后任命刘湘为长江上游"剿匪"总指挥，刘湘以王陵基代理此职，命他率三旅川军前往鄂西"剿匪"。

1932 年 9 月，红三军在敌强我弱的情况下退出洪湖，转入湘鄂边境实施游击战。刘湘和刘从云认为是他们赶走了红军，为此喜不自禁，都以为"乩仙"的预言就要实现了，不料二人机关算尽，算来算去，却还是算不过蒋介石。

"围剿"洪湖战役结束不到两个月，老蒋就用他的部队接管了鄂西防务，鄂、川两军被全部打发回家。

花了这么多工夫，荆沙原来并非"刘家的天下"，还是他蒋家的。川军内部怨声载道，许多军官都对刘从云的"神机妙算"产生了怀疑，说刘神仙的话，真是靠不住。

相对而言，刘湘倒是能看得开，不就是损失了一些人马，而且没占到地盘吗，你们这些人的高度只有那么高，就是看不到更长远的——蒋介石用了我的兵，但没给我地盘，就相当于欠了我人情，他不得还吗？

到了二刘相争的岷江大战，蒋介石果然站在了刘湘一边。

如果说对于出川作战，刘湘尚抱着可有可无，得失不介于怀的态度，红军入川就不一样了，双方有了直接的利害冲突。对于刘湘而言，一旦打不好，已不是能不能额外得到地盘的问题，而是要失去地盘乃至四川王的桂冠了。

刘湘任命王陵基为与红军作战的前线总指挥。在做出这一决定之前，他斟酌再三，犹豫了又犹豫，因为他对王陵基早有疑忌之心。

除了刘从云因与王陵基不和，经常讲些关于王陵基的坏话外，在刘湘眼中，王陵基自身也确实有了离心倾向，比如擅自在万县招编人马，扩充部队，这不就是要独闯天下，拉旗杆做诸侯的架势吗？

刘湘和邓锡侯不同。刘湘只是表面宽厚，他绝不会像邓锡侯一样容许部下越出自己划定的圈子。对王陵基的一举一动，他貌似不置可否，内心其实非常在乎。有一段时间，他盯着万县的神情，就好像那里藏着一颗定时炸弹似的。

可他仍然要用王陵基，而且要重用。刘从云暗指王陵基是长着反骨的魏延，魏延有没有反骨可以另说，但他绝对是个将才，此君不仅骁勇善战，而且深具奇谋，他献给诸葛亮的"出子午谷奇袭长安"一策，便为后世许多兵家所激赏。

魏延的计策再高明，终究没能付诸实施，王陵基在下川东之战、出征湖北一役中的表现却是有目共睹，尤其是他还具备跟红军作战的经验，这在当时的川中诸将中无人可及。退一步说，魏延造反，终究还是在刘备、诸葛亮去世以后，刘湘自信自己也能镇得住王陵基，即算对方是颗定时炸弹，只要定时钟表掌握在自己手里，终究不至于马上走火失控。

导火线

王陵基率部"进剿"后，一度夺取了曾被红军控制的绥定、宣汉两县，川军境况看上去逐步趋于好转。刘湘高兴起来，不过他用兵向来谨慎小心，生怕王陵基像田颂尧一样中了红军的诱敌之计，正好又临近春节，便连电王陵基，让他固守原有防线，不得再纵兵深入。

见前方没有新的军事行动，王陵基便乘飞机回万县过春节去了。

你要快快乐乐地过春节，红军可没这打算。1934年2月12日，农历是腊月二十八，这一天之后就是小除夕。红军突然发起夜袭，在击溃川军前哨阵地后，直趋王陵基的第五路军总指挥部。

川中诸侯作战，自有他的一套路子和规矩，像春节这样的节假日都是各归各家，完全想不到会招致红军袭击。现场顿时一片混乱，官兵伤亡近千人，被红军缴获的武器弹药和预备过节用的鱼肉食品数不胜数。王陵基闻讯很是惊慌，急忙赶回前线督战，但川军士气已受到沉重打击，他的主力部队之一许绍宗旅更被红军三面围困。

红军夜袭成功，除了出其不意，与担任副总指挥的范绍增援救不力也有很大关系。刘湘对王陵基"用而不信"，就需要有人替他在旁边进行监控和牵制，但因为王陵基在川军中资格老，潘文华、唐式遵等人见了都得喊老师，让他们做监军，很难却得过情面。范绍增不同，他是绿林袍哥出身，才不管这一套，于是便由刘湘安排，成了王陵基的固定副手。

对刘湘来说，王范配的有利之处还在于，这两人以前就不太对付。出征湖北时，范绍增受王陵基之命，率先向红军出击，结果大受损失，他认为自己吃了王陵基的暗亏，从此便多了个心眼，防王陵基跟防贼似的。

在红军对王陵基的总指挥部发起夜袭后，范绍增装聋作哑，对战况不闻不问。王陵基对此当然很不满，他给范绍增的师爷、副师长罗君彤发了封电报，指责对方"隔岸观火，幸灾乐祸"。

罗君彤颇有范绍增的风格，平时不显山露水，关键时候吵起架来却也毫不示弱，他立刻反唇相讥，说王陵基是"温柔难舍，姗姗其行"——知道红军为什么会趁这个时候偷袭吗，还不是您老人家要窝在家里和老婆孩子热炕头，前线无人指挥的缘故。

王陵基无语以对，这两封骂战电报遂在川军中被引为笑谈。

除了红军，大家春节过得都不开心，王陵基如此，刘湘亦如是。红军夜袭，使得他的第一期总攻变得虎头蛇尾，所谓"三个月全部肃清红军"的承诺也沦为吹牛，噗的一声就破掉了。

这是一个导火索，刘湘与王陵基之间长期积累的矛盾，眼看着就要全部爆发出来了。

关于王陵基的罪状，除了过去的那些，刘湘桌上新近又积了好大一摞，里面最刺刘湘眼睛的，仍然集中于"有反骨"一条。

前线有一个团长的职位空缺，刘湘要派员履任，但遭到了王陵基的拒绝，王陵基以"前线不能易将"为由，自行升任了一位营长。按理说，王陵基的这种做法也没什么错，一个前线总指挥，如果在团长任免上都没有职权，那他还有什么威信可言？

再者，王陵基以前就在这方面吃够了刘湘的苦头。从万县整军开始，刘湘对部下便控制得很紧，在王陵基的部队中，所有旅团长均需刘湘委派，而且这些军官经过刘湘的精心调配，都是从师旅长整编下来做的旅团长，王陵基很难进行驾驭。

王陵基在万县招兵买马，并非全如外界想象的那样，急不可耐地要立山头单干了，而是他拿这些神人一样的"御用旅团长"没有办法，不得不另外建一些自己用起来得心应手的亲兵部队。可是刘湘不会这么想，他对此非常痛恨，在王陵基自行任命团长后，他马上派王缵绪前往王部，名为襄助，实为监视，后又加派唐式遵为后备总指挥，以便随时替换王陵基。

一般的人恐怕都会有所警觉，唯有王陵基一向眼高过头，尤其在多次取胜的情况下，更是得意忘形，完全不知道自己已身处敏感之境，必须适当收敛或低调一下了。

攻取绥、宣两县后，王陵基收容了刘存厚的残部，又将刘存厚无能无为的情况写成材料，在蒋介石面前告了一状，蒋介石对刘存厚这样的老朽本来就看不顺眼，便顺势撤销了其军长职务。

刘存厚下了课，王陵基当仁不让，在蒋介石面前自荐顶替刘存厚，当第二十三军军长。蒋介石倒是马上批准了，但这件事光老蒋的任命还不能作数，必须经过刘湘同意才行，刘湘坚决不同意，于是此议只得搁浅。

"魏延"可能要反

王陵基没当上军长不说，还引起了刘湘对他更大的猜忌：你竟然都能越过我，让蒋介石来升你的官了，你究竟想干什么？

一个可怕的念头是，"魏延"可能要反！

最早判定王陵基属于"魏延"的那位一直都没歇着，刘从云果断站了出来。

有一段时间，王陵基不信刘从云，笃信的是自家的王神仙，尤其着迷于此人所谓的点石成金之术——想想看，石头都能变金子，还有比这更妙的吗？

可是王神仙说，仙人有仙规，仙规里面规定，"点石成金"是绝不能轻授的，如果违反了规定，就算是神仙本人，也得像《封神榜》里一样，被押上斩仙台去问斩哩。

那怎么办呢？王神仙说有办法，可以先炼丹砂，再把丹砂炼成黄金。王陵基信以为真，便在万县的公馆里竖起炉子，以供王神仙"点丹成金"。不料到了开炉的前一天，王神仙忽然失踪，到处都找不到人，连随身衣物也不见了。王陵基这才明白上了当，所谓"点丹成金"，不过是为了拖延时间而已，王神仙早就找了个机会趁隙逃走了。

王陵基空欢喜一场，但是对外还不能承认，只说是王神仙已经从他的公馆飞升了。

神仙斗法，刘从云不战而胜，王陵基似乎已有足够理由拜倒在他脚下，可老王仍然整天昂着大脑袋，横竖不肯拜刘从云为师，这让刘从云大为恼火。

　　王陵基率部"进剿"后，刘从云耐不住寂寞，也在背后指手画脚，并拟订了作战计划，要王陵基执行。按照刘从云的所谓作战计划，部队出发不但要排好良辰吉日，还要指定行军大吉的方向和路线。你要说用这个来鼓舞军心，起点精神激励作用，倒还有些依据，但真要拿它用兵，却是漏洞百出（大概是刘从云对川北地形不太熟悉，不知道川北地形复杂，他所制订的某些路线，居然很多是朝着悬崖绝壁去的）。

　　王陵基是武备学堂的资深教官，又有多年指挥实战的经验，自然对刘从云的作战计划弃之如敝屣，这让刘湘和刘从云都很不高兴。刘湘不是刘从云，他也是军人出身，一路打仗打过来的，他不会真的认为刘从云的作战计划有多少科学性，但科学不科学是一码事，你肯不肯服从命令是另外一码事——你就算是应一声，然而实际并不照做，都没关系。可偏偏王陵基连应一声也不愿意，王陵基越是这样，刘湘和刘从云就越认为他是心怀鬼胎，于是一连发去了十几封电报进行逼问。

　　十几封电报，也就相当于十几道金牌，王陵基居然每次都回电否决。刘湘急了，随即又发过去一道训令。

　　军队之中，极少使用训令，因为这就等于死命令。王陵基有一堆绰号，除了"王灵官""王老方"外，他还被人称为"酱黄瓜"。酱黄瓜是四川的一种家常咸菜，酱者，犟也，刘湘下达的训令，一下子把王陵基身上那老牛一样的犟脾气全都招引了出来，以至于他竟然不顾任何忌讳，回复说："钧座之命绝对服从，刘妖之命誓死反对！"

　　"刘妖"指的是刘从云，平时或许有仇家在背后这样痛骂刘从云，但白纸黑字地写在电文上，还是第一次。不仅刘从云被大大激怒，连刘湘也感觉很是难堪，遂下决心对王陵基采取行动。

　　可叹王陵基对此还毫无知觉。由于许绍宗旅仍被红军所围困，他便计划在对主力部队进行补充后，继续向红军发起进攻，以解许旅之围，因此一再请求刘湘赶快把军饷和枪弹运来前线，但刘湘的电令总是："不可妄动"。

　　以前不要动，是要过春节了，现在春节早过，正是用兵之时啊！王陵基不明所以，发电报去问为什么。刘湘回复："川情复杂，电报里说不清楚，王老师不如来成都当面商量吧。"

王陵基傻乎乎的不知是计，还以为其中真的有什么讲究。他急于当面说服刘湘，便依言乘坐飞机回到了省城，结果一落地便被撤去本兼各职，并被软禁于寓所，连出入成都的自由都没有了。

不比不知道

如何处置王陵基这样的川军元老，其实是个很棘手的问题。恰逢刘航琛从上海返回成都，刘湘把他召了过去，在说明情况后，刘湘说："我已电令王先生（指王陵基）即日飞蓉，来了之后，你先同他谈，然后我再请他吃饭。"

刘航琛系由王陵基最早识拔，两人关系非常好，刘湘的这番话自然别有用意。刘航琛心领神会，当他在刘湘的督办署会见王陵基时，首先便问起了王陵基"不遵命令"的事。

王陵基正气到暴跳如雷，见刘航琛发问，马上叫道："都是刘神仙在捣鬼！甫公（指刘湘）不听我的报告，后来居然还来了训令，若果真照刘神仙指定的路线行军，我的部队打光了也上不去啊，怎么能从命呢？"

刘航琛点点头："你说得在理，不过既然你知道是被刘神仙所陷害，那你就一定要准备吃点亏啰。"

王陵基还要分辩，刘航琛干脆开门见山地对他说："甫公让我先同你谈，是知道你我的交情。我想他的意思是，希望你少同他争辩，你是军人，服从命令是天职。事已至此，你应该学会逆来顺受才是。"

王陵基目瞪口呆，在弄明白事情的严重程度之后，终于不敢再乱叫乱嚷了。

刘航琛把话说得很婉转："甫公能这样做，尚有几分人情味在内，你如果善为应付，以后还可以共事。你听我的没错，退一步，亦可为将来留下余地。"

王陵基是个读过书的人。历朝历代的臣子，只要被君王认为可能谋反的，最后有几个能得到善终？不比较不知道，一比较，刘湘真是有够厚道。王陵基先前气焰冲天，是他一直处在高位，没看清脚下的危险，如今看清楚了，那颗心啊，差点就要从胸腔里蹦出来了。

对刘航琛这个时候尚能不避嫌疑，顾及和维护老友，王陵基十分感动，说："你的好意，我很感谢，你放心，我一定审慎应付。"

刘航琛一走，刘湘来了，他首先把"川情复杂"解释了一通，包括各路军队行动不统一，他的命令得不到贯彻执行，以及经费万分困难，等等。有了与刘航琛的事先沟通，王陵基识时务者为俊杰，点头跟鸡啄米似的，刘湘说什么，他就应什么，完全没了"王老师"的派头。

刘湘对此很感满意，临走时说："王老师收复绥、宣，已经劳苦功高，今后还是在省城休养吧，不用再到前线去了。"当晚，他请王陵基吃饭，席间由刘航琛、张斯可作陪，气氛很是融洽。

正所谓墙倒众人推，王陵基得意之时得罪了很多人，这些人见他事败，便乘机报复。刘湘部有几个旅长发密函给刘湘，主张一不做二不休，除掉王陵基，让他人头落地。刘航琛因为与王陵基的特殊关系，对此无法置喙，幸得张斯可极力疏通，刘湘才没有为难王陵基，只是解除军权，任其自去。

1934年3月4日，刘湘电告前线，称王陵基因病请假，现"在省休养"，改派唐式遵继任第五路军总指挥，负责执行第二期总攻令。

由于王陵基遭到整治，导致川军一直按兵不动，许绍宗旅已被围困达二十多天。唐式遵上任后做的第一件事，就是为其解围。

给许绍宗解围这件事，唐式遵做成功了，但他能做成功的，也就这一件，整个第二期作战乏善可陈。刘湘没有因此责怪唐式遵，他认为进展不大，可能是兵力不足的缘故——在唐式遵继任后，他仅向前线增派了一个旅，

第三期总攻，刘湘一口气拿出了约二十个团，使前线兵力从五万增加到八万，号称十万大军，目标是夺取万源，将红军压出川北。可是唐军除了不断伤亡，仍旧一无所获，更别说接近万源了。

唐式遵相形见绌的表现，不仅令刘湘懊丧不已，就连蒋介石都看不下去了，他不断发来电报，催促刘湘督军急攻，并且说："我迁移一日，匪（对红军的蔑称）

即巩固一日。"

真是不比不知道，一比吓一跳。王陵基虽然脾气又臭又犟，可瞬息万变的战场，恰恰也正需要这样的人。与王陵基相比，唐式遵不像将军，倒活脱脱是个唯命是从的公务员，刘湘说什么他就照做什么，完全不敢越雷池半步：刘湘要他防守，他便蹲着不动，不知道战机已经从身边悄无声息地溜了过去；刘湘要他出击，他也依言扑出来进攻，可是又缺乏王陵基那样不达目的誓不罢休的狠劲和韧劲，一旦觉得不行，马上又退了回来。

刘湘埋怨"二瘟"不给力，作为军师的刘从云也对唐式遵一肚子意见，说唐式遵打败仗，是因为没有按照他的计划行事。

其实恰恰相反，唐式遵对刘从云的计划完全照办不误，在灵活机动方面，他甚至还不如荣威大战时的川江舰队司令蒋逵。据说，有的部队依照"刘神仙路线"行军，真的因此走上了悬崖峭壁，在当地传为笑柄。

与此同时，刘湘对其他诸侯的表现也非常不满。六路"征剿"，实际分成两个战场，刘湘的第五路与刘存厚的第六路负责东线战场，为主战场，其余四路负责西线战场，为次战场。刘存厚的部队早已名存实亡，东线战场就靠刘湘单打独斗。在王陵基收复绥、宣的时候，对于西线战场进展如何，他还不太放在心上，认为只要主战场打顺了，次战场推进慢一些也无关紧要。

现在主战场停滞，再看次战场，竟然好像从始至终就没怎么动过！

以水克火

四路之中，田颂尧吃亏吃得最早最惨，如今只剩下了一点嫡系部队，根本就不舍得拿出来用于消耗。在"征剿"时，他把进攻任务全都交给收编的非嫡系部队担任，嫡系各师则控制在自己手里，轻易不敢出击。

田颂尧既败于前，没有多少进攻的勇气和实力，这个尚可理解，问题是四路中的老大邓锡侯也不肯多花力气。

自刘湘发布六路"征剿"令起，水晶猴就有了不满情绪，认为如此安排，等于把他看成了刘湘的部下（当然实际就是这么一回事，但多少总得给人留点面子啊）。

更让邓锡侯感到无语的，还是李家钰的自成一路。李家钰虽已独立，但在名义上仍属他的部下，现在平起平坐，连"老长官"这三个字都捞不着了。邓锡侯气愤地对自己的参谋长说："刘甫澄（刘湘）打压我，把我同我的部属（李家钰）和他的部属（王陵基）对等看待，未免也太藐视我了。"

邓锡侯未战便对刘湘的指挥投了不信任票，说："看他摆开六路，不过是做个挨打的样子，中间我们还要受刘神仙的节制，打起仗来胜败就难说了。"

有了情绪之后，打仗自然提不起精神。邓锡侯把他的军队一分为二，一半"进剿"，一半整训，按时间轮流参战，反正就是做个样子就行了。

四路里面真正肯起劲的只有两路，李家钰和罗泽洲便是其中一路。李罗原来并非刘湘的部下，甚至还打过刘湘，但刘湘不计前嫌，一直对他俩进行扶植，这次又让他们分任第三路正副总指挥，与邓锡侯"同殿称臣"、并驾齐驱，可谓是重用了。哥俩因此都对刘湘感恩戴德，尤其罗泽洲，为人躁动，最爱打仗，只抽了两个团留守后方，其余都被他派到前方作战去了。另外一路是杨森，本来想暗中和红军达成协议，却被冷不防地揍了一顿，这口气怎么也咽不下去。

除了这两路，其余川军可以说根本没有和红军接战，即便偶尔交火，也不过是敲敲边鼓或和境内少数游击队接触接触罢了。以哥几个的这种状态来说，进展不进展已在其次，能维持着不致崩溃已经得算是奇迹了，也正是由于红军的大部分主力部队都在东线作战，西线兵力不多，他们才得以优哉游哉地原地转圈。

四路将领形式上都还是诸侯，不是像王陵基一样的直属部将，刘湘没法直接把他们给撤掉，只能用另外一种办法：让刘从云扶乩。

扶乩有个特点，每次跑出来胡说八道一通的所谓"乩仙"都会不一样。比如《红楼梦》里的妙玉扶乩，被她请出来的就是"拐仙"，也就是八仙中的铁拐李。

铁拐李的身份，只能诌一些诸如"青埂峰下倚古松"之类的闲散小调，说到用兵，还是武圣更权威。刘从云请的便是关公，关公说："要打垮红军，非刘从云莫属。"

扶乩结束，刘从云当即向刘湘表示："红军属火，你五行属水，打败红军是没有问题的，但你又是主帅，主帅不可亲征，那么只有我这个军师代你前往了。"他看上去对取胜相当有把握，说："我能运用北方壬癸之水，以水克火，去扑灭它。"

"乩仙"关公不过是个木偶，在后面提着线的自然还是刘湘和刘从云，他们的这种配合其实早有先例可循，而且是成功的先例。

在当年刘湘派王陵基出征湖北，但寸土未得后，川军内部一度对刘从云产生过怀疑和不满情绪，认为他的话靠不住。为了重拾权威，岷江大战时刘从云便又做起了手脚，某天晚上，他和军官们一道开会，忽然心血来潮，随占一卜，说"城外某方位有乱象"。不一会儿，他所说的那个方位果然枪声大作。众人听到后脸色大变，却见刘从云不慌不忙又占一卜，说："不要紧，乱象就要平息了。"

话音刚落，果然寂静无声。一众军官佩服到五体投地。

枪声忽起忽落当然是有缘故的，后来罗泽洲透露了真相："那个乱象，是刘老师关照一个连长，按时朝天放了二三十枪，以震煞气。"

罗泽洲知道是怎么回事，可就连他也不敢说"刘老师"是在装神弄鬼。在此之后，刘从云不仅重新在军队中树立起了自己神一般的地位，而且还将这种地位上升到了无人可以超越的地步，俨然成了四川军人的精神偶像。

如此全能型的偶像，若用他来指挥群雄，不是比刘湘本人甚至是蒋介石的一纸命令都灵验吗？

在造出声势后，刘湘发布了两道最新命令，第一道命令是发布潘文华为预备军总指挥。这是做给唐式遵看的：你再不拿点本事出来，下一个要换的就是你。

第一道是大家能够预料到的，但第二道几乎把所有人都给惊倒了——刘湘宣布，原督办署高级顾问刘从云出任四川"剿总"军委会委员长，代他指挥六路兵马。

捡到了便宜

刘从云虽在岷江大战中掌过帅印，但并无正式名义，套在头上的始终还是一个高级顾问头衔，如今骤升到如此高位，不是反常，是超级反常。

可是谁也不敢在公开场合对此说三道四。因为刘从云不仅"神机妙算，算无遗策"，而且从邓锡侯、田颂尧等诸侯，到刘湘的一众嫡系部下，都是他的门徒，让"刘老师"掌印，似乎又是一件天经地义的事。

刘从云受命之后，即驻节南充，遥控六部。此时正是刘从云最显赫之际，其随员出入于南充城，均抬一顶漂亮的八抬大轿，他坐在轿中，穿一身八卦衣，头戴道冠，手执一柄雕翎扇子，除胡子短了一些外，所有装扮和戏台上的诸葛亮一模一样，毫无二致。

刘从云的大旗也别出心裁，称得上是汇合古今的杰作，上面既有他的头衔"委员长"，又有"天下兵马都将军"等让现代人看了丈二和尚摸不着头脑的名称，中间还要再绣一斗大的"刘"字。怎么看，都仿佛是三国人物的一次成功穿越。

当然刘湘想要的效果也达到了，或至少是部分达到了。刘从云在南充说神道鬼，放出话来，要"三十六天内"消灭红军，在他的压力下，西线的"邓、田、李、杨"四路都不能不打点起精神，尽量往前挪。

看到西线川军已经多少动了起来，作为盟主的刘湘自不能落后。1934 年 6 月 22 日，他发布第四期总攻令，以东线为重点，向万源至通江一线发起猛攻。为了组织这次总攻，刘湘翻箱倒柜，拿出了全部精锐，其兵力的五分之四，十多万人，被一次性全部投入了东线战场。

在前线，潘文华的任命一发布，唐式遵就知道是冲着他来的，哪里还敢再"瘟"下去，于是一下子又由老实头变成了"白脸张飞"。在他的督促下，唐军攻势凶猛，而且很快便攻到了万源城南。

面对不利局势，红军决定改变策略，除留下少数兵力继续在西线防御外，大部人马全部移至东线，进入万源固守。

红军的这次东移，让西线川军捡到了便宜。一夜之间，四路川军倒有三路同时进入通江县城，他们在给蒋介石发电报时，都说是自己收复了通江，弄得蒋介石也不知道究竟应该把功劳算在谁头上，只得发电报让刘湘查查清楚。

刘从云名为节制六路，实际并无掌控全局，指挥大兵团作战的能力。他每天所能做的，不过是算算命、卜卜卦罢了，经常发生的情况是，要么几天没动静，一个电话也不打到前方，要么是一天连发几道命令，比如某时某刻向某地进攻之类，就连这些命令，其实也不是依据敌情，而是从八卦上推算出来的。

刘从云本人不在前线，隔着这么远，就靠一套八卦工具、一张平面地图进行指挥，如此推算出来的作战命令自然有不少错误和漏洞。四路川军本来就不是真听刘从云指挥，攻占通江后，争功还来不及，哪里还肯再卖力气向前进攻。于是他们也有意识地把刘从云颁下的命令夸张一把，说你要是认真执行的话，不是得碰到悬崖峭壁，就是扑个空，连一个红军也找不着，最后得到的结论是，干脆守在通江，哪儿也不要去。

红军舍弃通江，换来的是西线基本无战事，这下就可以腾出手来经营东线了。

刘湘最重视的也还是东线。他把刘从云搬出来，其实只是为了让西线川军能够既出工又出力，对性命攸关的东线战场，他可不敢完全靠八卦来打仗。1934年7月中旬，唐式遵向万源发起进攻。刘湘专门为此发布奖惩条例，规定若能攻取万源一带的红军主阵地，则给予奖金三万，擅自放弃阵地者要予以处死，各师旅必须将所部的三分之二兵力投入战斗，师旅长们凡不亲临现地指挥的，也要处以死刑。

严令之下，唐军向万源发起了波浪式密集冲锋，一个团攻不动，就投入两个、三个、四个。很多川军官兵光着膀子玩命冲锋，前沿阵地的红军每天要应付多达五六次以上的冲锋，从天亮一直打到天黑，阵前尸体积了一堆又一堆。

这是关系川陕苏区生死存亡的血战，双方谁也不肯相让，都达到了勇的状态。当然勇与勇之间还是有区别的，唐式遵的勇，是被逼急了的张飞式蛮勇，红军的勇，却是深具战略战术眼光的智勇。

红军之所以要暂时放弃西线，集中力量于东线，是因为西线山脉多南北走向，利于川军抵抗，不利红军反攻，相比之下，东线战场的地形南低北高，红军完全可以居高临下进行阻击。在每个作战方向，红军均按照山势，自下而上筑成了数道乃至十几道堑壕盖沟，设有层层竹篱、鹿寨，并配有大量滚木礌石。依靠这种"一夫当关，万夫莫开"的地形，再加上红四方面军出了名的悍勇，他们实际只需要部署少量兵力于一线，就足以守住阵地。

真是跑得快哟

经过二十多天的相持，红军在万源一线连续挫败了川军的五次大规模进攻，川军死伤万余人，但并未获得实质性进展。时值酷暑季节，天气炎热，疾病流行，川军官兵不堪其苦，士气一落千丈。四川报纸报道说："前线士兵，形同乞丐。有开回者，令人视之，惊为僵尸。"

刘湘情急之下，又抬出了刘从云，而刘从云能够用的也还是那几招，无非是选定黄道吉日，然后是预言川军必胜。效果却是适得其反，尤其是几次"失灵"后，惹得川军上下怨声盈野，大骂刘神仙是"骗人妖道"。

刘湘的精锐之师被熬垮之际，正是红军放鹰之时。1934 年 8 月 9 日，红军通过夜袭吹响了大反攻的号角，一直在二线休整待命的红军主力部队倾巢而出，瞬间便将川军的防御阵线一劈两半。

川军兵败如山倒，唐式遵失魂落魄，一度在战场上失踪，部队在失去首脑后更是混乱不堪，溃不成军。万源一战，因唐式遵用兵无方，导致川军子弟损失惨重，四川民间也因此有了"多少冤魂怨二瘟"的嗟叹。

红军在东线得手后，又迅速转入西线进行大反攻。得知东线崩溃，西线的四路川军早已心胆俱寒，没打几下，便争相溃退，最后一直退至嘉陵江西岸才敢停下来喘息。川人给军头们编了个打油诗，谓："羊子（杨森）蹦索索，冬瓜（田颂尧）遍地滚，猴子（邓锡侯）摸脑壳，矮子（李家钰）遭鞭打。"

"摸脑壳"的邓锡侯又羞又恼，在整顿部队时对官兵们训话说："你们进攻时，几个月才打到通江，现在逃跑，几天就跑回来了。我给你们算了一下，你们这趟一共跑了七百多里，真是跑得快哟。说起责任，我不怪士兵，但要问一问你们这几个指挥官究竟在干什么？"几个旅长在下面听得面红耳赤，默默无言。

前方大溃败的消息传出，刘从云惶恐万分，身上已全无一点诸葛孔明的镇静自若，坐着飞机便从南充逃回了成都。刘湘害怕动摇军心，派人前去阻止，但已经晚了一步。接着，他又听到了唐式遵失踪和全军覆没的消息，更让他有了一种连心带肺被撞击到的感觉。

一想到自己二十多年来苦心筹建，赖以称雄巴蜀的部队，竟然一夜之间便毁于一旦，刘湘完全无法接受。那一瞬间，他突然精神失常，整个人都变得迷迷糊糊起来，后来听说，唐式遵已经现身，主力部队也得以保存，并未被红军全歼，这才清醒过来。

到底经过大风大浪，清醒之后的刘湘很快恢复到了指挥若定的状态，他一边让王缵绪在成都修筑防御工事，做好打"成都保卫战"的准备，一边电令已分别退至绥、宣和嘉陵江的川军各部，要求不得再退。与此同时，又启动督战队和潘文华的总预备军，让他们一个负责收容残部，一个负责兼程增援，这样才总算稍稍稳住了前方战局。

只是遭此惨败，刘湘屁股下面还没焐热的盟主宝座已经晃荡个不停了。军头们都将溃败的责任，归咎于刘湘的第五路军，认为正是刘军防守不严，导致东线率先崩溃，因而使得西线也无法固守。

第一个被拎出来开刀的是刘从云。川军将领们再也顾不得什么"刘老师"不"刘老师"了，他们众口一词，都对刘从云表示反对，有人甚至请杀刘从云，以偿败军之罪。刘从云被迫通电辞职，并由刘湘礼送其离开川境，以息众怒。

失去刘从云，意味着刘湘从此失去了"以神治军"的法宝，对各路诸侯更加难以做到统一指挥。除此之外，前线早已兵无斗志，军心一蹶不振，而后方更是完全炸了窝，有点钱的人家纷纷将存款兑往京沪，或携眷逃离川境，粮饷的筹措变得极其困难。

这是在内部，外部蒋介石也来电相责，处于这种内外交困、财竭兵溃的境地，刘湘一筹莫展，无计可施。1934年8月23日，他以"川军剿匪军事困难"为由，致电蒋介石，呈请辞去四川"剿总"及第二十一军军长职务，随后便坐汽车离开成都，前往重庆。这一路上真是好不凄凉，当他下车渡河时，甚至曾绝望到想投河自杀。

即便这样，背后仍少不了冷言冷语。在电报中，刘湘称自己是"微服东下"。有嘴皮子痒痒的，看后不依不饶，说："这不是自认畏敌潜逃吗？不是潜逃，为啥要微服呢？"

打仗也是玩艺术

刘湘一走，周围人等逐渐回过味来，并且陷入了新的恐慌。若是在平时，刘老大就是出个差，众人也会把嘴巴笑到有拳头那么大，没人管束了嘛，可以各行其是了，可这是什么时候，红军虎视眈眈，随时还会再撞门而入，怎么能没人掌控全局呢？

要不换个老大试试？环视各家，刘文辉早在岷江大战时就被打成了破落户，因远在西康，这次"六部进剿"都没能来，其余"邓、田、李、杨"皆已丧魂落魄，没一个能让人心服。

最后大家又都想到了王陵基。王陵基资格最老，且能打仗，迄今为止，如果要说谁在与红军交战的过程中有过胜绩，也就他了，就连如今川军赖以据守的绥、宣防线都是他在职时收复的呢！

战争年代，论英雄只能看成败。因为打了败仗，曾经万人仰望的刘从云从偶像的云端跌落，摔到粉碎，因为打过胜仗，曾经遭人嫉恨的王陵基重被抬到云端，甚至有人说，要是老王不被唐二瘟给换掉，哪里会吃败仗？

众人商议下来，一致拥护王陵基继任盟主之位。王陵基正在乐山闲居，听后说了一句："我不能接受任何名义。"随后他再不发一言，只提起笔来写了一张字条："副官处即购赴沪机票一张。"第二天一早，便坐着飞机去了上海。

王陵基不愿出面主持，刘湘又成了大家眼中的香饽饽，从各路军头到自家的谋士、部将，都轮番过来劝说，要他振作精神，收拾残局。

这么多天过去，憋在刘湘心里的伤心和委屈也释放得差不多了，像他这样的人，又哪里肯真的退隐。既然还有如此多的人拥戴自己，刘湘早就想复出了，实际上，自当年九月份开始，他就已经以"在野之身"在重整部队了。

检点"六路征剿"的落败之因，与各诸侯不卖力不齐心当然大有关系，但是打铁还须自身硬，唐式遵负责的东线战场先是进展不大，继而率先垮掉，却也是不争的事实。

早在荣威大战时，通过与刘文辉的较量，刘湘对自己军队战法的落伍已有认识，只是后来岷江大战制胜，一俊遮百丑，便没继续进行改进。若论战略战术之灵动高效，红军尚在鼎盛时期的刘文辉之上，跟这样的强敌交手，怎么会不吃败仗呢？

刘湘深刻地感受了一种切肤之痛：打仗也是玩艺术，还是得有点灵气啊！

此时一个叫杨吉辉的人给予了刘湘很大帮助。杨吉辉毕业于武备学堂炮兵科，后做过速成学堂教官，与刘湘有师生关系。此人曾赴国外考察过军事，对最新的军事潮流颇晓一二，针对川军在训练和作战上出现的问题，他提出了新战法构想，并得到了刘湘的认同。

所谓新战法，具体来说，就是进攻时要注意疏散，以减少伤亡，防御时要编织火网，设置警戒阵地、前进阵地以及纵深配备。杨吉辉组织了一支五百人的教导队，从连排开始演练新战法。刘湘观摩后，认为值得向全军推广，但一些师旅长硬打蛮干惯了，反而觉得新战法用起来别扭，有人看了杨吉辉的防御阵地后，不屑一顾地说："这种阵地设了一层又一层，不是更疏散薄弱了吗？若是我的队伍，一冲就过去了。"

刘湘不同意这种认识，他要求在训练中强制推行新战法，自此，川军的军事训练便发生了质的转变。

每年刘军都要进行秋季大检阅。往年刘湘看演习，总是看见派完尖兵和侦探后，就是大部队行军。一群又一群人走来走去，走个没完，结果还没看到攻防，一天就过去了。他比喻成是曹操的八十三万大军下江南，看上去浩浩荡荡，能不能打却全不知晓。

这次为了检验新战法的效果，刘湘和裁判人员强调不看表演，不看行军，只看部队如何攻防，同时要求各师都要以旅为单位进行对抗演习，双方各攻一次，防一次。对于这几次的演习，刘湘事后的评价很高，说："能真正解决问题。"

由于新战法的推广，刘湘的第二十一军相比于其他川军，在战斗力上有了提高，战略战术也从呆板僵硬趋向于灵活多变，大致已经能做到进退有序、攻防有法了。

门户开放

军队有进步有起色，让靠枪杆子起家的刘湘有了些底气，但一想到正式复出后仍然粮饷两缺，又觉得难以为继。

能出手拉刘湘一把的只有蒋介石。刘湘宣布辞职时，蒋介石正忙于在江西指挥第五次"围剿"，分身乏术，急需有人在四川主持军事。四川军头虽多，但他一圈看过来，也确实挑不出比刘湘更好的，因此对刘湘连电慰留。

1934 年 10 月 17 日，中央苏区反"围剿"失败，中央红军被迫离开根据地突围西进，这就是历史上著名的长征。蒋介石由此更加重视刘湘的作用，承诺只要他复出，可尽力提供军火和粮饷方面的援助。有了蒋介石的支持和承诺，刘湘这才由重庆返回成都。

22 日，刘湘通电复职。蒋介石立即践诺，发给川军炮弹五百发，枪弹两百万发，同时邀请刘湘面谈。

刘湘随即召集属下谋士和部将，在重庆，而不是成都，开了一次会议。这次会议的特别之处，在于是在刘湘家里面开的，可谓一次别开生面的"家庭会议"，同时它还将决定着四川的大门究竟是开还是关。

过去刘湘和刘文辉的一个重大分歧，便是四川的"闭关自守"问题。说是有分歧，但其实他们叔侄间并无本质不同，刘文辉打开门，也不是要放别人进来，他是要出去开人家的门。若放到现在的破落户地位，刘文辉估计也只会强调"闭关自守"——没办法，你的心胸再广，可身躯的宽度不够，还是一样白搭。

事实上，从红四方面军入川起，四川的门就已经被打开了，就是想关也关不上。另一方面，面对惨淡局势，若继续将蒋介石拒之门外，不等红军进攻，川军便可能先行崩溃。

会上众人都认为，指挥不统一的状况必须得到改变。军头们在四川内战中与刘湘或敌或友，地位相当，刘湘在对自己的第二十一军进行奖惩时，固然可以令行禁止，但在指挥其他军头时就比较困难了，这样当然起不到指臂相连的作用。

那么，为什么不挟天子以令诸侯呢？只要说是奉中央之令，谁敢不从？这么做，既用不着再顾及双方的面子，理由也冠冕堂皇：与红军作战是全国性的，不是四川一省之事，自应和中央连成一片。

开完会，刘湘接受众人意见，初步决定接受蒋介石的邀请，实施"门户开放"。

虽然"门户开放"在刘军内部已得到共识，但四川舆论对此却并不苟同。长达多年的滇黔军"侵川"历史，使川人对任何外省势力的渗入都分外敏感，就算是蒋介石的中央也不例外。蒋介石邀请刘湘面谈，刘湘还没动身出发，就受到了多方责难。

作为刘湘自己，对于和蒋介石打交道也不无心病。

早在曾扩情首次入川时，蒋介石就曾通过曾扩情邀请刘湘在武汉见面。当时刘湘答应得很爽快，所乘轮船和随行人员都指定好了，行李也搬上了船，谁知临行前夕，他却派人告知曾扩情，说是得了重病，生死未卜，没法启程。

曾扩情前去慰问，见刘湘在床上呻吟不已，迷迷糊糊好像不认识他一样，但脸上却看不出有什么病容，情知对方是在托故装病。

刘湘装病，是因为他对蒋介石尚存疑虑。为此他专门请刘从云卜了一卦，刘从云卜完卦，说武汉之行对他有百害而无一利，好一点是给个虚衔，强留于南京，坏一点是予以软禁，像熊克武那样关在不见天日的屋子里，反正不管好坏，都没有再回重庆的希望。

刘湘闻言大惊，可是已经答应要去武汉，公然谢绝也不好，便只有装病一途了。

曾几何时，武汉和南京对刘湘来说，都是畏途一条。时隔数年，终于轮到自己要跑去南京巴结了，刘湘无限感慨，说："从前人家（指蒋介石）请我坐上座，我硬不去，今天自己上门，提着蒲团辕门求见，真是大大不同了。"

后悔药是买不到了，刘湘深感前路难测，不知道此行蒋介石给他的到底会是上座还是冷板凳。在到汉口坐船时，他决定约一位谋士同行，顺便再商量一下行止。

刘湘身边谋士众多，除刘从云外，钟体乾、张斯可均以协理内政为主，只有这位谋士常年在外，替刘湘打着各种交道，他的名字叫邓汉祥。

敢问今后志趣何在

邓汉祥，贵州人氏，最初入幕于陈宦，护国运动期间，在陈宦面前极力反对帝制的，便是此君。陈宦倒台之后，邓汉祥赋闲了一段时间，不过能干的职业幕僚总不愁没有好主顾，不久之后，皖系的段祺瑞来聘，邓汉祥便做了段府的幕僚。

刘湘与杨森相斗时，刘湘等人派代表到北京，以安定川局为由，请求执政的段祺瑞免去杨森善后督理（即实质上的督军）一职，但杨森也派代表向段祺瑞示好，请段祺瑞对其进行维护。

刘湘那边人多，杨森是孤家寡人，但因为觉得刘湘"能容不能断"，段祺瑞仍一度倾向于维护杨森，他对邓汉祥说："刘湘等几部分结合反杨，犹如手掌一样，五个指头伸起打出去，容易折断。杨森虽是一部分，但犹如拳头一样，打出去是有力量的。川事不能从人的多少来判断。"

邓汉祥则认为从中央政府的角度出发，段祺瑞的选择未必正确："我们扶助刘湘等，如果打胜，则四川实力派从此就可以拉拢。即使打败，杨森也绝对不能把几部分同时消灭完。"

知道段祺瑞与吴佩孚是政敌，同时老爷子又对统一四川念念不完，邓汉祥进一步对症下药，说如果段祺瑞要扶持杨森，"杨是曹锟、吴佩孚的忠实爪牙，杨纵然打胜，我们是替政敌培养势力，杨若打败，则刘湘对中央既来依附，又未得到扶持，必然会敬而远之，甚至或演变成过去独立局面"。

段祺瑞听了邓汉祥的话，立即转变态度，下定决心扶助刘湘。

得知邓汉祥在段祺瑞面前为自己说话，刘湘在对邓汉祥感恩戴德之余，打算把自己防区内的四个县腾出来，私下"赠予"邓汉祥，具体方式是由邓汉祥派亲信出任四县的县长和征收局长，等于是送了邓汉祥四座金矿。

诱惑大到无法拒绝，而且似乎也用不着拒绝，但邓汉祥仍然婉言谢绝了送上门来的"金矿"，婉拒的理由很具职业风范——他所侍从的是段祺瑞，所谓"食君之禄，忠君之事"，无论是否建议扶助刘湘，其出发点都是帮段而不是帮刘，所以绝不能额外收受好处。

邓汉祥的这一举动，颇让刘湘感佩，也给他留下了较为深刻的印象：为人幕僚者，当如是！

后来"能断"的段祺瑞也败了。临别时，老段总结了自己的成败得失，赠言邓汉祥，要他以后千万不要参加任何党派，以免受到牵制。邓汉祥深以为然，终身都保持着自由人身份，这果然为他日后在政坛便宜行事创造了条件。

邓汉祥盛名在外，蒋介石亦有心招纳。邓汉祥本已应召前去，但当他在旅馆读报时，一则头条新闻忽然使他改变了主意。那是国民党中央发布的一条通缉令，通缉包括段祺瑞在内的皖系首要十人。看完报纸之后，邓汉祥顿觉不安：我曾与这十人共事，现在他们却被蒋介石通缉，我反侧身求进，这种令人齿冷的事万万做不得。

邓汉祥遂以还乡为名相辞，立即动身返回家乡贵州。听说邓汉祥路过重庆，刘湘赶紧对其挽留，一见面就说："这下你该要给我帮忙了。"

刘湘想委任邓汉祥为他的参谋长，邓汉祥回答："既蒙不弃，当尽绵薄之力，但我与你的部队一无历史渊源，参谋长一职实难从命。"

刘湘正在考虑其他可以借重的职位，邓汉祥忽然冒出一句："敢问今后志趣何在？"

那个时候的刘湘，和鼎盛时期的刘文辉差不多，西装革履之下都藏着一颗闷骚的心，他毫不犹豫地答道："统一四川，问鼎中原，固所愿也。"

邓汉祥略一沉吟，便道出了自己的想法："公既具此雄心壮志，应宜采用远交近攻的策略。近攻之事，君自权衡，远交方面，我愿略效微劳。"

君臣一拍即合，此后邓汉祥便受命驻外，成为刘湘在京沪两地的"驻外使节"。

你不要把人认错了

丰富的游幕经历，使得驻外的邓汉祥基本可以做到"使于四方，不辱使命"，尤其在中原大战期间，他更是为刘湘做出合乎其利益的政治判断立下了汗马功劳。

中原大战开始后，别说是刘湘叔侄，就连蒋介石都难以预测自己的命运成败。到了大战的后半段，角力的双方势均力敌，就看东北的张学良肯支持哪一方了。张群衔蒋之命，去沈阳拉拢张学良，张学良却吞吞吐吐，词语暧昧，始终不肯明确表示态度，把个张群急得团团乱转。

正好邓汉祥也代表刘湘来沈阳打探内情。在段祺瑞幕中时，邓汉祥曾数赴东北，与张学良有旧，当他以"与楚抑或与汉"相询时，张学良明确答复：助蒋。

张群在张学良面前碰了壁，转而询问邓汉祥。邓汉祥要为张学良保密，不便明言，只说："看来你的使命一定是能够完成的。"

张群马上听懂了其中意味，于是急电蒋介石，谓已大功告成。这边邓汉祥也在第一时间给刘湘发去电报，使得刘湘没有像他的叔叔刘文辉那样一步失算，走出大败着。

包括张群在内，邓汉祥与蒋介石座下的另一位主要谋士杨永泰以及大将何应钦均素有深交，张、杨、何又都是权倾朝野、炙手可热的京城重臣，这使邓汉祥成为刘湘身边最适宜于与蒋家打交道的幕僚，张、杨、何也因此被外界称为邓汉祥的三把钥匙。

为确保刘蒋会谈取得成功，在刘湘启程之前，邓汉祥已经代表刘湘提前谒见蒋介石，并与张群、杨永泰多次协商，给刘湘铺好了路，现在见幕主相召，他又急忙从上海赶到汉口。

见到邓汉祥后，刘湘问道："你看蒋介石这回约我去，要谈些什么问题？"

邓汉祥已知端倪，他告诉刘湘：蒋介石会提高你的地位，利用你来阻止中央红军北上，但同时也免不了要以防堵红军为由，派重兵入川。

早知道世上没有免费的午餐，邓汉祥的实话实说，令刘湘愈加忐忑不安，可是他又不甘心就此放弃，只能解缆行船，边走边想。到了武穴，他终于想通了，对邓汉祥说主意已定，阻止中央红军北上和防止其入川，"本来就是我们需要的，只是不能放蒋介石派兵进来"。

刘湘就此分析到，假使中央红军只是路过，即为虚惊一场，大家井水不犯河水。退一步说，如果中央红军的目的真是要拿下四川，川军出于保卫桑梓之情，又是以逸待劳，也未尝不可一拼。反之，若让蒋军进川，固然可以增强对抗红军的实力，但如同川军的湖北之役一样，到最后收取果实的将是老蒋，而不是他刘湘。

1934年11月13日，刘湘乘船抵京。南京方面的接待规格很是隆重，除蒋介石外，其余文武大臣均至下关恭候。

稍事休息之后，刘湘便由杨永泰陪同，前去面见蒋介石。到了"进殿面圣"的关键时候，刘湘忽然变得笨拙起来，连话都说不清楚了。蒋介石颇为诧异，以为刘湘是奔波劳苦所致，只好让他先下去休息。杨永泰见状笑着对邓汉祥说："你这位伙计是个刘璋，怎么担得起重任？"

虽是劝谑之词，杨邓私下又是老友，但邓汉祥听到之后，仍立刻板起脸，正色道："你不要把人认错了！"

其实刘湘只是因为害怕蒋介石当面提出派兵入川，所以才故意装傻而已。他的这一计谋算是成功了，蒋介石没有谈成，只得临时安排杨永泰等人与邓汉祥进行磋商。

南京方面开出的价码，是任命刘湘为四川省主席兼"剿匪"总司令（简称"剿总"），授权其打破防区，统一军政，今后川军军费和军火也全部由南京政府负责发放。除此之外，四川可独立发行巨额公债，以偿还近年来所积债务，缓和财政困境。

这些都是预期利好，接下来才是最关键最棘手的。鉴于中央红军很可能继红四方面军后开往四川，以四川一省之力来抗衡红军，恐难有把握，因此蒋介石拟派十个师的蒋军从川东和川北两路入川，以协助川军作战。邓汉祥对此早有心理准备，他先是客套几句，表示这种布置很周密，接着便话锋一转："不过我们还应特别考虑四川军民的心理。我是贵州人，我深知过去因滇黔及北洋军几次入川，蹂躏地方，四川人对客军的印象历来就很坏。"

此话一说，对面几位马上不乐意了："我们是国民革命军，怎么能跟滇军、黔军、北洋军相提并论呢？"

邓汉祥点点头："中央军固然跟他们不同，但一般川民不会这么看这么想，他们还是会认为你们是客军。四川全省军队尚有五十万，不难和红军一拼，如果因为这十个师入川，而使五十万川军生出主客利害不同的心理，反而不肯努力作战，刘甫澄（刘湘）个人纵然肯负责，亦恐无济于事。"

杨永泰等人都听出来了，不就是不想让蒋军入川吗？居然还找出这么多似是而非的理由。双方各为其主，都不肯相让，于是免不了又是一场口舌之争。

邓汉祥回去跟刘湘一汇报，刘湘便在第二轮会谈时拿出撒手锏：中央军一定要入川，我就不当"剿总"了！

第十章 / 夹缝里求生存

蒋介石要入川，刘湘不想让他入川。几番来回之后，蒋介石摸到了刘湘的底线，只好打消了派兵入川的初衷，决定另派"委员长行营参谋团"（简称参谋团）进驻四川。

在性质上，参谋团属于"行营"派出的临时性幕僚机构，并不具备统辖军事和民政的权力，参谋团主任又是刘湘的速成同学贺国光，这些都让刘湘难以回绝，当下便点头应允下来。

1934 年 12 月 8 日，由贺国光陪同，刘湘在谒蒋辞行后搭轮回川。刚刚回到重庆，消息传来，中央红军已从湖南分三路进入贵州，刘湘立刻意识到，中央红军一定会北上四川，与川陕苏区的红四方面军会合。

两大主力红军会师四川，意味着川军将处于腹背受敌的被动境地。在与贺国光等人商量后，刘湘决定采取北守南攻的策略，即在川北取守势，通过修筑防御工事和堡垒群，阻止红四方面军南下，同时在长江以南取攻势，沿着中央红军可能的入川路线对红军发起攻击。

聪明的办法

预计中央红军必入四川，然而川黔边境这么长，究竟会从哪个方向进来，谁也搞不清楚。中央红军中不乏刘湘过去的"熟人"，比如朱德、刘伯承，二人皆为四川土生土长的宿将，他们长期在这一带鏖战，对本地地形和川军特点都了然于胸，这就使得谜底变得更加难解。

刘湘与贺国光一起，绞尽脑汁，该想到的都想了，一共替中央红军设计了五条入川路线。不过问题也随之而来，红四方面军在川北随时可能发起新的攻势，无法把川军主力都调来对付中央红军，能够调剂出来的兵力有限，要在长江以南的五条线路上全都部署防守显然是做不到的。

聪明的办法，是在川黔边境上设置一支机动部队，以便随时作出应变。刘湘最后采取的正是这一办法，担纲机动的是模范师所辖的郭勋祺旅，刘湘同时任命潘文华为长江南岸总指挥，用来监控南岸红军的动向。

1935 年 1 月 21 日，坐镇泸州的潘文华发现红一军团在击溃黔军后，正向泸州方向移动。他判断，一旦中央红军占领泸州，接下来必会从泸州横渡长江。

刘湘如今非常害怕红军入川。他认为过去在川北与红四方面军作战太过被动，这次对中央红军务必采取攻势，争取在中央红军未入川境之前，就把它给堵住，并且一定要把战争推到省外去打——按照蒋介石所流露出来的意图，蒋军虽不会空降四川，却可以尾随红军而至。

得到潘文华的报告，刘湘急派郭勋祺率部前去堵截。不过当郭旅赶到预定地点时发现已经迟了一步，中央红军早就走在他们前面了。郭勋祺出身行伍，从普通士兵逐级擢升至少将旅长，其能力、战功及其在战场上所要付出的代价，自当军校生可比。他在川军少壮派将领中也一向以胆识过人著称，人送绰号郭莽子，和年轻时的刘湘"刘莽子"颇有一拼。当下郭勋祺也不管在他们前面的红军究竟有多少，便自作主张，下令部队改堵截为尾追。

自刘湘在他的第二十一军中推广新战法后，各师旅的整体军政素质都提高很快，郭旅尽管追得异常生猛，但并不毛躁，一路过去，都会进行掩护和搜索。27 日，在郭旅主力部队徒步搜索到土城附近时，有人捡到了一张油印文件，这张文件四寸宽，被捏得皱皱巴巴，显然已经过很多人的传阅。

郭勋祺将文件展开一看，不由得大吃一惊，原来这是红军制订的一份秘密军事计划。按照这一计划，红军将实施伏击战，将他的部队予以全部歼灭。

联想到红军近日都是稍事抵抗便即行撤退，郭勋祺感到计划可能属实，于是赶紧传令部队停止追击。之后爆发的激烈战斗证明红军果然有在土城张网以待的打算，只是因为意外泄密，致使原定的伏击计划落空，歼灭战也变成了较为困难的攻坚战。

见一时难以歼灭郭旅，川军其余部队又可能随时增援而来，红军便主动撤出了土城。在这一战中，郭勋祺只是侥幸才没有沦为"张辉瓒第二"，他自己也深感庆幸，有人向他恭喜，说："旅长的洪福大到齐天。"他撇了撇嘴："什么洪福齐天，如果再打半天，子弹一完，管叫你们饮弹入地。"

土城战役前，正是川军士气普遍低落之时，急需"攻克土城"这样的战报提提精神。刘湘闻讯，立即晋升郭勋祺为模范师师长，同时在四川报纸上大肆宣扬，称之为"土城大捷"。

中央红军撤出土城后，便放弃了从泸州北渡入川的设想，本来还想经过叙永，从宜宾北渡入川，但叙永方面敌军的防守也很严密。经过商讨，中央决定改变路线，前往云南，这也意味着中央红军渡江北上入川，进而和红四方面军会合的原定计划不得不取消了。

此前为了策应中央红军北上，红四方面军已做好了西渡嘉陵江的准备。自1935年2月初起，红四方面军发起陕南战役，兵出汉中打击杨虎城，但这只是虚晃一枪，为的是吸引嘉陵江沿线的川军北向，以便从嘉陵江中段实现突破。

嘉陵江边好清闲

在川军诸侯中，田颂尧部第一个与红军交手，也第一个遭殃，此后就留下了心理阴影，官兵无不畏红军如虎。偏偏分摊给田颂尧的嘉陵江防线还特别长，全长七八百里，三十多个团铺上去，平均二十多里地才分到一个团，根本无法兼顾，只能是守点看线。

真是咬不完的牙，着不完的急，田颂尧只好自己骗自己，他先在江边转了一圈，看看筑的碉堡，想想红军若要强渡的话，必然要暴露于碉堡群的火力覆盖之下，红军应该不会出此下策吧。接着又扫视了一下江面，似乎觉得更有把握了，因为他已经把江中所有船只都弄到西岸和下游去了，没有渡船工具，嘉陵江又不能徒涉，红军难道能飞过来？

虽然做了这番自我安慰，但田颂尧毕竟还是有些心虚。他及其部下向嘉陵江东岸派去了侦察，想打探红军的虚实，可是带回的情报又不知道到底是真是假。

由于始终弄不清红军的真实情况，旅长何瞻如干脆求上了神仙。他在关帝庙设了个神坛，找两个道士扶乩，把什么关公、观音、玉皇大帝一股脑儿全召了来，请这些神仙下发判词。神仙们很够意思，每人都来了一趟，而且都通过乩笔示意："红军要失败，要消灭，不会来。"

何瞻如高兴起来，他准备春节回成都娶姨太太，走之前，又去扶了一把乩。这次关公不仅亲自登坛赏光，还破例赐了何瞻如一首诗，诗云："跨骑赤兔下南天，嘉陵江边好清闲。将军各自放心去，红罗帐内戏婵娟。"

何瞻如乐得哈哈大笑，一颗心完全落了地，他立即打电报给田颂尧请假，得到批准后便放心大胆地去成都"戏婵娟"了。

可是嘉陵江边却并不清闲。田颂尧和何瞻如都不知道，红军已在离嘉陵江几十里远的地方大量造船，在发起强渡之前，这些船只均被抬到江边，只是做了伪装隐蔽，看不出来罢了。

1935 年 3 月 28 日，一个风雨之夜，红四方面军分三路强渡嘉陵江，其突破区域正是何瞻如旅所防守的正面。

红军发起强渡后，田军乱得一塌糊涂，电话打来打去，彼此乱喊乱叫，负责侦听的红军通信队对此听得清清楚楚。听到电话里在问："红军到哪里啦？你们怎么样啊？"有人便插进去答道："老子是红军，你们完蛋啦！"这都算便宜了田军，通信队有时还假装田军对答，结果更加剧了其内部的混乱。

在强渡嘉陵江一役中，田颂尧的沿江防线土崩瓦解，红四方面军强渡成功，打开了西进的通道。蒋介石闻讯大为震怒，明令将田颂尧撤职查办，由孙震接替指挥。

被撤职前，田颂尧已感到前景不妙，连忙急电自己驻重庆的代表李蕴鼎向刘湘求救。李蕴鼎从早上到中午，一连求见刘湘三次，都被门卫婉言谢绝。深知田颂尧危在旦夕，李蕴鼎又急又怒，撂下话来说："今天见也要见，不见也要见，非见不可！"随即将名片摔在了地下。

刘湘深恨冬瓜不争气，早就不想保他了，只是见李蕴鼎赖着不肯走，才不得不出面接待。刘湘对李蕴鼎说："我已将你们的意思转达给贺元靖（贺国光字元靖），他表示只能听候委座（蒋介石）处理，似无折中余地。"

李蕴鼎当然知道"听候委座处理"是什么结果，因此一再坚持："甫公何不马上就以总司令的命令处理。"

田颂尧希望打两下屁股就算了，但蒋介石和刘湘决心已下，李蕴鼎拼命恳求，也只是让蒋介石的命令延迟发布两天而已。

1935 年 4 月 4 日，孙震召集军官开会，宣布："军长这两天有病，命令我暂时代理他。"说完之后他就离开了，但临走时在桌上丢下一张纸，众人捡起一看，才知道是对田颂尧的撤职查办令。

一朝天子一朝臣，孙震一俟完成职务交接，便来了个大清洗，田军军部原有官佐除个别留用外，全部停职遣散，让他们自谋生路去了。

田颂尧的亲信之一前去田公馆探视，发现公馆里竟然连个警卫侍从人员都没有了。田颂尧正患腹泻，可怜兮兮地躺在床上，见到亲信前来探望，二人相对黯然，不觉泪下。

距离成都巷战三年后，田颂尧的事业终究还是彻底完蛋了，一只好端端的大冬瓜被摔得粉碎。

又心惊肉跳起来

红四方面军强渡嘉陵江后，虽然基本放弃了川陕苏区，但通过连克涪江流域的九座县城，部队又迅速扩充至八万，加上从川陕苏区撤出的其他人员，总计不下十万之众。蒋介石、刘湘急急忙忙从各个方向调兵合围，由于感到情况严重，刘湘已顾不得蒋军入川这一禁忌，于是胡宗南便顺势率部进入了四川境内。

无论北面的红四方面军，还是南面的中央红军，此时都在急切地寻找着新的会合地点，西康逐渐进入了他们的视线。

西康是刘文辉的地盘，此处地僻民穷，经济极为困难。岷江大战后，陆续来投靠刘文辉的旧部军官倒是很多，但他都只能暂时予以收容，连工资都发不出，与此同时，刘军自身也到了勉强果腹的程度，士兵衣不蔽体，跟叫花子差不多。

为了能向刘湘多要一点粮饷，刘文辉经常进行内部编制调整，一会儿扩团为旅，一会儿扩旅为师，可是扩来扩去，实际兵力尚不足两万，也就是说，西康时期的刘文辉比当初同样落魄的杨森还要可怜。

因为天高皇帝远，刘文辉没有被刘湘纳入"六部围攻"序列，使他避免了损失，内心里颇感庆幸，然而很快，中央红军进入贵州并且一直活动于黔西北，大有杀入西康之势，这让刘文辉又心惊肉跳起来。

此时的刘文辉两手空空，那什么诸葛亮的头脑、哪吒的风火轮、菩萨的法力，还有关二爷的青龙偃月刀，他都恨不得有人能借给他，这样他就不怕红军了，可惜全没有。在既无实力阻击红军，也不可能一遁了之的情况下，刘文辉只好掩耳盗铃，用严密封锁消息的办法来避免军心动摇。

其间，中央红军四渡赤水，一度回师贵州，做进攻贵阳状。刘文辉及其部下因此产生了幻想，认为红军可能不会再来西康了。未料红军在攻克叙永未果后，又突然一个回马枪杀往了云南。西康临近川滇边境，刘文辉不得不再度下令紧急戒备。

虽然做了中央红军由滇入川的心理准备，但刘文辉仍心存侥幸。支持他这一侥幸心理的论据之一，是红军由滇入川，必经金沙江及大渡河，这是半个多世纪前石达开所走的线路，沿途山路崎岖，人烟稀少，并不利于大兵团运动，石达开的兵败覆灭，即与此相关。

当然谁也不能保证红军绝对不走"石达开路线"。刘文辉派重兵在金沙江、大渡河沿线设防，同时寄望于在红军后面进行追击的蒋军薛岳部能够及早赶到——和刘湘一样，到了火烧眉毛的关头，他也顾不上提防中央军入川了。

受刘文辉之命堵击中央红军的将领，是刘文辉的侄子、川康边防军司令刘元璋。他一反常态，在金沙江沿岸只布置了两个团，其余兵力都放在会理、德昌、西昌三线。

刘元璋如此部署，自有他的理由：金沙江的江防线和嘉陵江一样漫长，不易防守，若被红军突破一点，便会全线崩溃，因此，守江不如守城，守面不如守点。

实际上，刘元璋的出发点和刘文辉是差不多的，即都是将兵力集聚于县城，认为只要能够据城固守几天，等薛岳一到，红军自然离去。刘元璋在三线部署的兵力也不同，特点是前轻后重，前面兵力少，越往后面兵力越多。他对此自鸣得意，通过自己的参谋长告诉别人，这是为了"麻内行"：红军打仗内行，如此前轻后重的布阵法，可以给红军造成一种各城守军越来越强的印象，这样红军就不会拼命攻城了。

这刘元璋虽比三国的刘璋多出一个字，但打仗的水平不见得更高，三线布兵，说要"麻"红军，到头来"麻"的却是他自己——实战中，中央红军不但毅然决然地由滇入川，重走"石达开路线"，而且无论金沙江还是大渡河，都是一越而过，刘元璋的布阵法根本没有起到多大作用，甚至于起的还是反作用。

从未遇到这样硬手

经大渡河、泸定桥两战，刘文辉的两个主力旅都被红军给打残了，原先每旅有三个团，现在缩成两个团还编不满。若不是红军后来因缺乏重武器而不再随意攻城，加上薛岳和其他川军在后面紧追，刘文辉几乎要陷入绝境了。

幸好中央红军未再向西康地区深入，他们避实就虚，翻越夹金山，去了川西北。刘文辉闻讯，不由得长吁了一口气，颇有一种死里逃生之感。

中央红军前往川西北，为的是与红四方面军会师，但在两大主力红军会师后，由于张国焘制造分裂，中央红军不得不组织"北上先遣支队"单独北上，张国焘则率其余红军再次南下川西。

欲入川西，必经河谷走廊。在红军北上后，蒋军薛岳部一直在后面进行追击，一道追击的还有川军杨森、刘文辉两部。杨、刘两部在河谷走廊上占一边，他们都没想到红军还会再杀回来，因此战备极其松懈，营以上军官甚至昼夜赌博，连起码的警戒和侦察都扔在了一边。

南下红军包括了红四方面军以及原属中央红军的红五、红九军团，共计八万多人，战斗意志极其旺盛，一场大突袭过后，瞬间就将川军给打得歇了菜。

川军仓皇溃退，这其中以杨森所部为最惨，因为他们溃退时要经过夹金山。夹金山是座雪山，几个月前，中央红军曾翻越夹金山北上，它也是长征中红军所爬的第一座雪山，那时是夏季，加上红军所携带食物还算充裕，所以受的损失还不是太大。几个月后，夹金山一带已是另外一副模样，天上大雪纷飞，地下积雪甚厚，杨军又没穿棉衣，这个遭罪。特别是到了晚上，由于只能在雪山上集体露营，耳边通宵达旦地听见"妈呀、妈呀"的呻吟声。

杨军在夹金山冻死饿死了许多人，杨森用三天时间才将军队收容完毕，退至后方进行整编。

杨森虽惨，但他早就没了固定防区，反而可以到处流浪。刘文辉不行，跑了和尚跑不了庙，西康是他发展事业的唯一地盘，守不住的话，就得下课了，为此他将剩余的所有正规部队都收缩到汉源、雅安两城，并亲自坐镇于雅安。

按照原计划，红军并不打算留在西康，所以仅留下少部分兵力包围汉源、雅安，大部队则继续向东席卷，这才使刘文辉避免了一场灭顶之灾。

轮到刘湘着急上火了。眼看四川腹地受到严重威胁，他不得不一边亲自赶到成都以西的邛崃县督师，一边急调模范师（郭勋祺师）沿路防堵。

郭勋祺在土城一役中得了便宜，便以为红军没什么了不得，大言不惭地要与红军在名山县进行正面决战。进入名山之后，郭勋祺见刘文辉的部队仍在争相逃命，拦都拦不住，便下令用机枪向溃兵扫射，还说："把这些杂色部队清除掉，我们好去打红军。"

等到正式与红军交手，郭勋祺终于为自己的轻敌付出了代价。尽管郭师在占据有利地形的情况下，用重机枪、手榴弹和炮弹进行压制，也给红军造成了很大伤亡，但红军毫不动摇，中间只是稍停一下便立即重新组织冲锋，而且阵势一浪高过一浪。

郭勋祺智穷力竭，被迫弃名山而逃。与此同时，供刘湘直接调遣的另两路川军也被红军打得左摇右晃：南面的李家钰丢掉了战略重镇百丈关，北面的"常败将军"邓锡侯干脆都找不着北了。

红军若是再打下去，就将进入丰饶的川西平原了。刘湘为此急得吐血，说："打了二十多年仗，从未遇到这样硬手。"

此时刘湘与蒋介石的矛盾已日趋尖锐，他比其他任何时候都更害怕蒋军入川，但处于绝境之中，也只能向蒋介石紧急呼救，请其派兵增援。蒋介石倒是巴不得以增援为借口派兵入川，问题是他此前根据中央红军北上的路线，已将兵力调往陕西。那时候的部队都靠两条腿行军，蒋军也不例外，并不是打声招呼马上就能赶过来的。

1935年11月17日，红军乘胜攻向郭勋祺所退居的黑竹关。黑竹关距离刘湘所在的邛崃总指挥部已不足六十里，但这里地形险要，并且川军早就修筑好了碉堡群。

新战法的推行，使得刘湘所部初步形成了修筑碉堡的战术意识，这股风气也延伸到了其他川军，早在红四方面军强渡嘉陵江时，各路川军便已开始沿江修筑碉堡。不过同是修筑碉堡，还有修筑水平以及布置火力能力的高低差别，张国焘曾与徐向前一起指挥渡江战役，那个时候的川军碉堡，几乎没有给他留下什么深刻印象。

蒋介石在江西对中央红军发动第五次"围剿"时，碉堡战术使用十分频繁，经验方面比川军要丰富得多。由贺国光领衔的参谋团入川后，提出口号"勤修碉，广筑堡"，他们把相关经验推广给了以刘湘部为主的川军，同时加以督促。贺国光在发给各路川军的电文中，每电必提碉堡，以至川军私下都称贺国光为"贺碉堡"。

在黑竹关碉堡群的修筑期间，上有参谋团坐飞机进行空中检查，下有军部来人实施就地监督，而且均非常认真，最后逼得郭师的旅长们都不得不亲自去搬木动土。这些碉堡的质量和实战效果也确实令人刮目相看，黑竹关战斗打响后，张国焘直呼川军碉堡"威力较前大有进步"。

再无可退之地

红四方面军作战以猛和快著称，尽管川军依托黑竹关的碉堡阵地，用重机枪不停地对冲锋的红军进行猛烈射击，但红军依旧前仆后继，一眼看过去，似乎遍地都是红军，且势如潮涌，杀声震天。

郭勋祺忙再组织迫击炮和小炮施射，然而仍无法动摇红军的进攻意志。经过长时间的密集冲锋，红军先头部队已接近碉堡群，川军官兵无不心惊胆战，大有崩溃之势。

黑竹关背后就是邛崃总指挥部，再无可退之地。情急之下，郭勋祺赶紧派出手枪队增援碉堡群，并把所有手榴弹、掷弹筒、机枪都集中起来进行射击，这样拼尽全力，才在最后一刻击退红军的冲锋。

红军连续两天猛攻黑竹关都功亏一篑，到第三天，红军指挥部改变战术，用小股部队进行正面攻击，以吸引碉堡火力，大部队则直指川军的衔合部位。

战术很得当，可惜使用过迟，刘湘已经给郭勋祺输送了大量援兵及弹药，使其预备队加厚，红军攻击再次受挫，而就在这个时候，蒋介石的空军又加入了战团。

刘湘虽然早就建立了自己的空军，但水平很低，身为蒋军高级将领的陈诚曾直言不讳地说："有些人花钱买了几架外国烂飞机，也叫空军，连送封信也不敢。"除此之外，川军的陆空协同战术也很差劲，陆空军都不知道如何跟对方作配合，空军不投弹便罢，一投往往就会炸到自己人。

蒋介石的空军比四川空军可强多了，对红军的作战和行动也都造成了一定威胁。红四方面军南下时，有一次战后检点损失，共有三百多名官兵伤亡，其中竟有近三百人是被飞机炸死的！

就在红军攻击受挫，被迫暂时后撤的时候，几架飞机自邛崃方向飞来，并向正在撤退中的红军投弹。红军毫无防备，部队秩序被打乱了，郭勋祺趁机下令预备队追击，从中得了不少便宜。打这以后，蒋军飞机便长时间地往返于百丈关和黑竹关之间，它们一边在空中盘旋侦察，一边作地毯式轰炸，使得红军在白天不仅无法发动密集冲锋，还必须分散隐蔽。

鉴于部队伤亡过大，弹药消耗殆尽，红军指挥部临时变更作战计划，部队撤回了百丈关。川军同样损失惨重，郭师一个主力旅里面就战死了两个营长，连、排长死伤十八人，所以红军前脚刚撤，郭勋祺就赶紧把部队拉往邛崃后方进行休整和补充。

虽然保住了黑竹关，但只要红军仍占据着另一要点百丈关，对刘湘来说仍是心腹之患——百丈关是通往成都的必经之地，有"获百丈者，必得成都"之说。

刘湘决定继续向百丈关发起进攻，他任命潘文华为前敌总指挥，并将所有嫡系部队全部调至邛崃备战。在将后方兵力用尽之后，他甚至已没有一兵一卒可用于守卫成都，只得暂以民团代替。

1935 年 11 月 19 日，随着刘湘令旗挥动，邓锡侯从北，李家钰从南，潘文华从东，总计十几个川军旅自三面扑向百丈关，从而拉开了百丈决战的序幕。

这一天，是百丈决战中打得最激烈最残酷的一天。双方都拼尽了全力，从黑竹关到百丈关，十多里路的战线上，到处都是子弹、鲜血和呐喊。

从黎明时分起，在飞机大炮的掩护下，川军通过稻田，整营整团向红军阵地发起冲锋，但在红军几十挺机枪的扫射下，又成批成批地被击毙在水田里。一眼看去，川军的尸体就像是庄稼收割后留在田地里的稻把，横七竖八地躺倒了一大片，但刘湘并没有因为所部伤亡惨重就下令停止冲锋。

刘湘一生中曾屡屡被逼入事业的低谷。他非常清楚，百丈决战成败如何，与他未来的命运直接挂钩，若再输的话，等待着他的将很可能是万劫不复，为此他不惜拉下脸，向邓锡侯、李家钰发出手令，强调此次若作战不利，一律军前正法。

对于嫡系部队，刘湘更是实行层层责任追究，规定如果排长违令，连长可立即枪决排长，以此类推，如果潘文华临阵退缩或谎报军情，他刘湘作为总司令，一样可以摘下潘某的项上人头！

继推广新战法之后，为契合与红军作战的需要，刘湘专门成立了军官教育团，加上蒋介石开办的峨眉军训团，使得川军军官普遍接受了"急学急用""吹糠见米"式的技战术课程教育以及精神训练。川军本身在进攻时就跑得很快，军法严令以及反复训练则进一步加强了他们的狠劲——在组织冲锋时，军官全都不敢滞后，一般都是旅团长端着机枪督阵，营连长挥舞马刀带头冲锋！

煮酒论英雄

1935年11月22日，经三昼夜厮杀，川军突入百丈关，两军展开激烈巷战。红军战士打得非常英勇，有人甚至在身负重伤的情况下，拉响手榴弹与敌人同归于尽，只是事已至此，部队不管付出怎样巨大的牺牲，都已无法挽回其总体上的被动局面。

据初步估算，自黑竹关之战起，红军共打死打伤敌人一万五千余人，但自身伤亡也已近万人，更重要的是，已没有多余力量可用，而川军才投入了三分之二的兵力。

在取胜无望的情况下，红四方面军被迫退出百丈关，往西康方向转移。半年后，他们与红二方面军会师于甘孜，两军随即离开四川，前往陕北。

强敌的离去，并不表明风平浪静，况且刘湘此时的心腹之患，也早就不是红军了。

时间推回到几个月前，1935年2月10日。刘湘在重庆正式成立了四川省政府，省府一成立，他马上通电川中各大军头，要求立即交出防区，以"赞助四川统一"，原防区部队的军饷也改由他主要发放，不足之数，再由南京政府拨给。

这是借蒋介石的宝剑号令群雄，也就是所谓的"挟天下以令诸侯"。三天之后，邓锡侯识时务者为俊杰，首先复电赞成，其他军头见敷衍不过去，也只得陆续跟进，先后将防区全部交了出来。

结束为祸甚烈的防区制，是实质性统一四川最重要也最关键的一步，从此四川不仅告别了诸侯混战，而且社会生活的各方面也逐渐走向规范有序。

在防区时代，各个诸侯都是自行征收田赋，这些人拨到碗里就是菜，征一年田赋还不多见，大多要征到六七年至八九年，也就是把几年后的田赋都给提前预支了，田颂尧因为地少兵多，竟然已预征到了三十年以后。取消防区制后，刘湘将田赋改为一年四征，尽管田赋总额仍大大高于清朝，但总算遏制住了田赋的滥征滥收。

防区时代的另一大弊端是关卡林立，诸侯们拿商民当唐僧肉，想割就割，想割几块就割几块。这些也都被刘湘所采取的一税制所替代。

原防区的县长、征收局长均由军头们委用。他们任用官员时或者漫不经心，或者用人唯亲，这些县长和征收局长也往往不是军头们的家族子弟，就是和他们有着裙带关系，再不然也是其保荐的亲信，结果导致巴蜀大地贪污横行，民不聊生。在收回防区后，刘湘将全川划分为十八个督察专员区，用督察专员来分区监督各县政务，以此防止官员的贪污和渎职行为。

监督不能治本，刘湘一方面以"川政统一"为号召，引入互调方式，将甲防区的公务员调到乙防区，乙防区调到丙防区，从而使公务员逐渐脱离旧的附庸关系，另一方面秉持用人公开的原则，在省府内设置公务员资格审查委员会，有真才实料的才颁发聘用证书，不合格的一律淘汰。

经过审查淘汰，许多新的工作岗位被腾了出来，急需人手接替，以维持行政机构的正常运转，但与此同时，各方所争相举荐的关系户也纷至沓来。刘湘为此积极筹办县政人员、财政人员训练班，公开招收社会青年进行集中训练，以此广纳人才。

办训练班只是培养本地人才，刘湘还从外省引进优秀人才。平民教育家晏阳初就是其中最有名的一个例子，刘湘曾专门划出一个县作为实验区，供晏阳初等人从事农村建设和平民教育，在当时颇有影响。

至此，刘湘在四川的声誉达到了顶点。人心情一好，谈什么都有兴致，有一天，刘湘主动跟邓汉祥摆起龙门阵，聊起了三国。两人聊的是极为经典的"煮酒论英雄"，刘湘兴高采烈地说："现在就四川而言，讲句不客气的话，还就我和幺叔这二刘可称英雄了。"

虽然刘湘私下里早就以刘备自许，但在外人面前，他从来都保持着谦卑和低调，极少讲"不客气的话"，现在是心情特别愉悦，才会对着真人吐真言。

二刘孰优孰劣，刘湘的看法是："刘（刘文辉字自乾）感觉敏锐，遇事可以立刻决定办法，缺点是容易动摇，不能贯彻到底。我比他迟钝，但凡事经考虑决定后，决不中途变更。"

生活永远是那么神秘，那么难懂，好像一本厚厚的无字金书，不过在历经磨难之后，反而可能越读越有味道。隐隐然，刘湘又生出了类似于当年在重庆崛起时的那种气势和希望，他说："今后我要对桑梓有所贡献，造就理想四川，必须延揽人才。"

外来者

因为宣布门户开放，刘湘曾遭受到来自四川朝野舆论的巨大压力，许多人说他是在"引狼入室"，不过这种担心起初却被证明是多余的。

参谋团来到重庆初期，给人的印象就是"临时派遣""编制简单""权力不大"。参谋团主任贺国光为人低调，最不喜欢抛头露面，他的身份虽相当于钦差大臣，但从不以此炫耀，无论听汇报还是下指示，都以客位自居。四川百姓过去见惯了滇黔军和北洋军的飞扬跋扈，觉得很是新鲜，对外来者的看法也逐渐发生了改变。

1935 年 3 月 1 日，蒋介石首次乘专机抵达重庆。除刘湘亲自到机场迎接外，街道两侧挤满了成千上万的民众，他们手持小旗，高呼口号，对南京政府已明显表现出了欢迎态度。

老百姓的愿望说穿了，其实非常简单，甭管你们谁称帝，谁当王，能保证每个人都有饭吃，能过上太平日子，就阿弥陀佛了。当时四川饱经战乱，在红军入川后，川军又连吃败仗，民心为之惶惶不安。大家朝思暮想，都期冀着四川能在南京政府的扶持下，趋向稳定和好转。在这种情形下，自然再没什么人提"引狼入室"，对刘湘门户开放的争议也随之烟消云散。

蒋介石初到重庆时，还比较注意克制，处处尊重刘湘，除指挥军事行动外，一般不直接插手四川的地方事务。即便在必须合作的军事领域，双方也泾渭分明：蒋介石用行营的名义调度滇黔军及蒋军，刘湘则通过"剿总"向川军发号施令。

然而蒋介石与刘湘毕竟不同，他的人生规划其实是奔着另外一个方向去的，狐狸尾巴就是夹得再紧，该露还是要露出来。于是好景不长，他在重庆的公开讲话就不再客客气气了，而是开始以川军为目标，经常夹枪带棒，批评这个，数落那个。

首先成为枪靶子的是川军将领的排场。川将外出，像刘从云那样乘八抬大轿，掌"天下兵马都将军"旗的固然不多，但肯定都得有排场，常见的现象是随行卫队前呼后拥，呼啦啦地跟一大群。

老蒋的批评视角倒也独特，他不是说川将不能有卫队，他说卫队不像话：小汽车门外的踏板上非要站一个带枪的卫兵，有什么必要？人家要伏击你，不是正好一枪一个吗，太落后了！还有，卫兵既佩手枪又背马刀，刀柄上还系一条红绿绸巾，以为你们还在清朝？野蛮！

蒋介石对川将的观感，归结起来就是四个字"野蛮落后"——虽然说的只是一般川将，但作为川军盟主的刘湘，脸面又往哪里搁？

四川积弊既久，让老蒋看不惯的东西自然不在少数，数落卫队不过是鸡蛋里挑骨头，诸如抽鸦片之类，更是事实俱在，想赖都赖不掉。对于这些问题，四川的普通民众平时也都看在眼里，恨在心里，因此每每当蒋介石在台上讲到慷慨激昂、滔滔不绝的时候，台下总是掌声雷动，一片叫好之声，只有刘湘一个人灰着脸坐在台上一动不动。

以后随着中央红军进入西康，蒋介石移驾成都，成都也由他所带来的宪兵驻守，其公开讲话的规模更是一次比一次大。

据说同为川人，成都人与重庆人的性格其实有所差异，重庆人较火暴一些，成都人相对闲适淡泊，喜欢三三两两地在小茶馆摆龙门阵或推麻将，这就使得集会时人数一般都不会太多。可是有蒋介石出席的成都集会，每周举办一次，一次就能召集千人以上，参加集会人员均为成都各界代表，这显然是件颇不寻常的事。

对于蒋介石而言，批评川军只是一个引子或者说是由头，他的真正目的和用意远不止于此。1935 年 7 月 15 日，成都召开"新生活运动"扩大宣传大会，参加人数达两万余人。这是自参谋团入川以来，蒋介石公开出席政治活动的最高潮。至此，四川人大多知道了"救国救民的蒋委员长"，刘湘的角色被越来越边缘化。

在自认为取得舆论优势后，蒋介石就越发不把刘湘当一回事了，理由很简单，既然找到了拉面馆的师傅，自然不用再老吃方便面了。

神经讲话

蒋介石态度的变化，直接影响到其手下人。贺国光为人低调，和刘湘又是速成同学，两人冲突还较少，但参谋团政训处处长康泽就不一样了。

若仅仅从参谋团这条线论，贺国光是康泽的上司，康泽应服从他，然而实际情形是，康泽可以独来独往，我行我素，贺国光无权对其过问。这是因为康泽还拥有另外几个神秘的头衔：复兴社（也即蓝衣社）创始人兼头目、军委会别动总队总队长！

京城能够"上达天听"的人物并不多，据说当时能够不经过委员长侍从室登记而直接谒见蒋介石的人，一共就两个，除了戴笠，就是康泽，国民党内称为"康戴二公"。

自第五次"围剿"起，蒋介石采纳杨永泰"三分军事，七分政治"之策，开始派康泽的别动队渗入江西，从政治上对中央苏区进行瓦解。效果很令他满意，因此在向四川派出参谋团的同时，他也把这一模式移用了过来。

康泽一到四川，便动用别动队，四川各县修建碉堡、编练保甲，还经常干预地方事务，有时甚至越俎代庖，喧宾夺主。各地县长和督察专员不堪其扰，纷纷向刘湘告状。

别动队几乎就是来自京城的"锦衣卫"，别说刘湘，贺国光也拿他们没有办法，刘湘能做的，只能是很无奈地呈四十五度角望向天空。

是你先有求于人，所以无论是桌上骂，还是桌下踩，都得姑且忍上一忍。可是名利场不是光忍就行的，如果你光忍而不做防御，各种麻烦事还会继续蜂拥而至。

蒋介石举办峨眉军训团，对川军将领进行训练。接到受训通知，川军将领们人人争先恐后，一副恐怕"后至获诛"的样子。训练期间，蒋介石作为军训团团长，也经常抽空来作所谓"精神讲话"。有一次他说："我从成都乘车来峨眉，途中某些军官坐滑竿从我旁边经过，竟然仰卧着身子，神情倨傲，毫无军人仪态，形象也甚为难看，可见毫无教育。"

峨眉道旁遇到的某些军官，不是川军还会是谁？学员们坐立不安，私下便把这种讲话称为"神经讲话"。

喜好"神经讲话"的除了蒋介石，还有军训团的实际负责人陈诚。陈诚不用站在老蒋那么高的位置，讲话就更为露骨，也更令川军将领们瞠目。某次他甚至脱口而出，说地方军队都是"天不知好高，地不知好厚"的"土匪式集团"。

此语一出，全场哑然，连蒋介石都觉得有些过分，为此曾纠正陈诚，要他把话放和缓些。

刘湘名义上虽是军训团副团长，其实也就是陪着挨训而已。蒋氏君臣在台上搞大批判，受打击最大的就是他，因此每次出场都表现得沮丧忧郁，闷闷不乐。

偶尔几次，刘湘也被请上台讲话，让他讲特种战术。他故意避当时流行的反游击战和碉堡战术不谈，专门讲如何打游击，如何以弱胜强，如何以软对硬。

问刘湘针对的假想敌是谁，他说是日本人，其实明眼人都能听出，他所说的"强"是谁，"弱"又是谁。见刘湘已经露出被逼急了的神情，陈诚赶紧叫停，不再让他发言了。

对刘湘来说，没面子尚在其次，可怕的是还被挖墙脚。

按照规定，川军营长以上的军官都要到峨眉山受训，军训团便通过各种渠道进行拉拢，恨不得让每个军官都"中央化"。比如你是旅长，但军衔只是上校，只要有军政部的同班同学出面帮忙，就可以把你提为少将，同理，少将师长也可以提为中将。

众人皆大欢喜，都认为自己入了"国家系统"，地位从此有了保障，潜移默化中，便有了向南京政府靠拢的想法。

邓锡侯、刘文辉早就与刘湘面和心不和，但他们尚有自立意识，孙震、杨森则都相继倒向了蒋介石，尤其杨森，向来崇拜强人，对能压住刘湘的蒋介石很是佩服。杨森喜欢养狗，就学着洋人的习惯，把自己养的一只爱犬取名为"介石"，在这之后，蒋介石让他到哪儿就到哪儿，刘湘完全使唤不动。

由于刘湘在川军中提倡新战法，郭勋祺、刘兆藜等少壮派便得到了重用，相比之下，比较老派的范绍增落了伍，因为在对红军作战中表现不力，他还被刘湘拟以撤职查办论处。

范绍增不服。江湖中人，重要的是忠心和义气，范绍增自觉对刘湘够忠心够义气，从前刘文辉出很多钱收买他，他也没背叛刘湘，其间多少次出生入死，数数身上的子弹伤疤都有好几处。如今为了搞什么新战法，就突然翻脸无情，这不是过河拆桥吗。

可是再不服也没用，因为刘湘早已不是那个光凭义气混饭吃的江湖大哥了，他是对下属操有生杀予夺之权的四川王。范绍增正准备自认晦气，意外出现了——蒋介石不同意对范的处理！

用脚指头都能想得出来

刘湘的所有奖惩令都必须报经蒋介石批复。最初不过是形式主义，履行一下程序而已，但老蒋越来越不满足于形式，接到刘湘关于对范绍增的报告，他随手就批复道："撤职留任。"

撤职留任其实就是还给留着饭碗，劫后余生的范绍增对蒋介石感激涕零，反过来，对刘湘自然就横生怨怼。

在军训团的暗中许愿下，即便刘湘身边的一些嫡系大将也开始出现了离心迹象。以与刘湘关系最为密切的"关张赵"为例，唐式遵和王缵绪都变得有些动摇不定，只有潘文华一人还有个关云长的样子，对刘湘依旧很忠心。

自蒋介石开始贴身紧逼，刘湘可谓事事不顺，就连新政的推行也困难重重。他颁布命令，要在成都征收房捐，命令一出台，便遭到了成都居民的激烈反对。

一般老百姓比较好应付，让刘湘倍感头疼的是还有一些特殊人物，比如被称为"武备三老"的尹昌衡、胡景伊、刘存厚。

川军各派系中，数武备系资格最老，但混得最惨，远远落后于速成系和保定系，心理上本来就极不平衡。见民众对房捐不满，武备系便借机闹事，由"武备三老"率领部分武备生，牵头进行联合抵制，并以游行罢市相要挟。

眼看新政即将夭折，刘湘本人和四川省政府的威信也面临着巨大挑战，情急之下，刘湘使出狠招，他双管齐下，一面逮捕了几个带头闹事的武备生，一面派兵把尹、胡、刘的住宅包围起来，理由是外界谣言太多，会发生危险，实际上是软禁了三老。

就在事态即将得到控制的节骨眼上，蒋介石却突然横插一杠子，给刘湘下达命令，要求立刻撤去包围三老住宅的军队，同时释放被扣押的武备生。

在刘湘看来，蒋介石横加干涉的用意无非还是要借机收揽人心，就像对待范绍增一样，这一点，用脚指头都能想得出来，但为了新政能够继续得到推行，也为了维护他刘湘的权威，他决不能再予以让步了。

见刘湘拒不从命，让自己丢了面子，蒋介石也十分不满。原先两人的矛盾都还藏在彼此内心里，这时候就从肚皮里爬出来，露到了脸上。

自蒋介石入川以来，仅仅半年不到，蒋刘已形同陌路，彼此看到对方，都是明明在眼前，却仿佛在天边。刘湘自认是弱势的一方，他其实并不想跟强势的蒋介石一直这么僵持下去，所以一直在思考着弥合双方裂痕的方法和途径。

1935年夏天，刘湘在重庆宴请蒋介石。对于此次"温情外交"，刘湘可算是用尽心机，不仅设宴于家，还提出要借用蒋介石的"御厨"，以便做出的菜肴能符合老蒋胃口。

邓汉祥奉命将借用"御厨"一事传话给杨永泰，杨永泰经请示蒋介石后答复说："就用刘甫澄（刘湘）自己的厨子好了，不必在馆子里叫菜，也不要另约外客，只是参与机要的几个人作陪就行。"

双方经过商讨，决定以邓汉祥、杨永泰等少数几个人在席间作陪。蒋介石到刘宅后，先跟邓汉祥聊了一会儿，当蒋介石问起，邓汉祥身为外省人，如何会来四川做事时，邓汉祥便把昔年随陈宦入川的经历讲了一遍。邓汉祥注意到，在他讲到与冯玉祥的过往时，蒋介石似乎很感兴趣。

蒋介石与冯玉祥的历史恩怨也十分复杂，这大概可以用来解释为什么蒋介石会感兴趣，然而邓汉祥很快发现，事情并非如此简单。

正式入席后，蒋介石举止矜持，每上一菜，一定要等别人先吃，然后才动筷子。轮到喝酒时，也是举而不饮，显露出很不放心的样子。蒋介石拧巴，弄得大家都拧巴，这顿饭吃得很是费劲。

你可以说这是蒋介石在展示他的修养，但在这个敏感时刻，特别是联想到吃饭前的谈话，刘湘君臣得出的结论却是相当一致：老蒋不是嫌菜不好吃，是怕酒菜里有毒！

当年，邓汉祥曾向陈宦献计，让他给冯玉祥摆一桌鸿门宴，蒋介石很可能把这场家宴也视为了同一范畴。

蒋介石这条路是走不通了

看来光靠吃饭还是难以打开僵局，刘湘只得再做一次尝试。他主动登门求见蒋介石，尽量用诚恳的语气对蒋介石说："我患上了胃溃疡，现在病势沉重，自知有生命危险，已来日无多。之所以还在勉强主持四川军政，一是要报委员长（蒋介石）知遇之恩，二是想以善政来回报地方父老多年的栽培。"

一个重症病人关于自己鞠躬尽瘁、死而后已的表述，无异于一颗重磅催泪弹，换别人，恐怕早就被感动得不知如何是好了，可是蒋介石似乎完全不为所动，他一脸淡然，看不出表情有任何明显变化。

刘湘只好硬着头皮继续说下去："四川是国家后防重地，委员长要加强国防，尽可放手为之。至于四川军政措施，也请明白指示，我唯命是从，但希望大家能够通力合作，以收指臂之效。"言下之意，他不仅不敢和不会跟蒋争夺天下，还愿意对其俯首帖耳，条件不过是容他在四川当个诸侯王。

从"问鼎中原"，再到"三分天下"，直至甘为蒋介石治下诸侯，对刘湘而言，真是已经退让到了极至。他甚至可以看到，自己曾经的理想和事业，是怎样从一轮光彩照人的明月，蜕变成了一只微不足道的萤火虫。

刘湘一边说一边流泪，这是真情流露，并非刻意做作。蒋介石不能不有所表示："甫澄兄，你的意思很好。你安心好好养病，以后有事，就叫秘书长、参谋长来见我。"

寥寥数语，听在刘湘耳朵里，不过是端茶送客的意思，他的"披肝沥胆"和"垂涕而道"并无任何实际功效，对方回赠的仍然只是敷衍和敌意。

在回公馆的路上，刘湘心凉如冰，他终于明白了，其实老蒋根本不认为他们之间存在任何合作关系。

如今的刘湘，就相当于四川内战时期的诸侯，邓锡侯、田颂尧一类，蒋介石则俨然是当年志在统一全川的刘湘或刘文辉的翻版。让刘湘特别难以接受的是，即便他委曲求全，像邓锡侯、田颂尧一样，只图做个地方诸侯，蒋介石也不答应，这还让人活吗？

仿佛一千多年前发生的故事，南唐后主李煜向赵匡胤求和，又是赔礼又是致歉，啰里啰唆，眼泪鼻涕一大堆。赵匡胤用一句话便把他给踹到了九霄云外："不须多言，江南有何罪，但天下一家，卧榻之侧，岂可许他人鼾睡？"

李后主流了眼泪，刘湘也流了眼泪，都是在看似无法战胜的超级大鳄面前，但在遭到拒绝之后，他们的本质不同也就显现出来：后主只会继续哭着写词，感叹"小楼昨夜又东风"，刘湘未等眼泪干透，就会发起犀利反击，而且不死不休。

眼泪不过是武器之一种，如果你把它看成是软弱和投降，那你就错了，大错特错！

与蒋介石类似，刘湘同样有着一颗经过千锤百炼的强大心脏。回府之后，他立刻召来邓汉祥，将事情的前后经过原原本本地讲述一遍，完了做出结论："蒋介石这条路是走不通的。"

刘湘过去被段祺瑞评为"能容不能断"，这也确实曾是他的致命弱点和软肋，在与熊克武、杨森等人周旋的过程中，他多次受累折戟于此，但是随着岁月的磨砺，在成熟期的刘湘身上已看不到这一明显缺陷了。

如同"煮酒论英雄"谈话中所分析的那样，二刘都是川中英雄，而他刘湘之所以最后能超越刘文辉，后来者居上，其根本原因就在于他比刘文辉更能"断"！

事实上，在与蒋介石摊牌之前，刘湘早已左右盘算，把所有成败利钝都想清楚想透彻了，一旦决定要跟蒋介石相持下去，他便不会再有任何犹豫动摇。

无声的战争

1935年8月，四川各界在成都举行大会，追悼空军阵亡将士。蒋介石未参加，由顾祝同代为主持，顾祝同发言后，便按例请刘湘讲话。

都以为这只是个形式和礼仪，追悼会很快就要结束了。不料刘湘一开口，几乎把所有人都给惊倒了，他大讲特讲建设空军的重要意义，以及对空军的重视，言辞之间毫不谦逊，让人感觉，仿佛蒋介石的空军都是他一手创立起来的。

会场上庄严肃穆的气氛没有了，就看到刘湘在主席台上雄论滔滔，连下面的普通听众都听出来，这是某个人在向社会和公众显示他作为四川首脑的地位及身份。

此后，刘湘一发不可收，凡是重大集会场合，只要有机会出声，他就绝不放过，必要发表一番宏论才肯罢休。只有一种情况例外，那就是会议组织者事先做了安排，限定由蒋介石一人讲话。

蒋介石对此当然也有所觉察。不久之后，重庆、成都同时流出传言，称蒋介石要把刘湘与河南省主席刘峙进行对调。

刘湘闻言大为紧张，因为政治流言往往都不是凭空而来，很多时候，它其实都是有人为了试探特意放出的风声。

自入川以来，蒋介石虽无陈诚之刻薄，却也差不多把刘湘看成了民国版的刘璋，恨不得一夜之间取而代之，只是刘湘毕竟已在四川经营二十余年，关系盘根错节，就像老树一样，不是那么容易拔掉的。再者，天下未乱蜀先乱，天下已治蜀未治，这是近代中国的一个显著特征。四川情况向来复杂，任何一点风吹草动，都可能牵一发而动全身，以致影响全国局势，以蒋氏之老到，必然要反复权衡。

显然，流言所要试探的，是刘湘的虚实和四川民意。如果施放者认为得到的反映尚在可控范围之内，那么它就很可能不再是流言，而成为事实。刘湘紧张，就紧张在这个地方。

尽管出了身冷汗，但刘湘的阵脚并不慌乱。你会传流言，我也能造舆论，刘湘及其班子针锋相对，提出了一个著名的口号"川人治川"：四川应该由四川人来治理，刘峙虽然也姓刘，可他不是四川人！

"川人治川"一面世，就遭到了一些社会名流的质疑，刘湘随即聘请张澜为最高决策顾问，用笔杆子进行还击。张澜不负所托，不仅著文对质疑者进行反驳，还干脆把"二刘对调"的流言摊到了明面上，通过旁征博引，论述撤换刘湘的不当，同时从旁观者的角度，呼吁蒋介石信任刘湘，以安川局。

被张澜这么一嚷嚷，蒋刘矛盾便被完全公开化了，蒋介石只好赶紧站出来，宣布"二刘对调"纯属谣言。

在闪身躲过对手的重拳后，刘湘对己方阵营做了进一步调整。

刘湘有一套自己的情报网络，王缵绪的心猿意马，范绍增的暗生敌意，都没有能够能逃得过他的耳目，他对此甚为失望。刘从云在的时候，刘湘一直怀疑王陵基是脑后生着反骨的魏延，但事实并非如此，王陵基离开四川前辞"黄袍"而不受的表现，让刘湘感动不已。

王陵基不是魏延，他应该是黄忠才对！时隔多年，刘湘又重新召回王陵基，并任命他为保安处处长。

川军原有五十万人马，蒋介石和刘湘初次会晤时，便建议他进行裁撤。刘湘也知道四川经济凋敝的一个重要原因，就是军队规模过于庞大，因此同意将军队进行缩编。

要缩的话，大家都得缩。在各路诸侯军队进行整编的同时，刘湘的第二十一军也被缩编了二十几个团，不过刘湘留了心眼，他在各专区设立保安团，各县设保安队，这二十几个团就被隐藏在保安团和保安队中，相当于刘湘秘不示人的预备部队。让王陵基做保安处处长，实际就是为自己主管预备部队，由此足见王陵基在刘湘心中占据的位置。

王陵基可备不时之需，潘文华能用以压阵，唐式遵尽管不太让人放心，但此君胆子不大，给几句狠话便会服软，这使刘湘对自己的军队又有了底，他把注意力重新移向政治权斗。

刘湘与蒋介石的权争，是在夹缝里求生存，在这场无声的战争中，两人既在拼毅力，也在拼体力。在对蒋介石的真情告白中，刘湘关于自己病情的描述并非完全夸大其词，他的胃溃疡确实已很严重，为此不得不到大邑老家静养，办公时间也因此被迫减少，连省务会议都无法经常出席。

刘湘急需找到一个可靠的政治搭档和助手，但他的身边虽然谋士如云，能胜任这一角色的非常之少。不是谋士们不行，是他开出的条件实在太高了：这个人必须聪明睿智，既娴熟于内政，又擅长于外交，而且必须绝对忠诚可靠。

德一定得排在才前面

"神仙军师"刘从云早已名誉扫地，且不去说他。钟体乾、张斯可等人都是内政强于外交，难以独当一面。有一段时间，刘湘曾看好"财神爷"刘航琛。刘航琛的理财能力没得说，人聪明，年纪又轻，做官做久了，内政方面不过是一通百通，更重要的是，他经常去京沪两地出差，见过大世面，交际对他而言并非难事。

可也许正因为做官的时间太长，在刘湘眼中，刘航琛的个人形象开始变味。刘湘记得最清楚的一件事，是刘航琛从禁烟款里提了六十万现金，私底下拿出来送给他。

刘湘自奉俭约，也很注重部下的个人操守。刘航琛刚出道时公私分明，所有采购中得到的佣金都如数交账，曾因此获得过刘湘的赞许和欣赏，他想不到刘航琛会私下送钱给他，甚觉意外，当即严词拒绝。

刘航琛马屁拍到马蹄子上，急忙改口说："这笔钱不是送军长个人的，而是拿来做团体基金。"既然如此，刘湘就没有再说什么，他把所有钱款都交由刘航琛管理。

过了一段时间，刘湘调查到，六十万现金其实跟团体基金并无关系，它先是被刘航琛拿去开办银行，之后就干脆进了刘航琛的个人腰包。刘湘对此愤恨不已，他给刘航琛的评价是"华而不实，心术不正"。在组织省府班子时，他最初都不愿意让刘航琛出任财政厅长，只是南京方面知道刘航琛是不可多得的理财专家，一再坚持，加上又无其他合适的人选可以替代，才勉强松了口。

刘湘的用人原则，与三国时的刘备十分类似和接近，那就是非常重德。人无完人，金无足赤，一个人能德才兼备固然好，可如果二者不能得兼，那么德一定得排在才前面，为此，哪怕弃才而不用。

刘湘不是在简单地模仿历史人物，事实上，这是他在长期的生存斗争中所得到的必然经验：无德之人一般很难做到忠诚可靠，被敌方阵营收买的概率也相应非常之大，换句话说，他的才越高，对己方阵营所造成的潜在危险越大。

非常时期，刘湘尤其重德，这个所谓的德，说得明白一点，就是对他个人的忠诚程度。所有谋士客卿都筛过一遍，符合要求的只有邓汉祥一人。

刘湘起初看重邓汉祥，即源于对方的职业操守。入幕刘湘后，邓汉祥长期驻于京沪，与方方面面的人打交道，所受到的诱惑也特别多，但从未有人能攻破他的防线。

刘文辉曾派其驻沪代表吴晋航私下赠送邓汉祥一万元现金。邓汉祥不愿接受，并在电报中告知刘湘，刘湘回电："朋友所赠，受之有何不可？"邓汉祥依言收下了钱，不过转手就存入了吴晋航所创办的和成银行，用意很明显，就是为日后交涉提供便利。

当初范绍增也把刘文辉的贿赂上交刘湘，而且同样被刘湘奖励。对于奖金的分配，范绍增是用来给自己买了新房，邓汉祥却仍用于公事，仅此一点，便足以让刘湘对其刮目相看。

刘湘日益信赖邓汉祥，有些追随刘湘多年的部下僚属不服气，认为邓汉祥入幕时间不长，又整天在外面与蒋介石的人交结，谁能保证他会一直忠心耿耿呢？还有人说邓汉祥与刘文辉经常互通信息，怀疑邓汉祥暗中早就与刘文辉有了一腿。

刘湘不以为然，一笑置之。某次，他的侦察电台截获一封密电，是刘文辉的驻外代表发给刘文辉的，上面说邓汉祥一心为刘湘效命，对其他人包括刘文辉在内都是意存敷衍，因此千万不可过分信任。刘湘将这封电报遍示左右，众人才不好说什么了。

四川省政府一成立，刘湘就任命邓汉祥为秘书长，替他筹划内外事务。邓汉祥也应命站到台前，与蒋系人马展开了明争暗斗。

化骨绵掌

蒋介石不断接到关于刘湘"桀骜不驯"的报告，他势必也要进行内部调整，以便加大对刘湘的压力。

1935 年 10 月，蒋介石在重庆设立重庆行营，以顾祝同为行营主任，杨永泰为秘书长。两个月后，参谋团奉令撤销，人员被并入行营，贺国光改任行营副主任兼参谋长。

从表面上看，重庆行营主管川滇黔三省军政，但实际重点都在四川。行营的三个首要人物，顾祝同只是挂个头衔，并不具体理事，贺国光属于场面上的好好先生。唯有杨永泰锋芒毕露，是个寸步不肯相让的厉害角色，甫一到任，他就安插亲信担任督察专员，并以合办的名义，派专人对县政人员训练班进行控制。

康泽在行营内并无席位，但他由蒋介石直接指挥和调遣，与杨永泰一上一下，一唱一和，等于一个是师爷，一个是打手。以复兴社为骨干，康泽重点推行他的"政训战略"，即在各专区设立政训室，各县设置政训员，同时利用已建立起来的保甲制度，对各县联保主任、保长、甲长进行调训。

杨永泰和康泽展示给刘湘看的，是一幅可怕的图景。几个督察专员的职位倒还没有什么，反正没有一世的专员，到了一定时候就可以撤换或调任，但你想想，如果未来的县长、区长，一直到现在的保长、甲长，全都是蒋方训练出来的，那就撤无可撤、换无可换了，而正是这些人，决定着今后四川地方究竟听谁的。

邓汉祥奉命拍马上前。谋士对阵，与武将不同，表面上闻不到一丝一毫的硝烟味道，甚至于邓杨之间还会惺惺相惜，互致殷勤。

邓汉祥知道杨永泰是广东人，而且对美食很在行，便在四川有名的酒家定制粤菜，派人按日送到杨永泰公馆，极尽周到之能事。杨永泰也向邓汉祥频抛绣球。此前张群在接任湖北省主席时，曾有意邀请邓汉祥去做行政督察专员，被邓汉祥一口婉拒，但杨永泰不死心，仍利用各种机会和场合，对邓汉祥进行劝诱。他经常说的是："我看准了，你那个伙计（指刘湘）就是刘璋，与之共事，能有啥前途！你还是到我们这边来，先当个次长，我保证两年以后当上部长。"

其实这也是一种战术，叫作攻心战，尽管大家都知根知底，出手之前就预料到要打动对方难如登天，但该出的招还是得出。

化骨绵掌之后，便是令人眼花缭乱的各种小动作。杨永泰派人控制县政人员训练班，邓汉祥就亲自主抓县政训练。县训期间，他每天过问训练班的授课和办学情况，每周一定要给学员做两个小时的精神讲话。针对学员全是清一色的四川人这一特点，他在讲话时极力灌输"川人治川"的理念，告诉学员绝对不要走南京政府的路子，否则四川就难以搞好云云。

学员中或许不乏慷慨请命、指点江山的理想主义者，不过大部分人的共同愿望，还是希望能借此谋个好的饭碗。邓汉祥明白地告诉众人："县长、区长都是由省府委派的，行营虽然可以管省府，但绝对不能委任县长、区长！"

刘湘不是一个紧握所有权柄、死也不肯放手的人，早在重庆崛起时代，他就曾把财权交给刘航琛，让对方便宜行事。自从判定刘航琛"心术不正"后，这部分权力包括大部分用人权，又移交给了邓汉祥：除省政府的厅处长以及专员，须刘湘本人亲自裁决外，其他诸如县长、区长，皆由邓汉祥一人定夺，甚至于刘湘下手令委任的县长，如果邓汉祥以为不妥，刘湘亦会马上收回成命。

县训班一结束，邓汉祥便运用手中权力，对毕业学员予以重用。当然这是有附加条件的，就是要对刘湘忠贞不贰。

在邓汉祥的大力拔擢下，全川一百多个县，过半的县长为县训学员，五百多个区的区长，全部由县训学员充任，至于各县政府的秘书、科长，也几为县训学员所包干。

这是真正意义上的培养重用，比空口许诺"你们就是明天的希望之星"之类要实际得多，也因此引起了各方面的不少指责，认为学员毕竟都是一些乳臭未干的年轻人，怎么能一下子提拔到如此高位？邓汉祥不予理睬，依然我行我素，他说："这些年轻人都是四川人，又属考试录取，他们年富力强，正是大有可为之时，为什么不可以量才使用呢？"

以毒攻毒

见邓汉祥冲到了第一线，杨永泰又岂是省油的灯。正当两人相持不下之际，蒋介石忽传命令，调杨永泰前去湖北。

湖北原由张群主政，但这时中日两国频频发生摩擦，张群在对日外交方面较为熟悉，蒋介石便决定让他回京主持外交部，所留下的职务由杨永泰接替。1935 年 12 月，杨永泰离开四川，出任湖北省政府主席。邓汉祥乘势而进，完全占领了县训这块在他看来举足轻重的阵地。

刘湘主政期间，邓汉祥共主持三期县训，培训学员一千多人，这些学员皆称邓汉祥为师，一时间，邓汉祥的门生布满全川。为了继续团结和约束这些门生故吏，邓汉祥组织了县训同学会，专门用以考察毕业学员的思想言行，一旦发现有投向南京政府或偏于其他派系的言行，立刻予以罢免或踢出局外。

随着杨永泰的暂时离川，邓汉祥原先所面对的两个强硬对手变成了一个，只需向康泽一人开战了。他以县训学员为骨干，在各县设立保甲人员指导室，以县长、区长来对甲长、保长实施"消毒训练"，同时实行省政统一，使专、县、区都被掌握在省府之下，从而大大限制和削弱了复兴社的政训活动。

要论政治才能和谋略，康泽还远不如杨永泰，邓汉祥这一着棋走下去，差一点把他给将死，以至于手忙脚乱，全无应对之策。

刘湘君臣初战告捷，但并没有因此高枕无忧。自从发生"二刘对调"流言事件后，刘湘就唯恐漏掉关于蒋介石对他伺机下手的任何一点动静，他在省府建立了情报机构，大量收集关于蒋介石的情报，除此之外，还从侦察电台抽调了两名破译密电的高手，专门负责截获和破译重庆行营、康泽同蒋介石来往的密电。

每天晚上，刘湘都会认真研究这些情报、密电。仔细看过去，发现里面几乎全是针对他的攻略，内容从挖墙脚到政治战，无所不有。最让刘湘感到寒心和后怕的，是他发现蒋介石在四川有一个"五运"计划，即用"军运、匪运、团运、学运、民运"，来对其阵营进行全面瓦解。

显然，如果不彻底整倒刘湘，老蒋决不会善罢甘休。在刘湘过往的军政生涯中，强敌众多，但就分量而言，谁都比不了蒋介石。蒋介石在他面前就是一个超级大鳄，只要他下了狠心，什么"川人治川"、县训同学会，不过是浮云，人家立马可以将其全部摧毁。

一想到前期所有的努力，到头来都可能沦为一场春梦，刘湘便感到不寒而栗，他必须寻找到新的对策。

这一次，他把蒋介石当成了师傅。蒋介石曾告诉他，与红军作战，最好的办法不是以军事对军事，而是要"三分政治，七分军事"。刘湘来了个以毒攻毒，把这套方略套用到了蒋介石自己身上，名称也变了，叫作"表面敷衍，暗中防范"。

"表面敷衍"暗合"三分政治"，就是给蒋介石打马虎眼，用笑脸将他哄住。"暗中防范"与"七分军事"接近，是要联络全国各地的反蒋派别，像春秋战国时一样，以"天下之士合纵而攻秦"。

一人饰不了两角，刘湘把扮笑脸的活交给邓汉祥，指示今后与蒋介石的所有接洽和函电，也全部由邓汉祥负责办理。考虑到"暗中防范"的风声传出后，可能会影响邓汉祥取信于南京政府，在公开场合，刘湘都有意让邓汉祥采取回避态度，只由钟体乾、张斯可等其他谋士参与其中。

恶人甚至是敌人的角色，只能由刘湘亲自扮演和统筹。他首先想到的是联络南方诸侯对抗蒋介石，所谓南方诸侯，主要指的是广东的陈济棠、广西的李宗仁、白崇禧以及云南的龙云。原先出于统一四川和抵抗红军的需要，刘湘曾将派往南方各省接洽的代表一律撤回，以示向蒋介石一边倒，这时他又派张斯可等人作为代表，偷偷地前往两广和云南进行联络。

滇黔桂方面所面临的威胁，其实和刘湘没有什么两样，大家很快就情投意合，走到了一起。

风云突变

有这么多反蒋力量给自己撑腰，刘湘一下子气壮起来。

1936 年 6 月 1 日，爆发两广事变，陈济棠通电反蒋，李宗仁、白崇禧也摩拳擦掌，南京政府所面临的形势十分严重。蒋介石给四川省府发来电报，要刘湘通电指责陈济棠"据地称兵，破坏统一"。

邓汉祥接到电文，深感此事非同小可，立即赶去大邑，面见正在养病的刘湘，与之会商办法。刘湘的两只眼睛光芒四射，对邓汉祥说："四川输赢吃糖的机会到了，这回老蒋同两广打的结果，必定是两败俱伤，无论谁打胜，都非拉拢四川不可。"

话虽是这么说，可刘湘毕竟不同于水晶猴，他内心是有情感倾向的。当邓汉祥主张响应蒋介石，冠冕堂皇地发一个通电，以坐观成败时，刘湘极不赞同地表示："我们应响应两广，壮其声势，若不然，两广先败，四川更无法对付老蒋了。"

依照刘湘的吩咐，邓汉祥回成都后便以一百字为限，复电陈、李、白，同时将原文通电全国。这份电文明显是帮着两广说话的，其中没有提到一句"据地称兵，破坏统一"，但在起草电文时，邓汉祥考虑不能完全得罪蒋介石，所以也加进了一些敷衍之辞，比如劝两广应服从南京政府之大计，切勿操之过急，等等。

通电发出后，刘湘紧跟着也来到成都，并秘密召集高层幕僚及部将商讨此事。在邓汉祥加入刘湘幕府前，刘湘的幕僚主要以张斯可、傅常、乔毅夫、钟体乾为核心，参谋长傅常是同盟会员出身，还曾追随过熊克武，他的很多观点都相对较为激进，是一个有着武将气质的谋臣。会上，傅常主张，不仅在电文上响应两广，行动上也要发动起来。

当时成都设立了中央军分校（即黄埔军校），它和重庆行营一起构成了蒋介石控制四川的某种象征。傅常提议，应首先对成都分校及行营予以包围乃至占领和接收。

傅常话音刚落，潘文华等大多数人便都表示赞同。会议本来已初步达成一致，但刘湘发现邓汉祥从头至尾都保持沉默，便问他意下如何。邓汉祥说："我原则上同意大家的意见，但采取的具体步骤应该慎重。"

邓汉祥那段时间虽未像张斯可等人一样出使外省，但他对外界形势始终能做到洞若观火。在他看来，两广一致反蒋，并不表明其内部已铁板一块，事实上广东和广西在很多方面尚有分歧，这就给蒋介石造成了各个击破的可能。

蒋介石就像当年的刘文辉，最擅长用挖墙脚的办法来对付各省诸侯，邓汉祥怀疑，陈济棠的手下是否已有人被挖了墙脚，一旦出现这种情况，极可能出现连锁反应——先是广东阵营大乱，然后广西望而生畏，最后树倒猢狲散。

邓汉祥据此认为，四川方面发一个倾向两广的通电，可能已惹得蒋介石不高兴了，不过这毕竟还不会带来危险，但要是马上出兵，万一两广支持不住，蒋介石的矛头必然会转向四川，由此将给四川带来严重后果。

邓汉祥主张，不如先暗中进行准备，等两广战事到达重要关头，四川这边再采取行动不迟。刘湘听完他的分析后，觉得这样做确实比较稳妥，当即表示同意。

散会之后，刘湘想来想去，到底还是不甘心。蒋刘如今的关系，若用"仇人相见，分外眼红"这句话来形容，一点都不为过。很多时候，一想到蒋介石、陈诚挖苦他的那些言语，一看到蒋介石暗中捣鬼的情报和密电，刘湘都会忍不住生出一种把蒋介石揪出来一把掐死的冲动。

这是与蒋介石的共同斗争，也是往老蒋的光脑袋上扣屎盆子的绝佳机会，倘若其间因为缺了川军，结果导致功亏一篑，岂不是会留下终生之憾？

在傅常、潘文华等人的撺掇下，刘湘瞒着邓汉祥，密令所部乘夜向成都、重庆两地集结。

刘湘调兵遣将，静候两广传来佳音，他完全没想到会风云突变。1936 年 7 月 14 日，陈济棠的部下余汉谋发出反陈通电，广东空军也跟着哗变，蒋介石一枪未放便将陈济棠放倒在地。

邓汉祥的顾虑转眼成为事实。正要仰天大笑出门去的刘湘，一不小心就扭到了腰，他赶紧偃旗息鼓，悄悄收兵，但仍不免紧张万分：这么长时间过去，会不走漏一点风声吗？如果蒋介石知晓内情，会不会马上引兵西向？

所有这些都不是嘻嘻哈哈几句话就能糊弄过去的，刘湘急到几乎一夜白头，他亲自赶到邓汉祥家，要邓汉祥代表他到江西庐山去谒见蒋介石，以便"摸底"。

邓汉祥已经知道了他偷偷调兵的事，不由得顿足长叹："我早就说过，不能轻举妄动。这个时候再去，还有什么用呢？"

刘湘一听脸都白了，双手拉住邓汉祥不放："现在不是有没有用的问题，是非去不可。我们必须弄清楚，蒋介石究竟是否知道动兵这件事，知道了又是什么态度，这样才好定下应付之方。"

明知棘手，可眼看着刘湘已经山穷水尽，邓汉祥也只能硬着头皮起程出发。

揣着明白装糊涂

直接找蒋介石，多半要吃闭门羹，邓汉祥决定先飞汉口拜访杨永泰。

一见面，邓汉祥还未开口，杨永泰就说："你这位大军师，认为陈济棠造反，就是倒蒋的机会到了，怂恿刘甫澄（刘湘）连夜调动军队，准备围攻重庆行营及成都军校，以为我们都不知道？"邓汉祥听后心里咯噔一下，知道纸终究包不住火，到底还是露馅了。

施过下马威之后，杨永泰又道："我过去听信你的话，拼命帮助刘甫澄，康泽因此造了我不少谣言，甚至说我受过刘甫澄六十万元的贿赂。蒋先生（蒋介石）固然不会相信这些谣言，但他为何不把我调回身边，而要我远离他，在湖北任主席？不能不说，都是受了这些攻击的影响。"

杨永泰确实在蒋介石面前替刘湘说过好话，并且不止一次，当然其出发点绝不是如他所言，是听信了邓汉祥的一面之辞，而是出于策略需要，文武之道，一张一弛罢了。

康泽造杨永泰的谣也是真的。杨永泰、张群等人被外界称为新政学系，长袖善舞是他们的拿手好戏，而康泽的复兴社以黄埔军人为核心，包括康泽本人在内，擅长的都是打打杀杀或谍战暗杀，他们对政客伎俩完全是雾里看花。既然弄不懂杨永泰为何要替刘湘说话，复兴社便自然而然地编出另一种解释，比如"杨永泰受贿"，然后康泽再以"嫡亲儿子"的身份，三天两头地在蒋介石面前打杨永泰的小报告。

杨永泰出任湖北省主席，是不是受了康泽的"陷害"，邓汉祥并不完全清楚其中内幕，他只是从这番含着骨头还露着肉的说辞中，听出杨永泰是在以攻为守。

杨永泰上下嘴皮合不住，邓汉祥来了之后，就听见他一个人在说，接下来也该邓汉祥来两句了。

邓汉祥认为杨永泰说的不错："四川情形极其复杂，重庆行营及复兴社的一些人，天天挑拨离间，就唯恐四川不乱，而且在收回防区之后，原有防区内的各军头对刘甫澄也不服气，在这种情况下，谣言满天飞，乃是意料中事。"

说到此处，他突然话锋一转："你接受贿赂是谣言，其实川军调动也是谣言，刘甫澄何曾有过调兵遣将的事呢？"

事到如今，大家都得把脸皮撕下来放到裤兜里，不能认的打死也不能认。可杨永泰是何等精明角色，对于邓汉祥的话，他完全不信，认为这是在揣着明白装糊涂。

如果连杨永泰这道门都迈不进去，谒见蒋介石岂不是成了镜花水月？邓汉祥又气又急，他很愤慨地对杨永泰说："如果连你都相信刘甫澄会调兵，那还说什么呢？我明天就飞回成都，听候蒋先生派兵去打四川好了。"

说是要走，邓汉祥却根本就没挪步。这是他能使用的最后一招，为的就是用激将法打开对方的心理防线，邓汉祥相信，杨永泰一定还有余地和底牌，他必须逼杨永泰把它们全都亮出来。

杨永泰听后果然神色缓和下来："据我所知，刘甫澄调动军队确有其事，或者他瞒着，没有让你知道，所以你还蒙在鼓里。刘甫澄既然已派你到庐山，如果中途折回，岂不又加上了一层裂痕？"

杨永泰不会让邓汉祥回去，因为他的底牌是不主张对四川用兵，说得更准确一点，是不主张现阶段对四川用兵。

此前杨永泰曾力主以两广事变为由，彻底解决广西的新桂系，但恰在此时，传来了伪蒙军要进攻绥远的情报，这意味着绥远战役即将打响，加上张学良、杨虎城在陕北久而无功（实际已与红军秘密结盟），南京政府不能不将用力重点移往北方。

在邓汉祥还没来武汉的时候，杨永泰就已经意识到，让南方诸侯逐个缴械的时机尚未成熟，"剿"只能让位于"抚"。只不过一方面他需要通过敲打，来试探四川方面所拥有的底线，另一方面，因为复兴社屡进"谗言"，他也不便再出面为刘湘向蒋介石进言。

尽管利益和目的完全不同，邓汉祥、杨永泰却都已坐进了同一节车厢，他们探讨的话题也相当一致：如何劝住蒋介石。

杨永泰没法陪邓汉祥同去庐山，但他预计邓汉祥要是一个人直挺挺地去谒见的话，不仅不会有结果，而且肯定会碰大钉子，因为蒋介石对刘湘调兵的事非常生气。

怎么办呢？杨永泰沉吟片刻，想到了一个人："你可以找熊式辉，他就在庐山。"

人生如戏，全靠演技

杨永泰、张群、熊式辉，向来被称为新政学系的三巨头，三个人在政见上比较接近，关系也很融洽。杨永泰对邓汉祥说："我可以给熊式辉发电报，要他帮助你。你如果有不便直接跟蒋先生说的话，可以托熊式辉转达。"

于是邓汉祥前往庐山，并首先造访熊式辉。在熊式辉面前，他把文章主要做到了复兴社头上："他们无中生有地诬蔑刘甫澄，说他勾结陈济棠造反，弄得刘甫澄很无安全感。"

熊式辉早已接到杨永泰的电报，他笑了笑："以我同委员长（蒋介石）的关系，他们尚且挑拨离间，何况刘甫澄。不要紧，我先把你的意思转告委员长，委员长有什么回话，我再拿来告诉你。"

有熊式辉缓冲，邓汉祥感觉踏实多了，但他不知道蒋介石能否相信自己的话，所以心里依旧非常忐忑。

等到熊式辉回来时，仅带回老蒋的一句话："四川的事不简单，告知邓汉祥马上会见我。"邓汉祥喜忧参半，喜的是下半句，蒋介石既已同意接见，说明事情有了初步转机，忧的是上半句，"不简单"便是复杂，看来蒋介石对他的话仍存有怀疑。

果然，当邓汉祥见到蒋介石时，蒋介石满面怒容，连必要的寒暄都没有，就狠狠地掷出一句："刘甫澄要造反！"

邓汉祥连忙申辩，力言绝无此事，是"复兴社捏造的谣言"。

蒋介石二话不说，喊副官拿来地图，把川军的调动情况指点得清清楚楚，比如这里调集了多少部队，那里又调集了多少部队。他一边指给邓汉祥看，一边嘴里恨恨连声："刘甫澄不仅出动了军队，还是深夜行动，这些都瞒不了我，我已经很清楚。请问，你们这不是在附和陈济棠，反抗中央，又是在干什么？"

邓汉祥猛然发现，蒋介石所收集情报之周详，远远超出了最初的预计。室内的气氛一时紧张到了骇人，邓汉祥急中生智，忙说："委员长一定弄错了，不可能有调兵的事，即便有部队移动，也不是为了附和陈济棠，而是为了'剿匪'！"

　　蒋介石瞪大眼睛看着邓汉祥。邓汉祥解释说，四川的土匪跟别处不同，他们同社会上的袍哥向来互通声气，剿匪部队倘若白天行动的话，很可能泄密，因此一定要在夜晚出没，才能打土匪一个冷不防。

　　"这是在绥靖地方，委员长千万不可听信谣言啊！"邓汉祥七拐八拐，又回到了"谣言"这个起点。

　　蒋介石见邓汉祥说得有鼻子有眼，倒也有些信了。邓汉祥趁热打铁，当着蒋介石的面论证起刘湘为什么不可能造他的反："刘主席拥护委员长十年如一日，当宁汉分裂，大局未定时，他没有反；当中原大战，胜负难分时，他没有反；今天下已定，谁都能看清楚局势，刘主席再无知识，又何至于此！"

　　真是人生如戏，全靠演技，邓汉祥洋洋洒洒一通发挥，把蒋介石讲到无话可驳。联想到刘湘过去维护自己的一些往事，他火气顿消："是啊，所以我还是相信甫澄的，四川的事，仍望他多负责任。"

　　在促使蒋介石转变态度后，邓汉祥又在会谈结束前，请蒋介石写封回信，以便复命。蒋介石慨然应允，第二天请邓汉祥吃饭时，便将亲笔信交给了他。邓汉祥展开一看，满纸都是如何信赖和倚重刘湘，甭管他说得有多么言不由衷吧，至少表明短期内不会与刘湘摊牌了。

　　当夜回到旅室，邓汉祥立即将蒋介石的信件用密电方式告知刘湘。刘湘正急得如热锅上的蚂蚁团团乱转，邓汉祥要是再不来信息，他差不多就要抹脖子上吊了，接到电文，这才稍稍心安。

　　邓汉祥乘机返回成都，刘湘派员从机场将其接来，详详细细地询问了一遍经过，确认无误后才送他回府。从此以后，刘湘不仅对邓汉祥言听计从，而且幕前幕后的大部分事务，都交由他全权处理和运作，邓汉祥俨然已是事实上的"川中宰相"。

　　俗话说得好，树大招风。邓汉祥地位跃升如此之快，引起了一些武将的嫉妒，他们在背后嘀嘀咕咕，扬言："天下是我们打出来的，邓某何功何德，竟尔坐享其成！"

　　流言传到邓汉祥耳朵里，让他深感痛心，说："他们会打，当蒋介石要以雷霆万钧之力压下来的时候，不都是叫我一个人出面去抵挡吗？他们怎么又不敢去打呢？"

好在刘湘非常清楚邓汉祥的价值，不管周围的人如何叽叽喳喳，都不为所动。他也确实没有别的更好的选择，处于云谲波诡的多事之秋，川幕中真正能胜任折冲重任者，唯邓汉祥一人，你不用他，还能用谁？

成都事件

因为邓汉祥的巧妙运作和周旋，刘湘才侥幸未被多变的政局所吞噬，但两广事变的第一个挑起者、有南霸天之称的陈济棠就没这么幸运了，他被迫下野，离开了经营多年的广东。

陈济棠的遭遇，就是刘湘的噩梦。有了这次经历，他对自己与大鳄之间的悬殊差距看得更清楚了，几乎每时每刻，他都在琢磨和思考，如何才能增加自己的安全系数。

食物链总是一环套一环，诸侯们固然都害怕蒋介石，但蒋介石也还有比他更强大的对手，比方说日本人。

如果把南方诸侯们叫作"内"，日本处于国门之外，就是"外"，蒋介石的口号是"攘外必先安内"，先把国内摆平了再跟日本人斗法。诸侯们则针锋相对，提出"攘外才能安内"，或者"攘外即是安内""攘外内自然安"，除了御外抗侮的民族情感之外，不得不说，牵制蒋介石，以保全自己，也是其中必不可少的因素。

在两广事变中，无论广东还是广西，都以抗日为名，以反蒋为实。广西的新桂系更好，竟然可以前脚接受日本武器和教官，后脚就"北上抗日"，敢情一样都不耽误。刘湘并不例外，但他的所作所为显然又比两广要磊落得多，或者可以这样说，从万县惨案时杨森与英军对阵开始，四川人在对付洋鬼子方面还真没怎么含糊过。

九一八事变后，张学良执行蒋介石的不抵抗政策，放弃东三省退入关内。

有一次杨森召集所部军官开会，在会上大骂张学良，说："什么叫军人？作为军人就要保卫国土！蒋介石不让你打，你就不打吗？真把祖宗的脸都丢尽了！"说着说着竟然号啕大哭，连话也说不下去了。

杨森的激愤实际代表了四川军民的一种集体情绪。日本在成都原来设有领事馆，九一八事变之后就被迫关门大吉，日本侨民也撤回了国，此后日本外务省不断向南京外交部施加压力，要求恢复领事馆。

新任外交部长张群就此征询刘湘的意见。邓汉祥以刘湘的名义复电表示，成都既非商埠，又无日侨，要设立领事馆的话，也没有条约上的根据，当然最重要的是，自东北沦陷之后，川人仇恨日本的情绪甚为激烈，因此请外交部予以慎重考虑。

收到邓汉祥的电报，张群即向日本外务省发出了拒绝恢复成都领事馆的照会，但日方不管不顾，仍然计划派人潜入成都，做设立领事馆的准备。刘湘获悉后与邓汉祥计议，密令全川各地舟车、旅店一律不许接待日本人，同时派出密探队，跟踪监视所有入川来蓉的日本人。

1936 年 8 月，日本政府所派出的四人先遣队利用各种关系住进了四川的一家大饭店。刘湘在派人规劝未果的情况下，策动了成都各界示威游行，以压迫先遣队出境。

按照刘湘的要求，举行示威游行时，军警只负责维持秩序，不对游行队伍进行干涉。由于群情愤慨，游行人群很快就出现了失控现象，四个日本人遭到痛殴，造成两死两伤，这就是"成都事件"（也称"蓉案"）。

蒋介石对"成都事件"很是恼火，专门来电相责，说刘湘事前既未防范，事后又不缉凶，对"蓉案"应负完全责任。不料这次刘湘有高人相助，游行前邓汉祥特地通过民间抗日团体，出面邀请了成都的复兴社对游行进行指导。

复兴社成员大多为黄埔军人，在蒋介石阵营内部，他们属于抗日主战的激进派系，与新政学系的相对低调保守完全不同。接到邀请，复兴社欣然同意参与其中，甚至都没有向蒋介石进行报告。游行过程中，邓汉祥安排专人，用手提照相机将复兴社成员沿途活动的情形全都拍了下来。现在蒋介石要追究责任，刘湘就按照邓汉祥的建议，把当天拍得的照片函送南京，并复电说，"蓉案"系由成都中央人员（复兴社）领导和发动，又是爱国行为，因此，"事前未便阻止，事后无法缉凶"。

本来要打别人板子，没想到闯祸的却是自己的嫡亲儿子，蒋介石只得放弃对刘湘追责，改由南京外交部直接与日交涉。

这是关乎生存的斗争

"成都事件"是刘湘暗中支持的爱国行动，但从蒋介石进行追究时不依不饶的架势来看，将它纳入蒋刘斗争的范畴也未尝不可。

在赤裸裸的事实面前，蒋介石先前所有口头和文字上的"信任""倚重"被证明都是谎言。经过"成都事件"，刘湘进一步看清了蒋介石对他的真实态度，他们之间的矛盾因而继续加深，且毫无调和的余地。

1936年秋，四川举行国民党临时全国代表大会（简称临时国大）代表的选举。蒋刘两大阵营对此都非常重视，康泽把复兴社和别动队都动员起来，深入四川各县，扶助反刘拥蒋的人员参加竞选。

刘湘也亲自拟订各县候选人名单，邓汉祥将名单秘密分发给各专员和县长，责成按名单选出候选人，同时还派出视察员，分赴各地监视选举。他暗示所有专员和县长：如果你们不照名单选人，不管专员还是县长，过后一律撤职！

民国时期的所谓选举，实在是个怪胎。从袁世凯时期的逼人投票，到曹锟的贿选买票，再到四川的监视投票，可称光怪陆离，但它又实在最快捷最有效，这么做的一方通常都会大获全胜。临时国大的选举结果，百分之八十五以上的当选者，皆来自刘湘拟订的名单。

康泽落败，无法向蒋介石作出交代，便把责任都推到别人身上。以前有个杨永泰，现在杨永泰早已离开了四川，贺国光便倒了霉。康泽公然向他开火，说贺国光以刘湘的同学自居，平时倚仗川军自重，一味敷衍，乃是此次选举失败的罪魁祸首。

作为重庆行营的实际负责人，贺国光既要怀柔刘湘，又要忍受康泽和复兴社的攻击，其实是两头受气。思考一番后，他决定去拜访刘湘。

在见到刘湘时，贺国光非常恳切地说："我为甫公借箸一筹，你和蒋委员长如能彼此坦诚相见，则于国于川，两皆有利。如果相互对立，那大家都无好处。"

在座的邓汉祥未等刘湘回言，便抢先说道："刘主席原是拥护委员长的，委员长需衣，刘主席可以解衣，委员长需食，刘主席可以推食，但今天委员长要剥刘主席的皮，人而无皮，又如何可以生存呢？"贺国光哑口无言，只得怏怏而归。

四川就是刘湘的"皮"，刘湘绝不会容许蒋介石来剥他的皮，这是关乎生存的斗争。

蒋介石欲对刘湘"剥皮"，但北方麻烦不断，暂时又力不能及。这时刘湘也把视线移向北方，开始在北方寻找新的同盟者。

北方军人中，刘湘对冯玉祥最为推崇。倒不是因为冯玉祥与四川有过一段因缘，而是他在练兵和军纪上着实有一套，所训练出来的西北军堪称国内的超强军团，这让刘湘羡慕不已。

刘湘视冯玉祥为偶像，可冯玉祥起初并没有与四川方面合作的打算。在冯玉祥处于事业的鼎盛期时，常驻冯处的四川代表如果要拍发电报，都必须向他交出密电本，或是经他派人审阅签署后才能放行，有一段时间，冯玉祥甚至还检查乃至扣留代表们与四川的来往信件。

中原大战后，西北军被蒋介石打到分崩离析，冯玉祥也不得不退隐泰山。虽然冯玉祥已经落寞，但刘湘对他始终还是敬畏有加。某次，他在重庆与冯玉祥的幕僚高兴亚偶遇，便请对方以第三人的身份，比较一下成都之兵与重庆之兵，双方孰优孰劣。

成都之兵是指刘文辉、邓锡侯、田颂尧的军队，重庆之兵是指刘湘的军队。那个时候，刘湘正准备与刘文辉对决，他认为自己的军队起码在军纪上要比前面三位好得多，因此才有此一问。

同共产党交朋友

高兴亚是了解川军实情的。刘文辉、邓锡侯、田颂尧三家分掌成都，三军同驻一地，彼此都不能管辖对方，秩序很糟，往往还有白天发生凶杀案却不知道该属谁管的事发生，成都人称为"三不管"。高兴亚认为成都之兵军纪不严，难成大器，但他也据实告诉刘湘："你的军队在纪律上比那三不管的地方要好些，可是我见到你的兵，还是害怕，没有安全感。"

刘湘闻言甚为尴尬，尽管如此，他还是很谦虚地问高兴亚，可不可以将自己的军队训练到老西北军那种程度。

高兴亚断然答道："不可能！"他随手列举了几条练兵的标准，认为川军根本就难以做到，刘湘被说得面红耳赤，沉默无言。

万源之战和"六路围攻"失败后，刘湘痛定思痛，在军中大力推行"新战法"，不过他还是觉得川军作风不够硬朗，若真的和蒋介石刀兵相见，必处下风，于是又想到了冯玉祥及其练兵之法：你说老西北军的练兵标准高不可攀，那我就汤下面，因陋就简一点行不行，就算练不出正宗的西北军，能端出个"准西北军"也可以啊！

这次刘湘联系到了冯玉祥本人，除请其派人入川帮刘湘训练军队外，他还希望能以冯玉祥为桥梁，与北方两大军事巨头宋哲元和韩复榘建立合作关系，以作唇齿相依。

冯玉祥不仅一一应允，还授刘湘以计：同共产党交朋友！

刘湘和谁联盟都可以，唯独对此顾虑重重，犹豫不决。他说："我跟红军打过仗，现在要化敌为友，如何让我的部下同意，这是一个大问题。再说交朋友不是一厢情愿的事，要双方都同意才行，共产党肯和我交朋友吗？"

冯玉祥知道刘湘抱有疑虑，便向高兴亚（时为冯玉祥的驻川代表）传达指示，让他以聊天的方式给刘湘说明白其中道理。高兴亚依言告诉刘湘："冯先生说，你是军人，你的军队质量和数量，与他在极盛时期相比，何如？"

冯玉祥的极盛时期，拥有若干方面军，三十二个军，八十一个师，而且全部训练有素，战力凶猛，乃名副其实的中原第一军团，岂是川军能够比得上的。刘湘连忙答道："万万不如！"

高兴亚又道："冯先生的将领都是多年由行伍训练提拔起来的。他本人当旅长有八九年没有升迁，长期扎根于一个旅，与部下有长时间的感情培养，因此这些部下都对冯先生非常尊敬。你与你的将领的关系，比冯先生如何？"

刘湘回答："我的部属军官，多数是半途来归的，不如多矣！"确实，刘湘的不少嫡系将领，如王缵绪、范绍增，都是从敌方营垒转投过来的，养子就是养子，再养也隔着肚皮。

高兴亚引用冯玉祥的话对刘湘说："中原大战时，蒋介石以五百万元收买了韩复榘，三百万元收买了石友三，一下子拉走十来万部队。要是蒋介石来挖你的墙脚，恐怕还用不着五百万、三百万这样的代价吧？"

刘湘老实承认："很对。"

高兴亚继续说："冯先生与蒋介石是把兄弟，一块磕过头换过帖的，表面上他对冯先生非常推崇，即便决裂之后，还称冯先生为大哥。你同蒋介石有这种关系吗？"刘湘自然只能回答没有。

高兴亚随后又提到了冯玉祥对蒋介石的"恩"："知道蒋介石第一次下野，后来又是怎么上台的吗？"

蒋介石第一次下野，其实是被新桂系的李宗仁、白崇禧逼下台的。之后，冯玉祥认为白崇禧指挥无方，于是约阎锡山联名通电，请蒋介石复出担任总司令，统一军权。这虽然是战事危机下的无奈之举，但事实上蒋介石就是赖此才得以重新上台的。

高兴亚问刘湘："冯先生对蒋介石个人有着莫大的恩惠。你对蒋介石有这样的恩惠吗？"刘湘又只能回答："当然没有。"

高兴亚说，冯玉祥对蒋介石这个把兄弟称得上是恩重如山，可是蒋介石却恩将仇报，不择手段地收买冯玉祥的部下，把冯玉祥整得很惨。"蒋介石对有恩于他的把兄弟都是如此，对你，难道还会有所顾忌，不好意思下手吗？"

在高兴亚奉命入川之前，冯玉祥特意关照高兴亚，对着刘湘绝不要多谈革命的大道理，而是要针对他的个人处境，多谈存亡利弊，让他在既怕蒋又惧共之间做出决择。高兴亚讲了这么多有关蒋介石与冯玉祥的恩怨往事，为的就是进入了正题："冯先生跟蒋介石打交道，吃够了亏，但是他跟共产党交朋友，就从来没有吃过亏。"接着他转述了冯玉祥的原话："就以浅薄的眼光来看，共产党是与蒋介石争天下，不是与你刘甫澄争天下。现在蒋介石的刀已插进你的心脏，为什么对与共产党交朋友还心存顾虑呢？你是不是怕共产党比怕蒋介石还厉害，你看看我的情况，就知道不会吃亏！"

刘湘听完后茅塞顿开，兴奋异常，他用手在茶几上一拍："冯先生真知我爱我者。我决定与共产党交朋友。"

以会治军

经过冯玉祥、高兴亚的耐心说服，刘湘一改出道以来对共产党的仇视态度，一面答应释放管辖范围内的政治犯，一面与延安方面建立了直接联系。

大约从 1935 年或 1936 年起，刘湘就先后派代表前去延安，与共产党商谈双方合作和联合抗日事宜。其间代表还受到了毛泽东的亲自接见，自延安返回后，代表向刘湘汇报了毛泽东的话："只有坚持抗日和民主，才能制蒋，譬如牵只老虎给他（蒋介石）骑在背上。骑上，他就不能有所作为，下来，就要被老虎吃掉。"刘湘大为叹服，从此将这句话引为圭臬。

1937 年的某一天，高级顾问郭秉毅（来自冯玉祥系统，实际为共产党员）拿来一封毛泽东亲自写给刘湘的信，信中说，延安想办一个图书馆，缺乏图书资料，希望刘湘能予帮助。

事后有人猜测毛泽东写这封亲笔信，真正的用意绝不只是为了请刘湘予以帮助，而更可能在试探刘湘对于双方合作的诚意。当着郭秉毅的面，刘湘的几个亲信经过商议，决定送一万元。

在没有通货膨胀之前，一万元不少了，也很管用，但意见上报刘湘后，刘湘说："一万元未免太小气了，我们要同人家合作嘛，既然合作就得出点力。"他立即在意见上批了"帮助五万元"。

　　延安方面也向四川派出了代表，四川地下党领导人罗世文即于此时入川，他与冯玉祥的驻川代表（部分也是地下党员）都受刘湘聘请，成为其高级幕僚。

　　在地下党的建议和帮助下，刘湘办起了武德励进会。武德励进会的前身是武德学友会，后者与蒋介石的黄埔同学会相似，虽然人数众多，但内部结构较为松散，有的人交过会费，但从来没有去过会址，更有甚者还不知道有这么个组织。即便是经常参加活动的会员，所能做的事也无非两件，一是联络感情，大家空下来打打扑克，推推麻将，或者吹吹牛聊聊天，一是办一本会刊，也无非是证明尚有这个组织存在而已。

　　刘湘新办的励进会与学友会并非相互取代的关系，而是二者并存，学友会属于外围组织，完全公开，励进会属于核心组织，对外始终保密。

　　励进会的入会手续很严格，必须由两个老会员介绍，并经刘湘亲自批准，才能成为正式会员。入会之初，会员要宣誓，首要一条便是拥护会长，也就是刘湘。毒誓由每个会员自己填写，申明如有违反，须受的各种惩罚：有人填"枪毙"，有人填"杀头"，有人填"家破人亡，断子绝孙"……

　　念完毒誓，还要按手印，程序相当严格。刘湘最初发展的会员，都是营长以上的实职军官，后来逐渐推广到王陵基的保安队，最后连县政、财政训练班也被纳入其中。

　　凡是参加过蒋介石峨眉军训团的军官，都会被刘湘认定为有"中毒"嫌疑，这些人都不能马上介绍入会，必须先到他举办的军官教育团回炉再造。军官教育团名义上是上军事课，但主要仍是精神讲话，只是内容跟军训团反着来，而且由刘湘亲自主讲，这叫"消毒"。

　　只有消过"毒"，再经逐个考察，才能拥有加入励进会的资格和机会。在嫡系将领中，潘文华、王陵基首批被批准入会，成为刘湘暂时能信得过的自己人，唐式遵、王缵绪、范绍增则受到励进会的严密侦察和监视，因刘湘怀疑王缵绪加入了复兴社，每天被派去盯梢他的特务竟达到二十人之多。

　　依靠励进会，刘湘成功地从"以神治军"过渡过"以会治军"。最盛时，励进会员达到八百多人，逐渐形成了以刘湘为中心的所谓甫系。

在刘湘的护持下，地下党逐渐进入励进会的核心决策部门，并在蒋刘斗争中扮演起重要角色。康泽的复兴社无孔不入，到处收集情报，地下党就在励进会中设立情报训练组，专门训练反蒋特工人员。

别动队是康泽身边不可或缺的打手。别动队持有武器，且受过军事训练，一般人不敢惹，励进会便也相应成立了特务队，对别动队进行打击。由于别动队在明处，特务队在暗处，四川地方又大，以至于吃了亏后，都不知道应该找谁算账。康泽气急败坏，找到刘湘大发雷霆，质问是怎么一回事。刘湘推说他会慢慢调查，就把这个不可一世的锦衣卫头目给打发掉了。

蒋方人员发现要打入刘湘的军队，变得越来越困难了。参谋团成员之一苟乃谦初到重庆，在一个星期天去看望老友蔡军识。蔡军识是刘湘部下的少壮派军官，同时也是励进会骨干成员，他直言不讳地对苟乃谦说："中央入川帮助'剿共'，我们竭诚欢迎，如要征服四川，那将受到抵制。"

在励进的明争暗攻下，一贯叫得最凶的康泽率先支持不住，政训活动被迫停顿，并于年底自行撤销，他自己也被调去搞"禁烟缉私"了。至此，除少数隐藏得较深的复兴社骨干外，重庆行营、成都军校、宪兵团、别动队都纷纷偃旗息鼓，蒋介石的势力在四川遭到了极大削弱。

既高兴又忧虑

正是因为与共产党等政治力量进行合作，刘湘才得以根本性扭转自己在蒋刘斗争中的被动局面。在此基础上，他派张斯可赴广西南宁，与延安代表、广西代表共同签订了"红（军）、桂、川军事协定"，商定要联合反蒋和共同抗日。

刘湘还希望将省外的这盘棋做得更大一些。1936年9月，他召集励进会骨干成员，在成都公馆举行秘密会议，他亲自出席会议并讲话，就如何交结更多的盟友，让众人支着。大家经过一番讨论，所提交的盟友名单中列举了山东的韩复榘、山西的阎锡山以及陕西的张学良、杨虎城等。

陕西本是杨虎城的地盘，张学良在"九一八"后失去了东北，长城抗战后又失去了华北，已无固定防区，只能在陕西寄食以存。根据相关情报，蒋介石要调张学良及其东北军去福建，调杨虎城及其第十七路军去甘肃，另由胡宗南进驻西安，取代张杨。

刘湘分析认为，蒋介石的这一调动必然会激怒张杨，现在要联络张杨反蒋恰在其时。反倒是韩复榘和阎锡山，虽然也与蒋介石有矛盾，但他们本身的地盘不小，因此投鼠忌器，很难下决心造老蒋的反。

刘湘决定联络陕西的张杨。经过物色，他决定派川康绥署顾问黄慕颜（共产党员）完成这一使命。黄慕颜首先去广西，与李宗仁谈妥了川、桂、陕合作反蒋的事宜，接着便由成都乘机去西安，对外则宣称前往陕西洽谈川陕联防事宜，用以避人耳目。

黄慕颜的妻兄傅剑目在西安绥靖公署任交际处长，是杨虎城的得力助手之一，通过这一关系，黄慕颜顺利地就见到了杨虎城，并将一份川、桂、陕联合反蒋的电稿交给了杨虎城。杨虎城说他和刘湘在见解和想法上完全吻合，但他要黄慕颜稍等几天，待他和张学良研究之后再行答复。

1936 年 12 月 11 日晚，黄慕颜正要入睡，忽然听到枪声响个不停，他忙用电话向绥署询问，得到的回答说是"无事"。第二天早晨，傅剑目前来告诉黄慕颜，因蒋介石执意不听张杨苦谏，张杨只得实施兵谏，已将蒋介石予以扣捕。黄慕颜闻之大喜，随即致电告刘湘，报告事变经过，并建议刘湘解决在川的蒋军部队，作为对西安的响应。

西安事变爆发时，刘湘正在大邑养病，闻讯急忙赶回成都，召集将领和心腹大员开紧急会议，紧接着他们就收到了黄慕颜的电报。确证消息属实，众人既高兴又忧虑。高兴的是张杨胆识兼备，竟然扣留了蒋介石，忧虑的是时局变化无常，若抢先动手解决在川蒋军，四川便很可能因此成为与蒋军开火的第一个省份，而据各方消息，张杨并无杀蒋之意，万一老蒋大难不死，恐怕将来难以转圜。

会议商讨了几个小时也难以做出决定，最后刘湘听从傅常和邓汉祥的建议，决定暂时采取观望态度，多看几天再说。

当天，四川发出两封通电，一封出自国民党四川党部，一封出自刘湘，前者自然是声讨张杨，后者看似态度模糊，实质却是寓支持于模糊之中。见刘湘举止暧昧，贺国光惶惶不安，一再找刘湘和邓汉祥探问，并竭力劝说刘湘拥护南京政府。

不久，南京来电，何应钦就任"讨逆军"总司令，声称要调集"百万大军"包围西安，讨伐张杨。早已倾向于蒋介石的孙震闻风而动，一面通电声讨张杨，一边命其驻于川陕边境的部队开拔入陕，以示对蒋的忠诚。刘湘得知后，立即以川康绥靖主任的名义给孙震下达电令，要求速将部队撤回川境，不准擅自行动。

除孙震外，川中其他将领如邓锡侯、李家钰、刘文辉等都在静观局势变化，没有匆匆表态，这也进一步凸现出了时局的复杂微妙。

嗣后新的消息传来，蒋军已攻入潼关并派飞机轰炸滑县。刘湘估计，在蒋军大兵压境的情况下，张杨恐怕不会再留着蒋介石做人质了，而且就算蒋军暂时未攻西安，光用飞机轰炸，也得把老蒋给炸死。

刘湘盘算着用武力解决在川蒋军的时候到了。征询幕僚们的意见，高兴亚（也已被刘湘聘为高级顾问）、郭秉毅都认为不宜操之过急，因为过早解决在川蒋军，必然会把南京的注意力引到四川来，从而使得川民遭祸。他们建议，如果南京出动飞机炸西安，真把老蒋炸死了，到时再动手也不迟。

刘湘认为言之有理，他以潘文华为总指挥，傅常为副指挥，授令二人负责先将在川蒋军完全包围起来，之后再视情况伺机行动。

一夜之间，在成都的蒋系军分校、省市党部、宪兵团、特务机关等处全部遭到包围。发现自己被包围后，各单位人员当然不甘于坐以待毙，所有大小官员都昼夜和衣不睡，自动自发地出来抢筑工事，且不论文武，全部持枪在手，欲作困兽之斗。成都市区由此一片肃杀，街上连行人都看不到几个。

穿心剑

刘湘等着老蒋毙命，便好下达进攻令，但黄慕颜那边迟迟没有消息。1936年 12 月 16 日，刘湘召集高层会议，以便敲定最终立场。会上，傅常、潘文华主张立即响应张杨，对在川蒋军发起进攻。

听完傅潘之言，刘湘问邓汉祥以为如何。邓汉祥依旧审慎稳重，认为："策之上者，莫若静观其变。蒋败，不过是瓮中之鳖，万一事有反复，则我未轻举妄动，大可免遭嫉恨。"

他反对傅潘的意见，不同意对在川蒋军轻举妄动："如果张学良杀了蒋介石，军校、行营能搬得走吗？又假设张学良放了蒋介石，到时候我们怎么下台？"

有了两广事变时的教训，刘湘已不敢再随便头脑发热，他觉得邓汉祥分析得很对，便力排众议，采纳了他的建议。

按照事先商定好的方案，邓汉祥出面安慰贺国光及其他在蓉人员，宣称"对陕变异常愤慨，主张从速设法营救蒋委员长"。刘湘对外也换上了一副新面孔，领着邓锡侯等人，口口声声要"营救领袖（蒋介石）"。

这当然都是做给人的表面文章，如果是真心"营救领袖"，刘湘也犯不着把孙震给硬拉回来了——最好是张杨直接杀了老蒋，那得省多少事啊！

可是让众人都没有想到的是，在以周恩来为首的中共代表团的调解下，西安事变最终还是得到了和平解决，张学良决定释放蒋介石并陪送其回到南京。刘湘对此既失落又诧异，但也无可奈何，只得下令撤兵解围。

邓汉祥说的是对的。依靠他的远见卓识，蒋刘关系才未达到公开破裂的程度，继两广事变之后，刘湘又躲过了一次莫测风险。当然刘湘也没有办法将他兴兵包围在川蒋军的事都一概抹去，相关报告早就飞到了蒋介石的案头，双方原来就有的矛盾不仅没有得到缓解，反而越积越深。

1937 年 2 月，社会上突然各种谣言纷传，有的说蒋介石要下手搞刘湘，有的说刘湘也将有所行动。驻川蒋军与川军的关系再度紧张起来，双方都忙于构筑工事，以备不测。直到已升任代行营主任的贺国光急忙下令将工事全部铲除，刘湘也通过讲话辟谣，事态方告平息。

所谓"谣言"从来都不是没来由的。蒋介石给刘湘发来电报，让他派全权代表到南京商议要事。刘湘敏感地意识到，蒋介石又在动脑筋对付他了。

跟蒋介石打交道，环顾川幕，唯邓汉祥能胜此任。在送邓汉祥出川时，刘湘把自己想好的策略告诉了邓汉祥："无论蒋介石出什么题目，我们都要抱一个拖字来应付，拖一天有一天的机会，总以避免和他打仗为上策。"

3月18日，邓汉祥由贺国光陪同，乘专机飞至南京。一下飞机，他就感觉到了压力，因为当地舆论都在议论四川企图"造反"。

在这种舆论包围下，接下来会发生什么，已经是不言自明的事了。果然，蒋介石召见邓汉祥，一开口就说："四川的军队太多了，四川一省相当于欧洲一个大国，应该缩编！"

预想中的铁砂掌打来了，邓汉祥不慌不忙，以刘湘所传的拖字诀应之："如果四川各军都按照一个标准同时进行，自属必要……"

蒋介石同样准备充分，铁砂掌刚出，飞剑又至："甫澄（刘湘）身体多病，兼管军民两政，一直深恐他力有不逮，所以这次我准备派能够同他合作的人去担任省主席，让甫澄专负绥靖地方的责任，这样也便于他休养，对地方和他个人都是有利的。"

这不但是飞剑，还是穿心剑，眼睁睁着直奔对方的胸口致命之处而去。邓汉祥既不能退，也不能闪，更不能拖，只能硬生生接招。

四川在防区时代混乱多年，人民深受其苦，自省政府成立，防区制取消后，关于地方治安及用人、用钱方面，才稍稍有了眉目。邓汉祥由此出发，论证如果截然划分军政、民政，由两人负责，不仅难收辅车相依之效，反而还会增加南京政府西顾之忧。

可是不管邓汉祥如何分析其间的利弊得失，蒋介石始终是一副无动于衷的表情。眼见相持下去甚为不利，邓汉祥想了想说："委员长日理万机，不便多来麻烦。可否指定一位负责人从长研讨，使汉祥多有陈述机会。"蒋介石料想邓汉祥也要不出什么花招，便点头应允，并指定军政部长何应钦与其商榷。

舍卒保帅

邓汉祥反复权衡，在蒋介石势大，又不能刀兵相见的前提下，要想缩着脑袋一刀都不挨是不可能了，按照刘湘"拖一天是一天"的策略，只能选择舍卒保帅。他对何应钦说："缩编军队和军民分治两件事，如果同时进行，逼得过紧，恐难免滋生事端，何不分两个步骤办理？"

邓汉祥提议，可以先缩编川军，过一些时候再搞军民分治，这样"同样可以达到中央的愿望"。何应钦听后向蒋介石进行了转述，蒋介石一合计，左一刀右一刀，反正都是一刀，排着队砍也未尝不可，于是在第二次接见邓汉祥时，便不再提及军民分治，只决定于 7 月 1 日在重庆召开整军会议，并派何应钦为代表到渝主持。

邓汉祥返回成都，将前后情形跟刘湘一说，刘湘也意识到此番不同往日，蒋介石对四川是有备而来。

假如当初不听邓汉祥之言，贸然向在川蒋军发起进攻，不管进攻能不能奏效，有一点可以确定，蒋介石绝不会跟你这么啰里啰唆，他早已直接派兵打到四川了，现在还能分步骤来，其实已经算是留了余地。权衡一番之后，刘湘不得不致电蒋介石和何应钦，表示拥护整军会议。过了些日子，他又再做让步，声明接受南京政府提出的"川军国军化，政治中央化"，川军随后也腾出部分防区，供蒋军正式进驻重庆。

这是刘湘备受煎熬的一段时间。西安事变后，曾一度起到作用和效果的合纵之术已经式微，面对蒋介石在军政两面的凌厉攻势，南北各省诸侯均噤若寒蝉，没一个敢上台过招。

1937 年 4 月 30 日，西安事变的发起者之一杨虎城被蒋介石革职。事实上，在此之前，他的第十七路军就已经瓦解，对于军人来说，一旦失去枪杆子，别人怎么摆布你都可以。

当天，刘湘离开成都市区，移居金花桥别墅。金花桥别墅是一座乡村别墅，坐落于成都至双流的公路附近，有专用汽车道与公路连接，在紧急情况下随时可以沿公路逃生。过去刘湘养病都是去大邑老家，这次破例住进金花桥别墅，实在是被杨虎城的遭遇给吓得不轻。

四天之后，见周围尚无异样，刘湘这才返回成都，而且一回来即将蓉、渝两市的警察局长予以撤换。

似乎暂时还是安全的，在整军会议之前。尽管刘湘内心很是害怕，但一天天过去，召开整军会议的日子还是在不断逼近。何应钦致电刘湘，告知他即将飞抵重庆，同时叮嘱他如期与会。

刘湘的嫡系部将闻讯，大多劝止他赴渝，刘兆藜等三个旅长更是跪在地上痛哭，说到重庆凶多吉少，万一被扣，就毫无办法了。刘湘尽管已答应与会，但其实心里也一点儿底都没有。

彼时蒋介石正在庐山，邓锡侯、刘文辉、杨森在山上都驻有代表，代表们发回的电报，无一例外都说蒋介石欲借整军会议来收拾刘湘。这些电报当然不是给刘湘看的，但刘湘有办法偷看到，他的侦察电台可不是吃干饭的。

看完电报，刘湘顾虑更大了，就担心何应钦在会上当场拿他开刀。

谋士和武将数不胜数，到头来能抓住的救命稻草却还是只有一个，那就是邓汉祥。刘湘问邓汉祥，他究竟是去好还是不去好。邓汉祥说："假使我替蒋介石策划，就绝不会采取扣留你的办法，光扣你有什么用呢，你的几十万军队仍然会成问题。"

那蒋介石会用什么办法进行整治呢，"不如用绳子勒！"乍听此言，刘湘被吓了一大跳，但邓汉祥所说的"勒"并非真的是用绳子勒，而是蒋介石可能采取的一种政治策略："蒋介石可以先缩编你的军队，再逼你实行军民分治，最后再调你到中央当个部长，岂不省事得多？"

邓汉祥分析认为，蒋介石没必要冒天下之大不韪，在整军会议上直接予以扣留，而是会如同温水煮青蛙一样，慢慢卸除刘湘的兵权，所以刘湘大可不必过于惊谎。

当然所有这些也都只是推测，为刘湘的安全起见，邓汉祥又想出了一个相对为稳妥的办法。

哑巴吃黄连

按照事先约定，刘湘、邓汉祥同时从成都出发，但二人所乘交通工具不同，刘湘乘的是汽车，邓汉祥乘的是飞机，这样邓汉祥便提前到达了重庆，而刘湘则一路慢行，最后停于璧山。

邓汉祥告诉刘湘，他到重庆后将先同何应钦进行密谈，摸到底细后再到璧山与其会合，而刘湘的行止完全依照试探的结果而定：发现整军方案危及川局，接受不了，便马上以旧疾复发为借口，中途折回重庆；如果对方开出的条件尚不难接受，就大大方方进重庆。

邓汉祥到达重庆后，马上到机场接得何应钦。二人寒暄已毕，邓汉祥首先对何应钦说："你不知道，这里的谣言很多。"何应钦忙问是什么谣言。邓汉祥便告诉他："不外整军就是在整刘甫澄（刘湘）。"

何应钦不听则可，一听赶紧辟谣，并且信誓旦旦地对邓汉祥保证："我带来的是一张白纸，刘甫澄想要如何写就如何写。"

这正是邓汉祥想得到的答案，他和刘湘怕就怕蒋介石利用整军会议，或直接扣人，或卸其兵权。为了进一步加以确证，他故意说："蒋先生的把戏很多，谣言也不能认为毫无根据，特别是我不知道你给我讲的到底是不是真心话。"

何应钦急了："我是贵州人，川滇黔向称一家，而且我对甫澄素无恶感，如果委员长真要收拾他，我肯来当刽子手，同四川人结不解之仇吗？"

邓汉祥和何应钦是同乡兼同学，半时私交不错，彼此之间也很了解对方的性格脾气。邓汉祥注意到，何应钦在说话的时候，态度很自然，没有一丝一毫硬装出来的表情，因此判断何应钦没有欺骗他。于是他当晚就赶到璧山，将前后经过详详细细地对刘湘说了一遍，刘湘这才决定前往重庆。

1937 年 7 月 1 日，整军会议在重庆开幕。何应钦先代表蒋介石讲了一通会议的意义，刘湘、邓锡侯等人赶紧假惺惺地表示拥护。接着便进入了实质话题，何应钦为会议定调："川康军队，从数量来上讲，报中央备案的就有一百七十多个团，竟然比日本常备部队的两倍半还多。以四川一省来供养这么庞大的军队，无怪乎质量难以提高，所以四川军队急需整理。"

说一千道一万，不过还是要缩编，可握枪杆子的又有谁舍得朝自己身上砍一刀？会场上立即鸦雀无声，谁都不表态，刘湘也缄口不言。

会议形成僵局，只得暂时草草收场。何应钦着急万分，他虽然带来的是一张白纸，但总得往上面填点啥，否则不好交差啊。无奈之下，他通过顾祝同对范绍增进行说服，要他在会上带个头，主动裁减军队，条件是将来另外成立一个军，由他出任军长。范绍增早就跟刘湘离心离德，觉得这个买卖不错，于是一拍胸脯，应承下来。

再次开会，范绍增第一个开口发言："服从中央，裁减我师！"

范绍增的表态，一下子为缩编打开了缺口，会议随后完全被何应钦一人所掌控，由着他哗啦哗啦地把价码往上抬：川军缩减十分之二；川军团长以上军官以后由中央直接委派；川军军饷每月由南京军政部派员点名发放……

何应钦从南京带来的确实只是一张白纸，可是转瞬之间，纸上已经密密麻麻，刘湘不仅要裁军，而且眼看着连军队的用人权和财权都保不住了。

刘湘和各军头领瞪目结舌，都有一种哑巴吃黄连——有苦说不出的感觉。正在众人大伤脑筋之际，何应钦突然宣布中止会议，并马上紧急启程返回南京。

会议无疾而终，决议自然也就无法落实了，包括刘湘在内，川军将领们皆喜出望外，如蒙大赦。

何应钦中途离场的原因很简单，七七事变爆发了！

参考文献

［1］ 但懋辛. 清末留日学生与新军［M］// 中国人民政治协商会议全国委员会文史资料工作委员会. 文史资料存稿选编：军事机构（下）. 北京：中国文史出版社，2002：202 ~ 203.

［2］ 熊克武. 辛亥革命前四川历次起义亲历记［M］// 中国人民政治协商会议全国委员会文史资料工作委员会. 中华文史资料文库：第 1 卷. 北京：中国文史出版社，1996：248 ~ 258.

［3］ 向楚，朱必谦，石体元，等. 蜀军政府成立前后［M］// 中国人民政治协商会议四川省委员会文史资料研究委员会. 四川文史资料选辑：第 1 辑. 成都：四川人民出版社，1979：22 ~ 49.

［4］ 王右瑜. 大汉四川军政府成立前后见闻［M］// 中国人民政治协商会议四川省委员会文史资料研究委员会. 四川文史资料选辑：第 1 辑. 成都：四川人民出版社，1979：94 ~ 100.

［5］ 熊克武. 四川十年回忆［M］// 中国人民政治协商会议全国委员会文史资料工作委员会. 中华文史资料文库：第 11 卷. 北京：中国文史出版社，1996：2874 ~ 2883.

［6］ 熊克武. 大革命前四川国民党的内讧及其与南北政府的关系［M］// 中国人民政治协商会议全国委员会文史资料工作委员会. 文史资料选辑：第 30 辑. 北京：中华书局，1962：001 ~ 029.

［7］ 严啸虎. 国民党改组前四川国民党派系争夺战［M］// 中国人民政治

协商会议全国委员会文史资料工作委员会.中华文史资料文库:第8卷.北京:中国文史出版社,1996:015～019.

[8] 李有明.护国战争在川始末[M]//中国人民政治协商会议四川省委员会文史资料研究委员会.四川文史资料选辑:第14辑.成都:四川人民出版社,1980:001～023.

[9] 熊克武,熊达成.虎门蒙难记[M]//中国人民政治协商会议成都市委员会文史资料研究委员会.成都文史资料选辑:第4辑.成都:中国人民政治协商会议成都市委员会文史资料研究委员会,1983:040～048.

[10] 黄爵高.蒋汪扣捕熊克武及其总部人员之经过[M]//中国人民政治协商会议成都市委员会文史资料研究委员会.成都文史资料选辑:第4辑.成都:中国人民政治协商会议成都市委员会文史资料研究委员会,1983:049～054.

[11] 四川省文史研究馆.四川军阀史料专辑:第一辑[G].成都:四川人民出版社,1981.

[12] 四川省文史研究馆.四川军阀史料专辑:第二辑[G].成都:四川人民出版社,1983.

[13] 四川省文史研究馆.四川军阀史料专辑:第三辑[G].成都:四川人民出版社,1985.

[14] 四川省文史研究馆.四川军阀史料专辑:第四辑[G].成都:四川人民出版社,1987.

[15] 四川省文史研究馆.四川军阀史料专辑:第五辑[G].成都:四川人民出版社,1988.

[16] 杜凌云,彭惠中.四川自流井盐税的掠夺战[M]//中国人民政治协商会议全国委员会文史资料工作委员会.文史资料选辑:第33辑.北京:中华书局,1960:187～203.

[17] 邓锡侯,田颂尧.1917年成都罗刘、戴刘之战[M]//中国人民政治协商会议全国委员会文史资料工作委员会.文史资料选辑:第30辑.北京:中华书局,1962:027～036.

［18］ 邓之城．丁巳蜀战亲见备忘［M］// 中国人民政治协商会议四川省委员会文史资料研究委员会．四川文史资料选辑：第 14 辑．成都：四川人民出版社，1980：035 ～ 046.

［19］ 邓汉祥．刘戴混战有关见闻［M］// 中国人民政治协商会议四川省委员会文史资料研究委员会．四川文史资料选辑：第 14 辑．成都：四川人民出版社，1980：047 ～ 050.

［20］ 杨思义．刘戴成都巷战亲历［M］// 中国人民政治协商会议四川省委员会文史资料研究委员会．四川文史资料选辑：第 14 辑．成都：四川人民出版社，1980：051 ～ 062.

［21］ 余承基．刘戴成都巷战血迹记［M］// 中国人民政治协商会议四川省委员会文史资料研究委员会．四川文史资料选辑：第 14 辑．成都：四川人民出版社，1980：051 ～ 062.

［22］ 金汉鼎．唐继尧图川和顾品珍倒唐的经过［M］// 中国人民政治协商会议全国委员会文史资料工作委员会．文史资料选辑：第 30 辑．北京：中华书局，1960：077 ～ 111.

［23］ 吴克雄．四川讨贼军的兴起和失败［M］// 中国人民政治协商会议全国委员会文史资料工作委员会．文史资料选辑：第 30 辑．北京：中华书局，1962：037 ～ 068.

［24］ 李筱亭．国共第一次合作时期的四川情况片断［M］//// 中国人民政治协商会议全国委员会文史资料工作委员会．文史资料选辑：第 77 辑．北京：文史资料出版社，1981：119 ～ 130.

［25］ 中国人民政治协商会议大邑县委员会文史资料研究委员会．大邑文史资料选辑：刘湘专辑［G］．大邑：中国人民政治协商会议大邑县委员会文史资料研究委员会，1993.

［26］ 杜岷英．刘湘的起家［M］// 中国人民政治协商会议全国委员会文史资料工作委员会．文史资料存稿选编：军政人物（上）．北京：中国文史出版社，2002：348 ～ 358.

［27］ 邓汉祥.我所知道的刘湘［M］//中国人民政治协商会议重庆委员会文史资料工作委员会.重庆文史资料:第22辑.重庆:西南师范大学出版社,1984:001～018.

［28］ 鲜英.刘湘早期二三事［M］//中国人民政治协商会议重庆委员会文史资料工作委员会.重庆文史资料:第22辑.重庆:西南师范大学出版社,1984:019～032.

［29］ 马宣伟,吴银铨,肖波.杨森的一生［M］//中国人民政治协商会议重庆委员会文史资料工作委员会.重庆文史资料:第4辑.重庆:西南师范大学出版社,1979.

［30］ 冷寅东.回忆杨森［M］//中国人民政治协商会议全国委员会文史资料工作委员会.文史资料存稿选编:军政人物(上).北京:中国文史出版社,2002:605～608.

［31］ 严啸虎.杨森简记［M］//中国人民政治协商会议全国委员会文史资料工作委员会.文史资料存稿选编:军政人物(上).北京:中国文史出版社,2002:609～612.

［32］ 刘石渠.我所知道的杨森［M］//中国人民政治协商会议全国委员会文史资料工作委员会.文史资料存稿选编:军政人物(上).北京:中国文史出版社,2002:613～629.

［33］ 杨小捷.我的家庭内幕［M］//中国人民政治协商会议全国委员会文史资料工作委员会.文史资料存稿选编:军政人物(上).北京:中国文史出版社,2002:630～640.

［34］ 冉廷栋.杨森之成败史［M］//中国人民政治协商会议全国委员会文史资料工作委员会.文史资料存稿选编:军政人物(上).北京:中国文史出版社,2002:641～646.

［35］ 熊中岳.1915至1928年的杨森［M］//中国人民政治协商会议全国委员会文史资料工作委员会.文史资料存稿选编:军政人物(上).北京:中国文史出版社,2002:653～657.

［36］ 杨汉域．杨森部下的反叛［M］//中国人民政治协商会议全国委员会文史资料工作委员会．文史资料存稿选编：军政人物（上）．北京：中国文史出版社，2002：679～680．

［37］ 郝奕隆．我与杨森相处的日子［M］//中国人民政治协商会议四川省委员会文史资料研究委员会．四川文史资料选辑：第42辑．成都：四川人民出版社，1995：207～209．

［38］ 傅渊希．由杨森发动"统一之战"到川黔联军倒杨战争［M］//中国人民政治协商会议四川省委员会文史资料研究委员会．四川文史资料选辑：第7辑．成都：四川人民出版社，1980：032～050．

［39］ 四川省志近百年大事纪述编辑组．刘湘、杨森联合驱袁祖铭经过［M］//中国人民政治协商会议四川省委员会文史资料研究委员会．四川文史资料选辑：第7辑．成都：四川人民出版社，1980：051～067．

［40］ 杨芳毓．四川军阀刘湘的整军练兵活动［M］//中国人民政治协商会议全国委员会文史资料工作委员会．文史资料存稿选编：军政人物（上）．北京：中国文史出版社，2002：359～363．

［41］ 蒋逵．我为刘湘训练海空军的前前后后［M］//中国人民政治协商会议重庆委员会文史资料工作委员会．重庆文史资料：第22辑．重庆：西南师范大学出版社，1984：082～115．

［42］ 范崇实．为刘湘扩充反动武装的亲历［M］//中国人民政治协商会议四川省委员会文史资料研究委员会．四川文史资料选辑：第15辑．成都：四川人民出版社，1964：039～047．

［43］ 刘华钧．刘湘的兵工厂［M］//中国人民政治协商会议四川省委员会文史资料研究委员会．四川文史资料选辑：第15辑．成都：四川人民出版社，1964：048～051．

［44］ 宁芷邨，马绍周，李时辅．刘航琛其人［M］//中国人民政治协商会议重庆委员会文史资料工作委员会．重庆文史资料：第8辑．重庆：西南师范大学出版社，1984：065～100．

［45］ 王抡楦. 刘航琛从政内幕［M］//中国人民政治协商会议重庆委员会文史资料工作委员会. 重庆文史资料: 第22辑. 重庆: 西南师范大学出版社, 1984: 061～073.

［46］ 周之德. 记刘湘的神仙军师刘从云［M］//中国人民政治协商会议四川省委员会文史资料研究委员会. 四川文史资料选辑: 第12辑. 成都: 四川人民出版社, 1964: 186～202.

［47］ 蒋尚朴. 刘神仙与四川军阀［M］//中国人民政治协商会议全国委员会文史资料工作委员会. 文史资料选辑: 第7辑. 北京: 中华书局, 1960: 160～167.

［48］ 何翔炯, 奉伯常, 陈仕俊, 付英道. 我们所知道的邓锡侯［M］//中国人民政治协商会议成都市委员会文史资料研究委员会. 成都文史资料选辑: 第5辑. 成都: 中国人民政治协商会议成都市委员会文史资料研究委员会, 1983: 023～042.

［49］ 何煜荣. 田颂尧、刘文辉成都巷战记［M］//中国人民政治协商会议全国委员会文史资料工作委员会. 文史资料选辑: 第33辑. 北京: 中华书局, 1960: 075～084.

［50］ 冷寅东. 刘湘、刘文辉争霸四川的几次战争［M］//中国人民政治协商会议全国委员会文史资料工作委员会. 文史资料选辑: 第10辑. 北京: 中华书局, 1960: 052～064.

［51］ 杨学端. 二刘大战二三事［M］//中国人民政治协商会议全国委员会文史资料工作委员会. 文史资料选辑: 第33辑. 北京: 中华书局, 1960: 095～105.

［52］ 马宣伟. 二刘之战［M］//中国人民政治协商会议重庆委员会文史资料工作委员会. 重庆文史资料: 第22辑. 重庆: 西南师范大学出版社, 1984: 116～145.

［53］ 黄应乾. 刘湘、刘文辉混战始末［M］//中国人民政治协商会议全国委员会文史资料工作委员会. 文史资料选辑: 第33辑. 北京: 中华书局, 1960: 059～074.

［54］ 黄应乾，鲜宝濂，何煜荣，等．四川文史资料选辑：第 5 辑［G］．中国人民政治协商会议四川省委员会文史资料研究委员会．成都：四川人民出版社，1962．

［55］ 陈光藻遗稿．四川军阀最后的一场混战［M］//中国人民政治协商会议全国委员会文史资料工作委员会．文史资料选辑：第 33 辑．北京：中华书局，1960：085 ～ 094．

［56］ 郭廷以．中华民国史事日志［M］．台北："中央研究院" 近代史研究所，1979．

［57］ 范绍增，徐伯威，况鸿翔，等．成都文史资料选辑：第 13 辑（纪念工农红军长征胜利五十周年暨人民解放军建军六十周年专辑）［G］．中国人民政治协商会议成都市委员会文史资料研究委员会．成都：中国人民政治协商会议成都市委员会文史资料研究委员会，1987．

［58］ 徐向前．历史的回顾［M］．北京：解放军出版社，1984．

［59］ 聂荣臻．聂荣臻回忆录［M］．北京：解放军出版社，1986．

［60］ 唐宏毅，杨重华．配合红军创建川陕苏区的斗争［M］//中国人民政治协商会议三台县委员会文史资料研究委员会．三台文史资料选辑：第 5 辑．三台：中国人民政治协商会议三台县委员会文史资料研究委员会，1986．001 ～ 009．

［61］ 四川政协文史研委会军事史料编写组．刘湘部在川黔滇边防堵红军的经过［M］//中国人民政治协商会议全国委员会文史资料工作委员会．文史资料选辑：第 62 辑．北京：文史资料出版社，1979：109 ～ 123．

［62］ 邓汉祥．段执政时我所经历的一鳞半爪［M］//文斐．我所知道的北洋三杰：王士珍、段祺瑞、冯国璋．北京：中国文史出版社，2004：122．

［63］ 胡秉章．川军郭勋祺部在川黔滇边堵击红军长征之经过［M］//中国人民政治协商会议成都市委员会文史资料研究委员会．成都文史资料选辑：第 5 辑．成都：中国人民政治协商会议成都市委员会文史资料研究委员会，1983：043 ～ 077．

［64］ 张伯言，杨学端，朱戒吾，张怀猷．二十四军在川康边区阻截红军的

实况［M］//中国人民政治协商会议全国委员会文史资料工作委员会.文史资料选辑：第62辑.北京：文史资料出版社，1979：147～177.

［65］ 吴嘉陵.刘湘六路"围剿"红军始末［M］//中国人民政治协商会议重庆委员会文史资料工作委员会.重庆文史资料：第22辑.重庆：西南师范大学出版社，1984：146～174.

［66］ 邓汉祥.刘湘与蒋介石的勾心斗角［M］//中国人民政治协商会议全国委员会文史资料工作委员会.文史资料选辑：第5辑.北京：中华书局，1960：053～071.

［67］ 杨学端."峨山军官训练团"第一期回忆［M］//中国人民政治协商会议四川省委员会文史资料研究委员会.四川文史资料选辑：第13辑.成都：四川人民出版社，1979：090～106.

［68］ 陈雁翚.邓汉祥在刘湘统治时期的活动［M］//中国人民政治协商会议四川省委员会文史资料研究委员会.四川文史资料选辑：第38辑.北京：文史资料出版社，1980：136～146.

［69］ 高兴亚.冯玉祥与刘湘的秘密往来［M］//中国人民政治协商会议全国委员会文史资料工作委员会.文史资料选辑：第42辑.北京：中华书局，1964：240～250.

［70］ 高兴亚.冯王祥派我劝说刘湘参加抗战的经过［M］//中国人民政治协商会议重庆委员会文史资料工作委员会.重庆文史资料：第22辑.重庆：西南师范大学出版社，1984：175～188.

［71］ 於笙陔.刘湘主川开办的"七训"［M］//中国人民政治协商会议四川省委员会文史资料研究委员会.四川文史资料选辑：第36辑.成都：四川人民出版社，1987：173～193.

［72］ 曾扩情.蒋介石两次派我入川及刘湘任"四川剿匪总司令"的内幕［M］//中国人民政治协商会议全国委员会文史资料工作委员会.文史资料选辑：第33辑.北京：中华书局，1960：106～116.

［73］ 邓汉祥.四川省政府及重庆行营成立的经过［M］//中国人民政治协

商会议全国委员会文史资料工作委员会．文史资料选辑：第 33 辑．北京：中华书局，1960：117 ～ 128．

［74］ 黄慕颜．西安事变侧记［M］//中国人民政治协商会议成都市委员会文史资料研究委员会．成都文史资料选辑：第 15 辑．成都：中国人民政治协商会议成都市委员会文史资料研究委员会，1986：203 ～ 204．

［75］ 周少稷．西安事变前后刘湘的反蒋谋划［M］//中国人民政治协商会议成都市委员会文史资料研究委员会．成都文史资料选辑：第 15 辑．成都：中国人民政治协商会议成都市委员会文史资料研究委员会，1986：205 ～ 214．

［76］ 张正祥．西安事变前后刘蒋的明争暗斗［M］//中国人民政治协商会议成都市委员会文史资料研究委员会．成都文史资料选辑：第 15 辑．成都：中国人民政治协商会议成都市委员会文史资料研究委员会，1986：215 ～ 226．

［77］ 徐中行，昌荣威．西安事变时刘对蒋在蓉军校部队的接收准备［M］//中国人民政治协商会议成都市委员会文史资料研究委员会．成都文史资料选辑：第 15 辑．成都：中国人民政治协商会议成都市委员会文史资料研究委员会，1986：227 ～ 228．

［78］ 田一平．武德励进会纪实［M］//中国人民政治协商会议重庆委员会文史资料工作委员会．重庆文史资料：第 22 辑．重庆：西南师范大学出版社，1984：189 ～ 206．

［79］ 田一平．以刘湘为中心的反蒋秘密组织——武德励进会［M］//中国人民政治协商会议四川省委员会文史资料研究委员会．四川文史资料选辑：第 33 辑．成都：四川人民出版社，1984：001 ～ 012．

［80］ 甘绩丕．川康整军会议的形形色色［M］//中国人民政治协商会议全国委员会文史资料工作委员会．文史资料选辑：第 33 辑．北京：中华书局，1960：129 ～ 134．

［81］ 邓汉祥．一九三七年重庆整军会议［M］//中国人民政治协商会议四川省委员会文史资料研究委员会．四川文史资料选辑：第 13 辑．成都：四川人民出版社，1979：147 ～ 154．

图书在版编目（CIP）数据

四川王和他的天下 / 关河五十州著 . -- 北京：现代
出版社，2018.10

（铁血川军团系列）

ISBN 978-7-5143-7294-6

Ⅰ . ①四… Ⅱ . ①关… Ⅲ . ①刘湘（1889-1938）—人物研究

Ⅳ . ① K825.2

中国版本图书馆 CIP 数据核字 (2018) 第 201527 号

四川王和他的天下

作　　者：关河五十州
责任编辑：张　霆　邸中兴
出版发行：现代出版社
通信地址：北京市安定门外安华里 504 号
邮政编码：100011
电　　话：010-64267325　64245264（传真）
网　　址：www.1980xd.com
电子邮箱：xiandai@vip.sina.com
印　　刷：三河市宏盛印务有限公司

开　　本：710mm×1000mm　1/16
印　　张：24.75　　　　　　字　　数：365 千
版　　次：2018 年 10 月第 1 版　　印　　次：2018 年 10 月第 1 次印刷
书　　号：ISBN 978-7-5143-7294-6
定　　价：55.00 元